LES RÉCITS DE L'INSTITUTION

DU MÊME AUTEUR

AUX ÉDITIONS DU SEUIL

Zayni Barakat
roman, 1985

Épître des destinées
roman, 1993

L'Appel du couchant
roman, 1999

AUX ÉDITIONS SINDBAD-ACTES SUD

La Mystérieuse Affaire
de l'impasse Zaafarâni
roman, 1997

Les Délires de la ville
roman, 1999

Pyramides
roman, 2000

GAMAL GHITANY

LES RÉCITS DE L'INSTITUTION

roman

TRADUIT DE L'ARABE (ÉGYPTE)
PAR KHALED OSMAN

ÉDITIONS DU SEUIL
27, rue Jacob, Paris VIe

Titre original : *Hikâyât al-mu'assassa*
Éditeur original : Mu'assassat al-Intissâr al-'Arabi,
Le Caire, 1997

ISBN 2-02-037196-0

www.seuil.com

Aux origines de l'immeuble

... Au commencement, quand le fondateur avait conçu son projet, certains s'étaient d'abord gaussés, d'autres l'avaient critiqué secrètement ou ouvertement, d'aucuns allant même jusqu'à décréter qu'il n'était qu'un aventurier prêt à dilapider tous ses biens, insoucieux des réalités et incapable de garder les pieds sur terre. On émettait des doutes : qui donc allait se donner la peine de se déplacer jusqu'à cet endroit perdu au milieu des champs, loin de la ville, loin des routes praticables, même si le Nil était proche ?

A cette époque, des bourgs comme Imbâba, Mit-Oqba, Boulâq el-Dakrour ou Abou Qtâta relevaient encore de la campagne ; pour les Cairotes, c'étaient des endroits perdus réservés aux maraîchers qui s'y approvisionnaient en fruits et légumes, ou bien aux promeneurs à la recherche d'un coin tranquille.

Le fondateur ne s'était pas laissé affecter par tout cela. Parfaitement déterminé, il s'était lancé sans hésiter, achetant sept *fadadîn*[1], dont quatre cultivés et trois en friche, en un lieu toujours désert depuis qu'un épouvantable tremblement de terre resté dans toutes les mémoires l'avait ravagé, un siècle plus tôt.

Avec l'affaissement du sol dû au cataclysme, le ciel demeura trois jours durant noyé dans les ténèbres, crachotant sans dis-

1. Mesure de surface représentant environ quarante-deux ares (singulier *feddân*).

continuer une sorte de grêle. Une fois celle-ci retombée, la terre continua encore de trembler pendant quarante jours. Lorsque les secousses cessèrent enfin et que le ciel s'éclaircit, une fosse circulaire apparut, d'un diamètre d'environ deux mètres, semblable au puits d'une *saqieh*[1], à la différence qu'il était impossible d'en distinguer le fond et que nulle eau ne paraissait s'y agiter.

En ce temps-là, le terrain était la propriété d'un homme très apprécié de ses voisins; jusqu'à récemment, on trouvait des gens se souvenant de lui et capables de le décrire comme s'ils le voyaient, bien planté devant eux: un solide gaillard, impressionnant de sérénité et de clairvoyance. Les mesures qu'il avait prises, notamment celle de clôturer la fosse d'une haie de palmes pour empêcher les passants de s'engloutir dans l'abîme, contribuèrent sans conteste à sauver de nombreuses vies humaines.

La profondeur de la fosse était l'objet des conjectures les plus variées. Voulant en avoir le cœur net, il fit apporter un tronc de palmier mâle qu'il fendit sur toute la longueur. Aidé de ses deux fils, il hissa l'un des madriers ainsi obtenus au-dessus de la margelle et le fit basculer dans la fosse, afin de voir jusqu'où il s'enfoncerait. Le tronc disparut complètement dans les entrailles du sol; l'homme tendit l'oreille, mais n'entendit rien, pas le moindre son pour attester que l'objet s'était écrasé au fond ou avait heurté quelque obstacle: on eût dit qu'il s'était volatilisé.

L'homme se tourna vers son fils aîné, déclarant qu'ils n'avaient plus leur place ici, puis, se tournant vers le cadet, il ajouta qu'ils n'avaient d'autre solution que de quitter définitivement l'endroit.

Certes, mais pour aller où?

Malgré les tentatives des voisins et des proches, il refusa obstinément de leur indiquer sa destination, gardant le secret

1. Dispositif d'irrigation constitué d'une grande roue entraînant des godets.

même vis-à-vis des siens, qu'il pressait de réunir leurs affaires, comme s'il fuyait un danger imminent.

Lorsqu'il se mit enfin en route en direction du sud, il pleurait, ainsi que sa femme et ses enfants qui n'avaient d'autre choix que le suivre. Une fois qu'un tournant du chemin les eut dérobés à la vue de leurs voisins, ceux-ci n'entendirent plus jamais parler d'eux. Leur trace s'évanouit, nul voisin n'eut jamais le moindre écho, fût-ce incidemment, de ce qu'ils étaient devenus, comme si la terre s'était entrouverte et les avait engloutis. Les années passant, nul être humain ne s'approcha plus du champ, on ne chercha même pas à le cultiver.

Quatre *fadadîn* ne sont pas une surface négligeable dans une campagne où la terre est mesurée en empans et en coudées ; aujourd'hui encore, il arrive qu'on s'entre-tue pour quelques centimètres carrés. La fosse béante demeura une source d'effroi ; tous se tenaient à distance du terrain et se refusaient à en retourner la terre.

Les craintes se transmettaient d'une génération à l'autre, en tournant le regard vers la fosse, les riverains étaient pris de peur, comme si une force mystérieuse allait s'abattre sur eux pour les précipiter dans l'inconnu ; il suffisait que l'un d'eux dérapât ou perdît son chemin en rentrant chez lui à la nuit tombée, et c'était le basculement dans le néant.

Dans ce dénuement, des herbes curieuses avaient poussé, par endroits la terre était devenue plus dure que la pierre, tandis qu'ailleurs elle s'était fendillée ; les gens s'abstenaient d'y mettre le pied même en plein jour.

C'est dans cet état que le fondateur avait trouvé les lieux ; son choix s'était d'abord porté sur les trois *fadadîn* constructibles qu'il s'affirmait disposé à payer comptant. Le *feddân* n'excédait pas cent livres de l'époque, un montant dérisoire quand on connaît la progression des prix enregistrée par la suite.

Mais… avait-il eu vent au préalable de l'existence de la fosse ?

Quelques vieillards, témoins en leur temps de la scène, évoquaient son regard triste, les traits tirés qu'il arborait au moment de son arrivée. Sans perdre un instant, il s'était élancé directement vers la fosse, en dépit des mises en garde de tous et, les mains jointes derrière le dos, s'était penché au-dessus de l'ouverture. Après s'être saisi d'un caillou rond, il l'avait expédié avec force au fond du trou, tendant l'oreille quelques instants avant de se redresser, hochant la tête à deux reprises. Pour finir, il s'était reculé lentement de quelques pas, sous le regard des hommes de la tribu dont les visages laissaient poindre la surprise, faute de pouvoir exprimer ouvertement l'agacement. C'est que l'arrivée d'un inconnu dont, peu de temps auparavant, ils ne savaient encore rien, et cela pour s'approprier un lopin à l'endroit où ils naissaient de père en fils, n'était pas faite pour les rassurer. Le dicton n'affirmait-il pas : « Un voisin honnête vaut mieux qu'une maison coquette » ? Que dire alors lorsque le nouvel arrivant était un parfait inconnu, qui n'était pas fait de la même glèbe, étranger à leurs soucis, un de ces messieurs de la ville dont la méfiance à l'égard des paysans était notoire !

Une semaine ne s'était pas écoulée qu'ingénieurs, contremaîtres et ouvriers affluaient sur le site. Le plus étonnant, c'est qu'ils avaient commencé par s'attaquer au lopin stérile, celui que le fondateur n'avait pas acheté, cela pour une raison simple : ce lopin n'avait pas de maître ; après la fuite de l'ancien propriétaire, il avait réintégré le domaine public, même s'il restait déserté de tous, personne n'osant s'y aventurer par crainte de cette ouverture sur un gouffre abyssal. Bien vite, on avait vu apparaître deux murs d'enceinte bâtis de pierres polies blanches provenant de carrières situées près d'El Alamein, dans le désert occidental, et dotées, selon la rumeur, de propriétés étonnantes, connues des seuls maçons et entrepreneurs.

Le premier mur, qui encerclait entièrement la fosse, s'élevait à hauteur de la poitrine d'un adulte de taille moyenne ;

cela n'avait pas empêché le premier ouvrier amené par les étrangers de tomber dans le puits.

C'était un homme originaire des lointaines oasis, d'el-Dâkhla pour être précis, ses descendants percevaient jusqu'à ce jour une pension mensuelle sur les fonds de l'Institution, bien qu'il eût effectué les travaux sous la responsabilité d'un entrepreneur saïdi[1] établi à Alexandrie ; sa mission s'était limitée à construire les deux murs, et à aplanir le terrain et les routes desservant l'endroit afin qu'elles puissent accueillir les véhicules de construction les plus modernes. Il s'agissait de machines qui n'avaient jamais été utilisées jusqu'alors en Égypte, notamment une mélangeuse automatique d'asphalte, une grue de levage autopilotée et des générateurs électriques. La pension continuerait d'être versée sans interruption, selon les instructions du fondateur auxquelles les responsables successifs de l'Institution s'étaient conformés, même à l'époque si controversée des nationalisations.

Le deuxième mur servait d'enceinte à l'ensemble des sept *fadadîn*. Il était désormais évident pour tous que l'homme fort venu de la ville avait la main sur l'ensemble de la surface. Par la suite, ses ennemis répandirent la rumeur qu'il n'avait pas versé un kopeck en contrepartie du terrain stérile, mais ceux des anciens qui lui étaient restés fidèles la démentirent catégoriquement. Selon eux, il n'y avait là que calomnies colportées par des courants hostiles au fondateur, notamment certaines officines gouvernementales.

A l'appui de leurs dires, ils invoquaient la rencontre du fondateur avec les riverains établis de longue date dans la région, qu'ils soient propriétaires ou simples fermiers, comment il s'était isolé avec eux et leur allégresse visible au sortir de la réunion, comment ils avaient insisté pour égorger un veau en son honneur ainsi que des oies, des canards et des pigeons ; chaque foyer avait donné selon ses moyens. Son Excellence s'était assise par terre pour partager avec eux le

1. Originaire du Saïd, c'est-à-dire de Haute-Égypte.

repas et le thé, puis ils avaient accompli tous ensemble la prière de l'après-midi. Ensuite, ils l'avaient raccompagnée jusqu'à la limousine noire qui l'attendait à l'orée du chemin pavé. Certes, aucun d'eux n'était encore de ce monde pour confirmer cette version ou éclairer certains points, ni parmi ceux qui avaient assisté à la rencontre avec le fondateur ni parmi leurs descendants.

D'ailleurs, les terres cultivées elles-mêmes avaient disparu, en à peine vingt ans les constructions s'étaient répandues de manière foudroyante. Il ne fallut ensuite que dix années de plus pour voir apparaître des cités nouvelles, bientôt considérées comme des districts de la ville moderne : Mohandessîn, Sahafeyyîn, ou encore Doqqi, aujourd'hui quartier à part entière mais qui, pendant longtemps, n'avait abrité qu'un seul bâtiment, celui du ministère de l'Agriculture. Tout cela prouvait les qualités visionnaires du fondateur, sa lucidité, et l'injustice des critiques dont il avait été l'objet au commencement.

Lorsque les opérations de déblaiement et de forage avaient débuté, nul n'imaginait, même parmi ceux qui étaient familiers de la région et avaient déjà eu l'occasion de frayer avec le terrain, que la profondeur du sol atteignait de tels niveaux. On avait déjà creusé quatorze mètres et la terre friable continuait à exsuder richesse et fertilité, grâce à l'accumulation durant des millénaires des limons déposés par le Nil voisin.

Pendant le creusement des fondations, on exhuma une barque antique qui semblait à peine sortie de l'atelier de l'artisan ; c'était un modèle singulier, aux formes inhabituelles, on n'en avait jamais vu de semblable. Le fondateur en fit don à la direction des Antiquités qui constitua aussitôt une commission pour étudier et discuter les caractéristiques de la donation, rédigeant un rapport dont une synthèse parut dans la version anglaise du journal local. Selon ce rapport, la présence de la barque prouvait que le Nil avait eu son cours à cet endroit, de même que son ornementation offrait un nouveau regard sur l'art du Nouvel Empire.

L'objet fut exposé au musée du Caire dans un écrin de verre dont le fond était constitué d'un miroir poli de fabrication belge, et son état de conservation demeura satisfaisant jusqu'au milieu des années soixante, lorsque survint la déroute majeure, qui devait ébranler toutes les valeurs...

Les journaux commencèrent alors à diffuser des entrefilets au sujet de l'usure des cordes tressées qui soutenaient l'armature de la barque, sur leur rapide décomposition sous l'effet d'un dangereux champignon. Ces révélations incitèrent la direction du musée à interpeller le ministre de la Culture, le priant de lancer un appel aux instances internationales œuvrant pour la défense du patrimoine afin qu'elles contribuent au sauvetage de ce précieux vestige. Apparemment, le mystérieux champignon s'était également attaqué à d'autres pièces beaucoup plus sensibles, parmi lesquelles la momie de Ramsès II – dont le traitement continue, jusqu'à la rédaction de ces pages, de poser une énigme insoluble aux savants.

Une seule personne faisait le lien entre le bannissement de Son Excellence et l'apparition de ce champignon : Gawâhri, le plus ancien et le plus dévoué parmi les membres du personnel. D'ailleurs, il allait plus loin que cela, voyant dans cette déroute la cause de l'ensemble des catastrophes individuelles ou collectives qui s'étaient abattues sur eux depuis lors.

Dans le bureau présidentiel situé au dernier étage du siège historique, qui avait vu se succéder tant de dirigeants, subsistait jusqu'à maintenant un petit fragment de bois provenant de la rame de la barque, bien visible sous sa pyramide de verre. On eût dit le petit écrin conservant un morceau de roche lunaire exposé à l'entrée du siège européen des Nations unies. Certains experts assuraient d'ailleurs que les deux écrins avaient été fabriqués par le même artisan, bien que la pyramide de verre fût antérieure de plusieurs années.

Cependant, l'histoire de la barque était beaucoup plus mystérieuse et plus complexe que ce qu'on pouvait en lire sur les petits panonceaux fixés à l'entrée de la salle d'exposition, ou encore dans les catalogues officiels de la direction des Antiquités, voire dans les pages de l'Encyclopédie pharaonique, éditée en coopération avec le Musée britannique.

Les rumeurs circulant au sein de l'Institution donnaient lieu à diverses interrogations : tout d'abord, le fondateur était-il au courant de l'existence de la barque ? Avait-il disposé d'indices suggérant sa présence sous le sol ?

De fait, cette question ne reçut jamais de réponse décisive, en dépit des nombreuses hypothèses émises, dont l'objet n'était pas tant la barque elle-même, son bois rare ou encore ses fines incrustations à haute valeur archéologique, que le chargement précieux qu'elle était réputée avoir emporté jadis dans son naufrage, et dont certains semblaient avoir une idée très précise : dix récipients de faïence contenant d'antiques pièces d'or, apparemment le produit de taxes foncières perçues en Nubie ou en Haute-Égypte – comme le prouvait la position du navire au moment de sa découverte, proue orientée vers le nord. D'autres prétendirent que le fondateur avait eu l'occasion, lors de ses études à l'université de Columbia, de déchiffrer certains signes sur un papyrus conservé au Metropolitan Museum. Il s'était passionné pour l'archéologie, une discipline pourtant bien éloignée de son sujet d'étude – les sciences économiques.

Aussitôt le mur édifié autour des sept *fadadîn*, les travaux de déblaiement avaient commencé, se prolongeant une année entière sans être interrompus par la moindre journée de congé. A l'issue des travaux, on avait fini par atteindre, très loin en profondeur, la roche solide. Les énormes quantités de boue arrachées au chantier dans ce processus avaient été vendues aux fours à briques disséminés au nord et au sud de la capitale. Les connaisseurs affirmaient que la plupart des immeubles modernes datant des années quarante et du début des années cinquante avaient été bâtis à l'aide de ces briques.

Cette opération de déblaiement avait-elle été conduite

dans le but de vendre les grandes quantités de boue dégagées ? Il faut dire que le fondateur en avait retiré des sommes excédant plusieurs fois le montant versé pour l'achat du terrain, encourageant d'autres à faire de même, y compris après la promulgation de lois et de décrets interdisant de telles pratiques. N'avait-il pas plutôt en tête de déterrer la barque, apparue au bout d'environ six mois de forage ?

Toujours est-il qu'il avait tenu à être présent pour l'exhumation. Après avoir examiné minutieusement l'objet, il s'était introduit à l'intérieur, se penchant sur le moindre de ses recoins, et n'avait averti la direction des Antiquités qu'après trois jours entiers passés à proximité de l'abîme sans fond.

Dans la masse des livres retraçant l'histoire de l'Institution – dont certains étaient, disait-on, de sa propre plume, même s'il les avait fait paraître sous le nom de spécialistes : un historien célèbre, un sociologue, un professeur d'université, tous rémunérés sans compter –, on ne trouvait que quelques lignes consacrées à la barque, et pas un mot évoquant le moindre trésor.

Dans ses allocutions prononcées lors des diverses célébrations, le fondateur n'avait pas manqué de se vanter de la découverte de la barque, relatant comment il avait tout fait pour la sortir intacte de terre, non sans s'être assuré au préalable de la présence des représentants de la direction des Antiquités et du directeur du Musée d'art islamique, un Français qui avait insisté pour l'examiner bien qu'il se fût agi d'un vestige pharaonique.

Il semblait que, par ce récit, le fondateur voulait couper court aux rumeurs et autres ragots circulant sur les amphores pleines d'or. Certains des anciens employés, pour leur part, soutenaient que, sans ce trésor, le siège de l'Institution ne se serait jamais élevé jusqu'à dix étages, à une époque où le plus haut bâtiment du Caire n'en excédait pas six ou sept.

C'était une merveille architecturale, conçue en forme de croissant encerclant une étoile à cinq branches. C'est ainsi qu'il apparaissait aux amateurs de planeur et aux étudiants de l'école d'aviation qui survolaient la région après avoir décollé de l'aéroport d'Imbâba. Tout avait été conçu avec la plus grande méticulosité, à tel point qu'aucun des trois ascenseurs n'était jamais tombé en panne quarante ans durant. Quant au dispositif d'évacuation des eaux usées, installé préalablement à l'établissement du réseau sanitaire dans cette région, il était considéré comme précurseur pour l'époque, on continuait d'ailleurs d'en enseigner le schéma à la faculté de Génie du Caire.

Le trésor ayant plus que couvert les besoins de l'Institution, une partie des revenus avait été utilisée pour subventionner le capital des filiales nouvellement créées, et pour faire face à la crise économique majeure subie dans les années cinquante.

Lorsque les décrets socialistes avaient été promulgués, le fondateur, en même temps qu'il exprimait son soutien au nouveau régime à grand renfort d'encarts publicitaires, de communiqués soigneusement libellés et de télégrammes d'encouragement aux autorités, avait initié l'opération de transfert du trésor à l'étranger. Il était ainsi parvenu à le mettre en lieu sûr dans une banque de Bâle, située face au palais dans lequel s'était tenue la première conférence sioniste. Il s'était mis d'accord avec la direction de la banque pour que les fonds ne puissent être débloqués que sur instruction téléphonique émanant de lui personnellement, authentifiée grâce à une empreinte de sa voix conservée par l'établissement.

Las, cette empreinte vocale était devenue obsolète du jour où son larynx avait fait les frais de la maladie sournoise. C'est ainsi qu'avait été perdu ce trésor qui aurait pu stimuler l'économie de tout le pays et financer son premier plan de développement.

D'après ses ennemis, il avait fait transférer l'or aussitôt après avoir été informé de sa maladie ; selon eux, il savait alors déjà pertinemment que, bientôt, les caractéristiques de sa voix seraient définitivement effacées. A l'époque, le procédé des empreintes vocales n'était pas encore usité dans les banques, il était le premier à l'utiliser. Son but véritable était de priver le régime de ce trésor, de l'empêcher de s'en emparer après sa disparition. Le pays avait pourtant bien besoin de cet or pour consolider ses réserves domestiques et combler l'hémorragie provoquée par la guerre du Yémen puis, plus tard, par la débâcle de juin 1967.

Quant à son soutien périodiquement réaffirmé au pouvoir, ce n'était selon eux qu'une manière habile de dissimuler sa haine de ce régime, voire de la nation tout entière. Loin d'être un patriote, il avait nui au pays et on continuait jusqu'à maintenant à payer le prix de sa trahison : n'avait-il pas, peu avant sa disparition, dissimulé des documents extrêmement sensibles – des cartes précises des champs de pétrole enfouis dans le désert occidental qui, s'ils avaient été découverts, auraient fait de l'Égypte l'un des pays les plus riches de la région ? Eh oui, il y avait des puissances internationales soucieuses de maintenir le pays dans l'arriération…

En réalité, ce n'était pas dans une banque suisse que le fondateur avait dissimulé ces documents et le solde du trésor – l'histoire n'était qu'une habile diversion pour brouiller les pistes – mais bien dans cette fosse circulaire dont aucune autorité en Égypte ne connaissait la profondeur réelle.

Même les savants accourus du monde entier à l'appel du gouvernement n'étaient pas parvenus, en dépit de leur savoir, de leur expérience et de leurs instruments ultrasensibles, à la sonder. Certains avaient évalué sa profondeur à quarante kilomètres, affirmant qu'elle conduisait directement au noyau en fusion situé au centre de la Terre. Selon d'autres, si le fondateur avait exigé que le bâtiment fût construit tout autour de la fosse – d'où sa forme en croissant – c'était précisément pour protéger celle-ci des regards indiscrets ; n'était-ce pas la preuve que toute la prospérité de l'Égypte y était enterrée ?

Cependant, les collaborateurs les plus fidèles du fondateur, en fait la majorité du personnel de l'Institution, et la plupart de ceux qui traitaient avec elle de l'extérieur, n'étaient pas de cet avis, à commencer par Gawâhri.

Ce dernier affirmait avec force que ces allégations avaient trouvé leur chemin jusqu'à certains journaux et magazines avec l'avènement du communisme. Selon lui, l'histoire des amphores pleines d'or était totalement sans fondement, il ne s'agissait que de chimères enfiévrées, cette maison ancrée dans la tradition avait été établie grâce à la sueur de Son Excellence et aux efforts des premiers collaborateurs, qui ne s'étaient pas ménagés pour la réussite de l'Institution. Un immeuble aussi imposant n'avait certainement pas vu le jour sur un coup de baguette magique !

Le passage du temps avait amplement démontré la lucidité du fondateur et son sens de l'anticipation ; lorsqu'il avait acheté ce terrain, au commencement, aucun être humain n'aurait songé à acheter un seul *qirât* [1] à cet endroit, fût-ce pour y construire un simple pavillon. Les étrangers de passage hésitaient à se promener dans les ruelles avoisinantes en plein jour et ne s'y seraient pour rien au monde aventurés après la nuit tombée. Si ce n'était par peur des chiens enragés, des renards ou des chats sauvages, c'était par crainte des bandits de grand chemin et des délinquants patentés qui hantaient les zones isolées. Le fondateur avait réussi à éradiquer ces derniers et à mettre un terme à la terreur ambiante.

Le bâtiment, qu'il avait commencé à édifier peu après son arrivée, grandissait année après année, non seulement par le nombre de ses étages, mais aussi par son rôle de plus en plus central au cœur d'un complexe comprenant de multiples activités : restaurants, imprimeries, garages, plates-formes de chargement, ateliers d'emballage, magasins généraux et entrepôts spécialisés. L'Institution ne comptait-elle pas le seul entrepôt du Moyen-Orient et du continent africain à détenir des stocks de produit anesthésiant ? Pouvait-on imaginer plus de flair que cela ? D'ailleurs, les Japonais – quel

1. Mesure de surface représentant environ deux ares.

pays connaissait davantage la valeur du travail et du talent que le Japon ? – ne s'y étaient pas trompés, comme l'illustrait l'anecdote suivante, remontant aux années cinquante...

Un poète de renom qui dispensait ses cours sur al-Mutanabbi[1] à l'université américaine du Caire eut un jour la surprise de découvrir parmi ses étudiants un jeune Japonais qui lisait convenablement l'arabe, même s'il ne le parlait qu'avec difficulté. Bien qu'intrigué par le phénomène, il réserva à l'étudiant le meilleur accueil et l'invita même chez lui. Bientôt, une grande amitié se noua entre les deux hommes. Un soir, le Japonais ouvrit au poète sa personnalité sensible et lui confia son histoire.

C'est à Osaka qu'il s'était lancé dans l'étude de la langue arabe. Après quelques années d'apprentissage, on l'envoya en Égypte avec l'objectif déclaré de se former à la poésie de Mutanabbi afin d'en comprendre les arcanes, d'en apprendre les plus beaux vers. Mais cela n'était en réalité qu'une façade, sa mission réelle était d'un tout autre ordre : elle consistait à se rapprocher d'un homme doué d'une intelligence aiguë et d'un savoir abondant ; les Japonais avaient saisi immédiatement le parti qu'ils pouvaient en tirer. Ayant compris que le seul moyen de toucher leur cible était d'apprendre par cœur les poèmes de Mutanabbi, d'être capable de les scander et d'en expliciter les symboles et les obscurités, c'est lui qu'ils avaient dépêché en Égypte, non sans lui avoir alloué une bourse généreuse. Le jeune étudiant japonais ne révéla cependant jamais le nom de cette personnalité pour laquelle il était venu en Égypte...

Gawâhri, arrivé à ce point du récit, souriait d'un air entendu, exhibant plusieurs photographies, certaines publiées dans des hebdomadaires et des quotidiens...

1. Abultayyib al-Mutanabbi (915-965), grande figure de la poésie arabe du Xe siècle.

« Reconnaissez-vous cet homme ? » demandait-il à ses interlocuteurs.

« Et là, je vous le donne en mille, qui voit-on, assis face à Son Excellence ? »

Mais oui, c'était le Japonais, ici en train de réciter de mémoire des vers de Mutanabbi, là soumettant au fondateur la première traduction de Mutanabbi en japonais.

« Croyez-vous que tout cela ait eu pour cause l'intérêt des Japonais pour Mutanabbi ? »

« Bien sûr que non… »

Ce qu'ils voulaient, c'était obtenir des informations précises relatives au cryptage électronique, un sujet auquel Son Excellence avait consacré une communication lors d'une conférence internationale tenue en Bavière.

Avaient-ils obtenu de lui ce qu'ils désiraient ?

Certes non, il ne leur avait révélé que ce qu'il voulait bien leur révéler ; encore considérait-il cela comme une obole concédée pour les beaux yeux de ce bon vieux Abultayyib !

En vérité, il les manipulait, il se jouait d'eux ; lorsqu'ils lui faisaient miroiter un nouvel appareil photographique, un ordinateur, une nouvelle presse à journaux ou des appareils de mesure, il formulait quelques remarques sibyllines autour de leur sujet de prédilection, suffisamment en tout cas pour les appâter. Ils se hâtaient de les faire analyser et de tenter de les mettre en pratique. Son nom circulait dans leurs cercles d'enseignement scientifique et leurs centres de recherche, de Tokyo à Osaka.

« Un homme comme cela, pouvait-on attribuer ses efforts au seul hasard ? »

« Observez donc ce bâtiment », renchérissait Gawâhri.

C'était le premier immeuble à avoir été élevé dans cette zone. Malgré le développement démographique et l'émergence de districts entiers autour de lui – des logements d'habitation, des hôtels vertigineux, des salles d'exposition, des cafés et même un club n'avaient pas tardé à faire leur apparition – il devait demeurer le plus solidement établi, le plus ancien, le plus robuste, attirant l'attention de tous, familiers comme visiteurs venus d'autres quartiers...

Plus près de nous, lors du tremblement de terre qui ébranla littéralement toute l'Égypte, particulièrement Le Caire et ses environs, des rumeurs coururent au sujet du bâtiment, surtout avec l'apparition de fissures profondes dans certains immeubles parmi les plus récents de l'Institution...

Le président alors en exercice convoqua une commission composée de professeurs de travaux publics et de spécialistes du béton et du génie architectural, auxquels on adjoignit un expert hollandais de la discipline. Tous furent étonnés de ce qu'ils purent découvrir...

Le bâtiment, constatèrent-ils, avait été construit pour résister aux tremblements de terre des deux types – horizontal et vertical – atteignant jusqu'à 10 degrés sur l'échelle de Richter, sachant que la plus puissante déflagration jamais produite sur terre n'avait atteint, sur la foi de relevés sismiques incontestables, que 8,7 degrés !

Quel sens de l'anticipation !

Quelle sûreté de jugement !

L'Égypte n'avait connu ce type de catastrophes naturelles qu'à de rares intervalles, de ce fait personne n'avait conçu de dispositif visant à les prévenir. Lui, au contraire, n'avait rien laissé au hasard, la moindre brèche devait être colmatée, la moindre probabilité devait être étudiée.

L'expert hollandais exprima son admiration devant l'assise des fondations et la solidité de la charpente. C'était particulièrement vrai de l'abri souterrain, qui apparaissait comme une cachette exemplaire permettant de résister aux dégâts des bombes à fragmentation et de condamner toutes les arrivées d'air en cas d'attaque aux armes chimiques.

Quelle prescience !

Les membres de la commission furent également très intrigués par la fosse : pourquoi avait-il choisi spécialement ce terrain et décidé de construire le bâtiment tout autour ? D'ailleurs, où conduisait-elle ? Quelle en était la profondeur ?

A cette question, il n'y avait jamais eu de réponse satisfaisante. Selon Gawâhri, un jour viendrait où les gens prendraient la mesure de la clairvoyance du fondateur. Il avait certainement une bonne raison, connue de lui seul, pour construire le bâtiment autour d'un gouffre dont nul, à moins d'avoir un cœur d'acier, n'osait approcher.

Un des experts, pour sa part, estima que l'apparition du bâtiment avait conduit à la ruine du quartier, à la perte d'une terre agricole parmi les plus fécondes des alentours du Caire, qui servait auparavant à approvisionner la capitale en fruits et légumes, à purifier son atmosphère. Selon lui, l'implantation du siège à cet endroit avait amorcé le déclin de ce grenier voisin de la capitale.

Face à ces déclarations, Gawâhri ne resta pas silencieux, il adressa aux journaux d'opinion des articles où il affirmait que la pose des fondations de ce bâtiment devait au contraire être saluée comme le début du processus d'urbanisation. D'ailleurs, pourquoi les détracteurs s'en prenaient-ils uniquement à ce quartier ? Pourquoi ne pas parler de l'avenue el-Haram, cette artère reliant le centre-ville au plateau des pyramides ? N'était-elle pas, naguère, elle aussi entourée de champs fertiles ? Ignoraient-ils qu'un homme debout près des berges du Nil pouvait jadis apercevoir clairement les majestueuses constructions, sans que nul obstacle vînt obstruer sa vue ?

Le premier à rompre cette harmonie avait été Muharram Pacha, qui s'était fait construire un palais de style pharaonique ; à partir de là, les constructions s'étaient succédé à un rythme de plus en plus rapide, on avait vu apparaître des palais, des immeubles, et même des bidonvilles. Les espaces autrefois dégagés s'étaient ainsi remplis de constructions disparates dissimulant les plus somptueux monuments du monde à la vue des humains, tandis que la remontée des eaux souterraines ne cessait de causer des dégâts : témoin le Sphinx, qui en était une illustre victime.

Pourquoi ne s'en prenaient-ils pas à Muharram Pacha, qui avait été le premier à construire ?

Pourquoi citaient-ils le fondateur à propos et hors de propos ? Pourquoi ces larmes de crocodile pour feindre de regretter la disparition des champs cultivés ?

Et puis, après tout, de qui tenait-on que le fondateur – Dieu ait son âme – avait négligé les terres arables ? N'avait-il pas procédé à l'acquisition de larges parcelles à la périphérie du Caire, comme ce *feddân* acquis pour une piastre dans le faubourg d'Abbâsseyya, à l'est ?

D'ailleurs, là aussi, les gens s'étaient moqués de lui, plus encore que lorsqu'il avait acquis les sept *fadadîn* d'Imbâba. Ils l'avaient accusé d'aimer jeter son argent par les fenêtres... Personne n'avait fait le parallèle avec l'œuvre du baron Empain...

Lorsque ce dernier fonda le faubourg de Héliopolis, les gens se refusèrent, au commencement, à venir y habiter, au point que la société étrangère chargée de l'aménagement dut faire des pieds et des mains pour les y inciter : implantation dans le quartier d'un parc d'attractions, possibilité offerte aux riverains d'emprunter gratuitement le tram, abaissement des loyers à un niveau dérisoire.

S'agissait-il bien de la même Héliopolis qui, aujourd'hui, était une ville à part entière et se déployait presque jusqu'aux abords d'Ismaïlia ? Il avait fallu attendre l'époque moderne pour qu'hommage fût enfin rendu au baron Empain.

« Mais... trêve de comparaisons, revenons au fondateur », déclarait Gawâhri.

A la fin des années cinquante, ce dernier avait fait établir des plans pour la nouvelle ville de Madînet Nasr. Mais oui, absolument, c'est à l'instigation de Son Excellence que ce faubourg avait été construit, c'est lui qui en avait soufflé l'idée au colonel Nasser, faisant don au gouvernement d'une partie des terrains enregistrés à son nom, tout en vendant le reste au prix fort. Il avait ainsi récolté des sommes suffisantes pour sauver l'Institution de la crise de liquidités qu'elle allait subir par la suite – ce qui ne l'empêcherait pas d'être incarcéré deux mois plus tard.

N'était-ce pas lui qui avait organisé dans les années trente des circuits touristiques au bord de la mer Rouge, se proposant même de racheter des îles abandonnées et de construire un hôtel à Safâga ; las, il s'était heurté en ce temps-là à l'opposition du corps des gardes frontière.

« Regardez aujourd'hui le littoral de la mer Rouge ! C'est le noyau de la renaissance touristique, les hôtels s'y pressent les uns contre les autres, les touristes étrangers s'y rendent directement par avion ! »

L'Institution avait été la première à nouer des accords pour faire venir les groupes de touristes français, allemands et italiens. Certains des projets du grand homme n'avaient pas encore été réalisés à ce jour, tel celui de construire des hôtels en plein désert dans la région de Charq el-Uwaïnât. C'est lui qui avait attiré l'attention des sociétés pétrolières, en quête d'or noir dans le désert occidental, sur l'existence de gigantesques nappes en sous-sol, dont Dieu seul connaissait la superficie exacte !

Sans son initiative et son intelligence, les activités de l'Institution n'auraient jamais été aussi nombreuses et aussi diversifiées, à commencer par l'industrie des papiers d'emballage, à laquelle il attachait une importance particulière. Il se plaisait ainsi à répéter que l'avancement des nations et leurs progrès sont directement fonction de leurs méthodes de conditionnement et de la qualité des matières employées, qu'il s'agisse d'emballer des tomates ou des pièces d'orfèvrerie. Les activités de l'Institution comprenaient des unités de production télévisuelle, s'ajoutant aux studios de cinéma déjà créés, des sociétés d'importation de voitures, des marbreries, des stations de dessalement de l'eau de mer, une célèbre chaîne de restaurants, des banques, des sociétés actives dans tous les domaines de la filière publicitaire. Il y avait encore des sociétés de pêche, d'autres de négoce d'épaves de bateaux et de débris d'avions, des fabriques de voitures anciennes, des ateliers de découpe de dalles séchées, des fabriques de filets de pêche et de tamis pour le riz, des firmes d'exportation de fruits et de fleurs, domaine dans lequel l'Institution concurrençait la Hollande sur les marchés mondiaux, des ateliers d'usinage de pièces de rechange pour les locomotives Diesel et les chaudières de navire, qui rapportaient des monceaux de devises étrangères… sans compter les nombreuses autres activités qu'on avait peine à se figurer.

Selon Gawâhri, le véritable trésor du fondateur était son cerveau et ses talents de visionnaire ; il s'était d'abord montré réticent à l'idée d'exhumer la barque, considérant qu'il était plus approprié de la laisser enterrée, dissimulée aux regards – c'était d'ailleurs également l'avis de Amm Siddîq le Nubien, le plus dévoué de ceux qui avaient travaillé à son service. C'est que la barque comportait un talisman indéchiffrable, qui l'avait jusque-là protégée du mal, dispensant parallèlement le bien aux animaux et aux cultures, et grâce auquel la terre d'ici était incomparable à celle qu'on trouvait dans les autres régions. S'il était demeuré enfoui avec la barque, l'Institution aurait été protégée et n'aurait pas subi tous les désagréments qui s'abattirent sur elle par la suite, touchant le fondateur et Gawâhri par ricochet.

Ce dernier proclamait qu'il n'oublierait jamais les visages de ces paysans dont les aïeux travaillaient la terre depuis des millénaires, au moment d'exhumer la barque, la manière dont ils avaient observé la scène en versant silencieusement des larmes tandis qu'on extrayait le bois antique et qu'on le transportait jusqu'aux véhicules apprêtés à cet effet. Les femmes avaient poussé des hurlements prolongés, mystérieux, dont on ne savait s'ils émanaient de leur gorge ou de leur poitrine. Ce qui est sûr, c'est qu'il y avait là un mauvais présage ; dans toute la vallée, il ne s'était jamais rien produit de tel, à l'exception d'une seule fois...

Le drame survint à la fin du XIXe siècle, lorsqu'on entreprit de transporter sur des embarcations fluviales les momies des anciens pharaons, depuis leur lieu de repos de toujours, la vallée des Rois, jusqu'au musée du Caire, où elles pourraient être exposées à la vue de tous... Ce jour-là, les villageois de Thèbes s'alignèrent sur le parcours des momies, formant de longues processions mortuaires et entonnant, les larmes aux yeux, des chants funèbres, comme pour dire adieu à des êtres chers qui auraient disparu juste à cet instant et non des milliers d'années auparavant ! De même, Gawâhri avait entendu de ses propres oreilles un vieillard les mettre en garde au moment où la barque était enfin apparue aux yeux de tous : « L'ère du bien est désormais révolue ! »

Une mélopée commença à monter des gorges, les étrangers qui travaillaient au creusement de la terre ou aux fondations ne savaient que penser : la tribu se lamentait-elle véritablement sur ces vieux bouts de bois, ou bien sur la terre fertile désormais privée de ses limons et qui, de ce fait, ne verrait plus jamais pousser quoi que ce soit, ou encore sur eux-mêmes et sur le triste destin qui les attendait ?

Très vite, cependant, Gawâhri se ressaisissait. Il se rattrapait en vantant les bienfaits dont l'Institution les avait abreuvés, proclamant que si le destin avait prêté vie à son mentor, si les événements avaient suivi le cours escompté, en dépit des obstacles et des pièges, en dépit des embûches, s'ils avaient suivi ses conseils, le pays aurait fait un bond, à l'instar des quatre tigres asiatiques, les dettes ne se seraient pas amoncelées, la surpopulation n'aurait pas gagné.

Oui, poursuivait Gawâhri, le fondateur était un homme

intrépide, progressiste, ne craignant pas de se lancer à corps perdu dans un projet, payant de sa personne pour établir les contacts nécessaires. Sans lui, les relations avec les pays scandinaves n'auraient jamais été ce qu'elles étaient à présent. Quant au resserrement des liens avec les républiques socialistes désormais indépendantes, ce n'était que le résultat des contacts qu'il avait lui-même eu la perspicacité d'initier avec l'empire soviétique disloqué. Ses successeurs n'avaient fait que prendre le train en marche. Cela n'empêchait pas le dernier d'entre eux, celui qui occupait à présent son siège, d'affecter du mépris à l'égard du fondateur, insoucieux de sa mémoire, n'hésitant pas à porter tort à ses proches, y compris aux plus dévoués, ceux dont les murs du siège historique pouvaient attester la fidélité, les efforts, la sueur…

L'étage présidentiel

Jusqu'à maintenant, aucun des proches du fondateur n'avait révélé le moindre détail sur le contenu de son testament. Ce dernier était conservé quelque part au siège, son emplacement n'avait été dévoilé qu'à un petit groupe dont les membres se transmettaient jalousement le secret. Parmi les dernières volontés exprimées par le fondateur, seules deux avaient été rendues publiques, sans être démenties ou contestées par quiconque : d'une part, l'Institution devait continuer quoi qu'il arrive à être dirigée depuis le douzième étage, et ce jusqu'à effondrement complet du bâtiment ; d'autre part, un ensemble musical formé pour la circonstance et réunissant des connaisseurs du patrimoine ancien devait chaque semaine interpréter sur sa tombe le *bachraf samâï rast*[1] du grand compositeur défunt Muhammad al-Qassabgui ainsi qu'un vieux *muwachah*[2], composé par le ministre andalou Lissanuddîn ibn Khattâb – dont voici le premier couplet :

L'ondée bienfaisante en tombant t'a saisie
Nostalgie du lien tissé avec toi Andalousie
Cette communion avec toi n'était qu'un rêve
Instant de veille dérobé à un sommeil d'Ève

1. Pièce instrumentale de musique arabe savante.
2. Ode chantée de musique classique arabo-andalouse.

A vrai dire, ces instructions furent respectées à la lettre, tout le monde veilla à se conformer aux dispositions du testament, d'autant plus que Son Excellence avait pourvu à leur financement en plaçant une partie de sa fortune personnelle en waqf[1], la soustrayant de la sorte à la grande vague des nationalisations, qualifiée par certains de « marée noire de l'ère cauchemardesque ». Au nombre des biens mis à l'abri figurait une parcelle agricole à Wâdi el-Gadîd, ainsi que des ruches à Amreyya et une petite île au milieu de la mer Égée – acquise dans les années quarante par le fondateur, dans des circonstances restées mystérieuses. Il y avait fait bâtir une jolie demeure qui aujourd'hui était exploitée comme hôtel pour une clientèle internationale fortunée. On en avait une idée précise grâce à Amm Siddîq qui, ayant suivi Son Excellence dans tous ses déplacements à l'étranger, avait eu l'occasion de la visiter.

Amm Siddîq comptait parmi les fidèles du fondateur : c'est lui qui lui préparait son café, une tasse le matin et une autre le soir, selon une méthode exclusive. Il utilisait une mouture dont lui seul avait le secret, à base de grains de café mélangés à des épices rares, dont certaines ne poussaient qu'au Soudan, d'autres seulement en Inde, en Somalie et sur la côte orientale de l'Afrique. Amm Siddîq était également le barbier personnel du fondateur et passait à ce titre pour l'un de ses proches les plus intimes et les plus dévoués, concurrencé en cela seulement par Gawâhri et par l'Idiot muet.

Il faut croire qu'en dépit des changements politiques à la tête de l'Institution et des revirements de stratégie qui en avaient découlé, en dépit de comportements qui semblaient s'apparenter à de l'ingratitude ou de l'infidélité, certaines valeurs n'avaient pas été remises en cause par les dirigeants successifs, même si ce n'est pas faute d'en avoir eu envie.

Ainsi du siège historique, auquel aucun d'entre eux n'avait eu l'audace de faire subir des altérations. Certes, cela ne les

1. Biens constitués en mainmorte par des fondations pieuses.

avait pas empêchés d'initier, chacun à son tour, la construction de nouveaux locaux. La pratique était entrée dans les mœurs : aussitôt nommé, le nouveau président s'empressait de lancer des études en vue de l'édification d'un nouveau siège ; cependant, aucun n'avait osé en concevoir un plus grand que le siège initial.

Ce dernier demeurait semblable à lui-même, comme s'il venait d'être achevé la veille, arborant une façade impeccablement conservée bien que la peinture n'eût jamais été refaite. A l'intérieur régnait une atmosphère de sérénité et chaque pan – couloirs, chambres, vestibules – respirait la solidité. Quant au douzième étage, aucun autre ne dégageait une aura comparable. Il impressionnait durablement tous ceux qui étaient amenés à y monter, ceux qui étaient admis à pénétrer dans le bureau circulaire du président, dans le fumoir ou encore dans la bibliothèque privée ; même les bureaux du secrétariat et les différentes salles de télécommunication dégageaient une aura exceptionnelle, qui ne pouvait se comparer qu'à celle des appartements royaux au palais Abdîn. De là-haut, à travers les grandes baies vitrées, le monde extérieur apparaissait lointain, irréel, comme si l'on se trouvait sur une autre planète. Quant aux bruits, ils produisaient un écho entièrement différent ; ici, on éprouvait un sentiment de familiarité et de saisissement mêlés, ressenti par tous ceux qui avaient parcouru ce corridor ou pénétré dans les pièces attenantes. Beaucoup s'étaient efforcés de le décrire, certains poètes avaient même tenté de le chanter en vers, mais aucun d'entre eux n'avait véritablement réussi à exprimer cette atmosphère incomparable qui lui conférait une dimension mystique et impressionnait tant ses visiteurs.

Aucun des cinq autres bâtiments, abritant les différents départements, ne possédait une telle aura. Même le troisième bâtiment, établi au cœur du quartier de Mohandessîn et qui donnait sur le siège de la Ligue arabe, avec ses vingt-quatre étages et ses équipements modernes – climatisation centralisée, ascenseurs électroniques, systèmes d'alarme sophistiqués n'ayant leur équivalent qu'au Pentagone – ne pouvait nullement rivaliser avec le siège historique.

Lorsque certains membres du personnel furent contraints d'y déménager leurs bureaux, sur ordre de la direction, ils pleurèrent à chaudes larmes, certains lâchèrent des sanglots sonores, quelques-uns même s'évanouirent : c'est que le siège historique était cher au cœur de tous. Du reste, ce bâtiment flambant neuf ne tarda pas à se dégrader, il semblait usé et, bien qu'une société de nettoyage privée eût été chargée de l'entretenir, il donnait une impression de saleté permanente, au contraire du siège historique dont les murs et le sol étaient si propres et si brillants que l'on pouvait y voir son reflet. D'ailleurs, cet entretien ne nécessitait pas beaucoup d'efforts, la tâche était aisée et les employés se portaient volontaires pour l'accomplir.

D'autre part, tous les bâtiments de l'Institution, à l'exception du siège historique, avaient vu leur construction entachée par des soupçons d'irrégularités, de malversations diverses ou d'utilisation de matières premières frelatées. Les rumeurs s'intensifièrent après qu'un des quatre ascenseurs eut chuté du septième étage avec ses passagers, et, n'eût été la miséricorde divine, des innocents en auraient payé le prix de leur vie. Certains mirent cela sur le compte de la corruption, les travaux d'étude et de construction ayant été attribués à un cabinet de conseil dirigé par trois professeurs d'université dont l'un était le gendre du Premier ministre !

Gawâhri avait du mal à le digérer : quel besoin l'Institution, qui regorgeait d'experts en construction, avait-elle eu d'aller en chercher d'autres à l'extérieur ; d'ailleurs, ces derniers disposaient-ils seulement de l'expertise qu'on leur prêtait ? Du temps de Son Excellence, l'Institution n'avait-elle pas procédé à la rénovation du mausolée du Taj Mahal, du palais royal de Kaboul, et réalisé l'extension du réseau d'adduction d'eau jusqu'au sanctuaire de La Mekke ? Quant à ses réalisations architecturales disséminées dans le monde arabe, elles étaient bien debout, fièrement campées jusqu'à ce jour, alors enfin, qu'avait-on eu besoin de recourir à des gens de l'extérieur ?

Même Amm Siddîq, renchérissait Gawâhri, si on l'avait chargé des travaux, s'en serait sorti mieux que cela.

Amm Siddîq ? !

Mais oui, parfaitement, ne lui avait-on pas confié l'aménagement des étages souterrains, ces locaux secrets où seuls de rares employés, choisis parmi les anciens – les nouveaux, quant à eux, en avaient à peine entendu parler –, avaient été admis tout au long de l'histoire de l'Institution ? Les années passant, ces étages étaient devenus une énigme, ils semblaient très lointains malgré leur proximité, les employés en parlaient comme s'ils étaient situés dans un autre pays, même les appareils de sûreté de l'État avaient commencé à les considérer avec suspicion car, puisque secret il y avait, c'était sûrement pour dissimuler quelque turpitude...

Après la déroute majeure, Amm Siddîq fut incarcéré et torturé, on voulait lui faire avouer les emplacements de ces étages, leurs issues, leur contenu, mais on ne put lui soutirer un seul mot, il refusa de parler, même sous la pression des électrochocs, même lorsqu'on le fit asseoir de force sur une bouteille au goulot brisé, même lorsqu'on lui arracha un à un les poils de l'aine. Jusqu'à nos jours, son attitude figure au programme du centre de formation de la police secrète, pour illustrer la capacité de résistance à la torture que peuvent manifester certains opposants.

Amm Siddîq – tout le monde l'appelait ainsi « oncle » en signe de respectueuse familiarité, à l'exception de l'actuel président – était un homme maigre et dégingandé. Il avait noué des liens avec le fondateur dès sa petite enfance, puisqu'il était employé comme cuisinier dans la maison familiale, où il s'était spécialisé dans la confection de ces beignets levantins raffinés appelés *asafîri*. C'est également de cette époque que datait son savoir-faire dans la préparation du café ; la mouture spéciale qu'il utilisait ferait plus tard sa renommée parmi les amateurs de café en visite chez le fondateur – chefs d'État en exercice, souverains déposés et chefs de parti politique. On lui prêtait un rôle important dans l'éducation du fondateur, mais peut-être s'agissait-il d'une exagération – en tout cas, Gawâhri écartait catégoriquement cette hypothèse. En fait, nul ne connaissait exactement son âge, aucun acte officiel n'ayant été établi à sa naissance…

Au moment de l'embaucher définitivement dans les rangs de l'Institution, on le soumit à un examen médical afin de déterminer son âge, au moins approximativement – cette information était indispensable pour lui ouvrir un dossier au service du personnel. Un médecin spécialisé lui ausculta le cœur, un autre le système circulatoire, un troisième les dents, un quatrième les doigts, un cinquième les os. Tous ces spécialistes se réunirent ensuite pour débattre – en anglais – de son âge, qu'ils estimèrent finalement à trente-deux ans. Gawâhri, pour sa part, jugeait cette estimation bien inférieure à la réalité, pour lui, l'homme avait quarante ans au bas mot ; il en voulait pour preuve l'anecdote – que Gawâhri tenait de la bouche même du fondateur – selon laquelle le Hâgg Abbâs II, nommé khédive d'Égypte en 1892, avait fait venir Amm Siddîq au palais Abdîn afin qu'il lui prépare les fameux beignets lors des banquets royaux.

Quoi qu'il en soit, la vieillesse ne semblait pas avoir de prise sur Amm Siddîq, et jusqu'aux derniers jours de son maître, alors qu'il était sur son lit de mort, Amm Siddîq avait continué de lui tailler la barbe sans que la lame de rasoir ne tremblât entre ses doigts, et à lui servir son café sans faire frémir la surface du breuvage. Il ne renonça à cette pratique que contraint et forcé, quand le fondateur fut transporté hors du pays pour se faire soigner à l'hôpital londonien de Charing Cross.

Après avoir assisté au décollage de l'avion qui emportait son maître, il resta debout sept heures d'affilée, scrutant le point où l'avion avait disparu, ce qui faillit d'ailleurs provoquer un incident, les agents de la Sécurité du territoire stationnés dans l'aéroport ayant fini par juger suspecte cette silhouette qui demeurait figée malgré la nuit tombée.

En fait, à cette époque, la vraie crise était déjà survenue. Le fondateur était tombé en disgrâce et les autorités politiques avaient nommé par décret un officier en retraite pour lui succéder à la tête de son empire. Au vrai, on n'avait pas choisi cet officier par hasard, ni pour son appartenance au cercle des gens de confiance, mais clairement par vengeance à l'égard du fondateur qui l'avait un jour pris à partie et humilié publiquement : « Tais-toi donc, tu ne comprends rien à rien ! » lui avait-il lancé devant un parterre d'économistes et d'hommes d'affaires...

L'arrivée de cet intrus causa un choc parmi les employés fidèles, cependant seuls trois d'entre eux osèrent piper mot : Gawâhri, l'Idiot muet – sempiternellement planté devant le siège historique – et Amm Siddîq.

Gawâhri déposa une demande de congé sans solde mais, celle-ci lui ayant été refusée, il ne put s'absenter un seul jour ; il sombra alors dans une spirale de complications médicales qui imposaient, au dire du médecin radiologiste, de le dispenser de pointer le matin. L'Idiot muet, pour sa part, disparut totalement de sa place devant l'entrée du bâtiment, il partit se poster de l'autre côté, non loin de l'abîme sans fond, et cessa de se redresser brusquement comme il en avait l'habitude aussitôt que quelqu'un lui tirait l'oreille gauche, ou encore de pousser son cri terrifiant. Quant à Amm Siddîq, il subit le sort qu'il devait subir...

Dès le premier instant, le nouveau président qui s'était trouvé parachuté dans l'Institution et qui n'avait jamais versé pour elle la moindre goutte de sueur se comporta comme s'il avait Amm Siddîq dans le collimateur. Le matin de son arrivée, il s'installa directement dans le siège du fondateur. C'est du moins ce qu'il croyait : en fait, on apprit par la suite que le fauteuil d'origine avait été dissimulé par une main inconnue. Personne, pas même Gawâhri, ne parvint jamais à en savoir plus.

Le fauteuil n'était réapparu que des années plus tard, au grand retour du fondateur après que celui-ci eut purgé sa disgrâce. Amm Siddîq, tirant le siège légèrement vers l'arrière, avait déclaré, assez fort pour être entendu de toutes les huiles qui avaient escorté Son Excellence jusqu'à son bureau : « Nul ne s'est permis de le toucher durant votre absence. »

Le fondateur avait considéré Amm Siddîq avec gratitude, l'enveloppant de ce regard singulier et bienveillant qui était sa marque. Il n'avait pas ouvert la bouche, se contentant de tendre la main pour tapoter l'épaule du vieil homme, qui s'était incliné, au comble de l'émotion, on aurait dit qu'il allait baiser la main tendue vers lui, mais il n'en avait rien fait... Revenons cependant aux démêlés de Amm Siddîq avec le président parachuté...

En arrivant le premier jour, ce dernier ne se donna même pas la peine d'aller jusqu'à Amm Siddîq comme faisait le fondateur chaque matin. Restant à distance, il se contenta de lui lancer, de loin, qu'il avait l'habitude de boire son café sans sucre et que celui-ci devait lui être apporté dès son arrivée, ponctuant son propos d'un sonore : « Compris ? ! »

Amm Siddîq opina et sortit silencieusement après s'être légèrement incliné, à l'ancienne – il connaissait parfaitement les usages. Il se dirigea vers le téléphone intérieur et commanda au buffet du quatrième étage une tasse de café sans sucre.

« Pour où ? s'entendit-il demander.

– Pour le dernière étage, chez le président... »

Après l'avoir réceptionnée à l'entrée du bureau, il apporta lui-même la tasse au président qui l'accueillit par des cris de colère : « J'exige que tu le prépares toi-même, tu m'entends ? ! » hurla-t-il en pointant un index menaçant sur Amm Siddîq...

A ce stade, les récits divergeaient, ni Amm Siddîq ni le président parachuté ne donnèrent jamais leur version de l'incident.

Selon certains, Amm Siddîq l'avait scruté longuement, de ce regard silencieux, froid et pénétrant qui, autrefois, lors de la construction du siège historique, avait terrifié les ouvriers du Saïd les plus endurcis, jetant l'effroi dans leur cœur et les glaçant jusqu'à l'os. Face à ce regard, le président parachuté avait rapidement fait marche arrière, le suppliant de ne pas lui en vouloir, de ne tenir aucun compte de ce qui s'était passé !

Des employés du département des Installations touristiques assuraient, pour leur part, que le digne Amm Siddîq s'était penché lentement au-dessus du bureau présidentiel, appuyant ses deux mains sur le rebord, avant de déclarer d'une voix emphatique et solennelle, bien audible : « Ni toi, ni tes maîtres ! »

Dans une autre version encore, il lui avait lancé : « Quand bien même tu menacerais de me trancher les mains, je ne te préparerais pas ta tasse de café... » Le président parachuté avait tressailli, il semblait épouvanté, peut-être avait-il entendu parler des talismans dont Amm Siddîq avait le secret, des formules magiques qu'il avait enfouies dans les fondations du bâtiment, et que tous s'accordaient à reconnaître comme la cause de sa solidité et de sa résistance. Mais cette hypothèse suscitait à son tour certaines interrogations : s'il en allait ainsi, pourquoi Amm Siddîq n'avait-il pas préparé de talisman capable de guérir son ancien maître ?

Quoi qu'il en soit, en dépit des nombreux récits et des versions divergentes, le seul à garder le silence, celui qui ne desserra jamais les dents sur cette affaire, c'est bien Amm Siddîq lui-même. La seule certitude, c'est que le fondateur disgracié avait été mis au courant de tous les détails, même les plus surprenants...

Par une froide matinée d'hiver, le président finit par supplier Amm Siddîq – pour un peu, il lui aurait baisé les mains – de lui préparer son café... rien qu'une tasse, sans sucre, de daigner le lui servir selon cette méthode connue de lui seul, qui lui valait l'admiration des invités, particulièrement les étrangers, venus de la péninsule arabe ou des pays occidentaux, puis il lui avoua franchement qu'il ne se sentirait un président à part entière que lorsqu'il aurait pu siroter une gorgée, une lampée seulement, du breuvage aromatisé.

Las, Amm Siddîq refusa, et ce refus fut considéré par la suite comme un modèle de conduite par tous les employés. On peut même dire que cet incident fut le premier d'une série qui contribua à rendre les jours du président parachuté plus noirs que la corne de caroubier.

Naturellement, ce dernier n'osa jamais mettre Amm Siddîq à contribution pour lui tailler la barbe, cela aurait signifié confier sa gorge à une lame de rasoir aiguisée, tenue par des mains peu dignes de confiance... Il faut dire qu'aucune des pratiques matinales instaurées par le fondateur ne fut poursuivie durant le mandat des présidents suivants, à commencer par le rasage.

Érigé en rituel, le rasage s'effectuait à l'aide d'instruments dorés à l'ancienne : un petit miroir ovale de fabrication belge ; un blaireau à crins de cheval, prélevés sur un descendant de la lignée d'al-Abjar, un des plus célèbres pur-sang arabes ; du savon de Paris, dont l'approvisionnement ne s'était jamais interrompu en dépit des nombreuses années de restriction des importations ; du parfum d'ambre du Cachemire, dont le fondateur était friand et dont il humait chaque matin les effluves avec délectation. C'était d'ailleurs un grand admirateur de l'Inde, mais c'est là une autre histoire qui nécessiterait de longs développements.

Tous les instruments de rasage avaient été conservés jusqu'à maintenant dans le musée de l'Institution, même le peigne d'ivoire auquel des cheveux de Son Excellence étaient encore accrochés : il était exposé là, ainsi que les tasses à café frappées à ses initiales et le coupe-papier de cristal qui ne quittait jamais ses mains tandis qu'il conversait avec ses invités. Depuis la disparition du fondateur, Amm Siddîq s'estimait personnellement investi de la mission de conservation et s'en était jusque-là acquitté à la perfection.

N'ayant jamais quitté cette parcelle depuis le début des travaux de construction, il en avait vécu toute l'histoire. Le premier, il était descendu dans l'excavation juste après la découverte de la barque, afin d'en examiner les bois. C'est d'ailleurs cela qui faisait dire aux haineux de tous bords qu'il connaissait le montant du trésor et son emplacement secret, que c'était lui en personne qui l'avait mis à l'abri. Mais les anciens, attachés aux valeurs authentiques, se gaussaient de ces affirmations. Les ouvriers, pourtant des solides gaillards du Saïd, connus pour leur bravoure, tremblaient de peur lorsqu'ils le voyaient. Il n'était pas une pierre de la construction initiale qui n'eût été posée sans son aval.

Et le résultat était là : le bâtiment semblait encore flambant neuf, comme si la construction avait été achevée il y a peu, comme si les dizaines d'années écoulées ne lui avaient pas pris leur tribut. Ses murs étaient propres et lisses, bien qu'on n'eût encore jamais procédé à un ravalement. En comparaison avec les immeubles construits plus tard par les successeurs du fondateur, c'est lui qui paraissait le plus récent, le plus rutilant, en dépit de son antériorité.

Certes, le deuxième siège arborait vingt étages et était équipé de la climatisation centralisée, de systèmes d'alarme sophistiqués, de portes qui s'ouvraient automatiquement dès qu'on s'en approchait, mais il n'avait aucunement réussi à supplanter le siège historique, ni par son apparence, ni par sa place dans le cœur des gens. Ce n'était un secret pour personne que le docteur Milâd Hanna, l'illustre professeur d'architecture, avait recommandé d'abattre les quatre derniers étages, qui représentaient une menace pour les fondations, mais la mise en conformité n'avait pas encore eu lieu, du fait de l'intervention des fils du deuxième président. Ces derniers étaient tous des hommes d'affaires en vue disposant toujours d'une large influence : ils avaient vu là une atteinte à la mémoire de leur père et une confirmation des allégations de malversations qui ne pouvaient être que le fait d'esprits malintentionnés.

Les anciens employés qu'on contraignait à déménager dans le nouveau bâtiment le prenaient très mal, ils se lamentaient de devoir quitter ce lieu auquel ils tenaient tant. Souvent, ils continuaient à y venir pour un oui ou pour un non, bien que leurs nouveaux bureaux fussent plus spacieux et plus confortables. Face à la multiplication des tensions, le deuxième président dut prendre un décret – placardé sur le panneau près de l'ascenseur historique – pour rappeler à chacun l'obligation de demeurer à son poste et de s'abstenir de tout déplacement non justifié par des nécessités de service.

L'attachement des employés, particulièrement les plus anciens, au bâtiment était bien connu, pour la plupart, ils en parlaient spontanément lorsqu'on les interviewait – dans le cadre des nombreux programmes d'information que les télévisions locales ou étrangères avaient consacrés à l'Institution au cours de ces dernières années.

Il en allait tout à fait différemment des autres bâtiments qui, contrairement au siège historique, étaient l'objet de mises en cause nombreuses. Ils avaient vieilli très vite, comme si c'étaient eux les plus anciens. Pis, une longue fissure fut découverte dans la façade du deuxième bâtiment, et l'agence Reuter y consacra une longue enquête. Cependant, les responsables réagirent prestement, publiant des encarts publicitaires à la une des journaux pour dénoncer les tentatives de certains intérêts étrangers de souiller la réputation des entrepreneurs nationaux. Ils proclamèrent que le bâtiment obéissait aux normes scientifiques les plus modernes, tant par sa conception que par son exécution, pour laquelle on avait utilisé les procédés et les matériaux les plus performants.

Cela ne suffit cependant pas à stopper les rumeurs qui circulaient à l'intérieur même de l'Institution : on parlait d'escroqueries, de commissions exorbitantes, et la chute d'un des quatre ascenseurs vint relancer les campagnes de dénigrement. Amm Siddîq le Nubien affirma que Dieu s'était montré miséricordieux, que, sans Sa bonté, des innocents auraient péri. Il fit le parallèle avec les vieux ascenseurs Schindler du siège historique, qui continuaient à fonctionner avec la précision d'une horlogerie suisse, sans avoir jamais bénéficié d'aucune opération de maintenance au cours des dix dernières années. C'est vrai... qui aurait osé à l'époque du fondateur – Dieu ait son âme – utiliser des matériaux frelatés, non conformes aux spécifications données, qui ?

Devant l'accumulation des ragots et des critiques formulés dans une revue affiliée au courant religieux extrémiste d'un pays arabe voisin, le deuxième président annonça qu'il allait lui-même s'installer dans le nouveau bâtiment, équipé de l'ensemble des moyens de télécommunication modernes. Voulant démontrer la solidité du nouveau bâtiment et marquer les esprits, il affirma qu'il y passerait de plus en plus de temps. Il espérait que cette pratique s'étendrait ultérieurement à tous les autres locaux, de sorte que le douzième étage serait relégué au rang de siège présidentiel alternatif.

Amm Siddîq le Nubien ne cacha pas son hostilité et ses craintes, il semble qu'il ait eu la prémonition de la déchéance future, de ce jour où le gouvernail serait pris en main par les prostituées, les proxénètes, ceux qui ne tenaient de rien ni de personne. Ce qu'il ne supportait pas, c'était cette idée d'étages présidentiels concurrents, quand lui et les anciens les plus fidèles n'en reconnaissaient qu'un seul, le douzième étage du siège historique, avec lequel aucun autre lieu ne pouvait rivaliser par le prestige ou la légitimité. Nul ne pouvait prétendre au pouvoir à moins de s'y établir durablement.

Une surprenante pérennité

Les envieux, les rancuniers, les handicapés de la sensibilité attribuaient la réussite de l'Institution, sa pérennité et son développement à la stabilité qui l'avait caractérisée jusqu'au début des années soixante – soit jusqu'aux nationalisations. Ils faisaient mine d'ignorer les efforts du fondateur et son talent visionnaire, son habileté à créer *ex nihilo* un empire immense, reconnu pour sa puissance et sa valeur emblématique, non seulement en Égypte, mais aussi à l'échelle internationale.

De l'avis unanime, l'histoire de l'Institution pouvait être divisée en deux périodes, séparées par les nationalisations, au début des années soixante. La seconde phase, qui se poursuivait jusqu'à maintenant, avait été caractérisée par un décollage industriel et une expansion économique sans précédent, mais le fondateur, hélas, n'en avait vécu que le commencement. Très vite, il avait été rattrapé par cette terrible maladie dont il avait enduré les cruelles souffrances avec un courage stoïque, forçant l'admiration de ses médecins traitants, qu'ils fussent égyptiens, anglais ou irlandais. Même lors des crises les plus aiguës, il ne s'était jamais départi de son charme subtil et séduisait encore les plus jolies infirmières, pas plus qu'au moment de subir la radiothérapie qui avait marqué de taches brunes ses joues et son cou. Gawâhri lui-même n'avait pu supporter un tel spectacle, il était sorti de l'hôpital en larmes, sanglotant sur le sort de cet homme que le pays ne pourrait remplacer de sitôt, tant il charmait ses interlocuteurs et captivait les auditoires, de ce séducteur auquel les plus grandes beautés s'étaient révélées incapables de résister.

D'ailleurs, son pouvoir sur les femmes était notoire : elles se pâmaient sous son regard, cédaient à ses avances et se laissaient séduire par son espièglerie. Il était un des rares à avoir connu des aventures avec des princesses de la famille royale. Certains de ses exploits en la matière avaient été adaptés en scénarios et projetés dans les « théâtres d'images », comme Gawâhri s'obstinait à appeler les salles de cinéma.

Il faut dire que ce dernier était attaché au respect des traditions, à commencer par les résolutions de l'Académie de langue arabe, dont il se tenait informé et qu'il apprenait par cœur. Il se refusait par exemple à utiliser les mots importés comme « sandwich », lui préférant l'expression « contenu frais enserré entre deux tranches de pain placées en opposition ». Tout le monde en riait sous cape – nul n'aurait osé se gausser de lui ouvertement, excepté Amm Siddîq.

Dans le domaine linguistique, Gawâhri était une référence à ne pas sous-estimer, bien qu'il n'eût aucun lien avec le monde littéraire. Seuls deux faits étaient établis : il savait lire et possédait une collection rare de livres et de manuscrits. Le fondateur, aussitôt qu'il en avait eu vent, l'avait encouragé, lui allouant une prime intitulée « indemnité de documentation ». Il lui avait recommandé d'assister aux sessions de l'Académie, après avoir sollicité et obtenu pour lui l'accord de Taha Hussein et d'Ahmad Lutfi al-Sayyed[1].

Bientôt, Gawâhri était devenu une des éminences de l'Académie, particulièrement après que les journaux eurent tressé plusieurs fois son éloge, au même titre que celui du plus illustre supporter du football-club de Zamâlek, du plus célèbre lecteur de journaux, du poète paysan, du chanteur ouvrier, du fils de la campagne, du « rossignol brun » Abdelhalîm Hâfez ou

1. Écrivains égyptiens et penseurs de renom, respectivement ministre de la Culture et président de l'Académie de langue arabe avant la Révolution.

encore de la « vierge de l'écran » Fâten Hamâma... Quant à lui, on l'avait surnommé l'amoureux de l'Académie... On raconte que Taha Hussein aimait le taquiner et lui prêtait une oreille attentive. Mais Gawâhri gardait tout cela pour lui, de même qu'il n'avoua jamais être l'auteur des discours du fondateur, considérés comme des chefs-d'œuvre de raffinement, des monuments de rhétorique, des joyaux des belles-lettres. Ce qui est sûr, c'est que certains chefs d'État avaient fait appel à ses services, sur l'entremise... du fondateur lui-même, sans l'aval duquel Gawâhri n'avait jamais rien entrepris.

C'était un virtuose dans l'art de tourner les expressions et d'inventer des slogans ou des petites phrases percutantes qui marquaient les esprits. On lui attribuait certaines des plus célèbres citations de ce siècle, comme :

« C'est pour l'Égypte que nous avons signé le traité, et c'est pour l'Égypte que nous le résilions. »

« Je suis musulman par la nationalité et copte par la religion. »

« Nos ennemis peuvent en témoigner plus encore que nos amis. »

« Ce qui a été pris par la force ne peut être récupéré que par la force. »

« Aucun bruit ne peut couvrir le bruit de la bataille. »

Un jour, il avait déploré l'ignorance de la langue arabe manifestée par les politiciens contemporains. On avait beau leur préparer leurs discours avec des signes diacritiques à l'encre rouge, cela ne les empêchait pas de commettre de graves fautes de prononciation ; et encore, ce n'était pas le pire : le pompon, c'est que certains allaient jusqu'à s'exprimer en langue dialectale !

Le développement récent du secteur privé et l'activisme des hommes d'affaires aidant, Gawâhri s'était vu proposer par le directeur d'une firme publicitaire de concevoir des slogans destinés à vanter des parfums ou à promouvoir des compagnies aériennes. Cette proposition l'avait choqué au-delà de toute mesure, il s'était saisi d'un gourdin et, n'eût été l'intervention de son fils qui s'était interposé au dernier moment, il l'aurait certainement abattu sur la tête du démarcheur qu'on lui avait dépêché. En revanche, lorsque le directeur d'une revue arabe lui avait proposé de raconter ses souvenirs personnels sur le fondateur dans une série de vingt épisodes destinés à être ensuite rassemblés en recueil, il s'était abstenu de signe d'irritation, se contentant d'un refus poli malgré la rémunération, une somme astronomique pour l'époque – on avait cité le chiffre de vingt mille dollars.

Les seuls qui pouvaient rivaliser avec lui dans son attachement au fondateur étaient Amm Siddîq, l'Idiot muet, Ateyya Bey – expert en propagation de rumeurs – ainsi que les premiers employés, qui n'avaient pas ménagé leur sueur en faveur de l'Institution. Il était le seul dont la fidélité n'avait jamais failli malgré tous les obstacles. Lorsque l'absence du fondateur, cloué dans son hôpital londonien, s'était prolongée, Gawâhri, mobilisant toutes ses économies, était parti à ses frais pour être aux côtés de son maître durant ses derniers jours. Pendant la déroute majeure, il s'était montré d'une loyauté exemplaire, multipliant les hauts faits transmis de bouche à oreille par les nouveaux employés et par tous ceux qui s'intéressaient à l'histoire de l'Institution. Mais revenons à notre récit.

Le fondateur n'avait pas été surpris par la décision de nationaliser l'Institution, c'est comme s'il s'y était toujours attendu.

En l'apercevant au matin de la promulgation des décrets, les fidèles de longue date n'en revenaient pas, ses lèvres esquissaient un sourire, sa légendaire cigarette – de celles qu'on fabriquait spécialement pour lui, frappées de ses initiales et du logo de l'Institution – au coin de sa bouche.

Il ne semblait pas ému outre mesure. A aucun moment, il n'avait perdu son sang-froid ou cédé à l'accablement, contrairement à quelques-uns de ses pairs qui finirent par quitter le pays pour s'établir à l'étranger, où ils publièrent parfois des ouvrages hostiles ou participèrent à des œuvres de propagande orchestrées par certains services secrets occidentaux.

Lui, au contraire, n'avait rien perdu de son dynamisme. Pour Gawâhri, il avait anticipé les nationalisations dès 1954, soit sept ans avant leur proclamation, au cours d'une de ses rencontres privées avec Gamal Abdel Nasser. A la suite d'une cérémonie de distribution de titres de propriété aux paysans démunis, dans le chef-lieu d'el-Dulungât, le *zaïm*[1] l'avait emmené avec lui dans sa résidence de travail, aménagée avec simplicité. Là, il lui avait confié ses idées sur la nationalisation des grandes sociétés d'infrastructures; après avoir écouté attentivement, le fondateur avait déclaré l'idée intéressante mais prématurée; selon lui, une telle réforme ne pouvait être mise en œuvre avec succès qu'à l'issue d'un délai minimal de cinq ans.

Le fondateur avait expliqué que les sociétés d'infrastructures étaient aujourd'hui au nombre de vingt-quatre, réparties sur douze secteurs d'activité. De par les contacts solides qu'il avait noués avec les cercles d'affaires occidentaux, il était en mesure d'affirmer qu'une nationalisation immédiate se heurterait à un violent rejet de leur part . Dans cinq ans en revanche, ces sociétés se seraient multipliées et consolidées, elles seraient suffisamment établies pour ne pas souffrir d'un éventuel boycott.

Le président Nasser avait hoché la tête sans rien dire. Est-il possible que ce dialogue ait été la cause du report des décrets de nationalisation jusqu'en 1961?

Peut-être...

En même temps qu'était promulguée la loi sur les nationalisations, un décret présidentiel sans précédent fut pris, selon lequel le fondateur était reconduit à son poste, avec toutes ses prérogatives, auxquelles on en avait même ajouté de nouvelles, comme la présidence de la Société des équipements de haute mer, dont l'ancien dirigeant avait fui le pays par les frontières méridionales. De même il fut décidé de conserver l'ensemble des actifs commerciaux appartenant

1. Titre attribué aux dirigeants politiques les plus charismatiques.

aux sociétés d'infrastructures, à commencer par les immeubles, les véhicules, jusqu'aux rames de papier à en-tête.

Il y avait dans l'histoire contemporaine d'autres exemples de telles permanences à travers les époques, témoin cette anecdote rapportée par le troisième président de l'Institution qui, avant sa nomination, avait passé dix ans en Europe. Invité en Allemagne de l'Est, au plus fort du régime communiste de Walter Ulbricht[1], il fut amené à visiter la gare centrale de Leipzig. Son accompagnateur, qui maîtrisait la langue arabe, lui fit remarquer que les wagons, reconnaissables à leur couleur vert foncé, portaient tous l'ancienne inscription nazie : CHEMINS DE FER DU IIIe REICH. Son guide s'empressa d'ajouter que ce maintien était dû à des considérations historiques et diplomatiques engageant des relations entre États.

De même, le nom de la première et unique épouse du fondateur était resté intact au fronton de la prestigieuse fabrique de savon et du laboratoire de cosmétiques. Son amour pour elle était de notoriété publique, jusqu'aux derniers jours de sa vie, il ne l'avait jamais oubliée. Quant à ses conquêtes, dont le nombre dépassait tout ce qu'on pouvait imaginer, elles participaient uniquement d'une quête pour trouver celle qui serait capable de lui rappeler son épouse, même si, évidemment, il gardait cette motivation pour lui.

Son épouse était morte subitement alors qu'elle était encore jeune, pleine de vitalité, elle avait éternué une seule fois, et cela avait suffi à faire exploser une artère irriguant le cerveau. Le drame avait provoqué en lui une détresse immense. Il lui arrivait de revivre intérieurement leurs instants communs, ce que personne ne remarquait, excepté Amm Siddîq, qui avait un don sans pareil pour lire dans les pensées de son maître.

1. Homme politique allemand (1893-1973), premier secrétaire du Parti socialiste unifié.

Les contempteurs de cette période assuraient que le maintien tel quel des symboles et du patrimoine commercial n'était pas un signe de tolérance de la part du leader de la Révolution, ni une concession obtenue par le fondateur, mais simplement une nécessité économique internationale : le nom de l'Institution était connu aux quatre coins du monde, sa valeur intellectuelle n'avait pas de prix, certains amateurs d'évaluations l'avaient estimée à un milliard de dollars. Si tel était son prix au début des années soixante, que dire alors de sa valeur aujourd'hui ? !

Les employés n'avaient pas remarqué le moindre bouleversement, même après que le pouvoir eut infiltré l'Union de la jeunesse et certains de ses membres au cœur de l'Institution : le fondateur continuait de jouer un rôle prépondérant et le personnel était tenu à l'écart des réunions très secrètes qui avaient lieu dans le bureau circulaire. Il avait également élaboré lui-même certains des slogans révolutionnaires scandés au stade du Caire durant les grandes célébrations. De même, il avait parfaitement assimilé les règles de la concertation syndicale : lorsque les syndicats réclamaient une augmentation de deux livres, il renchérissait immédiatement en leur en proposant quatre. A peine avait-il eu vent de leur intention d'aborder le sujet de l'assurance sociale qu'il s'était empressé de conclure un accord privé avec des grands médecins, ouvrant droit à consultation et au traitement pour les employés ainsi qu'à leurs familles, y compris leurs parents jusqu'au quatrième degré.

Quant aux profits de fin d'année, la part qu'en percevaient les employés – même ceux qui avaient été recrutés dernièrement – était sans commune mesure avec les sommes versées ailleurs. L'Institution était rapidement devenue le rêve de tous ceux qui aspiraient à une carrière. D'ailleurs, ce n'est pas tout, les primes et les allocations exceptionnelles s'étaient multipliées, tant et si bien que les envieux avaient accusé le fondateur de conduire l'Institution à sa ruine ; cependant, les bilans publiés démentaient cette allégation, l'Institution ayant enregistré dans les années soixante un rythme de croissance jamais égalé.

Le souvenir de cette période inspirait cependant à Gawâhri un sentiment d'oppression et de tristesse, il se remémorait le désespoir qui l'avait saisi chaque fois que l'Institution avait vu débarquer une nouvelle recrue – imposée au fondateur par le régime, avec pour toute qualification un lien d'affinité ou de parenté avec tel ou tel haut responsable. C'est pourquoi Gawâhri distinguait deux catégories d'employés : d'un côté, les authentiques, c'est-à-dire les anciens recrutés personnellement par Son Excellence, ceux à qui il avait fait subir lui-même les neufs célèbres épreuves de sélection ; de l'autre, les pièces rapportées, les intrus, ceux qui avaient été admis grâce à des lettres de recommandation ou des coups de téléphone passés au moment opportun. Il est vrai que, de son vivant, le fondateur avait pleinement réussi à les circonscrire, et même parfois à les transformer en fidèles dévoués.

Toutefois, la situation avait désormais changé : l'un d'entre eux était parvenu au poste de directeur général, un autre avait même failli remporter la présidence de l'Institution et s'installer au douzième étage, s'asseoir dans le fauteuil de Son Excellence, parler dans son téléphone, appuyer les mains sur son bureau. Heureusement, Dieu s'était montré miséricordieux, et l'intrus n'était pas arrivé à ses fins, mais c'est là une autre histoire dont les détails viendront à leur heure. Toujours est-il que Gawâhri devait par la suite persister à les considérer comme des pièces rapportées, quel que soit le rang qu'ils atteignaient dans la hiérarchie. Quant à l'officier en retraite qui prit les rênes après la déroute majeure, Gawâhri se refusa toujours à l'inclure parmi ceux qui s'étaient succédé dans le fauteuil présidentiel. L'ignorant complètement, il le bannit non seulement de sa mémoire personnelle mais aussi de l'histoire de l'Institution, aimant à rappeler fièrement que jamais il n'avait mis sa main dans celle de cet imposteur. De même, Amm Siddîq endura toutes les humiliations mais n'accepta jamais, au grand jamais, de servir le café à un autre qu'au fondateur.

Ce qu'il faut souligner, c'est que les attentes des esprits malveillants s'étaient trouvées déçues après la nationalisation. L'Institution n'avait pas été touchée comme ils l'espéraient, les cinq ans de transition lui ayant permis de se préparer. Au contraire, son activité s'était intensifiée. Le fondateur avait utilisé chaque piastre disponible pour investir davantage, il avait consolidé ses relations internationales et s'était consacré à sa passion de toujours : convertir la poussière en or...

Naturellement, l'affaire n'était pas exempte de zones d'ombre : périodiquement, on émettait des doutes sur ses fréquentations, sur sa fortune à l'étranger, sur la manière dont il avait transféré le trésor en Suisse et sur les filiales qu'il avait fondées dans les pays arabes.

A un moment, les rumeurs, jusque-là cantonnées dans un périmètre étroit, avaient pris une nouvelle envergure. Des tracts hostiles avaient été distribués à l'intérieur de la fabrique locale de pneus, du laboratoire de conserves alimentaires, des chantiers navals d'armement où l'on rénovait des cargos de dix mille tonnes. Ce qu'il convient cependant d'affirmer avec force, c'est que jamais un seul tract décriant le fondateur n'avait été distribué dans l'enceinte du bâtiment présidentiel. Une grande solidarité s'était au contraire secrètement exprimée en faveur du fondateur. Certains avaient même envisagé de faire une collecte pour diffuser une pleine page de communiqué dans le journal, mais Gawâhri s'était opposé à cette idée, parvenant à la faire avorter... évidemment sur instruction de Son Excellence. Puis était arrivé cet événement grandiose que nul, employé ou client, témoin de l'intérieur ou observateur extérieur, n'aurait pu prévoir...

Par une matinée ensoleillée, contrastant avec le froid des journées précédentes, on vit apparaître de grands gaillards habillés en civil, bien que leur allure militaire ne pût échapper à quiconque avait la moindre perspicacité. Ils s'introduisirent dans le siège présidentiel en compagnie du directeur de la Sécurité, vérifiant les entrées et les issues, grimpant au sommet du bâtiment pour inspecter la machinerie des ascenseurs et l'antenne de diffusion pivotante. Pour finir, ils se renseignèrent sur les étages inférieurs et s'arrêtèrent longuement auprès de la fosse insondable.

L'un d'entre eux y jeta un petit cube d'acier galvanisé puis, constatant au bout de quelques secondes qu'il n'y avait aucun écho, déclara à son collègue qu'il n'aurait jamais imaginé une profondeur aussi grande – ce qui laissait entendre qu'ils étaient venus là avec une idée préconçue.

Ils examinèrent les cartes d'identité de tous les employés, relevèrent les empreintes de l'Idiot muet et passèrent leurs petits appareils le long des murs, des gaines d'électricité, des conduites d'eau et du tout-à-l'égout.

Le lendemain, sur le coup de onze heures, le premier véhicule de la garde républicaine fit son apparition et, à midi sonnant, on vit s'immobiliser devant la porte d'entrée une longue Cadillac noire, d'où descendit... Gamal Abdel Nasser en personne. Gawâhri ne devait jamais oublier ce moment, la manière dont le *zaïm* s'était arrêté quelques instants pour boutonner sa veste, comment le fondateur s'était approché de lui pour la poignée de main, sous les applaudissements de l'assistance, comment le *zaïm* avait ensuite pivoté lentement pour repartir de sa démarche sûre et affirmée. Gawâhri proclamait n'avoir jamais vu une telle aura, une telle présence – seul le fondateur était à sa hauteur –, et ne se lassait pas d'exalter la puissance du *zaïm*, son allure invulnérable, sa stature inamovible, son regard pénétrant éclairé d'une lueur permanente de défi.

Marchant à ses côtés, le fondateur, qui semblait sûr de lui, emmena son hôte jusqu'au bureau circulaire du douzième étage pour lui montrer l'exposition d'estampes d'inspiration japonaise réalisées par des employés de l'Institution. Le fondateur commentait chaque tableau en rendant hommage au talent des employés, du plus petit au plus grand, assurant qu'il encourageait les meilleurs éléments des différentes disciplines. Combien de fois n'avait-il pas répété qu'à force de travailler avec les grands on le devenait soi-même !

Tandis que les deux hommes étaient réunis, Amm Siddîq connut son heure de gloire lorsque le fondateur le fit venir dans le bureau, pour qu'il entende lui-même le compliment du *zaïm* au sujet du café noir : après avoir dit son admiration, il s'enquit de la provenance des grains et des épices composant la mouture. Amm Siddîq pria pour lui, lui souhaitant de triompher et de profiter d'une longue vie.

Par la suite, il veilla à remettre régulièrement à un représentant spécial du cabinet présidentiel une livre de sa mouture aromatisée, refusant obstinément, selon Gawâhri, de percevoir en échange la moindre somme, et ce jusqu'à la mort du *zaïm* le 28 septembre 1970. Après ce jour funeste, il s'interrompit définitivement et, lorsque le représentant de la présidence vint aux nouvelles, il l'accueillit sèchement, allant jusqu'à le houspiller, lui criant que c'était fini, oui, bel et bien terminé, fixant sur lui ce même regard qui avait glacé d'effroi l'officier en retraite.

Cette histoire devait rester dans la légende, on avait brodé sans fin sur l'arôme du café préparé par Amm Siddîq et sur l'effet qu'il avait produit sur le *zaïm* ; des livres parus récemment étaient consacrés exclusivement à cette question...

La rencontre entre les deux hommes avait été retransmise par la télévision aux informations de dix-huit heures, on avait considéré la visite comme une marque de soutien du leader de la nation à l'Institution. Les journaux avaient abondamment commenté l'événement, le rédacteur en chef du quotidien *al-Ahrâm* avait fait observer dans sa colonne hebdomadaire que, pour une fois, le fondateur n'arborait pas au coin de la lèvre droite sa légendaire cigarette.

A cette époque, l'Institution était propriété de la nation et non plus du fondateur, ce dernier n'était qu'un salarié comme tous les autres, rémunéré par un traitement mensuel, dont il faisait don au fonds d'aide aux employés. Selon Gawâhri, cela n'avait en rien diminué son ardeur, il dispensait le double des efforts qu'il avait déployés auparavant. Pour peu qu'il entendît parler d'un expert disposant de compétences particulières dans telle ou telle spécialité, il s'employait aussitôt à le persuader de rejoindre les rangs de l'Institution.

Il avait toujours encouragé ses adjoints, les directeurs de département et d'unité à dépasser les processus rigides, à condition bien sûr de respecter les règles héritées ; dans les moments stratégiques, il n'avait pas hésité à prendre des initiatives courageuses dont il assumait totalement la responsabilité.

Gawâhri n'était pas le seul à garder un bon souvenir de cette période, c'était le cas de tous les anciens employés, ils avaient la nostalgie de cette époque, citant à tout bout de champ des exemples de ses actions ou de ses décisions, l'avenir lui ayant toujours donné raison. Pour la plupart, ils lui étaient demeurés fidèles, même après, lorsqu'il avait subi sa déroute majeure, son écartement, puis sa déroute mineure, la maladie, aucun de ses assistants ou des petits employés fidèles n'avait cessé de lui rendre visite, de prendre de ses nouvelles. Celui qui ne pouvait pas se déplacer lui adressait un message verbal ou écrit, certains avaient même accroché son portrait chez eux, dans leur salon de réception, d'autres conservaient des lettres de sa main, ou des papiers portant ses annotations ou sa signature.

Après sa réhabilitation, ils purent de nouveau lui témoigner ouvertement leur affection. Cela se passait après le grand bouleversement de mai 1971, par la suite promu au rang de « révolution » par le nouveau régime, au grand éclat de rire de certains opposants, qui déclaraient en s'esclaffant : « S'il y a une chose dont nous ne manquons pas, ce sont bien les révolutions ! »

Quoi qu'il en soit, même ses ennemis reconnaissaient au

fondateur sa détermination, ses talents multiples, sa force créatrice qui avait fait naître l'Institution à partir du néant. Il est vrai que l'expansion avait continué après lui, mais en s'appuyant sur des bases que lui-même avait jetées. N'eût été la solidité de la structure et la diversité de ses domaines d'intervention, elle n'aurait certainement pas résisté aux coups de boutoir de ses ennemis et aux dégâts de la corruption. Quant aux querelles futiles qui l'agitaient désormais, elles n'existaient pas du temps du fondateur.

A l'époque, seuls les employés réellement compétents ou talentueux se voyaient accorder des promotions, tandis qu'aujourd'hui, la voie était ouverte à ceux qui disposaient d'atouts sans aucun lien avec le travail ; ne fallait-il pas s'attendre à ce que la catastrophe survînt ? Tenez, prenez le Professeur, n'était-il pas clair que seul un pas ou deux le séparaient du douzième étage ?

Gawâhri, de dépit, se tapait une main contre l'autre, pourquoi fallait-il qu'il fût encore en vie pour assister à ces événements déplorables qui, hier encore, auraient été simplement inimaginables...

Où le garage prend toute sa place...

On ne pouvait évoquer le Professeur sans associer immédiatement son nom au garage, non parce qu'il l'avait institué, ni parce qu'il en avait été l'un des premiers employés, mais parce que le garage avait été son tremplin. Il ne faisait pas partie du cercle des anciens ; au contraire, c'était un de ces pistonnés arrivés là sur recommandation, en l'occurrence grâce au mari de sa tante paternelle, parente lointaine du directeur de cabinet d'un membre éminent du conseil de la Révolution. Le Professeur le retrouvait deux soirs par semaine, le lundi et le jeudi, dans un café donnant sur les jardins de l'Azbakeyya, pour jouer avec lui aux échecs, leur passion commune.

Grâce au garage, le Professeur connut – trois générations après celle du fondateur – une irrésistible ascension qui faillit le porter jusqu'au douzième étage. D'ailleurs, le fondateur n'avait-il pas toujours souligné l'importance du garage, ce qu'attestait une de ses maximes, rapportée par Gawâhri : « Le garage est l'un des piliers de l'Institution, quiconque ne s'en préoccupe pas court à sa perte » ?

Des doutes existaient sur l'attribution de ce genre de citations, on disait volontiers que pour imposer une situation donnée, créer un fait accompli, il suffisait de mettre en avant telle ou telle phrase imputée au fondateur, qu'elle fût authentique ou non. Toutefois la mémoire de Gawâhri bénéficiait d'une crédibilité particulière, il ne prononçait jamais une parole qui ne soit dûment documentée, que ce soit dans les procès-verbaux des assemblées hebdomadaires ou dans des écrits de la main même du fondateur : son journal, sa correspondance ou ses discours manuscrits. En cas de doute, il arrivait à Gawâhri de renouer le contact avec certains employés à la retraite, voire de se rendre chez eux, dans une autre ville s'il le fallait, allant jusqu'à les interroger sur leur lit de malade, dans le seul souci de préciser un point, d'établir une vérité, de s'assurer de l'exactitude d'une parole prononcée ou d'écarter une citation douteuse. De ce fait, il passait pour l'une des meilleures sources en matière de propos prononcés par le fondateur, une référence absolument indiscutable.

Tous ceux qui étaient parvenus à la tête de l'Institution depuis – cinq présidents à ce jour – s'étaient préoccupés du garage, lui conférant une attention particulière. Le troisième d'entre eux y avait même installé l'un de ses bureaux, allant jusqu'à y organiser une réunion pour discuter le budget.

Le garage n'était pas seulement l'endroit où l'on garait les voitures officielles de l'Institution, c'était la plaque tournante pour tous les véhicules assurant le transport des matières premières et des produits finis entre les ports, les aérogares, les usines, les entrepôts. La flotte, gigantesque, comprenait des véhicules spécialisés dans le transport du chlore, du pétrole et de ses différents dérivés, ou encore dans l'acheminement de l'eau douce jusqu'aux zones frontalières éloignées de la vallée du Nil. Ce dernier projet avait rapporté des bénéfices records avec le début de l'exploitation touristique des zones de Hurghada et de Safâga, au bord de la mer Rouge. L'ambassade américaine, par exemple, s'appuyait entièrement sur les gigantesques camions frigorifiques de l'Institution pour l'acheminement de la nourriture destinée à son personnel, depuis Suez et Alexandrie jusqu'au siège de la mission à Garden City.

Il y avait également des mélangeuses d'asphalte, des camions destinés au transport du sable et des graviers ou des objets fragiles, comme les plaques de verre ou les miroirs. Quant aux poids lourds, l'Institution était la seule à disposer de camions à quatre-vingt-seize roues : lorsque ces derniers se mettaient en route, la direction de la Circulation décrétait l'état d'alerte.

La flotte légère comprenait des véhicules pour le transfert de fonds, d'autres pour transporter les pierres précieuses ou les fleurs déjà épanouies destinées à l'exportation, notamment jasmins de Bâni Soueif, muguets d'Alexandrie, ou coquelicots du Caire. Il y avait encore des véhicules destinés au transport du lait frais, des beignets et des pâtisseries.

On trouvait également trois véhicules spécialement aménagés pour le transport des serpents. Au milieu des années cinquante, le fondateur avait ouvert un élevage de vipères près d'Abou Ruwâch, comptant des espèces rares, notamment certaines des plus venimeuses au monde, dont on extrayait le précieux venin pour le vendre, moyennant des sommes considérables libellées en devises fortes, à des sociétés pharmaceutiques internationales. Selon certains, la production était également aiguillée vers d'autres officines – on savait ainsi, de source sûre, que l'Institution avait conclu, en pleine connaissance des autorités égyptiennes, un contrat de fourniture avec une agence américaine extrêmement sensible. Avec la prolifération des serpents – notamment la vipère tueuse ou le cobra –, on avait légalement autorisé leur vente aux particuliers ; les émirs du pétrole étaient des acheteurs réguliers. Pour l'exportation, les serpents, mâles ou femelles, étaient enfermés dans des caisses de verre transparentes, équipées d'un système d'aération et d'une trappe pour glisser la nourriture. Les anciens employés n'affirmaient-ils pas que le poison inoculé à l'ex-roi Farouk à Rome, alors qu'il était assis à la terrasse d'un célèbre café proche de la Villa Borghese, provenait de ce même vivarium ?

La flotte comprenait également des vans équipés de l'air conditionné, pouvant transporter des pur-sang de haute lignée, en particulier les descendants d'al-Abjar et d'al-Yaassoub, les chevaux d'al-Zubayr Ibn al-Awwâm[1] et ceux d'al-Ajdal, le cheval d'Abou Dhurr al-Ghaffâri[2]. Le fondateur tenait cette dernière lignée en grande affection et ne consentait à se défaire de ses héritiers qu'au prix d'une souffrance extrême. Il faut dire qu'il vouait aux chevaux un amour profond et ne pouvait s'empêcher de s'y attacher. Il suffisait qu'il entendît parler d'un cheval, fût-ce à l'autre bout de la terre, ayant telles ou telles qualités – lignage, beauté ou force – pour dépêcher sur-le-champ ses envoyés, qui finissaient toujours, à force d'ingéniosité, par le lui ramener. Il avait réussi dans ce domaine des coups mémorables.

Il connaissait par cœur la généalogie des chevaux et possédait une édition rare du *Guide des ascendances chevalines* d'Ibn al-Kalbî[3], ainsi qu'un répertoire de tous les noms et surnoms de chevaux de race. Selon Gawâhri, un état de béatitude s'imprimait sur ses traits chaque fois qu'il s'approchait d'un cheval ou d'un pur-sang issu de ces nobles lignées. Il semble d'ailleurs que les animaux en question se montraient réceptifs à son égard, manifestant leur joie de le voir en hennissant ou en levant un de leurs antérieurs.

On pourrait encore disserter longuement sur sa passion pour les chevaux, mais ce qui est sûr, c'est que les bénéfices qu'en tirait l'Institution étaient abondants. Bien que situés en province, dans le gouvernorat de Charqeyya, les haras de l'Institution étaient célèbres dans le monde entier, on en parlait dans les magazines les plus prestigieux, les journaux, les traités d'équitation et même dans les romans d'Agatha Christie. Ils recevaient la visite de nombreuses célébrités et le prince Agha Khan, qui visitait périodiquement l'Égypte, choisissait son lieu de séjour à proximité.

1. Compagnon et cousin du Prophète, qui combattit souvent à ses côtés avant de mourir, en 856, assassiné durant sa prière.
2. Compagnon du Prophète, mort en 852, qui s'illustra par sa piété et son sens de la justice sociale.
3. Historien arabe, célèbre pour ses abondants travaux sur la généalogie, mort à Koufa en 819.

Al-Aqsar, l'un des chevaux appartenant au fondateur, avait ainsi été vendu à l'ex-président Eisenhower pour trois cent mille dollars ; la Maison-Blanche avait à son tour tiré d'immenses profits – plusieurs millions de dollars, selon le rédacteur économique du magazine *Time* – de l'exploitation de la lignée de ce noble coursier.

Cependant, il était aussi arrivé au fondateur de céder l'un de ses pur-sang gracieusement : l'heureux bénéficiaire en avait été Nikita Khrouchtchev qui, lors de sa visite en Égypte, s'était vu offrir un descendant d'al-Yaassoub – le fondateur avait probablement voulu faire une politesse à Nasser en honorant son invité.

Ce cheval devint ensuite célèbre sous le nom que lui avait choisi le *zaïm* défunt : Assouan. Un avion militaire spécial le transporta jusqu'à Moscou, mais là, il ne tarda pas à tomber malade et à dépérir. Les experts conseillèrent alors de le déplacer dans une autre république, mais l'Azerbaïdjan ne lui réussit pas plus que la Géorgie, et son état n'enregistra guère d'amélioration en Lettonie. Il ne s'approcha même pas de la jument qu'on avait spécialement sélectionnée pour lui dans une lignée réservée aux chevaux des tsars.

La surprise survint quand on le transporta au Turkménistan ; tout de suite, il parut renaître, poussant un hennissement effrayant, dont l'écho prolongé retentit jusqu'à des distances considérables, et auquel répondirent tous les chevaux de la région.

On finit par l'installer dans des haras proches de la capitale, Achkabad, où il donna naissance à une nombreuse descendance, arpentant les terres dans les quatre directions cardinales. Lorsque le Parti invitait des hôtes étrangers, la visite des haras constituait un des temps forts du voyage, particulièrement l'exhibition d'Assouan qui était présenté comme un symbole de l'amitié entre les peuples. On vantait ses qualités singulières, répertoriées dans les encyclopédies générales et les traités spécialisés. Les riches amateurs du monde entier se pressaient pour l'admirer, et il était impossible de se tromper sur la nature du frémissement qui saisissait les femmes ayant eu l'occasion de l'approcher ; certaines étaient même prises de vapeurs en le voyant. Par ailleurs, on connaissait bien l'histoire de cette princesse hollandaise qui s'était rendue nuitamment auprès de lui pour l'entreprendre sexuellement.

Après que l'Union soviétique eut connu le sort qu'elle avait connu, les autorités locales prirent une décision qu'aucun responsable de l'ancien régime n'avait osé prendre auparavant : la mise en vente des fils d'Assouan et de ses quatre petits-fils. Les amateurs n'en croyaient pas leurs yeux en voyant la tache blanche et le sabot mordoré. C'est ainsi que le trésor de la petite république turkmène, ayant récemment accédé à l'indépendance, se trouva enrichi de devises fortes ; certes, une portion avait indiscutablement servi à engraisser les responsables, mais il en resta suffisamment pour approvisionner le pays en denrées alimentaires de première nécessité. Ces développements n'échappaient pas à l'Institution, puisque les haras de Charqeyya tenaient un relevé minutieux de la descendance de leurs pur-sang éparpillés aux quatre coins du monde.

Bref, tout cela pour dire que les trois vans étaient parfaitement équipés pour le repos des chevaux, et que leur utilisation était soumise à l'accord préalable du fondateur en personne. Bien entendu, les choses changèrent après son départ et ne cessèrent de se dégrader par la suite.

Le garage abritait divers équipements, des treuils automatiques, des grues, des tracteurs de différents modèles, des machines à forer, à goudronner, à mélanger la tourbe, ainsi que trois ambulances, dont l'une équipée pour transfuser le sang de n'importe quel groupe et disposant d'une réserve de plasma. Une autre était équipée d'une unité chirurgicale du plus haut niveau.

Quant aux véhicules pour passagers, ils étaient innombrables, depuis les voitures de collection les plus prestigieuses – aujourd'hui conservées au musée – jusqu'aux véhicules les plus anodins.

Même après la disparition du fondateur, sa voiture était restée garée soigneusement à son emplacement habituel, régulièrement entretenue pour le cas où se présenterait une mission d'urgence. C'était une Cadillac noire, un modèle du début des années quarante. Elle avait été épargnée par les nationalisations, et le fondateur en avait même fait don à l'Institution, allant jusqu'à recommander, dans ses dernières volontés, qu'on en prît grand soin.

De ce fait, la disparition, dans des conditions mystérieuses, de cette pièce unique, au milieu des années soixante-dix, provoqua un choc parmi les anciens employés. Néanmoins, le sujet resta longtemps tabou, il fallut attendre le décès du président Sadate, au début des années quatre-vingt, pour pouvoir évoquer l'affaire publiquement !

Il est une autre voiture pour laquelle le fondateur avait une prédilection particulière, surtout pour ses déplacements à Alexandrie : il s'agissait d'une Mercedes offerte à l'origine par Hitler à l'ex-roi Farouk à l'occasion de son premier mariage ; Gawâhri était cependant incapable d'expliquer de manière convaincante comment cette pièce avait abouti entre les mains du fondateur. Elle aussi avait mystérieusement disparu, et lorsqu'une rumeur signala sa présence dans le défilé de mariage d'un maître confiseur, Ateyya Bey se rendit aussitôt sur place pour l'identifier. Las, à son retour, il rédigea un mémorandum pour expliquer qu'il s'agissait d'une autre voiture, ayant appartenu à Nasser, et qui s'était retrouvée on ne sait trop comment entre les mains de ce commerçant – l'histoire était bien connue des Alexandrins.

Les voitures particulières étaient allouées comme véhicules de fonction aux patrons de site, aux chefs de département et aux quatre vice-présidents, ainsi qu'à tous ceux qui avaient les faveurs personnelles du fondateur. Grâce aux chauffeurs, ce dernier se tenait au courant de tout ce qui avait trait aux employés ; chaque mot prononcé dans l'un des véhicules lui était immédiatement rapporté ; ainsi, grâce à son emprise sur l'ensemble du garage, il était tenu informé minute par minute du moindre développement. Il avait d'ailleurs recommandé à ses adjoints d'en faire de même.

Selon lui, un garage bien contrôlé était un gage de stabilité pour l'Institution. Son niveau d'activité était un bon indicateur du volume d'affaires de l'Institution, de la qualité des prestations et du rythme moyen de croissance. C'est pourquoi Son Excellence veillait à placer à sa tête des personnalités fortes, connues pour la rigueur de leur gestion, et à sélectionner ses employés parmi les éléments les plus compétents de la profession. Ainsi, le chef du département Pneumatiques était-il titulaire d'un diplôme de haut niveau dans le domaine du caoutchouc, tandis que le chef de l'atelier de maintenance avait exercé comme professeur à la faculté royale du Génie. Quant au chef mécanicien, il avait passé vingt ans dans les hangars de l'armée britannique stationnée près du canal de Suez – son expérience était sans bornes, on disait qu'il était capable de déceler un dysfonctionnement et d'en diagnostiquer la cause simplement en écoutant le moteur tourner; c'est lui qui, en 1956, au moment de l'agression tripartite contre l'Égypte, avait supervisé la fabrication par l'Institution de pièces de rechange élaborées, pour pallier l'arrêt des importations en provenance des pays belligérants.

Le fondateur savait comment choisir ses hommes, son seul critère était la compétence et le talent. Le premier directeur du garage était un homme étrange, qui se faisait remarquer par ses longs silences et l'impassibilité de ses traits. Il supervisait le travail au moyen d'indications brèves et de gestes nerveux. Nul ne se souvenait l'avoir jamais vu sourire, pas même les jours de fête. Cependant, autant on le craignait, autant il était apprécié pour sa compétence; d'ailleurs, les machines fabriquées sous sa direction dans les années quarante étaient encore en fonctionnement.

Le deuxième directeur s'était illustré par sa modestie et son intelligence, il avait battu les records de productivité, jamais un véhicule n'avait parcouru le moindre kilomètre à vide, jamais une course ne s'était révélée inutile.

Comment le Professeur s'était-il débrouillé pour prendre les rênes du garage, avant de se trouver à deux doigts de s'installer au douzième étage ? La question était d'autant plus épineuse qu'on ne voyait pas de prime abord le lien entre sa formation – un doctorat en énergie hydraulique – et les compétences requises pour diriger le garage et superviser le parc de machines de l'Institution.

Après la publication du décret le nommant à la tête du garage, certains prétendirent que cette nomination était l'aboutissement de manœuvres orchestrées de longue date par les services secrets afin de noyauter l'Institution. Des employés soutinrent que son doctorat était une pure invention, en réalité il n'avait poursuivi que d'obscures études au sein d'un institut privé inconnu : selon les employés de la direction du personnel, il n'y avait aucune trace dans son dossier d'un quelconque diplôme scientifique.

De toute façon, quelle importance tout cela avait-il à présent ?

Désormais, la décision n'était plus entre les mains d'une seule personne comme c'était le cas du temps du fondateur, à cette époque lumineuse dont les anciens rêvaient de revivre ne serait-ce qu'un instant, mais… le passé revit-il jamais ? Qui aurait imaginé que cette création en tout point remarquable, née des efforts et de l'expérience d'un personnel dévoué, en arriverait là ? Qui aurait imaginé qu'un jour viendrait où l'on pourrait se faire embaucher à l'Institution sans avoir les qualifications requises, au simple motif que son beau-père, sa tante maternelle ou sa voisine jouait au trictrac ou aux échecs avec le chef de cabinet d'une personnalité importante ?

Quand on critiquait le Professeur à portée de ses oreilles, Gawâhri protestait à grands gestes, il prenait sa défense, affirmant que lui au moins avait les mains propres. Certes, ce n'était pas une lumière mais il valait mieux que beaucoup d'autres, dont la corruption n'était plus un secret, dont les frasques étaient sur toutes les lèvres, depuis les employés jusqu'aux tiers qui traitaient avec l'Institution.

Lorsque le Professeur avait pris ses fonctions au garage, il avait d'abord paru s'intéresser aux détails de procédure, vérifiant les signatures, passant en revue le registre de présence, revenant sur le système mis en place par le fondateur, qui laissait chacun libre d'effectuer sa mission comme il l'entendait, jugeant les employés sur leurs résultats et non sur le temps passé. Ce n'est que plus tard, quand on lui confia la responsabilité des voitures de fonction, que commença sa véritable ascension. Au départ, il concentra ses efforts sur la réparation des incidents mécaniques et sur l'apparence extérieure des voitures, leur ajoutant un certain nombre d'accessoires interdits à l'époque, comme la climatisation et le radiotéléphone. C'était un luxe que le fondateur lui-même ne s'était jamais permis, la voiture qu'il avait laissée, entièrement dépourvue de ces gadgets, était là pour le prouver. Plus, lorsque la décision avait été prise, après les nationalisations, d'encourager les sociétés d'État en achetant un lot de limousines rassemblées par la société Nasr, il avait refusé tout traitement de faveur, mettant un point d'honneur à utiliser une petite voiture ordinaire, entièrement fabriquée en Égypte.

A noter qu'il ne prenait jamais place à l'arrière, préférant s'installer à côté du chauffeur et, s'il venait à utiliser la Cadillac noire ou la Mercedes offerte par Hitler à Farouk, il s'astreignait à payer le prix du carburant sur ses propres deniers, bien qu'il n'eût jamais fait un mètre à d'autres fins que professionnelles.

Le Professeur se préoccupa particulièrement des voitures utilisées par les hauts responsables – notamment les chefs de département et leurs adjoints. Ensuite, il fit en sorte de procurer un véhicule de fonction à tous ceux qui disposaient d'une quelconque influence auprès d'une personnalité importante, quand bien même ils n'auraient jamais rêvé de pareil avantage. Parallèlement, il parvint, en usant de sympathie et de tact, à gagner la confiance des chauffeurs, ce qui ne l'empêchait pas, en certaines circonstances, de se montrer à leur égard d'une cruauté extrême. Ces contradictions jetaient le trouble chez ses subordonnés, qui ne savaient plus sur quel pied danser, ils le redoutaient tout en se moquant de ses travers, en échangeant les dernières *nokat*[1] à son sujet ou encore en le gratifiant de sobriquets plus ridicules les uns que les autres. Les plus en vogue dans les couloirs de l'Institution étaient « professeur Crâne d'Œuf » et « professeur Boule-de-Billard », sobriquets qu'il devait à la forme de son crâne. Celui-ci, entièrement chauve, était parcouru de boursouflures et d'ondulations, avec un affaissement notable sous les arcades sourcilières qui faisait d'autant plus saillir son front, exhibé comme une pancarte au-dessus de ses yeux perpétuellement exorbités – on prétendait qu'il ne les fermait jamais, même pour dormir. Il n'avait pour ainsi dire pas de cou et sa tête était directement vissée sur ses épaules, de sorte que lorsqu'il la tournait vers la gauche ou vers la droite, on eût dit que c'était tout son corps qui pivotait. La difformité de son crâne n'était surpassée que par celle de ses deux fesses formidables, animées en permanence d'un mouvement de balancier : une, deux, une, deux...

Selon certains qui avaient travaillé auprès de lui, il lui arrivait de succomber à des accès de folie ; dans ces moments-là, des étincelles jaillissaient de ses orbites, son comportement devenait totalement imprévisible ; plusieurs fois, il avait fallu l'évacuer d'urgence. Malgré ces excentricités, il dirigeait ses troupes d'une main de fer en s'achetant la complaisance de certains chauffeurs qui étaient devenus ses yeux et ses oreilles, lui rapportant tout ce qu'ils entendaient. D'ailleurs, y avait-il quelqu'un qui fût mieux informé que le maître du garage ? C'est peut-être pour cette raison que le fondateur avait toujours tenu à conduire sa voiture lui-même, particulièrement après les nationalisations et le décès de son vieux chauffeur personnel, entré au service de la famille du temps de son père, conduisant quotidiennement l'enfant qu'il était à l'école et venant l'y rechercher à la sortie des classes.

1. Plaisanteries typiquement égyptiennes mêlant ironie et dérision de soi (singulier *nokta*).

Cette insistance à conduire sa voiture lui-même et son refus de se voir attribuer un chauffeur, qu'il soit issu des rangs de l'Institution ou mis à disposition par une société extérieure, lui avaient valu, lors de sa déroute, la suspicion des autorités, et un officier en civil assis à côté du juge d'instruction l'avait longuement interrogé sur ce point.

Une fois le Professeur fermement installé aux commandes du garage, le principe selon lequel les véhicules de fonction devaient être utilisés exclusivement à des fins professionnelles fut définitivement abandonné. Il devint alors courant de découvrir les voitures frappées aux couleurs caractéristiques de l'Institution – le rouge et le noir – stationnées devant les clubs sportifs, les cabinets médicaux, les étalages de fruits et légumes, et même devant le marché aux poissons de Ghamra, ou encore de voir le chauffeur faire le pied de grue sous les porches des maisons en attendant que ses maîtres aient achevé leur visite privée.

Tout cela n'expliquait cependant pas de quelle façon le Professeur était parvenu à se propulser à un tel niveau, au point de se trouver aujourd'hui bien près de réaliser son ambition suprême : s'installer à la tête de l'Institution. Comment s'y était-il pris ?

La plupart des observateurs lui reconnaissaient une habileté incontestable pour nouer des contacts avec des personnalités politiques de premier plan, grâce aux services – publics ou privés – qu'il leur rendait. Le volet public consistait à mettre à leur disposition les camions de l'Institution lors des élections et des consultations populaires, pour organiser un cortège de soutien ou accueillir une personnalité avec les honneurs. Il s'était illustré par sa capacité à mobiliser en un rien de temps plus d'un million d'âmes, recrutées aussi bien dans les banlieues urbaines proches du siège, comme Choubra el-Kheima ou Hélouân, que dans les zones rurales plus éloignées, de Banha au nord jusqu'à Bâni Soueif au sud.

Quant au volet privé, il englobait les services les plus

divers ; un exemple parmi beaucoup d'autres : lorsque le troisième président entreprit de faire construire pour son propre compte un immeuble de dix étages à Madînet Nasr, ou encore une villa d'agrément équipée d'une piscine dans l'une des stations balnéaires du littoral septentrional, le Professeur mit à sa disposition sept super poids lourds qui furent utilisés pour transporter les matériaux de construction comme le sable, le gravier ou le bois, mais aussi les sanitaires et le carrelage, sans parler de l'ensemble du mobilier, fabriqué sur mesure par des artisans locaux ou importé de l'étranger.

Il avait le pouvoir d'anticiper les désirs des hommes d'influence et de les combler sur-le-champ, particulièrement le troisième président, à qui il avait affecté pas moins de sept voitures de fonction, dont deux du dernier modèle. Plus tard, lorsque, face à la résurgence des groupes fondamentalistes islamiques, dont l'Institution recevait parfois des lettres de menace, un dispositif de surveillance par vigiles fut mis en place, et que Amm Ibrahîm le *mokhber*[1], bientôt suivi de plusieurs de ses homologues, commença à hanter le quartier, le Professeur ne resta pas inactif. Il prit des dispositions afin que la voiture présidentielle fût précédée en permanence d'un véhicule de tête. Grâce à ses bons contacts avec les autorités gouvernementales, il avait réussi à se faire attribuer une force de quatre hommes, un jeune officier et trois soldats, entraînés au maniement des armes à feu les plus modernes et aux techniques de combat.

Précédant la voiture de tête, le véhicule de sécurité ouvrait la voie, toutes sirènes hurlantes, tandis que deux des gardes sortaient la tête par les vitres arrière, prêts à contrer la moindre agression et enjoignant aux autres voitures de dégager le passage.

A franchement parler, c'était là une pompe à laquelle même le fondateur n'avait pas eu droit, pas plus que les deux premiers présidents. Or, il suffisait d'en bénéficier pour être

1. Auxiliaire de police utilisé pour infiltrer les quartiers.

aussitôt respecté sur les marchés domestiques et internationaux, puisque seuls y avaient normalement droit les responsables haut placés ou les ambassadeurs étrangers menacés – comme l'ambassadeur israélien. Pour le troisième président, cette surveillance renforcée procédait du prestige de l'Institution. De fait, le Professeur n'avait pas lésiné sur la création d'un réseau de sécurité privée, dont il avait supervisé lui-même les moindres détails, depuis l'uniforme caractéristique des agents jusqu'au choix d'un armement adapté.

Cela lui valut la confiance de Son Excellence, qui le consultait à présent pour un oui ou pour un non, de sorte que sa voix ouvrait sa journée le matin et la concluait le soir. Une telle familiarité n'échappa pas aux employés qui commencèrent à se rapprocher du Professeur, dans l'espoir qu'il pourrait faire leur éloge en haut lieu, mais cela n'était pas donné à tout le monde.

Alors que le troisième président approchait de l'âge de la retraite, et que de puissantes rumeurs laissaient présager que la direction politique refusait de lui renouveler son mandat, on remarqua que le Professeur se rendait de plus en plus souvent au douzième étage. Un dimanche matin, comme il passait devant l'entrée du siège pour se rendre au garage, installé dans un bâtiment séparé à l'ouest de la fosse circulaire, il aperçut la voiture de Son Excellence, ou plus précisément le cortège présidentiel. Aussitôt, il ralentit le pas, scrutant la scène de ses yeux comme toujours écarquillés, qui lui donnaient l'air d'être perpétuellement à l'affût, avant de s'approcher de la voiture et d'ouvrir la portière, la main levée en geste de bienvenue, comme l'aurait fait n'importe quel garde du corps ou coursier.

Le président appréciait l'efficacité du Professeur, ses talents, sa loyauté exclusive envers l'Institution, il avait tenu à l'avoir à ses côtés lors de la signature du nouveau contrat pour l'usine de chocolat. Bien entendu, cette marque de confiance n'échappa pas aux observateurs, d'autant plus que certains des plus hauts responsables n'avaient pas été conviés pour la circonstance. Certes, le garage était important, et Son Excellence avait expressément appelé à en prendre grand soin, mais jamais dans le passé son directeur n'avait fait aussi ostensiblement partie du cercle des personnalités en vue.

Les premières rumeurs évoquant le Professeur comme l'un des favoris à la succession et affirmant que plusieurs agences de sécurité procédaient actuellement à une enquête de moralité sur son compte furent accueillies dans le plus grand scepticisme. On crut à un piège tendu par le syndicat, dont le chef, un des plus anciens employés du garage, était en opposition ouverte avec le Professeur ; leurs relations étaient parvenues à un tel niveau de tension qu'aucun des présidents successifs n'était parvenu à résoudre le différend, ni même à l'adoucir. Cependant, lorsque Gawâhri apprit de son collègue de toujours, Ateyya Bey, qu'un décret venait d'ordonner l'attribution au Professeur d'un « plip », il en resta sans voix. Quant à Ateyya Bey, il déclara qu'il n'aurait jamais imaginé qu'on en arriverait un jour à de telles extrémités.

Mais voilà, ce qui naguère paraissait lointain, exclu, était bel et bien arrivé, et l'impossible était soudain devenu possible.

Où la question est tranchée par… le plip

Depuis toujours, les communications avaient joué un rôle formidable au sein de l'Institution. Le fondateur s'en était préoccupé dès le commencement, leur accordant une attention aussi forte qu'au garage, aux étages souterrains ou au département des Équipements médicaux qui, par la suite, allait devenir la plus grande société spécialisée de tout le Moyen-Orient.

Les installations téléphoniques dont le fondateur avait équipé le siège historique étaient plus sophistiquées que celles des résidences royales, et les antennes qui surmontaient le bâtiment ne le cédaient en rien, par leur étrangeté, à celles situées au-dessus des ambassades américaine et israélienne. Il se tenait informé de toutes les évolutions du secteur et, chaque fois qu'il était en visite aux États-Unis, il se rendait deux ou trois fois au siège de la société ITT, célèbre pour avoir organisé un certain nombre de coups d'État dans les pays du tiers monde, notamment au Chili, avec le renversement de Salvador Allende encore dans toutes les mémoires…

Bien entendu, il n'avait pas rompu ses contacts avec les Japonais et, comme il a été indiqué plus haut, il leur avait suggéré un certain nombre de modifications précises capables de rendre leur matériel plus performant. Parallèlement, il leur avait également dissimulé beaucoup, même s'il est difficile d'appréhender le détail de ces dissimulations. Ce qui est sûr, en revanche, c'est que les Japonais l'informaient immédiatement de leurs avancées dans le domaine des ordinateurs et des outils de communication, espérant tirer parti de son expertise technique mais aussi de son entregent et de ses capacités de commercialisation phénoménales, particulièrement dans les pays pétroliers.

Le fondateur avait été le premier à introduire dans une entreprise l'automatique et le système du central téléphonique. Par ailleurs, à cette époque des années soixante où il n'existait dans tout le pays que cinq radiotéléphones de voiture et alors que quatre d'entre eux équipaient les véhicules des plus grandes figures de l'État – le président de la République, le chef d'état-major des armées, le ministre de l'Information et le ministre de l'Intérieur –, eh bien, le cinquième se trouvait dans l'Institution, monté sur la petite voiture grise du fondateur.

Plus impressionnant encore, il avait été le premier à l'échelle du monde arabe à conclure un accord de coopération avec l'Agence spatiale américaine, prenant de vitesse les rois du pétrole, les princes de l'or noir, les chefs d'État installés *ad vitam æternam* à la tête de leur pays, les caïds du commerce des armes, de la drogue et autres trafics du même acabit. L'accord conclu avec l'Agence lui permettait de disposer, moyennant une redevance, d'une fréquence particulière relayée par un satellite de deuxième génération, de sorte qu'il pouvait à tout moment établir la communication avec n'importe quel point du globe. Lui-même ne se déplaçait que muni d'un minuscule récepteur, il pouvait ainsi répondre immédiatement aux personnes habilitées à le joindre où qu'il se trouve : sur la route, au bureau ou au lit. D'ailleurs, il n'avait signé le contrat qu'après en avoir informé Nasser et obtenu son accord préalable.

Après la détestable défaite de juin 1967, Nasser, qui s'apprêtait à prononcer son célèbre discours du 9 juin annonçant sa démission au pays, l'avait fait venir à son domicile de Mancheyyat el-Bakri. Utilisant le téléphone du fondateur, le chef de l'État était entré en relation avec son ami Houari Boumediene, pour le prier de lui envoyer des chars et des pièces d'infanterie, ainsi qu'avec les Soviétiques, pour discuter certaines questions qu'aucun des deux hommes ne devait jamais révéler. Il s'agit là de faits avérés.

Son Excellence avait mis au point un système parfaitement organisé et rigoureux de répartition des appareils téléphoniques à l'intérieur du siège historique, système qui devait par la suite être généralisé à l'ensemble des succursales et des filiales du groupe.

Les subalternes, les employés de moindre importance ou en début de carrière, étaient autorisés à passer leurs appels à partir de postes publics répartis sur les étages du bâtiment. En accédant au niveau supérieur, ils se voyaient allouer un bureau à trois tiroirs et obtenaient le droit à un téléphone sans cadran. En décrochant le combiné, on était mis en relation avec l'opérateur. Les appels intérieurs étaient traités immédiatement, tandis que pour les appels extérieurs le demandeur était transféré au standard principal auquel il devait exposer le motif de sa demande, la durée prévue ; la communication était enregistrée.

Lorsque l'employé accédait à un bureau équipé de quatre tiroirs et recouvert d'une plaque de verre de trois millimètres d'épaisseur, on lui attribuait du même coup un poste téléphonique muni d'un cadran, sans cependant qu'il eût droit à une ligne directe. Les employés de cette catégorie pouvaient appeler le standard pour lui demander d'ouvrir la ligne extérieure, et composer ensuite eux-mêmes leur numéro, précédé du 0. Une fois la communication terminée, la ligne était automatiquement suspendue.

Le cadre parvenu au grade de directeur ou à un poste équivalent percevait un bureau à six tiroirs et un téléphone avec ligne directe, accessible au moyen du 9.

Seuls les adjoints directs de Son Excellence et les directeurs généraux disposaient de bureaux à sept tiroirs, recouverts d'une plaque de verre de cinq millimètres d'épaisseur. Leurs fauteuils étaient en cuir anglais de couleur sombre, avec de petites roulettes permettant de se déplacer aisément en avant et en arrière. Quant à leurs postes téléphoniques, ils reposaient sur une petite tablette rectangulaire disposée à leur droite. Ils étaient au nombre de trois : un pour l'intérieur, le deuxième pour l'extérieur et le troisième, de couleur verte, réservé aux communications avec Son Excellence. Par la suite, durant le mandat du premier président ayant succédé au fondateur – nous ne parlons pas de l'officier en retraite arrivé au moment de la déroute majeure –, un quatrième poste fut ajouté pour les communications internationales.

Durant le mandat du troisième président toutefois, il fallut prendre des mesures pour renforcer le contrôle sur les communications internationales, après que la facture annuelle du directeur de la Publicité eut atteint le montant d'un million de livres. Les investigations alors menées établirent la durée anormale de certaines communications avec l'étranger – jusqu'à une heure et quart ! – non sans produire en annexe le texte intégral desdites communications. C'est seulement à cette époque que fut introduit le dictaphone, non que le fondateur n'en eût pas entendu parler, mais parce qu'il n'en était pas fervent.

Pour sa part, il disposait dans son bureau d'un appareil spécial lui permettant d'écouter tout dialogue ayant cours au sein de l'Institution, et tout particulièrement dans les locaux du siège historique. Lors des enquêtes disciplinaires, certains employés changeaient de couleur en s'entendant rappeler des propos qu'ils avaient prononcés des années auparavant. Ce même appareil fut encore perfectionné par la suite, sans qu'on dispose de données précises à ce sujet. Il était établi qu'un conseiller à la sécurité d'un État arabe avait demandé à obtenir les spécifications de l'appareil afin d'en généraliser l'usage dans son pays et de permettre à son président de se tenir informé de la moindre parole prononcée sur le territoire national. Le deuxième président lui avait opposé un refus sarcastique.

On pouvait encore voir, alignés à côté de son bureau – qui,

soit dit en passant, était équipé d'un seul tiroir –, les différents téléphones dont il avait disposé, sept postes au total. Il y avait notamment un téléphone rouge, unique dans toute l'Institution, directement relié à la présidence de la République, c'était quelquefois Nasser en personne qui décrochait le combiné.

Le nouveau système de télécommunications, que le fondateur n'avait pas eu le temps de connaître, même s'il en avait pressenti les grandes lignes, reposait sur un appareil miniaturisé, le « plip », un simple boîtier de métal plus petit qu'un paquet de cigarettes et à peine plus grand qu'une boîte d'allumettes, qu'on fixait par un clip à la ceinture ou aux bretelles du pantalon, ou encore à la poche de la chemise. Le boîtier était relié à un réseau sans fil fonctionnant sur une fréquence spéciale. Lorsque son porteur recevait un appel, l'appareil émettait un signal défini à l'avance : un bip unique signifiait qu'il fallait rappeler d'urgence le président, pour deux bips, c'était le chef de département, et ainsi de suite.

Rapidement, le plip gagna une forte valeur symbolique au sein de l'Institution, n'étant alloué qu'aux personnes exerçant des responsabilités au plus haut niveau, soit sept personnes en tout et pour tout. Lors d'une promotion, plus encore que l'obtention d'un nouveau bureau ou d'un téléphone spécialement équipé en sus des appareils dont on disposait déjà, l'octroi du plip était considéré comme un titre de gloire indiscutable, la preuve sans ambiguïté qu'on était désormais très proche du sommet.

De ce fait, lorsque le président convoqua le Professeur au douzième étage et procéda solennellement à la remise du plip, le fixant à la ceinture de cuir qui enserrait le corps boudiné du Professeur, ce dernier, fièrement campé sur ses jambes, les cuisses jointes, les yeux exorbités à l'extrême, sentit son cœur battre comme jamais il n'avait battu. Par la suite, il confierait à l'un de ses amis, en qui il avait pleine confiance, que la joie et l'extase qui l'avaient envahi au moment où on lui avait accroché le plip à la taille dépassaient tout ce qu'il avait pu vivre au cours de son existence. Même s'il parvenait à poursuivre son ascension sans obstacle et finissait un jour par devenir président de cet établissement, sa joie ne pourrait pas égaler l'euphorie qu'il avait tirée de ce petit boîtier délicat. Ouvrant les paumes vers le ciel, il s'extasiait :

« Dieu soit loué, j'ai le plip. Que pourrais-je demander de plus ? »

S'il voulait prouver la véracité de ses dires, il désignait l'appareil en s'exclamant :

« Je le jure sur la tête de celui qui m'a donné ce plip ! »

Durant ses déambulations dans les dédales du garage ou les étages de l'Institution, il lui arrivait de s'arrêter pour défaire les boutons de sa veste et réajuster ostensiblement son plip.

Lorsqu'il recevait la visite de proches ou de relations, il veillait à le laisser bien en vue, et sa joie atteignait son comble si la petite sonnerie stridente convenue à l'avance retentissait durant la visite, à la grande surprise de ses invités. Il prenait alors plaisir à répondre à leurs questions sur l'origine de cette sonnerie, insistant particulièrement sur l'importance stratégique de cette invention et sur le petit nombre de personnes qui disposaient d'un appareil similaire dans toute l'Égypte. Même si l'appareil ne sonnait pas, il se débrouillait pour que sa veste glissât légèrement, découvrant le plip à la vue de ses invités qui ne manquaient pas de l'interroger : il leur répondait tantôt brièvement, tantôt avec force détails, selon leur degré d'intimité avec lui.

Il le portait toujours sur lui. Lorsqu'il se rendait à la salle de bains pour s'abandonner, une fois dépouillé de tous ses vêtements, au jet bienfaisant de la douche, il veillait à le poser sur une étagère à portée de main. De même, lorsqu'il besognait sa femme, son œil ne se détachait jamais de l'appareil. Celle-ci avait du reste bien compris la situation, sentant que le prestige conféré à son époux par l'octroi du plip rejaillissait également sur elle. D'ailleurs, il lui était arrivé, au cours d'une conversation avec l'une de ses amies au club, de se lamenter sur le surcroît de responsabilités et de soucis qui avait accompagné l'arrivée du plip dans leur vie.

Il n'avait pas échappé au personnel que le troisième président veillait à emmener le Professeur dans ses déplacements, lors de ses rencontres avec des hommes d'affaires étrangers ou lors des commémorations officielles. Néanmoins, c'est l'octroi du plip qui fut considéré comme la marque la plus significative de son ascension, la preuve que son étoile brillait désormais de tous ses feux au sein de l'Institution. Quant à Gawâhri, qui s'était abstenu de tout commentaire en apprenant que le Professeur faisait désormais partie du club très fermé et ô combien important des porteurs de plip, il finit par déclarer au bout de deux jours de silence :

« Je n'aurais pas imaginé que l'Institution trahirait ses fils jusqu'à ce point... »

Il semblerait que l'influence occulte de Gawâhri n'était pas mince, puisque c'est à lui qu'on attribuait la plus grande responsabilité dans les événements qui survinrent par la suite. D'après les récits, ce qui l'avait provoqué au plus haut point, ce qui l'avait poussé à réagir en dépit de son âge avancé, c'était ce fameux plip que lui-même n'avait pas réussi à obtenir, bien qu'il fût l'un des employés les plus anciens et les plus dévoués au fondateur.

Au commencement, il n'avait pas voulu y croire, la nouvelle semblait dépasser l'entendement, c'est seulement quand Ateyya Bey l'avait confirmée qu'il s'était rendu à l'évidence. Il n'y avait plus de place pour le doute : Ateyya Bey était connu pour la fiabilité de ses informations. Même s'il avait rejoint l'Institution postérieurement à Gawâhri, il pouvait être considéré comme l'un de ses pairs, n'étant que de deux ans son cadet. Physiquement, ils étaient à l'opposé l'un de l'autre.

Gawâhri était grand et plutôt enveloppé, il marchait en se dandinant de droite à gauche, la bedaine tendue vers l'avant, le torse arc-bouté vers l'arrière comme s'il était sur le point de tomber. Ses paupières, épaisses et affaissées, et sa voix traînante donnaient l'impression qu'il allait basculer dans le sommeil ou qu'il venait de se réveiller à l'instant. Ateyya Bey, lui, était un homme de petite taille, au regard perçant. Économe de mots, il parlait avec assurance. Il avait été recruté par le fondateur en personne, en raison de sa faculté à exercer une forte influence sur ses interlocuteurs, ainsi que de son talent pour lancer des rumeurs, qui n'avait d'égale que l'aptitude de Gawâhri à la formulation des expressions.

Sa force de persuasion était due à l'impression de solidité qui se dégageait de toute sa personne, son apparence suggérait une expérience durable et approfondie de la vie, tous éléments décisifs au moment de conclure des contrats avec les fournisseurs locaux, particulièrement les petits commerçants, les organisateurs de cérémonie, les entrepreneurs de pompes funèbres, les coursiers et les plantons, les préposés au ménage, les employés du buffet, particulièrement ceux originaires du Saïd. Durant la construction du Haut Barrage, c'est lui qui avait mené à bien l'ensemble des démarches relatives à l'embauche de milliers d'ouvriers, puisant parmi les différents gouvernorats selon des règles d'équilibre qui avaient frappé par leur précision ; c'est lui qui avait fixé leur salaire, leur lieu d'hébergement, l'organisation de leurs moyens d'existence. Le fondateur l'avait cité à maintes reprises au cours des réunions publiques comme l'un des constructeurs du barrage, et ce n'était pas là exagération ou simple propos de courtoisie.

Cependant, ce qui avait valu à Ateyya Bey la place privilégiée qu'il occupait dans l'établissement, c'était son aptitude rare à initier des rumeurs, à en préciser la formulation et à assurer leur propagation. Bien que cet aspect de sa fonction fût entouré de mystère, certains détails étaient connus, lui-même ne les contestait pas.

Son talent avait trouvé à s'exprimer lorsque le conseil d'administration de l'Institution s'était décidé à se lancer dans l'hôtellerie. Le fondateur avait sélectionné un certain nombre de sites, privilégiant les environs de l'aéroport qui, en ce temps-là, était encore très à l'écart de la ville. D'après lui, les compagnies aériennes verraient un intérêt à traiter avec un hôtel situé directement en face de l'aéroport. Cette prévision ne s'était cependant pas vérifiée, du moins à l'époque, car les équipages des avions – pilote, navigateur, stewards et hôtesses – préféraient les hôtels du centre-ville, spécialement ceux donnant sur le Nil, à partir desquels ils partaient en excursion pour découvrir les pyramides, la Citadelle ou d'autres sites touristiques. Le problème des transports ne se posait pas alors avec l'acuité d'aujourd'hui, on pouvait se rendre de Midân el-Tahrîr, au centre du Caire, jusqu'à l'aéroport en moins d'une demi-heure quand, désormais, il en fallait facilement le double, et plus encore en cas de grande affluence, de déplacement présidentiel, de match de football au stade ou de passage d'un train militaire devant le vieux passage à niveau d'Abbâsseyya. Pour toutes ces raisons, l'hôtel avait connu un démarrage pénible.

C'est alors qu'on mit à contribution Ateyya Bey, afin de tirer parti de son expérience et de son évidente sagesse. Il se livra à un certain nombre de déclarations depuis les endroits les plus divers, du club de Guezîra jusqu'au café du Club contemporain, près de Sayyedna al-Hussein, en passant par celui du Hâgg Ibrahîm Nâfie à Guizeh, fréquenté par nombre de journalistes.

Toutes ces déclarations, aussitôt reprises et amplifiées par la rumeur, pouvaient se résumer en quelques mots : tout homme honorant sa femme dans l'une des chambres du deuxième ou du quatrième étage de l'hôtel de l'aéroport était assuré de donner naissance à un enfant mâle. Le phénomène était avéré, on avait eu l'occasion de le vérifier maintes fois depuis que l'hôtel avait ouvert ses portes ; une ancienne cliente suisse avait envoyé depuis la clinique la photo du petit garçon qu'elle venait de mettre au monde – une naissance qui tenait du miracle chez cette femme qui avait dépassé l'âge de quarante-sept ans sans jamais enfanter. A sa demande, la photo de son fils était désormais accrochée dans le hall de réception de l'hôtel.

L'hôtel connut alors une affluence sans précédent dans l'histoire du tourisme égyptien, avec des taux d'occupation jamais égalés depuis le Khân Masrour, un caravansérail de l'époque mamelouke, battant même à plate couture les plus grandes sociétés internationales. Les princes du pétrole offraient des cadeaux de prix et des sommes fabuleuses aux employés pour obtenir des réservations, mais en vain, le fondateur contrôlant alors d'une main de fer tout ce qui se passait dans son entreprise. Au cours des dernières années, et avec l'expansion de la ville bien au-delà du bâtiment de l'aéroport, avec l'intensification du trafic aérien notamment due à la guerre du Liban, qui reportait une partie du trafic sur Le Caire, l'hôtel commença à gagner les faveurs des compagnies aériennes internationales ; la Swissair lui consacra même un article dans sa revue de bord distribuée gratuitement aux passagers, bientôt imitée par les compagnies allemande et nord-coréenne – c'est ainsi que le projet du fondateur fut finalement couronné de succès, bien qu'avec plusieurs années de décalage.

Ateyya Bey s'était également illustré lorsque l'Institution avait résolu de se diversifier dans le secteur du prêt-à-porter, dont elle était rapidement devenue un des leaders, jouissant d'une importante notoriété. C'est à elle qu'on devait l'invention du patron sur support papier. Un représentant de l'Institution, homme ou femme, se déplaçait à domicile pour proposer un choix de modèles et prendre les mesures avec précision, après quoi l'atelier réalisait le vêtement selon les spécifications voulues. Bien entendu, un département spécial fut ouvert à l'intention des femmes voilées ; dans les salles d'exposition ouvertes à Héliopolis, dans les quartiers comme el-Haram près des pyramides ou Glym à Alexandrie, dans la zone côtière de Port-Saïd, on entendait le nom d'Allâh, scandé d'une voix impressionnante, retentir dans les rayons, ce qui, selon la croyance populaire, attirait la grâce divine sur les clients et protégeait les marchandises. Ce dispositif, révolutionnaire pour l'époque, fut conçu sous le mandat du deuxième président.

Certains grands magasins s'émurent de cette situation, particulièrement ceux de Mohandessîn, le quartier voisin du siège historique, et lancèrent une campagne virulente afin de dénigrer l'Institution, jetant un doute sur ses motivations véritables pour pénétrer ce marché et n'hésitant pas à faire courir le bruit que certains représentants profitaient de leur présence dans les foyers pour en espionner les secrets intimes, ou affirmant que le recours de l'Institution aux slogans religieux n'était qu'une simple couverture, que les tissus importés d'Occident par l'Institution étaient nocifs et contraires à l'islam, il suffisait de les porter durant une semaine pour voir son corps se couvrir de stigmates en forme de croix.

A ce stade, il devint indispensable de s'en remettre à Ateyya Bey et à son expertise ; en discutant avec lui, le président en exercice comprit immédiatement le génie dont le fondateur avait fait preuve dans le choix de ses premiers collaborateurs : pas de doute, ce n'était pas un hasard si l'Institution avait pu connaître une telle expansion !

Grâce à Ateyya Bey, des rumeurs commencèrent à proliférer, semant l'effroi sur leur passage. Le fin mot était que certains gérants de magasins de prêt-à-porter dissimulaient des appareils photo dans leurs cabines d'essayage ; une fois la cliente ou le client déshabillé, son corps nu était photographié sous toutes les coutures, les séquences ainsi obtenues étaient remontées pour donner l'illusion que les hommes s'étaient trouvés dans les cabines en même temps que les femmes. Voilà ce qui attendait les clientes honnêtes et vertueuses qui avaient le malheur de fréquenter ces magasins. D'ailleurs, voici comment l'affaire avait été éventée...

Un respectable homme d'affaires, à la tête d'une société d'articles de cuir, était en voyage dans un pays du Golfe lorsque son hôte lui proposa de regarder avec lui un film pornographique, une nouveauté dont les actrices n'étaient pas des Européennes mais des femmes arabes...

L'homme eut ainsi la surprise, dès le premier plan, de se trouver face à face avec son épouse, la mère de ses enfants, dans les positions les plus obscènes. A la suite de ce choc terrible, il rentra au Caire par le premier avion, avant d'être arrêté quelque temps plus tard, pour l'assassinat de son épouse. Il avait découpé son corps en morceaux et disposé ceux-ci dans des canettes de jus d'ananas vides. L'affaire défraya la chronique, tout le monde s'interrogeait sur le mobile du crime, mais en vain : le mari semblait avoir perdu la parole. Ateyya Bey, lui, était au fait des moindres détails, même les plus crus, qu'il révélait volontiers à ceux qu'il jugeait dignes de confiance. De plus, il possédait deux exemplaires du film qui avait poussé le mari à commettre, sous l'emprise de la folie, son terrible forfait.

En conclusion, il fallait se méfier de ces boutiques élégantes, arborant des noms étranges, des griffes prestigieuses, exposant des vêtements aux prix exorbitants, mais qui dissimulaient dans leur antre des réseaux visant à compromettre des femmes vertueuses ou à abriter des trafics de drogues – notamment cette variété qu'on appelait en Égypte la « poudre ».

Toute parole prononcée par Ateyya Bey semblait hors de doute, ses traits respiraient la sincérité, ses regards calmes étaient à cent lieues de la précipitation, il parlait en termes concis et brefs, se contentant quelquefois d'allusions pour suggérer qu'untel était un pervers ou que tel autre souffrait d'une maladie sexuelle contagieuse, ou encore qu'un troisième collaborait avec une puissance ennemie. Il avait coutume de déclarer :

« Même quand elle ne tue pas, la balle assourdit. »

Malgré son talent reconnu pour créer des rumeurs et les propager, ceux qui connaissaient bien Ateyya Bey le considéraient comme une source fiable en matière d'histoire de l'Institution. Certes, pour manier aussi bien les rumeurs, il fallait être un menteur professionnel, mais ses connaissances lui valaient néanmoins la confiance des anciens, du moins les rares d'entre eux qui étaient capables de démêler le vrai du faux dans son discours.

Ateyya Bey était de la vieille école. Il avait commencé sa carrière comme fonctionnaire au ministère des Waqf, plus précisément à la section des réclamations ottomanes. C'était un des rares experts capables de déchiffrer les circonvolutions de l'écriture *qorma* en usage dans la calligraphie ottomane, et à connaître les techniques de conservation des manuscrits anciens. Un jour que le fondateur recevait une délégation dépêchée par la bibliothèque du Congrès américain, il l'avait fait venir pour exposer son savoir-faire en matière de manuscrits.

Ses états de service étaient exemplaires, immaculés, exempts de la moindre sanction, du moindre blâme, de la moindre procédure disciplinaire qui aurait pu mettre en cause son honneur ou sa compétence. Ses évaluations annuelles remportaient les notes maximales dans tous les domaines, on n'avait jamais passé son tour pour une promotion ou l'attribution d'une prime d'ancienneté. Mieux encore, on lui avait accordé à cinq reprises des augmentations exceptionnelles, sans parler de certains services rendus qui lui avaient valu des gratifications appelées « primes de douzième étage », directement ordonnées par le cabinet du fondateur, voire remises en main propre par ce dernier ; cette pratique avait toutefois cessé après les nationalisations.

Ateyya Bey était impeccable jusque dans sa mise ; à ce jour, il continuait à porter ces chemises à col amovible, attaché au corps du vêtement par des boutons, dont la fabrication avait cessé depuis les années quarante, mais qu'on continuait à confectionner artisanalement dans une petite échoppe située près de Midân el-Tahrîr, tenue par un Arménien, pour le bénéfice de rares amateurs, quelques magistrats au Conseil constitutionnel et des hauts fonctionnaires en retraite. Même en été, lorsque la chaleur et l'humidité battaient leur plein, Ateyya Bey conservait son costume trois pièces et sa cravate.

Avant de rédiger la moindre correspondance officielle, il

réfléchissait longuement à la signification des mots, à l'emploi des prépositions, à la correction des règles grammaticales, redoutant de commettre la moindre imprécision susceptible d'engager sa responsabilité, mais aussi celle de l'Institution. C'est pourquoi le fondateur lui déléguait tout ce qui relevait des relations avec l'administration.

Il recommandait sans cesse à ses subordonnés la plus grande prudence, c'est que les murs ont des oreilles et que la sanction a tôt fait de s'abattre ; il n'avait pas oublié et n'oublierait jamais ceux d'entre ses collègues qui, sous le régime totalitaire, s'étaient retrouvés en prison ou au pénitencier pour avoir colporté un malheureux ragot. C'était l'époque où chaque individu épiait la moindre respiration de son voisin et prenait ses distances avec ses propres enfants, ses propres frères… « Dieu fasse que ces jours noirs ne reviennent jamais ! » clamait-il en levant les paumes vers le ciel.

Tout au long des années soixante-dix, il s'était réjoui de voir les journaux s'attaquer à la période totalitaire. C'est lui qui avait lancé cette fameuse rumeur sur l'existence d'une fosse gigantesque dans la roche entourant le Haut Barrage, de sorte que le moindre glissement de terrain, le moindre tremblement de terre un tant soit peu puissant pouvait avoir raison de cet ouvrage monumental, auquel l'Institution avait hélas contribué. Toute la vallée du Nil serait alors inondée. Même si ces persiflages lui avaient valu un avertissement, il était satisfait d'avoir placé le Haut Barrage au centre d'une controverse qui se poursuivait jusqu'à maintenant.

Bien qu'il fallût une certaine audace pour lancer une rumeur, Ateyya Bey était d'une circonspection extrême. Tôt le matin, il commençait sa journée par la lecture de la presse officielle, avant de prendre son petit déjeuner, quelquefois avant même de faire sa toilette ; il parcourait les éditoriaux et les chroniques régulières des journalistes ayant l'agrément des autorités, écoutait ceux d'entre eux qui apparaissaient quotidiennement à la télévision au journal de neuf heures et pénétraient dans les foyers par la petite lucarne pour louer les réalisations du régime. Il écoutait également les commentaires qui suivaient le flash d'informations de quatorze heures trente.

Tout cela lui fournissait le matériau à partir duquel il tricoterait les propos à tenir à ses collègues. D'ailleurs, il ne se souciait guère des sarcasmes de certains d'entre eux, qui ironisaient sur ses critiques du régime totalitaire, se plaisant à lui rappeler que lui-même avait appartenu successivement au Comité de libération, à l'Union nationale, à l'Union socialiste, au Parti Égypte, et pour finir au Parti national démocratique actuellement au pouvoir. Il se contentait de répéter doucement :

« Nous étions contraints... nous étions contraints... »

Toujours est-il que Gawâhri faisait confiance à Ateyya Bey et à la qualité de ses informations. Quand ce dernier lui eut confirmé la véracité des bruits de couloir mettant le Professeur en bonne place pour le douzième étage, comme l'attestait l'octroi du plip, il ne prit pas la peine de vérifier auprès d'une autre source et partit se réfugier dans le vieux café où il avait l'habitude de s'asseoir depuis les années quarante, s'isolant comme toujours lorsqu'il était au bord des larmes et qu'il voulait s'avouer certaines choses, de celles qu'on ne peut confier aux êtres les plus proches...

Il hochait la tête en murmurant :

« Est-il possible que l'Institution soit roulée dans la boue de cette manière ? »

Puis, pris d'un halètement fiévreux, il agitait le doigt en l'air :

« Le Professeur ? ! ! Non mais sérieusement, le Professeur ? ! ! »

Que cela plût à Gawâhri ou non, le Professeur polarisait en ce moment même l'attention de toute l'Institution, depuis le siège historique jusqu'aux principales succursales et aux agences commerciales et maritimes, et aussi celle des sociétés étrangères qui traitaient avec l'Institution, au point que certains quotidiens nationaux commencèrent à réunir des informations à son sujet. Quant aux agences d'information étrangères, elles s'étaient préparées de longue date à cet événement, on avait sorti les dossiers de tous les candidats – on en avait identifié sept – et on était prêt à lancer l'article sur les rotatives aussitôt que l'annonce serait officielle.

Tous les indices réunis jusqu'alors confirmaient qu'en cas de nomination du Professeur plus aucun responsable ne serait autorisé à rester à son poste après l'âge de soixante-cinq ans.

Certains chefs de département n'attendirent pas la nomination, ils se précipitèrent à la direction du garage pour présenter leurs vœux à l'heureux élu et lui déclarer leur soutien ; c'est ainsi qu'à la fin de la journée tous les responsables du siège historique l'avaient rencontré ou appelé au téléphone, à l'exception notable de trois d'entre eux : le chef de la direction Informatique, le responsable de la Communication extérieure et le directeur du Laboratoire expérimental.

Quant à Gawâhri et à Ateyya Bey, personne ne songeait à eux : officiellement, ils étaient à la retraite depuis des années, occupant, conformément aux vœux du fondateur, des postes sans importance apparente. Pour obtenir leur maintien dans l'Institution, on avait dû contourner maintes lois.

Cela ne signifiait pas pour autant qu'ils étaient sans influence ; s'ils n'avaient effectivement pas de pouvoir sur le plan officiel, leur influence morale était loin d'être négligeable. Ils étaient les plus anciens employés, et de ceux qui avaient soutenu le fondateur depuis les premières épreuves, particulièrement Gawâhri qui avait lui-même porté les briques rouges et les avait passées au fondateur venu poser la première pierre du monument commémoratif. D'ailleurs, ce dernier était toujours debout, à l'entrée du siège historique, et il en existait une reproduction au douzième étage, il avait été conçu par le plus célèbre sculpteur égyptien, Mahmoud Mokhtâr, déjà très malade à l'époque, et resterait comme sa dernière création.

La coutume voulait que l'approbation de Gawâhri fût sollicitée au moment où commençait à se répandre le nom du successeur, ou du « dauphin » comme on l'appelait. Une fois le nom définitivement arrêté, Gawâhri emmenait Ateyya Bey et ils se présentaient tous deux sur place, ils étaient alors autorisés à emprunter l'ascenseur ancien, très lent, dont la cabine était juste assez large pour contenir deux personnes, et qui ne s'arrêtait qu'au douzième étage.

Là-haut, ils étaient accueillis par un Amm Siddîq en grande tenue d'apparat, qui leur ouvrait la porte en se baissant cérémonieusement, tout comme il l'avait fait autrefois avec le fondateur, il leur ouvrait la voie avant de les introduire dans le bureau circulaire où les attendait le successeur, debout de l'autre côté du tapis – un somptueux Tabrîz qui n'avait d'équivalent dans aucun musée au monde et qui était mentionné dans les catalogues internationaux répertoriant les tapis célèbres. Le fondateur avait eu recours aux services de l'expert Kazarouni pour en assurer l'entretien ; celui-ci le faisait laver chaque printemps à l'argile savonneuse, mais il avait interrompu cette pratique après que le deuxième président eut quitté ses fonctions.

On raconte que l'épouse d'un haut responsable – dont le nom peut difficilement être révélé ici –, ayant eu vent de l'existence de ce tapis, résolut un jour de le faire transporter dans l'une des résidences officielles. Elle fut alors contactée par un mystérieux individu qui parvint à l'en dissuader en lui révélant que nul n'avait jamais foulé ce tapis sans être aussitôt frappé par une terrible malédiction. Selon la rumeur, c'est Ateyya Bey qui avait imaginé cette rumeur afin de protéger le patrimoine de l'Institution. Quoi qu'il en soit, le tapis demeura en place, brillant de mille feux, resplendissant, fascinant tous ceux qui le voyaient par la beauté de ses couleurs et la douceur de ses fils de soie, si lisses qu'on eût dit l'ouvrage juste sorti du métier à tisser, malgré la négligence dont il avait souffert au cours des dernières années.

Le nouveau président se tenait donc à l'autre bout du tapis, invitant Gawâhri et Ateyya Bey à s'asseoir. Une fois installés, les deux hommes retiraient tous deux leurs lunettes avant de lever vers lui un regard respectueux. Gawâhri évoquait alors les instants où le fondateur avait pénétré pour la première fois dans ce bureau, c'était comme si la scène se déroulait devant lui à l'instant même, puis il tendait les paumes vers le ciel en demandant qu'on récitât la Fâtiha[1] pour le repos de l'âme du grand homme.

Au moment où leur prière s'achevait, Amm Siddîq entrait solennellement, portant un plateau ouvragé, marbré de dorures, dont il réservait l'usage à ce jour particulier. Dessus étaient disposées trois tasses d'un service en porcelaine fine ayant appartenu à la lignée des tsars Romanov. Le fondateur l'avait acheté durant la seconde guerre mondiale aux enchères publiques qui se tenaient dans l'avenue Emadeddîn, en plein cœur du Caire.

Après avoir bu le café spécial à la cardamome, Ateyya Bey révélait que le fondateur lui était apparu dans son sommeil, revêtu d'une *gallabeyya* blanche, la tête ceinte d'une auréole de lumière verte, souriant avec bienveillance et pointant le doigt vers le siège historique.

Alors, tous les présents commémoraient le souvenir de son âme pure, Gawâhri et Ateyya Bey posaient les deux tasses de café et se levaient, après avoir remis leurs lunettes ; le nouveau président les raccompagnait jusqu'au bord du tapis, et Amm Siddîq prenait le relais de l'autre côté, jusqu'au second ascenseur, plus grand, plus spacieux, pouvant accueillir jusqu'à sept personnes de moyen gabarit. Cette cérémonie non officielle marquait le passage du témoin et procurait à l'ensemble du personnel une profonde sérénité intérieure, sans laquelle le nouveau responsable se serait heurté à une telle résistance qu'il n'aurait pas pu se maintenir longtemps dans la fonction – on en veut pour preuve la mésaventure survenue à l'officier en retraite, dont le récit détaillé fournirait une illustration exemplaire, mais nous entraînerait hélas au-delà des limites que nous nous sommes imparties.

Malgré l'affluence des visiteurs et la multiplication des

1. Sourate d'ouverture du Coran, récitée comme prière en toute occasion.

appels téléphoniques, l'envoi de nombreux bouquets de fleurs venant de toutes parts, le Professeur ressentait une inquiétude diffuse qu'il s'efforçait tant bien que mal de dissimuler.

Au douzième étage, le troisième président fut immédiatement informé que Gawâhri avait disparu du siège, tandis que, pour sa part, Ateyya Bey s'était retranché chez lui, invoquant une de ces crises aiguës d'hémorroïdes dont il souffrait chroniquement ou, plus exactement, dont il se prétendait victime depuis le décès du fondateur. Il appela néanmoins le Professeur au téléphone pour lui signifier que la direction politique agréait sa candidature et le félicita par avance.

Vers sept heures, on vit le Professeur quitter le siège de l'Institution avec une demi-heure de retard sur son horaire habituel, il paraissait toujours aussi sombre, mais il s'agissait cette fois d'une inquiétude différente. Certains attribuèrent son retard à la nécessité de nouer certains contacts, même s'ils auraient été bien incapables de préciser lesquels. Quelques-uns de ceux qui croisèrent son chemin remarquèrent ses yeux exorbités à l'extrême, sa tête ostensiblement penchée vers l'avant ; quant à sa démarche, elle semblait plus pesante que jamais. Il faut dire qu'il se faisait traiter chez un dermatologue pour une malformation des cuisses, dont le frottement le faisait cruellement souffrir, particulièrement durant la saison chaude, à tel point qu'il conservait dans son bureau des boîtes de talc parfumé. Ainsi, lorsqu'il marchait, on avait l'impression que ses deux cuisses ne faisaient qu'une, il gardait les poings serrés, les épaules saillantes, comme s'il était perpétuellement sur le point de livrer un corps à corps avec un adversaire invisible.

Qui donc lui avait trouvé le sobriquet de « Citrouille » ou celui, plus répandu encore, de « Crâne d'Œuf » ?

Le chef du syndicat ?

Le responsable de la direction Informatique, qui ne quittait jamais son bureau ?

Le directeur des Études, actuellement occupé par ses recherches sur le moyen de maîtriser l'écoulement des pluies ou de générer des gaz industriels à partir de l'eau de mer? Il faut dire que ce dernier figurait parmi ses rivaux les plus sérieux, son nom circulait depuis un certain temps comme candidat préféré des profils scientifiques. Quant au Professeur, il passait pour le représentant du courant des administratifs. La rivalité entre les deux écoles ne s'était jamais exprimée du temps du fondateur ni même pendant la période ayant suivi sa disparition, mais elle avait éclaté au grand jour depuis que le deuxième président, issu des rangs administratifs, avait pris ses fonctions.

A vrai dire, il était impossible de déterminer l'origine de ces sobriquets. Peut-être émanaient-ils d'employés qui avaient eu à souffrir de ses brimades et de sa cruauté, peut-être était-ce Ateyya Bey qui, malgré le rictus ironique dessiné sur ses lèvres, s'élevait contre ces pratiques : « C'est péché, répétait-il inlassablement, que de désigner quelqu'un par ses défauts physiques, car ceux-ci sont l'œuvre de Dieu... »

Entre quatre heures et six heures de l'après-midi, le Professeur s'absenta de son bureau installé dans le garage, et son secrétaire releva les noms de tous ceux qui l'avaient appelé au téléphone – certains pour la première fois, comme le représentant du chef de quartier, le directeur du dispensaire, le fonctionnaire chargé de l'énergie thermique, ou encore le propriétaire du restaurant Les Cinq Continents.

La nouvelle s'était visiblement propagée très vite, et tous ces gens, ayant senti le vent tourner, faisaient allégeance en simulant un accueil chaleureux. L'Institution était invulnérable, elle plongeait ses racines profondément dans la vertu et la solidité, avec pour vocation de servir la multitude. Les gens avaient besoin d'elle, sans qu'elle eût besoin de quiconque. Certes, on parlait souvent, depuis la disparition du fondateur, de dépenses incontrôlées, de gabegie financière. Mais la puissance de l'Institution était si grande, ses racines étaient si profondes, ses moyens si démesurés, que les dépenses n'en ponctionnaient qu'une partie, telles les gouttes d'eau que prélève l'oiseau des mers dans un vaste océan.

Le problème n'était pas qu'il y eût un trésor caché, ou un talisman occulte, le secret était dans l'Institution elle-même ; de nombreuses autres entités étaient dénommées « institution » mais leur raison sociale n'avait de sens que suivie d'un adjectif ou d'une spécialité : par exemple, l'institution des industries alimentaires ou l'institution des services financiers. Quelquefois, les analystes politiques ou les journalistes titulaires de chroniques régulières en pages intérieures des journaux parlaient de l'institution militaire, ou de l'institution de la présidence, mais si l'on utilisait le terme seul, alors cela ne pouvait désigner très précisément qu'une seule entité, à savoir... l'Institution.

C'était là une énigme qui résistait à toute analyse, qui se dérobait à toutes les études, toutes les exégèses conduites par des chercheurs étrangers ou égyptiens, et qui semblait appelée à leur résister toujours, par-delà les générations successives, impossible à appréhender, réfractaire à toute logique, imperméable à la poésie comme à la prose.

Une énigme ?

Des énigmes !

Nul n'avait jamais rejoint l'Institution sans ressentir aussitôt une appartenance à un passé, un présent, même ceux qui l'avaient autrefois combattue, qui en avaient dénoncé les travers, s'étaient assagis et se montraient à présent solidaires lorsqu'il s'agissait de défendre leur maison menacée.

Les tiers qui venaient pour une mission ponctuelle éprouvaient immanquablement le besoin de rester, de se faire accepter, et ne la quittaient que la mort dans l'âme, déployant par la suite des trésors d'ingéniosité pour être admis à y revenir.

Un sortilège ? Peut-être.

Peut-être un talisman était-il enfoui dans le gouffre sans fond. A moins que tout cela ne fût le fruit d'une illusion... mais non, cette harmonie professionnelle sincère, apaisante, qui exerçait un attrait si irrésistible, il y avait incontestablement quelque chose...

Était-il possible que cette citadelle fût appelée à finir dans les mains de cet individu aux yeux exorbités ?

Gawâhri avait envie de pleurer, de s'abandonner sans retenue aux sanglots qui montaient en lui. L'Institution n'était pas seulement toute sa vie, mais un destin entier, un patrimoine. Elle nourrissait le rêve des milliers de gens qui en vivaient, sans parler des millions qui aspiraient à y vivre.

Le fondateur avait veillé à choisir tous ceux dont il s'adjoignait les services, les soumettant à une sélection approfondie, notamment pour s'assurer qu'ils avaient bien ce qu'il recherchait : la « séduction ». Il aimait ainsi à répéter que les traits de Saad Zaghloul avaient contribué significativement au succès de sa révolution et à sa popularité dans le cœur des gens. Ateyya Bey l'avait même entendu déclarer que le fond n'était rien sans la forme, même s'il ne s'agissait pas uniquement de beauté ou de laideur.

Ce pauvre imbécile, ce parachuté, ce comploteur, allait-il vraiment installer ses quartiers au douzième étage ? A quelle calamité devait-on ce mandarin fabriqué de toutes pièces, dépourvu du moindre humour, et affublé d'une tête en crâne d'œuf ? Où l'avait-on pêché ?

A dix-huit heures précises, l'antique ascenseur s'arrêta au rez-de-chaussée. Comme il était rarement utilisé, personne ne prêtait d'ordinaire attention à ses mouvements mais, cette fois-ci, on vit distinctement le Professeur en sortir et traverser le hall d'un pas déterminé. Était-il donc déjà installé au douzième étage ?

Mystère.

Les employés de la réception remarquèrent que sa démarche s'était ralentie, que ses yeux étaient plus exorbités que jamais, qu'il semblait tracassé, sujet à cette angoisse propre à ceux qui ont soudainement hérité d'un surcroît de responsabilités. Avant de monter dans sa voiture, il fit signe au chauffeur, contrairement à son habitude ; d'ordinaire, il regardait tout le monde avec son front saillant qui mettait en relief son regard sévère, agressif. Il embrassa d'un coup d'œil l'entrée de l'Institution et l'enfilade de la rue au bout de laquelle se trouvait le café.

Avant même de se lancer dans la construction du siège, le fondateur avait fait en sorte, selon les anciens, de concevoir et de financer l'implantation de plusieurs cafés autour du bâtiment, où employés, ouvriers et techniciens pouvaient se retrouver avant ou après le travail. Il avait mis en place un groupe d'informateurs qui se mêlaient au personnel et lui rapportaient jusqu'au plus petit détail. Il savait qu'au café l'homme a tendance à se sentir à son aise, que sa parole y est plus spontanée, plus relâchée.

En visitant Moscou pour la première fois, au sein d'une mission d'hommes d'affaires égyptiens – c'était dans les années cinquante –, le fondateur avait remarqué que quelque chose manquait à la ville, qu'une lacune importante entachait sa plénitude et son harmonie, mais longtemps, il n'était pas arrivé à mettre le doigt dessus. C'est alors qu'il avait eu le déclic : les cafés étaient en nombre bien trop insuffisant, ils étaient même rarissimes. « Ce doit être le régime qui est là-dessous », avait-il déclaré en riant. Les politiciens ne souhaitaient pas que les gens se rencontrent, qu'ils bavardent, qu'ils se rapprochent. Compte tenu des faibles moyens de l'appareil de sécurité, cela pouvait sembler une solution pratique, mais c'était très dangereux à long terme.

En l'entendant parler ainsi en 1957, on avait pris ça pour une plaisanterie, on connaissait son hostilité au communisme et ses appels à privilégier plutôt les pays socialistes, mais trente-cinq ans plus tard, au moment de l'effondrement de l'empire soviétique, ses propos furent exhumés par un journaliste à la retraite, qui avait été un compagnon de route du parti Wafd au début de sa carrière. Dans son article, ce dernier rendit hommage à la perspicacité du fondateur, à la pertinence de ses remarques sur la rareté des cafés aussi bien que sur la situation du régime en général. Il avait pressenti l'envahissement de la corruption et prédit l'effondrement inéluctable, à échéance d'une trentaine d'années, de ce système qui, selon lui, était voué à l'échec, même s'il ne niait pas son « attachement à ses principes et à ses idéaux ».

Le fondateur avait des idées importantes à propos des cafés, bien qu'il n'en fût pas un amateur régulier. La prolifération des cafés autour du siège n'était pas le fruit du hasard, ni d'une erreur d'urbanisme, mais d'une tactique bien pensée.

D'ailleurs, les abords du siège étaient surveillés en permanence, quiconque s'en approchait était immédiatement repéré par les hommes des services secrets déployés dans le secteur pour épier le moindre mouvement. Il faut dire que des menaces parvenaient régulièrement au siège de l'Institution. Certaines provenaient de l'intérieur du pays – groupes extrémistes, fanatiques, gangs maffieux actifs dans le trafic de faux billets, de parfums de luxe et de cosmétiques, ou encore nababs du commerce de l'armement. D'autres émanaient de puissances étrangères hostiles à l'Institution, qui n'hésitaient pas à la menacer malgré les relations diplomatiques satisfaisantes entretenues avec le régime.

Cette importance stratégique, ces enjeux politiques, ces activités entrecroisées faisaient que le poste auquel le Professeur était promis était convoité de toutes parts, y compris par ceux qui occupaient déjà des fonctions au plus haut niveau de l'État. Certes, c'était une responsabilité écrasante, mais on y gagnait la gloire. Il ne devait surtout pas lâcher prise en attendant d'être confirmé dans ses nouvelles fonctions.

Son objectif déclaré était de promouvoir l'Institution, d'accélérer son développement, mais une telle entreprise impliquait des changements considérables.

Il n'était pas encore temps de dévoiler tout ce qu'il avait en tête, ses projets, ses idées.

Le moment n'était pas opportun.

L'euphorie le gagnait, un désir quasi sexuel montait progressivement en lui, mais il n'y avait aucune femme alentour pour expliquer son excitation, ses yeux n'étaient pas tombés sur l'une de celles qui venaient au siège pour y expédier quelque affaire, ni sur Hânem, la responsable du département Import-Export.

Il suffisait qu'il la vît pour être dans tous ses états, elle lui retournait les sens, mais il ne laissait rien paraître, ce qu'il entendait à propos des relations entre les deux sexes au sein de l'Institution l'intriguait, toutes ces histoires étranges le fascinaient, même si elles lui semblaient très loin de lui. De par sa fonction, il n'avait pas de contact quotidien avec les employées, ne traitant qu'avec les ingénieurs, les ouvriers, les employés administratifs. Sa localisation dans un bâtiment séparé n'était pas la seule raison, il était aussi surchargé de travail, il passait de longues heures assis derrière son bureau, à tel point que, deux ans auparavant, il avait souffert de graves douleurs à la nuque.

Lorsqu'il consulta le médecin chef de l'Institution, ce dernier lui conseilla de pratiquer un sport et de marcher quotidiennement pendant au moins une heure. Mais où trouver le temps ? Son état s'aggravant, le médecin lui prescrivit bientôt de porter une minerve en plastique, afin de soutenir les vertèbres cervicales, mais un obstacle inattendu se présenta : comme il n'avait pratiquement pas de cou, le prothésiste ne parvint pas à se procurer de modèle adapté à sa morphologie. Finalement, son mal ne trouva de remède qu'avec l'arrivée d'un médecin yougoslave à l'hôpital des forces armées d'Alexandrie.

Modifiant le traitement, celui-ci lui recommanda d'effectuer des exercices d'assouplissement pendant quatre-vingt-dix jours, pas un de plus ni de moins, et cela à des heures bien précises qui tombaient parfois au beau milieu de la journée de travail, mais le respect scrupuleux des horaires était une condition de la guérison. Cela le mettait dans des situations affreusement embarrassantes, l'obligeant à s'absenter soudainement au milieu d'une réunion importante ou d'interrompre sa conversation avec un ingénieur sur un sujet très technique. Il se dirigeait alors vers le mur où il appuyait les paumes afin de faire des extensions. Dans d'autres exercices, il devait nouer ses doigts derrière la nuque et regarder fixement le plafond, ou encore ramper à quatre pattes en agitant la tête de droite à gauche et de gauche à droite. Ah ! un vrai calvaire, qui l'exposait aux plaisanteries de ses collègues, mais il n'avait pas eu le choix, il fallait mener à bien le traitement d'une manière ou d'une autre.

Il s'efforça de se calmer, inspirant profondément, conservant l'air dans ses poumons pendant quelques instants. Il les connaissait tous un par un, il savait ce qu'ils chuchotaient derrière son dos, connaissait les sobriquets dont ils l'avaient affublé en secret. Il saurait s'occuper d'eux, mais ce n'était pas encore le moment !

Après avoir garé sa voiture devant son domicile, il veilla à ralentir le pas, salua le portier sans chaleur excessive et l'autorisa à porter sa sacoche munie de deux cadenas à serrures codées, où il avait placé toutes ses affaires, à l'exception d'un dossier qu'il gardait sur lui précautionneusement. Ils marchèrent ainsi jusqu'à la porte de l'ascenseur, le portier à quelques pas de lui.

Après la publication du décret de nomination, beaucoup de choses allaient changer : tout d'abord, son nom allait figurer sur la liste des personnalités à faire protéger par le département Sécurité, on allait lui affecter un ou deux gardes du corps armés de pistolets automatiques et d'un poignard glissé dans une bande roulée autour de la jambe. Il monterait à côté du chauffeur, à moins qu'on lui en attribue deux, auquel cas l'un d'entre eux conduirait la voiture tandis que l'autre s'installerait près de lui à l'arrière ou l'escorterait dans un autre véhicule. Oui, voilà une idée nouvelle qui s'accordait bien avec son expérience et toutes ces années passées dans le garage.

Le garde du corps l'accompagnerait comme son ombre, le précédant dans les salles de fête et les grands hôtels… et même au domicile de ses amis et des grands hommes d'affaires qui allaient se bousculer pour l'inviter, pour qu'il assiste à une réunion, un déjeuner ou un dîner. C'était assez d'avoir passé sa carrière à voir défiler sous son nez les enveloppes élégantes renfermant les cartons d'invitation liserés d'or. Il y en avait dans toutes les langues, adressés au premier cadre venu – oh ! certains le méritaient, mais beaucoup n'avaient strictement rien fait pour cela –, bref, à tout le monde sauf lui. Qui se souciait du responsable du garage ? Ils ne voyaient rien de l'intérêt stratégique de la fonction, des dangers du poste...

Quoi qu'il en soit, il allait désormais avoir maintes occasions d'exprimer sa volonté, il pourrait s'abstenir, consentir, refuser, faire plaisir ou décevoir, le moindre geste de sa part provoquerait des réactions diverses, un petit hochement de tête – oui, cette tête qu'ils qualifiaient de ... – pouvait désormais lui ouvrir des portes ou les refermer. Il avait attendu longtemps et voilà qu'il était maintenant à deux doigts d'aboutir.

Lorsque le garde du corps serait nommé, son entrée dans l'immeuble prendrait une tout autre allure, de même sa sortie. Que diraient les voisins à son propos ? Les enfants prendraient conscience des honneurs déployés autour de leur père, ils se sentiraient *ipso facto* investis d'une grande responsabilité et entreraient dans la vie adulte avec une sensation de pouvoir.

C'est vrai qu'avec le plip il disposait d'ores et déjà d'un appareil sensible et raffiné, privilège qui n'était accordé qu'à de rares responsables, cependant... c'est à peine s'il se remarquait. Certes, il pouvait toujours s'arranger pour le laisser apparaître en faisant légèrement glisser sa veste de temps à autre, mais généralement les invités et les proches ne s'en rendaient même pas compte, tandis qu'un garde du corps, cela se voyait tout de suite, on savait d'emblée à qui on avait affaire.

Néanmoins, il convenait d'être prudent, une fois installé dans le fauteuil présidentiel, situé là-haut, au douzième étage, sa vie serait réellement menacée, il deviendrait une cible pour de nombreuses factions.

Il interdirait catégoriquement que le garde fît les courses pour le foyer, il savait par les ragots colportés au travail qu'on confiait volontiers ce type de tâche au personnel de sécurité : acheter les légumes, tâter les poissons pour s'assurer de leur fraîcheur, sélectionner les galettes de pain préparées avec les meilleures farines, surveiller le boucher tandis qu'il découpait la viande, mais il ne trouvait pas cela convenable.

Il mettrait en garde sa femme et ses enfants, ils auraient à leur disposition autant de domestiques qu'il leur faudrait, mais le garde du corps ne devait jamais oublier sa mission première : protéger la vie de son maître. Le danger pouvait survenir de partout, au moment où l'on s'y attendait le moins, et le garde devait se tenir prêt à le contrer et à empêcher qu'il arrive malheur.

Il pouvait rendre grâce à Dieu. Des années durant, il avait rêvé de ce jour. C'est vrai qu'il avait obtenu ce qu'on pouvait tenir pour un privilège plus important et plus raffiné : le plip ; mais avec un garde du corps particulier, il serait remarqué de tous, même des inconnus qui passeraient devant son véhicule arrêté à un feu ou des conducteurs de limousines luxueuses qui scrutent les alentours à travers leurs vitres fumées en affectant de parler au téléphone. La présence de ce garde lui conférerait cet apparat dont il avait longtemps rêvé…

En tant que responsable du garage, il n'y avait évidemment pas droit, s'il avait fait une demande en ce sens, on lui aurait ri au nez : sa vie n'était pas directement menacée, et le choix des personnes à protéger se faisait dans les hautes sphères des services de Sécurité.

Deux ans auparavant, il avait eu la surprise de découvrir l'actuel directeur des Relations publiques – à l'époque il ignorait son nom – faisant son entrée au siège de l'Institution précédé d'un garde svelte et bronzé qui ne l'avait plus quitté : il l'attendait devant les toilettes, lui ouvrait la porte de sa voiture, le précédait dans les endroits où il passait la soirée, vérifiait les fenêtres et les balcons, regardant sous les tables et les sièges, allant même jusqu'à goûter la nourriture avant lui.

Lorsqu'il avait appris que le nouveau venu n'était autre que le tristement célèbre Abdou al-Nomrossi, la stupeur l'avait envahi, il s'était désolé sur son propre sort, on pouvait dire sans exagérer que ce jour avait été le plus noir de sa vie. Quoi, Abdou le proxénète, l'homme à la réputation si sinistre, si nauséabonde que sa puanteur avait traversé les frontières en dehors de l'Égypte ? Mais c'était là une autre histoire...

Il avait tu ses sentiments, ravalant sa rancœur, tout en essayant de glaner des informations pour savoir ce qui lui valait un tel privilège. Pour finir, il avait été jusqu'à prendre son téléphone et l'appeler directement pour lui demander la raison de la présence du garde.

Les employés fidèles de l'institution savaient que Nomrossi était impliqué dans nombre d'opérations louches, ils connaissaient ses relations très spéciales avec les riches émirs du pétrole, sa longue expérience dans l'art de deviner et prévenir leurs moindres désirs. Ces hommes maniaient des contacts de haut niveau, des projets innombrables ; beaucoup de ces transactions, qui mettaient en jeu des montants fabuleux en devises fortes, ne se faisaient que par l'intervention décisive, quoique mystérieuse, de Nomrossi. Il y avait autour de cet homme plus de rumeurs que de vérités, il faisait partie de ces personnalités énigmatiques qui suscitent des réactions contrastées, mais sans jamais entrer en conflit ouvert avec quiconque. Il n'avait jamais témoigné d'animosité à qui que ce soit, bien au contraire c'était toujours lui qui prenait l'initiative d'un geste de courtoisie, envoyant des fleurs, des condoléances ou des félicitations, non en tant que directeur des Relations publiques, mais à titre personnel. Gawâhri lui témoignait de la sympathie, et même... du respect, bien qu'il cherchât le plus possible à l'éviter, se tenant à distance.

En même temps, il ne pouvait ignorer que Nomrossi était l'un des derniers à avoir été directement recruté par le fondateur, qui n'avait pas eu honte de lui, qui ne l'avait même pas prié de changer de nom. D'ailleurs, il était le seul dans toute l'Institution, lorsqu'il décrochait le téléphone, à se présenter spontanément :

« Abdou al-Nomrossi à l'appareil... je vous écoute ! »

Selon son explication, c'est après avoir reçu des lettres de menace signées d'un groupe religieux qui venait de commettre il y a peu des attentats criminels, notamment dans les gouvernorats du Fayyoum et de Guizeh, que Nomrossi avait invoqué la nécessité de se protéger. Il avait fait suivre les lettres à la direction de la Lutte contre le terrorisme qui, après une enquête approfondie, avait conclu qu'il était effectivement menacé ; c'est ainsi qu'on lui avait assigné un garde du corps.

L'explication avait laissé le Professeur sceptique : Nomrossi disait-il la vérité ? Il n'oublierait jamais l'abattement qui l'avait accablé, au point qu'il s'était abstenu d'absorber la moindre nourriture un jour entier, et, une heure à peine après s'être couché, il avait laissé échapper dans son sommeil des cris inintelligibles. Sa femme l'avait réveillé délicatement, le suppliant de penser à ses quatre enfants, à cette époque où nul ne pouvait s'en remettre à son propre oncle, maternel ou paternel. Il devait se confier à elle, lui avouer franchement les raisons de son malaise, il fallait qu'il sorte de cette spirale de tristesse, par égard pour ses enfants.

Le lendemain matin, il avait pris un petit déjeuner copieux, avec du thé au lait, des œufs au plat et un piment fort – il continuait à en prendre à chacun des trois repas, en dépit de ses crises aiguës d'hémorroïdes – et il avait fini par avouer à sa femme le secret qui le tourmentait et absorbait toutes ses pensées : il craignait que l'apparition du garde aux côtés de Nomrossi préludât à une promotion de ce dernier qui le propulserait non seulement à un grade plus élevé que lui, mais aussi vers les sphères dirigeantes. Il n'oublierait jamais ce que lui avait déclaré Amm Guweïli, le plus ancien chauffeur de l'Institution, quelques jours avant sa mise à la retraite :

« Dans cette entreprise peut se produire ce qu'on n'attend pas, et ce qu'on attend ne jamais se produire. »

C'est en vain qu'il avait réclamé des éclaircissements.

Guweïli n'avait pas répondu, il était parti sans expliciter ses propos, voûté, résigné. A présent, le Professeur avait à sa portée un poste où il lui serait possible de savoir tout ce qui se passait, jusqu'au plus petit incident, ce qui était apparent comme ce qui était caché. Il y a encore trois mois, l'éventualité de sa nomination comme président de l'Institution aurait semblé absurde et, si quelqu'un s'était risqué à l'évoquer, fût-ce par allusion, nul doute qu'il l'aurait foudroyé du regard, l'aurait traité de tous les noms, il ne supportait pas le moindre sarcasme. Mais voilà, quelques jours ne s'étaient pas passés qu'il était déjà convoqué dans le bureau circulaire, au douzième étage.

Malgré cela, il continuait de douter qu'il eût la moindre chance pour la succession. Il ne commença à y croire qu'au bout du troisième entretien, arrangé par Abdou al-Nomrossi en personne. Celui-ci n'ouvrit pas la bouche de toute l'entrevue, se contentant, au moment du départ, de demander à Son Excellence quel était le moment le plus approprié pour convoquer la presse.

L'intonation de la question, le regard de Nomrossi, son air inquisiteur, tout cela lui révéla l'essence de ce qui était en train de se passer. A partir de ce moment-là, il entreprit de se rapprocher, dans le moindre de ses actes, de Son Excellence. Il le voyait dans son immobilité comme dans ses mouvements, lorsqu'il était seul, il tenait compte de ses réactions comme s'il l'avait eu en face de lui, petit à petit il commençait à se mettre en condition...

Le Professeur savait que des enquêtes de personnalité approfondies avaient été conduites sur le directeur des Études, de même que sur le responsable de la direction Informatique, qui avaient abouti à se méfier du premier et à écarter le second, du fait de son silence permanent et de sa propension à l'isolement : il se tenait à l'écart de toutes les activités sociales organisées par les employés. Selon une rumeur circulant dans l'établissement, il se rendait chaque nuit dans un café populaire situé à l'angle de la rue Mâss el-Hâguib, près de la Citadelle, où il s'installait dans le coin le plus reculé de la salle. En matière de solitude, il n'avait pas de rival.

La surveillance ininterrompue autour de lui avait permis de confirmer cette habitude quotidienne, qui laissait les commentateurs perplexes. Le haut responsable d'un appareil de Sécurité gouvernemental qui s'était vu récemment confier la mission de le surveiller avait fini par déclarer quelques jours plus tard : comment un homme de cette sorte-là pourrait-il diriger une maison comme celle-ci ? Un établissement si gigantesque que le moindre remous dans sa situation financière ébranlerait la position monétaire de la livre égyptienne face aux devises étrangères, en particulier le dollar.

Le Professeur le mit donc de côté, sans pour autant l'épargner, ironisant ouvertement devant ses affidés du garage sur ces gens qui étudient les ordinateurs au Japon et en Europe et finissent par atterrir dans les cafés populaires à fumer le narguilé et à jouer au trictrac. Il cessa cependant ces attaques pernicieuses lorsqu'il apparut que celles-ci produisaient l'effet contraire de ce qu'il avait recherché : une admiration commença à se développer parmi les ouvriers et les petits employés devant cette facette inconnue de la personnalité du responsable de la direction Informatique, certains partirent même à sa recherche et finirent par le localiser dans son café.

Il leur réserva le meilleur accueil, insistant pour leur offrir à chacun une boisson chaude, mais à peine s'étaient-ils installés qu'il retomba dans le silence, ne leur adressant plus une parole, plus un regard, ce qui les mit mal à l'aise. Ils finirent par prendre congé en s'excusant de l'avoir dérangé.

Le Professeur décida de concentrer son attention sur le directeur du département des Études, ayant constaté que ce dernier ourdissait contre lui diverses manœuvres. En réalité, c'était plutôt son frère qui l'inquiétait.

Celui-ci, négociant en voitures, possédait un hall d'exposition de deux étages près de Midân Bâb el-Louq, plus précisément dans une ruelle donnant sur la rue Boustân. Des publicités pour son établissement paraissaient chaque vendredi dans les trois journaux nationaux, où il réservait des espaces publicitaires fixes, payés d'avance. Il semblait – mais Dieu est le plus savant – que cette façade abritait en réalité d'autres activités, certaines susceptibles de tomber sous le coup de la loi, mais le Professeur manquait de preuves pouvant étayer ces soupçons. Il racontait partout que le hall d'exposition automobile n'était qu'une vitrine pour le trafic de la drogue, ou encore que le négociant avait réussi à faire entrer une grande quantité d'héroïne dans des pneus importés d'Afghanistan *via* un pays de la Communauté européenne. Bien qu'il eût gagné à cette occasion plusieurs millions, il n'avait pas persévéré, le gain formidable assuré par une seule opération pouvant servir de capital pour démarrer une affaire licite. Comment savoir ?

Toujours est-il que ce frère avait ses entrées dans le monde de l'art, de temps à autre il faisait don de certaines sommes au parti au pouvoir et, une fois par semaine, il passait la soirée sur une péniche amarrée près du pont de l'Université, fréquentée par des ministres et des hauts responsables titulaires de postes sensibles. C'était également un habitué de l'hôtel Mena House, dont il était actionnaire ; il avait un faible pour le salon oriental, bien entendu il n'y dînait pas seul mais en compagnie de sept à huit invités sélectionnés parmi les gens les plus en vue, les plus influents, des professeurs de médecine connus, des gérants de villages de vacances renommés à Hurghada, Charm el-Cheikh ou Assouan, certains officiers supérieurs encore en activité, des industriels possédant des usines dans les villes nouvelles du 6-Octobre et du 10-Ramadan…

Ce frère dont nous parlons était une vraie pieuvre, il était à tu et à toi avec les éminences grises qu'on consultait pour la préparation des lois, et nul doute qu'il mettait ses relations au service de l'ascension de son frère jusqu'au douzième étage, un poste névralgique dépassant largement en importance celui de ministre ou de haut responsable.

Quoi qu'il en soit, on y voyait désormais plus clair, la

décision était sur le point d'être annoncée, les instances politiques tiendraient compte des rapports officiels ou secrets qu'elles avaient commandés, ainsi que des courants d'opinion au sein de l'Institution; cependant l'avis du président sortant était primordial, et il était notoire depuis longtemps qu'il l'avait désigné comme son dauphin. Il ne restait qu'une seule formalité, une seule, pour qu'il pénètre enfin dans le bureau circulaire et s'installe définitivement au douzième étage.

Il humait déjà les effluves enivrants qui embaumeraient l'espace des bureaux et des pièces réservées à son usage, les jolies femmes qui commenceraient à le pourchasser, qui se mettraient en avant pour lui offrir un avant-goût de leur monde fascinant. De nouveau, il était pris de cette étrange pulsion sexuelle, mais il devait économiser son énergie : de longues journées l'attendaient, riches de plaisirs, de voyages, de tout ce dont il avait été privé jusque-là.

Il rentra chez lui, de cette démarche qui seyait à tout responsable de poids, se déplaçant avec lenteur, ponctuant son entrée de ces mots qu'il avait pris l'habitude de prononcer depuis deux semaines :

« Quelqu'un a-t-il cherché à me joindre ? »

Il rectifia les noms que sa femme n'avait pas bien saisis, où qu'elle n'avait pas pris la peine de noter – trois jours plus tôt, il avait failli lever la main sur elle et la gifler, pour la première fois depuis leur mariage, parce qu'elle avait écrit Mersâl au lieu de Abdelaâl. Le colonel Abdelaâl était un officier des renseignements généraux, son appel en cette période était lourd de signification. Certes, la première fois que le colonel l'avait appelé, il ne lui avait rien demandé directement touchant sa propre personne, il voulait plutôt se renseigner sur un jeune technicien du garage qui, dernièrement, s'était laissé pousser la barbe. Désormais, le moindre mot de sa part serait soupesé et jugé.

Il devait se méfier, rester sur ses gardes…

Il remit à sa femme un petit carnet, surmonté d'un stylo à

bille, lui enjoignant d'y consigner les noms sans attendre, aussitôt qu'elle les entendait.

Elle opina immédiatement, à la vérité, elle était parfaitement sensible aux circonstances, elle avait renoncé à ces comportements déplaisants qu'il avait longtemps supportés dans l'intérêt des enfants. Lorsqu'il rentrait tard, elle s'abstenait de l'accueillir avec cette mine renfermée. Pour la première fois depuis vingt-deux ans, il sentait qu'il était en train de se libérer, de s'éloigner d'elle d'une certaine manière. Dès qu'elle avait le dos tourné, il s'interrogeait : a-t-elle les capacités requises pour mon nouveau poste ?

Que diraient-ils en l'apercevant à ses côtés lors des réceptions, des célébrations saisonnières ou autres occasions officielles ? L'épouse du maître du douzième étage était une personnalité publique au même titre que lui ; il n'était pas une chronique dans les quotidiens, une rubrique de société, un article dans une revue artistique ou féminine où elle ne fût mentionnée, il arrivait même qu'elle fît la couverture. L'épouse du deuxième président, par exemple, était une jolie femme, elle ressemblait à la célèbre actrice de cinéma Mariam Fakhreddîne, que le Professeur considérait comme la référence absolue en matière de beauté féminine. Il semblait que le fondateur eût également compté parmi ses admirateurs, on dit qu'il conservait un certain nombre de numéros de la revue *al-Mussawwar* dont elle avait fait la couverture. Après sa disparition, on les avait retrouvés avec ses effets personnels dans une petite remise du siège historique.

Il allait passer en revue tout ce legs, en faire l'inventaire sans se presser, chaque chose viendrait à son heure. Pour l'instant, il repensait aux circonstances dans lesquelles ils s'étaient connus, au jour où il l'avait vue pour la première fois, à l'université. Étudiante en deuxième année à la faculté des Arts appliqués, où elle apprenait les techniques de tissage et de teinture, elle s'était rendue à la faculté de Commerce où lui-même était étudiant en quatrième et dernière année.

Elle venait y retrouver son frère, avec qui elle s'était installée pour boire un thé au petit café situé non loin de là. Si seulement le hasard ne l'avait pas placée sur sa route, si seulement il ne l'avait pas aperçue ce jour-là...

Mais à la vérité, c'était une brave fille, au caractère innocent, à la conscience pure...

Elle était arrivée si précocement dans sa vie, ils s'étaient unis si rapidement qu'il n'avait pas eu l'occasion de vivre d'autres expériences. Par la suite, il avait tenté de se rattraper, mais sans y mettre de volonté, elle était continuellement sur son dos, ne le laissant pas respirer une seconde. Sentant le danger de loin, elle étouffait dans l'œuf sa moindre velléité de s'affranchir. De toute façon, son travail au garage le maintenait à l'écart de la gent féminine, celle-ci était rare aussi bien parmi le personnel que chez les visiteurs de passage.

Mais après tout, n'était-ce pas elle qui veillait sur son foyer ? Elle qui avait élevé les enfants, qui les avait aidés à faire leurs devoirs ?

Nul doute qu'en libérant son esprit de ces servitudes, elle lui avait permis d'accomplir son travail avec sérieux et compétence, ce qui lui valait aujourd'hui d'être remarqué. Et voici qu'il était à présent sur le point de parvenir au douzième étage, d'accéder à tout ce dont il avait été privé, tout ce qu'il n'avait pas vécu.

Du temps où il était encore étudiant à l'université, il évitait les contacts sociaux, il était parfaitement conscient de l'étrangeté de son physique, avec son front protubérant, ses yeux globuleux. Que de fois n'avait-il pas remarqué l'ironie dans les yeux des étudiantes au moment où il passait près d'elles ?

Lorsque leurs regards s'étaient croisés, il avait senti que c'était le début d'une histoire entre eux, et lorsqu'elle avait fait demi-tour pour repartir, sa décision était prise. Elle avait les jambes exactement comme il les aimait, pleines et lisses, surmontées de deux masses charnues et potelées, pointant fièrement vers le haut en dépit de la pesanteur qui les entraînait vers le bas.

Il n'avait jamais eu d'aventure, et son inexpérience de l'autre sexe était patente, à tel point qu'il n'avait aucune idée de ce qu'il fallait dire ou faire lors de leur première sortie ensemble, il ignorait s'il était convenable de caresser sa main ou de lui effleurer le bras au moment de traverser la rue ; pis, il n'avait aucune idée précise de ce que pouvait être l'union d'un homme et d'une femme, et cela jusque plusieurs années après leur mariage. Au cours d'un voyage en Europe où il avait vu pour la première fois un film pornographique, il avait compris que sa vie entière avait été gaspillée, que l'ignorance l'avait privé de certaines pratiques qui auraient pu changer son horizon du tout au tout. Lorsqu'il avait voulu essayer ces nouvelles positions à son retour, elle l'avait repoussé avec force : « Allons, cesse donc ces polissonneries, nous ne sommes plus des enfants ! »

Il l'observait en silence, lui jetant des regards hostiles, il se répétait à part soi : pourquoi ne s'en est-elle pas tenue à son refus initial ? Pourquoi a-t-elle finalement accepté de m'épouser ?

Lorsqu'il s'était présenté à son frère pour demander sa main, ce dernier lui avait réclamé deux jours de réflexion, après quoi il était venu le trouver pour lui dire qu'il n'avait aucune objection à son égard, tant sa moralité que son extraction plaidaient pour lui, le problème était que sa sœur voulait quelqu'un possédant un diplôme équivalent à celui qu'elle obtiendrait en fin d'études : une maîtrise en arts appliqués. Ce diplôme lui donnerait le droit de s'inscrire au syndicat des ingénieurs, alors, comment pouvait-elle se contenter d'un diplômé de la faculté de Commerce ? Elle exigeait une maîtrise d'agronomie à tout le moins ; bien entendu, l'idéal serait un ingénieur – après tout, c'était le rêve de toutes les étudiantes en lettres, en droit, ou autres facultés du même genre, alors pourquoi pas elle ?

Un diplôme de commerce, c'était hors de question, ce serait un diplôme de même niveau ou rien du tout. D'ailleurs, avec le salaire auquel elle pouvait prétendre une fois son diplôme obtenu, elle n'avait pas d'inquiétude à se faire, les plus grandes entreprises textiles cherchaient d'ores et déjà à s'offrir les services des meilleurs éléments de la faculté. Pourquoi s'inquiéter ? Pourquoi se précipiter et accepter un diplômé de commerce ?

Son frère, pour sa part, avait un autre point de vue : ce n'était pas une belle fille, son nez était volumineux et son corps quelque peu disproportionné, avec sa poitrine trop plate et ses hanches trop fortes, et puis les diplômés, ce n'était pas ça qui manquait, certes les études universitaires avaient encore leur prestige, les jeunes diplômés inscrivaient fièrement leurs titres scientifiques sur leur carte de visite et sur ces pancartes qu'on appose sur les portes des appartements et les boîtes aux lettres, ils s'en prévalaient au moment de se présenter. Cependant, depuis que les universités avaient ouvert leurs portes à tous ces effectifs pléthoriques, et qu'on avait annoncé la création de nouvelles universités en province, un événement à l'époque, le diplôme n'était plus une denrée rare.

Pour toutes ces raisons, il avait le sentiment que l'avantage représenté par le diplôme de sa sœur ne durerait qu'un temps, ou peut-être était-ce simplement qu'il était lui aussi, comme la mère de la jeune fille, impatient de la voir enfin rejoindre le foyer conjugal.

Quoi qu'il en soit, la différence de diplôme conférait à l'épouse du Professeur un atout qu'elle n'avait pas manqué d'exploiter en toute circonstance après leur mariage, tout au moins jusqu'au fameux voyage en Europe. Chaque fois qu'ils avaient une dispute, elle se martelait la poitrine en gémissant :

« Je mérite tout ce qui m'arrive : une maîtrise d'arts appliqués acceptant un diplôme de commerce ! Une ingénieur, s'unir à un comptable ! »

Il affectait le dédain, affirmant qu'elle essayait de s'accrocher au wagon des ingénieurs alors que la faculté dont elle était issue n'exigeait même pas le baccalauréat, admettant un quota d'étudiants issus de l'enseignement professionnel. Et d'ailleurs, qu'est-ce que c'était que cette spécialisation en textiles et en teintures ? N'importe quel ouvrier de Mahalla[1] s'y connaissait mieux qu'elle en textiles ; quant aux teintures, il n'y avait pas de quoi se vanter, avec ces acides et ces bases qu'elle devait manipuler, ces substances extraites de vers de terre et de racines de plantes pourries, dont elle portait souvent sur elle l'odeur nauséabonde en rentrant à la maison.

Il savait que ces propos étaient le plus sûr moyen de la provoquer, plus d'une fois, elle avait menacé de quitter le domicile conjugal, de tout laisser en plan, d'abandonner « le chameau en même temps que son fardeau ».

Dans ces cas-là, son front devenait encore plus protubérant, ses yeux se rétrécissaient, il se penchait de tout son corps en avant :

« Oui, c'est ça, libère-moi... »

A ces mots, elle s'effondrait en pleurs, maudissant son destin. Elle s'en voulait de cette stupidité qui l'avait conduite, elle et son diplôme d'arts appliqués, à accepter un vulgaire comptable !

Lorsqu'il avait obtenu une bourse pour effectuer un stage en république socialiste de Roumanie, elle avait renoncé à ses sermons, elle avait même cédé un peu de terrain au lit, allant presque jusqu'à prendre la position qu'il avait toujours désiré qu'elle prît sans jamais oser le lui avouer. Dix ans durant, il avait espéré, mais chaque fois qu'il était sur le point d'obtenir ce qu'il voulait elle faisait brusquement volte-face et lui décochait un regard où se lisait toute la méfiance du monde.

Cependant, la nuit de son départ avait été émouvante, quand il s'en repassait les scènes dans sa tête, les larmes lui montaient aux yeux. Elle l'avait enlacé longuement, l'avait serré contre elle, murmurant entre deux sanglots que sans lui

1. Ville industrielle du Delta, célèbre pour ses fabriques textiles.

elle ne valait rien, qu'en son absence elle craignait d'être livrée aux chiens qui n'hésiteraient pas à s'en prendre à elle et aux enfants. De toute façon, elle n'avait que lui ; lorsqu'elle se rendait chez son frère, elle s'y sentait comme une étrangère, d'ailleurs elle ne restait pas longtemps, elle préférait se retenir plutôt que d'aller aux toilettes chez eux, sa belle-sœur était une mégère qui n'avait jamais un mot gentil, d'ailleurs elle n'était sûrement pas étrangère à... c'est vrai que les vies sont entre les mains de Dieu, n'empêche que la froideur qu'elle avait manifestée à sa belle-mère avait gravement affecté la vieille dame dans sa retraite solitaire et probablement précipité son heure...

Au vrai, ce radoucissement l'avait attendri, en y repensant le lendemain matin avant son départ, il avait senti sa détermination flageoler, allant jusqu'à prier pour que la bourse d'études fût subitement annulée. Mais au moment où l'avion avait décollé, il avait oublié tout cela, éprouvant la sensation d'être soudain libéré d'un poids immense.

Dès son arrivée, il avait senti s'ouvrir de multiples perspectives, ses yeux irradiaient le désir, au point que la première fille qu'il avait invitée dans une boîte de nuit avait d'abord eu un mouvement de recul, avant de l'aguicher en se disant consumée par ses regards.

Jusqu'à maintenant, il vivait sur l'acquis qu'il s'était constitué là-bas, il se remémorait des instants de jouissance libérés de toute contrainte. Le plus étrange, c'est qu'aussitôt après son retour d'Europe il avait eu une liaison avec une jeune infirmière qui était venue à la maison lui faire une piqûre intramusculaire. Alors qu'elle lui tournait le dos pour préparer l'injection, elle s'était retournée d'un coup, surprenant son regard savourant ses cuisses et sa croupe. Il avait fait le premier pas, brusquement saisi d'une audace qu'il ne se connaissait pas.

Ce qu'il avait éprouvé avec elle était tellement inédit pour lui que l'image de la jeune femme s'interposait entre lui et son épouse. Grâce à ses antennes féminines toujours à l'affût, celle-ci s'en était aperçue, elle n'avait pas manqué de remarquer que, à peine rentré, il se rendait directement à la salle d'eau, proclamant qu'il lui fallait un bon bain pour laver la fatigue de la journée, quand en réalité il essayait de faire disparaître les traces de la présence étrangère sur son corps. Il n'avait jamais connu, que dire !, jamais eu idée d'un corps féminin exhalant une force si enivrante ; pourtant, ils ne s'étaient pas complètement déshabillés, se contentant d'aller aussi loin que le leur permettait leur position incommode à l'intérieur de la voiture, sur la route de l'aéroport, au bord du Nil, sur la corniche de Meadi ou encore dans des rues isolées de la colline du Muqattam. Il cherchait à présent un stratagème qui leur permettrait de passer ensemble une semaine entière à Alexandrie.

Étrange comme la femme la moins futée au premier abord parvient à capter tout ce qui concerne son mari, quand bien même celui-ci mettrait tout en œuvre pour se cacher ou brouiller les pistes.

Désormais, il en irait autrement, ses responsabilités considérables pouvaient l'amener à passer plusieurs jours d'affilée hors du foyer, il ne serait pas toujours possible de la prévenir à l'avance par téléphone, cela elle devait le comprendre. Il lui décrivit le douzième étage, où il allait bientôt s'installer, comment l'endroit était aménagé pour l'accueillir et, le cas échéant, abriter son sommeil. L'endroit était équipé de tout le nécessaire en moyens de communication modernes, on pouvait y travailler jour et nuit sans perdre le contact avec l'extérieur. Par ailleurs, l'Institution possédait un grand nombre d'autres résidences dans la capitale et dans toutes les principales villes de province, certaines lui étaient encore inconnues.

Bien qu'elle parût l'écouter sans émotion, l'inquiétude qu'elle s'efforçait de masquer ne lui échappa pas. Même s'il n'avait pas l'intention de la blesser, il ne pouvait s'empêcher de penser que le fossé les séparant allait inéluctablement se creuser. D'ailleurs, le changement était déjà perceptible, il était d'ores et déjà acquis qu'elle ne discuterait plus ses instructions. Certes, il n'oubliait pas qu'elle était sa femme et la mère de ses enfants, il était de bonne justice que cette promotion sociale, désormais imminente, lui profite également, qu'elle rejaillisse sur elle et sur les enfants. Mais elle, de son côté, devait aussi comprendre le véritable sens de son accession au douzième étage : il avait gagné le droit de rattraper le temps perdu, de combler ses désirs comme il l'entendait, elle ne devrait surtout pas s'en mêler, ni de près ni de loin.

Il ôta avec précaution sa ceinture, à laquelle était attaché le plip. A partir de maintenant, il déciderait seul des personnes habilitées à porter l'appareil, il allait revoir les attributions, mais pas immédiatement, il fallait d'abord insuffler la confiance dans l'esprit de tous, distribuer les promesses à ceux dont il voulait se débarrasser, le temps qu'il soit définitivement établi aux commandes du douzième étage.

Peu à peu, il circonscrirait le responsable de la direction Informatique ainsi que le directeur des Études, il ne serait pas tranquille aussi longtemps qu'il ne les aurait pas définitivement mis sur la touche. Bien entendu, la tâche ne serait pas aisée, il risquait de rencontrer des résistances, mais il avait encore en mémoire les propos tenus par Ateyya Bey : celui qui occupe le douzième étage a tous les pouvoirs, rien ne doit entraver ses désirs ou ses actes.

L'important, c'était de prendre en main le processus de décision, depuis la conception jusqu'à l'exécution.

Au commencement, il organiserait des réunions avec l'ensemble des responsables, y compris le chef du syndicat qui lui vouait une haine tenace, il ferait mine d'écouter, mais suivrait sa propre inspiration pour prendre les décisions qui s'imposent, il inviterait ses rivaux à s'entretenir avec lui de manière informelle, amicale, peut-être même les inviterait-il à dîner dans l'un des grands hôtels dépendant de l'Institution. Il se montrerait affable, ne se départirait pas de son sourire, avant de décocher son coup au moment que lui seul jugerait opportun. Ensuite, il ne s'entourerait que de collaborateurs dévoués et dignes de confiance, ceux qu'il jugerait réellement capables de porter le plip.

Il sourit d'un air satisfait. Bien vite, cependant, ses lèvres se contractèrent, tous ceux qui l'avaient tourné en dérision allaient le payer très cher ; à présent qu'il était en place, il avait tout son temps.

Il se leva pour sortir sur le balcon donnant sur l'avenue principale, se tourna à droite et à gauche, reculant un petit peu, respirant un grand bol d'air frais pour échapper à cette canicule qui persistait en dépit de l'arrivée de l'automne. Regardant en contrebas, il vit les trois hommes, peut-être quatre, de la police secrète qui se tenaient en bas de l'immeuble : il était sous surveillance. De retour dans le living, il s'allongea pensivement sur le sofa tandis que sa femme allait et venait dans la pièce. Elle insistait pour s'occuper de la maison et préparer les trois repas elle-même, arguant que les cuisiniers la dégoûtaient, mais il allait mettre un terme à cette situation : une épouse de président occupée à éplucher les oignons, presser les tomates et faire confire les aubergines dans l'ail, la coriandre et le persil !

Il est vrai que c'était un véritable cordon bleu, toute la famille rendait hommage à son talent pour certains plats, comme le tajine de *fatta* [1], la tête de mouton farcie ou encore la *konâfa* [2] de ramadan. Toutefois, le domaine où elle était absolument sans rivale, c'était celui des poissons, sous toutes leurs formes, frits ou grillés, il faut dire qu'en la matière elle avait de qui tenir, avec une mère dumiâteyya [3] et un père natif de Port-Saïd.

Mais ce qu'il voulait à présent, c'était qu'elle s'adapte à la nouvelle situation de son mari, le moindre geste de sa part, même à l'intérieur du foyer, lui serait désormais compté.

1. Plat à base de riz et de pain mélangés à du poulet ou de la viande.
2. Pâtisserie orientale à base de farine en vermicelles.
3. C'est-à-dire originaire de Dumiât (forme francisée : Damiette), ville du Nord-Est de l'Égypte célèbre notamment pour sa gastronomie et ses fabricants de meubles.

Il aurait aimé qu'elle lui posât des questions, qu'elle lui demandât pourquoi il était sorti sur le balcon, pourquoi restait-elle silencieuse, elle qui auparavant ne laissait jamais passer le moindre détail sans s'enquérir de la cause et du motif ?

A vrai dire, dans cette phase, il allait avoir besoin d'une femme d'un autre genre, sachant faire face à ces instants décisifs. Il s'étira, satisfait à cette perspective, avant de se relever. Par égard pour toutes les années vécues en commun, pour ce lien qui ne peut être distendu facilement, et parce qu'elle était la mère de ses enfants, il pénétra dans la cuisine pour lui révéler le secret.

Ses yeux s'écarquillèrent, sur son visage passa une expression fugitive qui rétrospectivement lui paraîtrait étrange : était-ce de la joie ou de l'inquiétude ? Elle devait redouter qu'il en épouse une autre, plus jeune et plus jolie, en rapport avec sa nouvelle situation.

De ce côté-là, elle n'avait rien à craindre, il ne voulait pas penser à un second mariage. En revanche, il se constituerait volontiers une collection de maîtresses de toutes les races...

Comme elle s'apprêtait à parler, il lui désigna les murs dans un geste de mise en garde, peut-être avaient-ils placé des micros pour espionner ce qui se disait à l'intérieur de la maison ?

Elle acquiesça vivement. Il lui enjoignit de se méfier des étrangers : un préposé au gaz ou à l'électricité qui frapperait inopinément à la porte pour relever les compteurs, un inconnu qui feindrait de s'enquérir d'une personne imaginaire. Tous ces gens-là pouvaient être des informateurs envoyés pour collecter des renseignements sur son compte, tous les appareils sensibles de l'État étaient à présent à ses trousses. Elle devait se montrer aimable sans se départir de sa vigilance.

Elle hocha la tête en silence : l'ère des remontrances était bel et bien révolue. Ha ! Il n'oubliait pas comment, à la moindre querelle, elle l'accablait d'allusions condescendantes à sa piètre formation, lui martelant qu'elle était inscrite au syndicat des ingénieurs et percevait à ce titre une indemnité, même si celle-ci était aujourd'hui totalement dévaluée. Elle n'avait d'ailleurs pas besoin de se présenter en personne au syndicat, il suffisait d'envoyer la cotisation avec un coursier. Il y a deux ans de cela, il l'avait convaincue de solder définitivement ses droits, et elle passait le plus clair de son temps à la maison, abattue et résignée.

Il aurait voulu qu'elle laisse exploser sa joie. D'un autre côté, elle était excusable, cette affaire la dépassait de beaucoup, elle était incapable d'assimiler un tel bouleversement. Elle ne manifesta aucun étonnement, ne l'interrogea même pas lorsqu'il s'habilla juste après le déjeuner, malgré son habitude de faire une sieste – fût-ce pour quelques secondes – et de laisser échapper des ronflements. Il ne voulait pas s'absenter sans donner d'explications : il indiqua que sa présence au bureau à cette heure était très importante, il se devait d'apparaître comme le plus zélé de tous.

Une fois arrivé au bureau, il s'absorba dans la lecture des notes et s'appliqua à viser le courrier en retard, à régler les affaires qu'il ne pouvait expédier dans la journée, occupé qu'il était à accueillir les visiteurs, les collègues, les membres du syndicat aiguillonnés par leur chef, cet excité qui le détestait de tout son cœur. Que de fois n'avait-il rongé son frein en l'écoutant se vanter à mots couverts de ses relations politiques en haut lieu, de ses liens avec la Sûreté, du rôle occulte qu'il jouait dans l'attribution des postes importants, affirmant que, pour untel, il avait été consulté ou était en passe de l'être, citant les noms de quelques hautes personnalités, précédés de leur titre.

Oui, c'est vrai qu'il l'avait beaucoup supporté, qu'il avait dû feindre – par politesse – de s'intéresser à ce qu'il disait. Dans ces moments-là, sa tête s'enfonçait encore plus entre ses épaules, sa calvitie luisait davantage, et sa tête prenait une forme oblongue ou arrondie, selon l'angle de vision et la direction de la lumière. D'ailleurs, ce sont les hommes du syndicat qui lui avaient trouvé le sobriquet de professeur Crâne d'Œuf, et le succès avait été tel que de nombreux employés avaient oublié son nom d'origine. Maudites soient les circonstances qui avaient poussé ces gens-là sur le devant de la scène et leur avaient permis de fréquenter les huiles politiques.

Comment pouvait-on mettre sur un pied d'égalité des diplômés universitaires et des ouvriers originaires des ateliers, juste bons à faire marcher leur grue ou leur fraiseuse ? Maudit Nasser, c'est lui qui avait permis à cette engeance de toiser avec insolence leurs maîtres et bienfaiteurs ! Quoi qu'il en soit, tout cela était appelé à changer.

Du reste, était-ce bien le moment de consacrer du temps à ces ouvriers et à leurs leaders syndicaux ?

Il devait maintenant se concentrer sur les choses importantes, notamment cette mise sous surveillance qu'il venait de constater par lui-même.

Mais… que se passait-il encore ?

A sa grande surprise, il aperçut la voiture du directeur des Études garée devant le siège. Aussitôt, il convoqua le chauffeur, lui demanda où se trouvait monsieur l'ingénieur.

« Dans son bureau, répondit le chauffeur, précisant que la course n'avait duré qu'une demi-heure à peine.

– Où l'as-tu conduit ?

– Il voulait se recueillir auprès du mausolée de Sîdi al-Goyouchi, sur les hauteurs du Muqattam. »

Ses yeux s'agrandirent, sa tête s'enfonça entre ses épaules, l'atmosphère était électrique.

« Qu'est-ce qu'il fabriquait du côté de Sîdi al-Goyouchi, c'est un lieu de culte qui n'est fréquenté que par les femmes stériles ; a-t-il fait sa prière là-bas ? »

Le chauffeur assura qu'il n'en avait pas idée, il avait attendu à distance, dans la voiture, c'est que la mosquée était située au milieu d'un camp militaire et, avant de franchir le portail badigeonné de rouge et de blanc, il avait dû exhiber un laissez-passer.

« Visait-il réellement la mosquée ou allait-il rendre visite à un haut gradé du camp ? »

Cet idiot de chauffeur ne savait pas… Si seulement il avait pu étancher sa curiosité, il lui aurait donné un mois de prime, avec les impôts entièrement pris en charge par l'Institution. Il tenta autre chose :

« Quelle tête faisait-il au retour de la mosquée – ou du camp ? »

Le chauffeur esquissa une moue d'ignorance, s'enfonçant dans un interminable silence, il n'avait pas échangé un mot avec son patron, se concentrant sur la route montagneuse qui serpentait jusqu'à la vallée, c'est qu'il fallait rester vigilant…

Le Professeur lui cria au visage :

« La vigilance, c'est pour ce qui se passe autour de toi, abruti ! »

Avait-il eu tort d'insister comme cela ? S'était-il abaissé en demandant au chauffeur de lui rapporter tout ce qu'il verrait et entendrait ?

N'aurait-il pas été préférable de confier cette mission à un de ses adjoints plutôt que de se mettre en avant lui-même ? Cependant, la situation à laquelle il était confronté à présent nécessitait d'user de tous les moyens possibles.

Pourquoi ne se tranquillisait-il pas ? Il avait obtenu des assurances du président de l'Institution, de sa propre bouche, que demander de plus ? Le grand homme ne l'avait-il pas entretenu d'affaires secrètes en sa qualité de dauphin appelé à lui succéder ?

Non, il ne connaîtrait pas le repos tant qu'il ne serait pas à la place d'honneur, dans le bureau circulaire, après avoir accroché le plip rouge à sa ceinture, au lieu du gris qu'il portait aujourd'hui, plaqué sur son ventre.

Il essaya de se représenter le moment où il s'installerait dans le fauteuil du fondateur, dont le cuir provenait d'un animal marin rare, il ne s'usait pas, ne déteignait pas. Le contact de son postérieur et de son dos avec le point précis touché par le fondateur avait de quoi fasciner. C'était un fauteuil incomparable, qui s'inclinait avec le mouvement du corps et épousait sa forme, il pouvait accueillir les maigres comme les enveloppés, bref, il était taillé pour la fonction davantage que pour une personne en particulier.

Allait-il rénover l'ameublement du bureau ? Allait-il changer les revêtements muraux, ces panneaux de bois couleur chêne incrustés de carrés grenat que le fondateur appréciait tant ?

Allait-il remplacer le tableau qui trônait à l'entrée du bureau, une huile de Mahmoud Saïd disposée à cet endroit par le fondateur lui-même ? Il devait se montrer fidèle à son enseignement. Cet après-midi, le président lui avait conseillé, s'il voulait montrer sa fidélité aux consignes du fondateur, de bien retenir le nom du peintre, de méditer sur la signification du tableau, d'attirer l'attention de chaque visiteur sur ses caractéristiques : trois femmes revêtues de leur *mélaya*, le visage couvert de ce voile traditionnel qui tendait aujourd'hui à disparaître, debout l'une contre l'autre, près de se toucher, le regard braqué vers l'avant, les yeux écarquillés, pleins d'offrande et de désir, comme si elles étaient sur le point de conquérir leur proie.

De même il devait apprendre par cœur ce vieux *muwachah* andalou que l'orchestre de musique savante jouait interminablement près de la sépulture du défunt, chaque jeudi soir à partir de dix-neuf heures précises, sans oublier de le faire précéder d'une interprétation instrumentale du... comment s'appelait-il déjà... ?

Il sortit une feuille de sa poche : « Ah ! j'y suis, le *bachraf samâï* de Muhammad al-Qassabgui. »

Le fondateur avait eu des goûts étranges, laissant d'innombrables recommandations, certaines déjà connues, d'autres encore ignorées. Allait-il, lui, les modifier de sa propre initiative ? Il se leva, fit le tour de son bureau.

Quel diable le poussait donc vers de telles pensées, s'il les prononçait, s'il s'en ouvrait publiquement, si elles parvenaient aux oreilles de Gawâhri, ce dernier s'écrierait :

« Ne vous ai-je pas dit que c'était un homme bizarre, un intrus, qui a pénétré dans l'Institution sans être adoubé par le fondateur ? Maintenant voilà le résultat ! »

Gawâhri avait raison...

Comment pouvait-il se laisser aller à de tels fantasmes, qui tenaient presque du blasphème !

Pourquoi laisser le démon le pousser à de telles extrémités... ? Le respect des commandements du fondateur était un gage d'appartenance à cette prestigieuse maison.

Il devait prendre chaque nouvelle étape comme elle venait, garder la même contenance, c'est vrai qu'il ne supportait pas cette couleur rubis foncé, il préférerait le bleu ciel, mais il allait s'entraîner à y prendre goût, se convaincre de sa beauté. Même les rideaux avaient été conçus par le fondateur. Le plus étrange, c'est que tout cela était demeuré en l'état, y compris après la nationalisation – quoi qu'il en soit, il ne devait pas se préoccuper de ces questions d'apparence. De nombreux dangers le guettaient, on tenterait certainement de le compromettre, depuis les invitations à dîner jusqu'aux commissions secrètes prélevées sur les grands marchés, il allait rendre ces commissions publiques au fur et à mesure de leur perception, et en faire don au fonds d'entraide du personnel, comme l'avait souhaité le fondateur ; ainsi les opposants, les réfractaires, les handicapés du cœur apprendraient qu'il était plus pur que le plus brillant des diamants, que sa conscience était plus propre que le lait de chamelle, qu'il était plus dévoué au fondateur que ceux qui s'étaient vautrés dans ses bienfaits et rassasiés sur son dos.

Une seule commission, pour une centrale électrique, des pièces détachées d'armement, des munitions, la réparation de bateaux dans les arsenaux de l'Institution, des denrées alimentaires, une seule de ces commissions donc était suffisante pour mettre à l'abri du besoin deux générations plutôt qu'une, cela faisait quelques millions placés dans une banque de Zurich ou de Genève.

Les employés s'échangeaient ces petits secrets lorsqu'ils se retrouvaient dans les cafés voisins du siège ou qu'ils voyageaient à bord des véhicules de l'Institution.

Un seul marché... une commission, une seule.

Non, c'était impossible.

Allez, rien qu'une petite fois !

Non, il fallait couper le fil de ces réflexions. Que lui arrivait-il aujourd'hui ? Il était tout à fait prématuré de se préoccuper des commissions dès maintenant, il était même inconvenant d'y penser de près ou de loin. Il fallait d'abord planifier sa stratégie vis-à-vis du personnel de l'Institution, cette multitude d'individualités différentes par leurs goûts et leurs tempéraments. Il allait commencer par organiser une réunion hebdomadaire des chefs de département, une rencontre à caractère familial où il s'afficherait en toute simplicité, donnant une bourrade à celui-ci, riant avec celui-là, il raconterait peut-être la dernière blague, peut-être même en choisirait-il une où il se tournerait lui-même en dérision, afin de leur montrer qu'il était au courant de ce qu'on disait de lui en public comme de ce qui se racontait derrière son dos, qu'il était indifférent au qu'en-dira-t-on, tout en sachant, quand les choses devenaient sérieuses, revêtir un masque de sévérité et de cruauté, tenir un propos bref et concentré et poser de manière impromptue la question qui va droit au but.

Une révolution ! Voilà, ce serait une véritable révolution des méthodes de management, sans porter atteinte aux valeurs de l'Institution. Il n'était pas concevable que son passage dans l'entreprise passe inaperçu. Il devait laisser son empreinte, réformer le système et, plus important encore, construire un immeuble surpassant le siège historique et ceux édifiés par les autres présidents, un immeuble dont les journaux parleraient, qui deviendrait un des monuments du Caire, de ceux qu'il faut absolument visiter. Ce soir, il avait davantage confiance en lui-même, malgré l'inquiétude qu'avait provoquée en lui la présence du directeur des Études. De toute façon, il avait obtenu des signaux rassurants de l'actuel président, ce dernier lui avait téléphoné pour lui recommander de garder le plip près de lui et de ne pas dormir d'un sommeil trop lourd. Mais ce qui l'avait encore plus conforté, c'était l'information qu'il avait reçue de sa femme immédiatement après son retour à la maison. Ce soir-là, vers huit heures et demie, quelqu'un avait sonné trois fois à la porte d'entrée ; lorsqu'elle avait regardé par l'œilleton, les enfants blottis contre elle, la domestique non loin de…

Bref, venons-en au fait ! Qu'avait-elle vu ?

En voyant que les inconnus étaient accompagnés du portier, ses inquiétudes s'étaient dissipées. C'est que le monde n'était plus sûr, on en lisait tous les jours de belles sur le cambriolage des maisons, les gens agressés à leur domicile, c'est bien simple, on avait l'impression d'être à Chicago !

Oui, bon, d'accord ! Que s'était-il passé ensuite ?

Sa femme poursuivit son récit. Elle avait ouvert la porte. Ahmad, le portier, tout en désignant les visiteurs…

« Combien étaient-ils ? » coupa le Professeur.

Ils étaient trois ; Ahmad le portier avait déclaré que les messieurs distingués étaient là pour la bonne cause, qu'ils étaient des Renseignements généraux, mais attention, ils ne leur voulaient que du bien ! Certes, la seule expression « Renseignements généraux » avait de quoi troubler mais, grâce à Dieu, elle avait conservé son calme, et elle les avait invités à entrer. Il semble que l'inquiétude se lisait quand même sur ses traits, ce qui avait incité le plus gradé d'entre eux – c'est du moins ce qu'elle avait déduit de ses gestes et de ses silences – à faire un signe d'apaisement.

« Ah bon ? Et qu'est-ce qu'il a dit ? »

Ils s'étaient groupés dans le salon principal, passant en revue les meubles, les lustres, les statues, les vases de porcelaine. L'un d'entre eux, tapotant de sa main sur le bois du canapé central, s'était même montré admiratif devant tant de solidité et de goût, on n'en trouvait plus de cette qualité aujourd'hui.

« Oui, ma très chère, que Dieu ait l'âme de ton père, qui l'a fait fabriquer sur mesure à Dumiât... et après ?! Qu'est-il arrivé ? »

Bon, elle allait être brève. Après avoir examiné chaque objet, après que l'un d'entre eux se fut levé pour regarder par la fenêtre, leurs questions avaient commencé. Où habitaient-ils avant de s'installer ici ? L'année de leur mariage ? Quel *ma'zoun*[1] avait officié pour l'occasion ? Quand avaient-ils eu leur premier enfant ? Dans quelle clinique avait-elle accouché ? Et les autres enfants, en quelle classe étaient-ils ? Quelles étaient les habitudes de son bey de mari ? Les heures des repas ? Les prenaient-ils tous ensemble ou séparément ? Sortaient-ils parfois en promenade dans des endroits isolés ? Avaient-ils un appartement en bord de mer ? Passaient-ils de longs moments sans rien dire ? L'avait-elle accompagnée en Europe ?

Là, bien sûr, elle avait répondu tristement : « Ah ! Si vous saviez, pas une seule fois ! »

Les voyages, il y en aurait à la pelle, désormais...

Là où leurs questions l'avaient vraiment surprise, c'est quand ils l'avaient interrogée sur la statue de Ramsès II : d'après elle, quel pied avait-il en avant, le gauche ou le droit ? Elle se tourna vers son mari : « Mais oui, c'est vrai ça, lequel est en avant ? »

« Mais je n'en sais rien, moi !... Il me semble que c'est le droit. Bon, qu'importe, qu'ont-ils dit ensuite ? »

Ils avaient continué à la bombarder de questions, elle était sous le feu des trois en même temps, mais elle avait tenu bon, Dieu lui avait prêté secours. Elle avait expliqué qu'elle était diplômée de la faculté des Arts appliqués, section textiles et teintures. Ils s'étaient montrés intéressés par leurs tortues, juste à ce moment-là, la maman tortue était en train d'ingurgiter un morceau de laitue, pourquoi s'étaient-ils arrêtés longuement devant elle ? Pourquoi diable lui avaient-ils demandé qui était à l'origine de l'idée ?

1. Officier public chargé de prononcer les mariages et les divorces.

« Montre-toi donc un peu perspicace... Sur dix questions, il y en a neuf qui ne servent qu'à brouiller les pistes, c'est leur méthode, de cette façon, personne ne peut dire ce qu'ils cherchent à savoir. Bon, continue, l'important est que tu n'oublies aucun de leurs propos. »

Ils avaient marqué de l'intérêt pour le piano ancien au salon. Qui en jouait ? L'un des enfants s'exerçait-il sur l'instrument ? Travaillait-il dans un cabaret ? Dans un ensemble musical ? Puis leur chef s'était enquis d'un dénommé Abdou Kôssa ; avait-elle déjà entendu ce nom-là ?

« Qu'as-tu répondu ?

– Que je ne savais pas, bien sûr.

– Dieu soit loué... Dieu soit loué...

– Est-il si dangereux que ça ?

– Je t'expliquerai plus tard, plus tard. »

Puis cela avait continué : une multitude de questions et de demandes d'éclaircissements, l'attention prêtée aux moindres détails... Leur chef avait demandé à lui poser quelques questions en particulier, elle était restée seule avec lui dans le bureau une heure et dix minutes, sans exagérer... A vrai dire, elle avait été étonnée qu'il en sût si long sur eux.

Une heure et dix minutes ? !

Le lendemain matin, le Professeur appuya particulièrement sur ce détail en relatant les événements au président qui l'avait convoqué au moyen du plip afin de l'appeler à rester vigilant face aux agissements des ouvriers et de certaines catégories d'employés, manifestement les manœuvres avaient déjà commencé. Mais le Professeur avait surtout à cœur d'informer le président des détails de la perquisition conduite chez lui, et l'étonnement qui accueillit son récit le perturba, il semblait que cette procédure n'eût jamais été utilisée auparavant.

Le Professeur rapporta que l'un des agents avait interrogé sa fille aînée pendant une demi-heure, il l'avait questionnée sur ses amis, ses projets d'avenir, lui demandant également si elle possédait quelque chose à son nom. Un autre s'était isolé avec son cadet, il semblait très intéressé par le genre de vêtements qu'il portait, particulièrement son jean, il en avait examiné la marque, afin de déterminer s'il s'agissait d'une fabrication étrangère ou locale.

Le Professeur avait effectué son compte rendu au président de la manière la plus lente et la plus détaillée possible, comme si le fait de ressasser les événements pouvait l'aider à en comprendre le sens ; est-ce à dire qu'il commençait à douter ?

A la vérité, il était troublé depuis qu'il avait appris ce qui s'était passé la veille au soir ; il n'avait pas trouvé le sommeil de toute la nuit, s'agitant comme un poisson dans son lit. Quant à son entretien de ce matin avec le président dans le bureau circulaire, loin d'arranger la situation, il lui avait retourné l'estomac, particulièrement lorsque Son Excellence avait émis un doute : « Êtes-vous vraiment certain qu'il s'agissait des Renseignements généraux ? »

Le Professeur ignorait alors que la nouvelle s'était propagée comme une traînée de poudre – sans que nul puisse dire comment – à travers toute l'Institution, à commencer par le siège historique et jusque dans toutes les succursales, de la plus importante à la plus minime, depuis les usines de filage et de tissage de Mahalla jusqu'aux imprimeries de la cité nouvelle du 10-Ramadan, en passant par les studios de cinéma et de documentation audiovisuelle d'el-Haram et de Madînet Nasr.

Certains estimaient que toute l'affaire était préméditée et que Ateyya Bey en était l'instigateur, mais son apparition tranquille dans le bureau avait dissipé une partie des soupçons. Même si l'on n'en connaissait ni les tenants ni les aboutissants, on savait maintenant tout de la visite opérée au domicile du Professeur, en son absence, par trois hommes affirmant appartenir à un appareil de Sécurité gouvernemental. Plus personne n'ignorait que l'un des trois hommes s'était isolé une heure et demie durant avec la femme du Professeur, dans la chambre à coucher, pendant que les autres s'occupaient de son fils et de sa fille. Mme Hayâm avait été l'une des rares à refuser d'entendre les détails minutieux de l'affaire, qui ne cessait d'enfler avec le temps. Elle avait coupé court aux racontars :

« Ohé bonnes gens, cessez donc de bafouer les intimités... ! »

Au garage, les ouvriers échangeaient des regards de connivence et des sarcasmes, certains savouraient la bonne blague en se tapant sur les mains. Tandis que ses subordonnés s'employaient à interpréter, tantôt discrètement, tantôt ouvertement, le moindre détail – certains avaient même spéculé sur la couleur des sous-vêtements de l'épouse ou son changement de comportement après son tête-à-tête avec l'officier –, leur patron se montrait accablé, soucieux, s'interrogeant sur les motifs cachés de cette visite : pourquoi étaient-ils venus en son absence, pourquoi avaient-ils bombardé sa femme et ses enfants de questions aussi farfelues les unes que les autres ?

Il ignorait qu'en ce moment même se livrait contre lui une manœuvre bien plus grave, dont il ne prendrait la mesure que plus tard au cours de la journée, *via* un appel anonyme reçu après le déjeuner...

A dix heures précises, Gawâhri se leva avec difficulté et se mit lentement en marche, quittant le renfoncement du café où il s'abritait chaque matin, habitude à laquelle il n'avait jamais dérogé depuis que cet établissement avait ouvert ses portes, juste en face du siège de l'Institution. Il y passait quotidiennement une demi-heure, parfois quelques minutes de plus ou de moins, mais même ces petites variations étaient explicables, elles étaient dues à une humeur particulière, une inquiétude, un souci. Sa relation avec ce café était ancienne, c'était le seul endroit où il parvenait à se défaire de l'emprise de Rachîda l'Autrichienne, qui obsédait ses pensées depuis qu'elle était partie pour un périple en Europe qui l'avait conduite jusqu'à Vienne. Oui, cette même Rachîda qui avait failli le mener à la folie, dans des circonstances qu'il n'est pas encore temps de narrer...

Ce jour-là, il avait passé au café près d'une heure et demie, dans un isolement total, laps de temps durant lequel il avait ingurgité quatre tasses de café noir et fumé seize doses de la mixture pour narguilé dont il transportait toujours deux boîtes sur lui. C'est qu'il était arrivé à l'un de ces moments décisifs où il fallait se montrer audacieux et déterminé, s'il ne prenait pas l'initiative, ce serait comme s'il n'avait jamais participé à la genèse de cette maison. Il y revoyait encore le fondateur, sa présence, ses regards, il pensait aux expressions qu'il aurait sans doute prononcées dans cette situation.

Nul doute que cette préoccupation devait se lire d'une manière ou d'une autre sur son apparence au moment où il avait fait son entrée dans l'Institution : tout le monde le scrutait avec un mélange de peur et de respect. Déjà, en temps normal, le fait de le voir quitter son bureau pour se rendre dans une autre pièce ou à un autre étage ne manquait pas de susciter des interrogations.

Que dire alors maintenant qu'on le voyait pénétrer dans les bureaux, les salles de réunion, s'entretenir avec les responsables de département et les membres du personnel, passant plus de temps avec les petits employés qu'avec leurs supérieurs ? Il tint à gravir l'escalier à pied, s'arrêtant à chacun des onze étages pour faire le tour des bureaux, sans toutefois pousser jusqu'au douzième, ce qui révélait le peu de sympathie et de respect que lui inspirait le troisième président, aujourd'hui en passe de quitter le bureau circulaire.

Il descendit même dans les étages souterrains, dont personne ne connaissait le nombre ni la configuration exacte… On prétendait – mais était-ce seulement vrai ? – qu'ils communiquaient, à une certaine profondeur, avec la fosse circulaire reliée aux nappes d'eau souterraines qui s'étendent en long et en large au-dessous du désert occidental, et que le fondateur en connaissait par cœur les méandres, qu'il était passé maître dans l'art d'y trouver son chemin à la nage.

A quatre heures de l'après-midi, Gawâhri sortit enfin du siège, tous ceux qu'il croisa s'écartèrent sur son passage. Au lieu de retourner immédiatement au café, il fit le tour du bâtiment en forme de croissant et s'approcha de la margelle de pierre blanche qui était restée intacte depuis que le fondateur l'avait édifiée autour de la fosse, après avoir acheté les trois *fadadîn* et y avoir adjoint les quatre autres. Gawâhri s'appuya des deux mains sur le parapet froid et mystérieux et se pencha de tout son corps massif, alourdi par les années. Après avoir scruté le gouffre dont la béance s'enfonçait indéfiniment dans les profondeurs, il secoua la tête à deux ou trois reprises puis se dirigea d'un pas lourd vers le café.

Entre le moment où il y pénétra et celui où il en ressortit, le central téléphonique de l'avenue Gâmaat el-Duwal et celui desservant les bureaux situés face au ministère de l'Agriculture connurent une affluence sans précédent. Des milliers de télégrammes parvinrent au commandement politique, au pouvoir exécutif, aux forces de Sécurité, ainsi qu'à une multitude d'autres instances, pour s'opposer solennellement à la nomination de ce Professeur de pacotille à la tête de l'Institution. Les mots étaient brefs mais virulents, ils appelaient tous ceux qui avaient la moindre parcelle de pouvoir à contrecarrer l'arrivée de cet incompétent au douzième étage.

Pour des raisons diverses, dont certaines seront mentionnées en temps utile, le commandement politique choisit une voie qu'il n'avait adoptée qu'en de très rares circonstances : il se rallia à la volonté populaire qui venait ainsi de se manifester ; certes, la situation était très particulière, s'agissant d'un établissement tout à fait unique, dont le champ d'action était extraordinairement vaste et qui comptait parmi les structures les plus importantes de l'histoire moderne.

C'est ainsi que le Professeur fut tiré de son sommeil agité – sa sieste avait été émaillée de rêves angoissés – par le téléphone qui sonnait de manière ininterrompue. C'était une sonnerie spéciale, propre aux appels émanant de l'Institution – le poste situé près de son lit était relié directement au siège historique – et réservée aux chefs de département.

Dès l'abord, en entendant la voix de l'opérateur, le timbre de sa voix, il pressentit le pire. A l'autre bout du fil, l'interlocuteur anonyme ne lui dit même pas bonjour, et pendant un long moment, qu'il devait garder présent à sa mémoire et qui marquerait cette journée comme l'une des plus tristes de son existence, il entendit cette voix lugubre qui lui faisait part des instructions du président nouvellement nommé : le Professeur avait ordre de restituer sans tarder son plip au département des Télécommunications, et cela toutes affaires cessantes !!!

Une attente entrecoupée d'allusions à Rachîda l'Autrichienne

Au terme de son examen de conscience – le fondateur avait recommandé de tirer les enseignements des erreurs passées avant d'entreprendre la moindre action – Gawâhri se trouva en paix avec lui-même. Il ne devait jamais regretter sa manœuvre contre le Professeur, malgré toutes les répercussions qu'il eut à en subir par la suite.

Le pays avait traversé de nombreuses difficultés, certaines étalées au grand jour quand d'autres étaient demeurées cachées, mais l'Institution, bien que partie intégrante, par son poids, sa position névralgique et ses multiples activités, de l'économie nationale, avait réussi à se maintenir, de justesse, en dehors de la zone rouge. Toutes les instances concernées veillaient à en préserver la tranquillité et la stabilité. Il faut dire que la faillite de l'établissement aurait entraîné un changement d'attitude de la part du Fonds monétaire international, qui surveillait de près les activités de l'Institution dans certains domaines vitaux et considérait sa santé financière comme un indicateur de la situation économique générale du pays. Les instances internationales prenaient cet élément en compte lorsqu'elles examinaient l'octroi d'un moratoire à l'Égypte pour le règlement de sa dette publique.

La stabilité de l'Institution importait à toutes les parties, il était évident que personne n'avait intérêt à créer une déflagration publique en nommant une personnalité contestée, dont la compétence serait sujette à caution, et qui serait bien en peine de combler le vide et d'imposer son autorité.

Si une telle vague de protestations s'était produite seulement vingt ans plus tôt, nul doute que tous ceux qui y avaient trempé les mains auraient été mis aux arrêts sur-le-champ, et les demandes auraient abouti à l'effet inverse de celui qui était recherché. D'ailleurs, au moment de la déroute majeure, lorsque le fondateur avait été jeté au pénitencier, quelqu'un avait-il osé envoyer une lettre anonyme pour protester ou condamner ? Au grand jamais ! On ne se souvenait que trop des représailles infligées aux opposants par Hamdi al-Azmîrli. Certes, la libéralisation n'était que de pure forme : là où on employait naguère la main de fer, on préférait aujourd'hui le gant de velours. L'évolution était subtile, mais Gawâhri l'avait saisie immédiatement, grâce à son expérience et à sa perspicacité, il avait su d'instinct qu'il pouvait prendre une telle initiative sans grand risque.

Il avait longuement mûri sa riposte, il avait repensé au fondateur, tentant de ressusciter ses traits, de deviner la décision qui aurait été la sienne s'il s'était trouvé dans les mêmes circonstances. Il n'avait laissé aucun détail au hasard, mettant lui-même au point le texte des télégrammes. Tous exprimaient une protestation, mais il s'agissait plutôt d'un appel à l'aide, d'une invitation à reconsidérer la situation davantage que d'une revendication concrète, d'ailleurs, on se gardait bien de proposer un candidat de substitution. En d'autres termes, le choix était laissé ouvert afin que les destinataires puissent nommer qui bon leur semblerait.

Bien sûr, certains appareils œuvraient déjà en secret, collectant les opinions, faisant remonter la synthèse de leurs investigations. D'un autre côté, il n'était pas mauvais de montrer que la direction était sensible à l'opinion de la base, cela pouvait apaiser les tensions, pas seulement au sein de l'Institution, mais dans tout le pays.

A présent, une certaine sérénité s'était installée dans l'esprit de tous. Si le Professeur avait encore une once de pudeur, il demanderait un congé, ou partirait en voyage pour se dérober aux regards, à moins qu'il ne demande sa mutation définitive.

Il n'en fut rien. Se présentant à son heure habituelle, le Professeur se rendit directement à la cellule de télécommunications sise au septième étage et procéda à la restitution du plip – il avait replacé celui-ci dans son emballage d'origine et joint le manuel d'utilisation, comme s'il ne s'en était jamais servi –, se contentant de réclamer un reçu écrit. Aussitôt après, il se rendit aux toilettes situées au bout du couloir, où il s'enferma pendant si longtemps qu'on finit par s'en inquiéter. Il en ressortit accablé, la démarche lourde, pour revenir dans son bureau. Le téléphone restait désespérément muet.

Même le président sortant, qu'il avait pourtant aidé et soutenu dans son accession au douzième étage, n'avait pas demandé de ses nouvelles, comme s'il ne voulait plus le connaître, comme si, par son silence, il niait toute implication dans une candidature capable de déclencher un tel tollé et de susciter un revirement si inhabituel de la part des instances politiques.

Gawâhri tentait de contrôler sa joie et de ne pas laisser ses émotions l'aveugler, il était conscient qu'il devait maintenant se faire un peu oublier. Il fit mine d'ignorer les regards des autres employés et, pour mieux échapper à tous ceux qui souhaitaient le rencontrer, il quitta le bureau pour se rendre au café de Rachîda l'Autrichienne. Là, il s'installa dans son coin habituel, s'abstenant de répondre aux félicitations qu'il recevait de toutes parts.

Certains s'étonnaient d'une telle modestie : n'était-ce pas lui qui avait lancé tout cela ?

N'avait-il pas escaladé les étages du siège marche par marche afin de comploter, de préparer, de manœuvrer ?

N'était-ce pas lui qui s'était montré si passionné pour les mobiliser, paraissant être redevenu le jeune homme d'autrefois, marchant dans les pas du fondateur ?

Certes, mais à présent il devait se montrer prudent. Le mieux, c'était de faire profil bas, de disparaître ; si cela n'avait pas contrevenu aux dernières volontés du fondateur, il se serait fait excuser à la cérémonie de passation des pouvoirs au président nouvellement nommé. Il allait mourir d'angoisse pendant tout le temps de cette entrevue protocolaire, il vivrait dans la crainte de laisser transparaître son intervention dans cette affaire, il ne voulait surtout pas qu'on le soupçonnât de quelque rôle que ce soit dans cette nomination.

De toute façon, c'était la dernière fois qu'il participait à une telle cérémonie. Nul doute que la prochaine fois il ne serait plus là.

Pourquoi en était-il si sûr ?

Oh ! Il savait bien que la vie de l'homme est entre les mains de Dieu... Mais déjà aujourd'hui, il se sentait affaibli, épuisé, perclus de maladies, la période qu'il lui restait à vivre ne représentait qu'un bref instant par rapport à ce qu'il avait déjà vécu.

Quoi qu'il en soit, il ne voulait pas apparaître comme celui qui avait pavé la route au nouvel arrivant. Il savait que l'occupant du douzième étage n'accepterait jamais d'avoir à ses côtés quelqu'un qui aurait joué un rôle dans son accession au poste suprême. Gawâhri n'avait plus peur de rien désormais, il n'avait rien à perdre ; cependant, son cœur battait pour l'Institution nuit et jour, aussi précipitamment qu'il battait pour ses cinq filles et ses dix-sept petites-filles.

Non, il n'y avait aucune pomme de discorde entre le Professeur et lui, il n'avait jamais eu d'informations négatives sur son compte, il savait qu'il avait une puissance de travail prodigieuse, qu'il pouvait rester dix-huit heures d'affilée au garage, déployant une énergie aussi bien intellectuelle que physique. Oui, tout cela était vrai. Il n'empêche : c'était un âne en comparaison des responsabilités qui l'attendaient au douzième étage, un abruti... Était-il concevable que cet établissement fût dirigé par un idiot, limité du bonnet, un intrus de surcroît ? Gawâhri priait pour que son heure vienne et que ses yeux se ferment avant de devoir assister à un tel spectacle.

Rien n'exaspérait plus Gawâhri que ces rumeurs reprochant à la femme du Professeur de s'être isolée avec des hommes prétendument venus collecter des informations sur son mari, et ces graffitis sur les murs des toilettes pour fustiger son attitude. Pour lui, c'était péché de calomnier les gens ainsi et il considérait les accusations de ce genre comme des atteintes à la vie privée. Il craignait que le châtiment divin ne se retournât contre sa progéniture, exclusivement féminine : cinq filles en tout qui, à leur tour, lui avaient donné dix-sept petites-filles.

Ah ! Combien il avait espéré un garçon qui porterait son nom et lui ressemblerait peu ou prou ! Quelquefois, il était frappé par la ressemblance des fils avec leurs pères, jusque dans le timbre de la voix. Ainsi, un jour qu'il avait téléphoné à son vieil ami et l'avait salué d'un cordial « bonjour, Ateyya Bey », il avait eu la surprise de s'entendre répondre : « Vous vous trompez, oncle, je suis Yâsser, son fils. »

Il chassa de son esprit cette frustration ancienne, qu'il considérait comme soufflée par le démon, c'était une forme de rébellion contre la volonté divine. Au contraire, il louait Dieu pour les bienfaits qu'Il lui avait prodigués : disposer d'un havre, voir ses filles installées dans leurs foyers avec des maris acceptant leur sort, excepté ce Choukri, le mari de sa troisième fille Fâdia.

Celle-ci avait beau en être déjà à quatre filles – nées coup sur coup, séparées seulement par les périodes de grossesse –, Choukri continuait toujours d'espérer la venue d'un mâle, il était prêt à donner sa vie pour un petit garçon. Il martelait sans cesse que quelqu'un avait dû lancer un sortilège à Gawâhri pour lui infliger une descendance entièrement féminine – comment expliquer autrement un phénomène pareil, ce ne pouvait être le fruit du hasard ! Il arrivait à Gawâhri de se dire, avec une moue pensive, que Choukri n'avait peut-être pas tort...

Quoi qu'il en soit, il se refusait à écouter les nombreuses insinuations sur le comportement de l'une ou l'autre des employées. Parfois, il méditait sur telle ascension professionnelle particulièrement rapide, impossible à justifier par la compétence de l'intéressée ; il y avait donc d'autres raisons ! Il ne s'en mêlait que si la réputation de l'Institution était menacée. Il est vrai que le phénomène s'était répandu après la disparition de celui qui avait bâti cet édifice et cerclé la mystérieuse fosse d'une solide barrière.

« Bah, c'est la nature humaine... ces choses ont toujours existé et continueront d'exister ! »

Peut-être lâchait-il ces mots pour se convaincre lui-même davantage que pour persuader les autres. Parmi les anciens employés, il était le plus au fait des liaisons de son ancien maître, qui dépassaient en nombre tout ce qui est concevable. Certes, cela avait donné lieu à certaines exagérations, et ses exploits avaient enflé pour devenir de véritables épopées, mais, grâce à sa position aux premières loges, Gawâhri l'avait constaté par lui-même et disposait à ce sujet d'innombrables témoignages, émanant des sources les plus diverses et les plus inattendues.

Aujourd'hui, en voyant réapparaître le nom de Rachîda l'Autrichienne sur le mur des toilettes, il s'était remémoré les recommandations de Son Excellence aux premiers collaborateurs du département Sécurité, qui au départ était un service interne avant de devenir, au fil des années, un appareil de sécurité à part entière. Le fondateur leur avait ainsi expliqué qu'il convenait de laisser au personnel un espace pour s'exprimer, leur rôle à eux était de consigner tout ce qui s'écrivait et se dessinait sur les murs des toilettes, particulièrement celles utilisées par le petit personnel et les coursiers, sans pour autant négliger les autres. Les graffitis et les slogans, recopiés ou photographiés, lui étaient présentés dans une chemise toutes les deux semaines, le jeudi matin à onze heures et quart précises. Il les examinait d'un air concentré, avant de les viser soigneusement, non sans s'arrêter sur certains d'entre eux.

Dans le renfoncement du café qui lui servait de refuge et où il était rare que quelqu'un vînt troubler sa tranquillité, Gawâhri ruminait ses pensées tout en tirant sur son narguilé, les lèvres arrimées à son embout personnel, qu'il transportait toujours dans sa poche par crainte des maladies.

« Ah ! quel plaisir ! »

Il lui semblait voir le fondateur à travers les volutes de fumée flottant autour de lui, il croyait l'entendre tandis qu'il insistait sur la nécessité de surveiller tout ce que les employés écrivaient sur les murs des toilettes, tout ce qu'ils disaient : conversations entre collègues sur leurs lieux de travail ou de distraction, propos tenus aux gens de l'extérieur ou échangés dans les réunions familiales. L'infirmerie, qu'il avait fondée afin de soigner les employés gratuitement, lui adressait des rapports quasi exhaustifs sur l'activité sexuelle des hommes et des femmes, leur vigueur, leurs penchants particuliers… Gawâhri esquissa un sourire : son maître avait de drôles de préoccupations, mais ce n'était pas par intérêt personnel ou par voyeurisme, le passage des années avait prouvé que tout ce qu'il avait entrepris l'avait été dans l'intérêt de cette citadelle impressionnante, de cet édifice sans rival.

Mais pourquoi diable toutes ces digressions de son esprit pour revenir finalement à la question des graffitis dans les toilettes ?

La raison en était simple : on lui avait rapporté qu'un graffiti relevé aujourd'hui à l'un des étages, il ne savait pas exactement lequel, avait trait à Rachîda. Ateyya Bey l'en avait informé *via* une petite note rédigée de son luxueux stylo à encre, reproduisant le texte du graffiti : « Rachîda a pris contact hier soir avec le responsable de la direction Informatique. » L'inscription n'était accompagnée d'aucune insulte, d'aucun dessin obscène, on avait simplement fait figurer la date en caractères romains.

Qu'est-ce que cela signifiait ?

D'où avait-elle appelé ?

De Bâle, en Suisse, où elle vivait ? Ou du Caire, où elle venait une fois par an ? Non, ce devait être de l'étranger : à peine arrivée en Égypte, elle serait immédiatement venue ici, dans ce café. A la vérité, elle n'avait pas oublié ses origines, le lieu d'où elle avait pris son essor, les années passées ici sans que nul lui prête attention. Et comme les choses avaient changé ! Sa venue ici était désormais un véritable événement... tous les clients du café, et même les employés de l'Institution, s'en servaient comme d'un repère chronologique. Eh oui ! Ainsi allait le monde...

En dépit de son âge avancé, de sa lassitude aussi bien physique que morale, il ne pouvait s'empêcher de tressaillir en pensant à ce qu'on racontait sur elle. Il l'avait eue sous les yeux, à sa portée, mais il n'avait rien tenté, n'avait pas pris la mesure de ses trésors cachés. Qui aurait cru qu'elle réussirait à conquérir l'Europe avec son corps ?

Son histoire était édifiante. Quand elle était apparue pour la première fois, le cafetier l'avait présentée comme une orpheline de Qalaat el-Kabch en quête d'un gagne-pain honnête. A la mort de sa mère, son père l'avait négligée pour se remarier avec une autre. Sa marâtre lui rendait la vie impossible, et elle avait fugué pour se rendre chez sa tante à Boulâq. Pour finir, un brave garçon lui avait indiqué le chemin du café, et le cafetier l'avait embauchée pour compter les sandwiches qu'il proposait désormais à la clientèle.

Rachîda n'était pas véritablement attirante, ses traits étaient dénués de cette force ou de cette beauté qui l'auraient distinguée du tout-venant mais, au bout du compte, c'était une femme jusqu'au bout des ongles. A son arrivée, elle n'avait que treize ans environ, son visage était ovale, sa bouche immense, ses lèvres pulpeuses, elle débordait de féminité. Ce qui faisait son originalité, c'était ce contraste étonnant, la vivacité d'une enfant alliée à la séduction d'une femme, qui aimantait sur elle le regard des hommes.

Parmi eux, il y avait un garçon dénommé Effat al-Chabrâwi,

qui travaillait comme rédacteur publicitaire dans une agence partenaire de l'Institution. Il était toujours silencieux, seul avec lui-même, ancré dans ses habitudes, buvant du lait chaud à la cannelle en hiver et de l'anis en été, et fumant chaque jour son narguilé, invariablement deux doses, quelle que soit la durée de son passage au café.

Au bout de quelque temps – elle devait être au café depuis environ un an – elle s'était mise avec lui, à la surprise générale. Elle paraissait hors de portée, tous tentaient leur chance, parfois avec délicatesse mais le plus souvent avec grossièreté. Ceux qui l'avaient crue facile en avaient été pour leurs frais, elle les avait remis à leur place fermement, parfois même avec une cruauté étrange qui avait effrayé et troublé tous ceux qui s'y étaient essayés : chauffeurs de taxis collectifs, riches négociants de chameaux exerçant au marché d'Imbâba non loin de là, et même étrangers au quartier – parmi lesquels des agents en civil, chargés de protéger le siège historique contre les opérations-suicides menées par des groupes extrémistes pour qui l'Institution représentait une cible stratégique. Ceux qu'elle n'avait pas repoussés elle-même l'avaient été par le cafetier, qui veillait sur elle comme sur sa propre fille.

Quand des affinités s'étaient-elles déclarées entre Effat et Rachîda ? Nul n'avait remarqué la naissance de cette liaison, il n'y avait pas eu de regards croisés, de gestes attendris, de dialogues échangés. Un matin, elle ne s'était pas présentée au café, et le cafetier avait passé trois jours à se désoler de son absence et à se lamenter continuellement. Le troisième jour, il avait fini par envoyer quelqu'un chez sa tante afin de demander des nouvelles de la petite ; celle-ci avait répondu que sa nièce était partie avec un type qui lui avait promis le mariage, un certain… Effat.

Effat avait été le premier à la connaître, à cueillir ses fruits, à jouir de ses jeunes appas.

Bien sûr, il avait lui aussi disparu du café, mais des nouvelles continuaient de filtrer par un canal ou par un autre ; il arrivait à certains clients de les apercevoir dans un café voisin du mausolée de Sîdi Ismaïl al-Imbâbi. Ce qu'ils avaient raconté était suffisant pour stimuler l'imagination des autres et les inciter à se représenter la situation.

Qui aurait cru qu'elle recelait en elle toutes ces ressources ?

Rachîda ? Rachîda à la silhouette sèche comme celle d'un garçon, qui n'avait pas de poitrine qui vaille, pas de croupe saillante, si masculine que certains pensaient faire œuvre de charité quand ils lui adressaient un compliment !

Eh bien, la vérité, c'est que cette Rachîda était une femelle explosive, la reine du lit, elle connaissait les chemins cachés qui transpercent les pores des hommes. Effat n'avait jamais rien connu de pareil, ni avant elle ni après. Dès le début de leur vie commune, elle lui avait fait vivre une fête de plaisirs, lui donnant tout ce qu'il désirait avant qu'il l'ait formulé ou même suggéré, elle prévenait ses désirs et y répondait de la manière la plus appropriée, de sorte qu'elle avait fini par envahir ses sens, sa vie et son corps et par lui faire oublier tout le reste.

Lorsqu'elle l'avait quitté pour son ami, Effat avait failli devenir fou. C'est pourtant lui qui était à l'origine de l'idée : l'entendant répéter sans cesse qu'elle aspirait à une autre vie, il avait été pris de peur. Comme un idiot, il avait pensé qu'elle rêvait de tout ce que désirent les filles de son âge : un logement tranquille et un bon mari. En réalité, ce qu'elle recherchait était tout autre. Lorsqu'il l'avait présentée à son ami d'enfance Moneim al-Adabgui, ce dernier l'avait saluée timidement. Effat n'avait rien remarqué de particulier entre eux, il n'avait décelé aucun signe suggérant qu'ils se fréquentaient, elle ne s'était jamais trouvée seule avec lui. Jusqu'au jour où il avait reçu un billet portant quelques mots griffonnés de son écriture nerveuse... Elle avait décidé d'accompagner Adabgui en Europe, elle voulait y tenter sa chance ; elle n'avait pas voulu le prévenir à l'avance afin de ne pas le choquer, il était si gentil et si tendre, c'était un brave garçon, et elle voulait qu'il sache qu'elle ne l'oublierait jamais.

Il se maudissait d'avoir lui-même organisé cette rencontre entre elle et Adabgui, son camarade le plus intime au collège puis au lycée. Le jour du départ, il les avait escortés en voiture jusqu'à l'aéroport, après quoi il était rentré en ville avec une douloureuse nostalgie, la sensation d'avoir été amputé froidement d'une partie de lui-même, une conscience aiguë de gâchis. A l'occasion des fêtes et du nouvel an, il recevait de jolies cartes postales, élégantes et colorées, ainsi que de longues lettres où Adabgui lui narrait ses difficultés, ballotté qu'il était entre divers boulots allant de la vente des journaux à la criée – il fallait partir dès l'aube dans des rues enneigées – à celle des fleurs, le soir dans les restaurants, en passant par la distribution de publicités dans des boîtes aux lettres situées à mille lieues les unes des autres.

Le plus étrange, c'est qu'il se plaignait des difficultés de la vie en Europe, passant sous silence à quel point Rachîda, elle, s'y trouvait bien. Elle était sous le charme, et reconnaissante à Adabgui de lui avoir fourni l'occasion en or qu'elle attendait.

Effat avait failli devenir fou ; la perte soudaine de sa dulcinée l'avait ébranlé, et il était passé par des moments de grave dépression durant lesquels il n'arrivait même plus à se mettre debout ni à s'asseoir, à garder le silence ou à s'épancher en paroles, à éclater de rire ou à s'abandonner aux larmes. Il se cherchait dans toutes les directions à la fois, avant de sombrer dans l'affliction. Prostré comme un orphelin, il se lamentait :

« Je m'étais habitué à elle, à sa présence ! »

Ce qui avait presque eu raison de lui, c'était ce doute lancinant : s'était-elle donnée à Adabgui ici, en Égypte ? Chez lui ? Ou est-ce que leur liaison s'était déclarée là-bas, en Europe ? Si seulement il avait eu Moneim devant lui, s'il avait pu le tenir entre ses mains, il lui aurait fait avouer...

Cependant, Rachîda ne l'avait pas oublié, elle continuait de lui envoyer de ses nouvelles à travers des cartes postales, des photos d'elle prises dans cette pizzeria où elle avait travaillé un temps, suffisamment pour baragouiner un peu l'italien. Ensuite, un restaurant français l'avait employée successivement comme préposée aux toilettes, puis serveuse, puis hôtesse d'accueil, recevant les clients avec un sourire gracieux, oriental, chaleureux. C'était un travail tranquille qui lui plaisait et qui lui avait permis d'acquérir une bonne maîtrise du français. Elle était tombée sous le charme de la famille du restaurateur : le mari, qui assurait la gestion, l'épouse, qui officiait aux fourneaux, et le fils, qui s'occupait du reste, notamment du bar. La seule chose qui l'ennuyait, c'était que les clients la prenaient pour une Algérienne ou une Marocaine. Ce restaurant lui avait fourni, avec le petit café situé face à l'Institution, ses seuls moments de bonheur, mais le salaire élevé qu'on offrait pour un poste de liftier dans un grand hôtel cinq étoiles en Allemagne ne se refusait pas. C'est là qu'elle avait appris à parler l'allemand couramment, non sans acquérir des notions de russe et de hongrois. Quant à l'anglais, elle le parlait avec la même fluidité que l'arabe.

Chaque carte postale, chaque photographie, chaque lettre réveillait en lui des blessures qu'il croyait cicatrisées. Lorsqu'elle lui avait envoyé la photo où on la voyait en compagnie des propriétaires du restaurant français, il avait longuement scruté les traits du fils. C'était un beau garçon rayonnant de vitalité, qui respirait la sérénité. Ce qui le préoccupait, ce qui lui gâchait la vie, c'était cette interrogation lancinante : avait-il couché avec elle ? Avait-il comme lui percé le secret, l'avait-elle comblé comme elle l'avait comblé lui ?

Et tous ces autres, où avait-elle bien pu les rencontrer, ce riche médecin, ou cet ingénieur chimiste, qui devait sûrement occuper un poste clé pour jouir d'une telle aisance matérielle. Sans nul doute, ce dernier détenait la clé de ce monde où Rachîda avait si longtemps rêvé de pénétrer, il possédait des appartements à Paris, à Londres, à New York et à Mexico. De ce dernier pays, elle lui avait envoyé sa photo au pied de pyramides ressemblant à celles de Guizeh, même si, dans sa lettre, elle affirmait ne pas y avoir retrouvé le caractère grandiose des pyramides d'Égypte, leur ancienneté, leur présence.

Comment avait-elle fait sa connaissance ?

Comment avait-elle réussi à occuper toutes ses pensées, à prendre sur lui un tel ascendant qu'il ne se montrait nulle part sans elle ?

Par quelles étapes leur liaison était-elle passée ?

Il l'ignorait mais, à chaque nouvelle lettre qui lui parvenait, il se mettait à parler à haute voix dans les cafés où il avait pris l'habitude de se rendre, montrant sa photo à la cantonade, assurant qu'il l'avait connue lorsqu'elle avait treize ans, qu'à l'époque elle criait famine, que tout ce qu'elle espérait, c'était manger à sa faim, ne serait-ce qu'une seule fois, qu'il avait été le premier homme dans sa vie, lui que...

Mais si, ils devaient le croire !

Puis il se laissait aller à révéler les détails les plus intimes, qu'il articulait lentement, semblant en tirer une sorte de jouissance, au point que durant sa conversation il était secoué de tremblements et de frissons, comme si le fait de les évoquer par des mots lui faisait revivre les scènes décrites. Un jour qu'il ressassait pour la énième fois cette histoire, un cheikh aveugle – un homme massif avec un cou de taureau, recroquevillé au fond de la salle comme s'il dormait – était soudain sorti de sa léthargie pour réagir au récit de Effat. D'une voix caverneuse, il avait lâché :

« Et pourquoi un homme laisserait-il filer une femme d'une telle qualité ? »

L'assistance était restée médusée. Effat avait pâli, mais il s'était rapidement ressaisi :

« Que veux-tu, monseigneur, le destin c'est le destin ! »

Le cheikh avait secoué la tête de droite à gauche, puis il avait déclaré en esquissant une moue :

« Cesse donc de te faire du mal et de la torturer du même coup ; tu n'es pas plus fait pour elle qu'elle n'est faite pour toi. »

Poursuivant le fil de ses pensées, Gawâhri méditait sur le

retour de Rachîda en Égypte… Pour ses premières vacances depuis son départ en Europe, elle avait tenu à venir au café. Aucun de ses anciens compagnons ne la reconnut ; quant à Effat, il avait disparu sans laisser de traces. Elle était élégante, sensuelle, comme si elle avait été transformée du tout au tout. Gawâhri s'interrogeait sur la cohérence de tout cela, la continuité des êtres, capables d'emprunter successivement autant d'apparences au cours de leur vie. Pouvait-on considérer que la femme qui revenait aujourd'hui était la même que celle qu'on avait connue au café ?

Elle salua les présents avec simplicité, avant de revenir quelques jours plus tard pour renouer avec cet endroit où elle avait passé un temps à compter les sandwiches. Elle insista pour reprendre son ancienne place derrière le comptoir, s'occupant elle-même de verser le thé dans les verres. Le cafetier était au comble de l'émotion ; elle lui tapota doucement l'épaule et lui déposa un baiser sur la joue.

Elle sourit à Gawâhri, s'approcha de lui, au point qu'il se sentit baigner dans un océan de parfum, dont la fragrance flotta dans le café deux jours de suite. Elle lui demanda de ses nouvelles, l'interrogea sur Ateyya Bey, il ne put s'empêcher de penser à ce que le fou d'amour, Effat, avait raconté sur son compte, il s'obligea à détourner le regard de la moitié inférieure de son corps, de ce qu'il recelait de courbes précieuses et uniques. Effat affirmait que ce corps avait été son tremplin, c'est grâce à lui qu'elle avait réussi à pénétrer tous ces univers. Après un moment de silence, il secouait la tête avant de déclarer avec une pointe de regret dans la voix : « Celui qui la connaît ne peut que s'habituer à elle, entrer sous sa dépendance, devenir son esclave, exaucer tous ses désirs. » Puis il pouvait être pris de tristesse et se replier sur lui-même, ou bien devenir agressif et se gifler les joues en proclamant son regret de l'avoir laissé filer, ou encore s'étaler, d'une voix audible de tous, sur les détails les plus intimes de leur relation.

Si le fondateur avait entendu une telle description, nul doute qu'il aurait cherché à séduire cette sirène. C'était un amateur, sensible au charme des femmes les plus étranges, les plus assoiffées de désir et les plus réactives.

Comment diable le nom de Rachîda l'Autrichienne était-il apparu sur les murs des toilettes ?

Avait-elle réellement pris contact avec l'Institution ?

S'il savait qui était l'auteur de ces inscriptions, il irait l'interroger sur-le-champ, sans dévoiler ses motifs, sans lui faire de mal, il n'avait jamais nui à aucun employé de l'Institution. Il en connaissait un bon nombre qui n'avaient d'autres moyens d'exprimer leur frustration que par des inscriptions sur les murs, mais Dieu est témoin qu'il n'avait jamais porté tort à aucun d'entre eux.

Qui le croirait aujourd'hui s'il disait qu'il avait fermé les yeux sur un éclairagiste qui avait le don de dessiner les employées nues, particulièrement celles qui étaient tombées dans les filets du fondateur ? Une fois ses soupçons confirmés, il avait averti ce dernier, ne dévoilant toutefois le nom du coupable qu'après avoir obtenu des assurances formelles qu'il ne lui serait fait aucun mal. Il lui avait alors montré un des dessins ; le fondateur – que Dieu ait son âme – était resté admiratif devant la qualité du trait, proclamant qu'un talent comme celui-ci devait être encouragé. Il avait été jusqu'à l'inscrire en candidat libre à l'institut Léonard de Vinci, et à le recommander auprès du consulat italien.

De retour d'Italie, l'artiste amateur avait peint plusieurs tableaux pour le fondateur. L'un d'entre eux, conservé au Musée d'art moderne, était tenu pour une œuvre unique dans l'art du portrait. L'homme était devenu un peintre reconnu, et les vernissages inaugurant ses expositions étaient patronnés par les plus hauts responsables.

Qui aurait pu croire cela, qui ?

Le fondateur n'avait peur de personne, il cherchait les perles rares au milieu des ordures et savait dénicher le talent sous la misère la plus crasse. Que d'efforts n'avait-il pas déployés pour s'adjoindre les meilleures compétences, y compris parmi ceux qui lui vouaient du mépris ou de la haine. Ceux qui étaient venus après lui n'avaient pas réussi à imiter son exemple, en dépit de leurs proclamations. Le fondateur n'avait-il pas déclaré un jour : « C'est à force de frayer avec les grands qu'on s'élève ; encouragez donc les gens de talent, et la fortune vous sourira. »

Il est vrai que ses maximes étaient placardées dans les corridors, les ascenseurs et les autres parties communes. Pour commémorer sa disparition, on avait fait paraître un volume relié groupant ses déclarations, du moins celles qui avaient pu être authentifiées – d'ailleurs, la plupart étaient immédiatement reconnaissables à leur style unique.

Est-ce à dire que ses successeurs s'y étaient conformés ? Certes non.

Gawâhri était parfaitement conscient des efforts frénétiques déployés par l'actuel président pour faire en sorte que le Professeur lui succède. Aujourd'hui, c'était le monde à l'envers, on choisissait un successeur parmi les candidats les moins compétents, les plus dépourvus de talent, on se créait ainsi des obligés de peu d'envergure qui continueraient à camoufler les tares héritées du passé ! Personne ne retenait les leçons de l'Histoire, et il était fréquent que la course aboutît à la nomination d'une personnalité timorée, à laquelle nul ne s'était attendu.

Quoi qu'il en soit, Gawâhri était désormais apaisé, il avait la certitude que ce qu'il avait accompli était parvenu d'une manière ou d'une autre à la connaissance du fondateur, là où il se trouvait, dans cet au-delà insondable d'où son âme le surveillait.

Chaque fois qu'il arpentait les couloirs du siège, qu'il pénétrait dans l'ascenseur ou en sortait, il avait la sensation qu'il allait le rencontrer, que d'un instant à l'autre il allait se retrouver nez à nez avec lui. Depuis sa disparition, sa présence s'était faite encore plus dense que de son vivant, pas seulement pour lui, Gahwâri, mais pour tous ses fidèles qui avaient, par leur sueur et leurs efforts, contribué à l'édification de cette citadelle. Si la chose avait dépendu de lui, il aurait ordonné l'érection d'une statue consacrée au grand homme, on l'aurait dressée sur le socle aujourd'hui nu qui trônait au milieu de Midân el-Tahrîr.

Initialement, on avait annoncé que le socle accueillerait une statue à la mémoire du roi Fouâd, mais des éminences grises étaient apparemment parvenues à convaincre son fils, Farouk, que la sienne serait plus appropriée. Sur ces entrefaites éclata la révolution de Juillet, et Farouk fut déposé, de sorte que le socle demeura nu, privé de statue. Les gens finirent par s'habituer à sa présence, au point que certains y voyaient une forme achevée, une création à part entière. Après la mort du *zaïm* éternel Gamal Abdel Nasser, alors que le pays était plongé dans une vague de tristesse collective, certains proposèrent de lancer une souscription populaire afin de commander une stèle à son effigie et de la poser sur le socle. Certes, le *zaïm* avait de son vivant refusé qu'on lui consacre la moindre statue, mais maintenant qu'il était mort, cela devenait un devoir, dicté par la conscience.

A peine l'initiative fut-elle rendue publique que son successeur initiait une manœuvre d'abord qualifiée de « correction », avant d'être promue au rang de « révolution », soumettant le *zaïm* décédé à une virulente campagne de dénigrement. On s'en prit à son honnêteté, on vit paraître des pamphlets ainsi qu'un nombre incalculable d'articles dirigés contre lui. Les mêmes personnalités qui avaient plaidé pour le *zaïm* commencèrent à suggérer que le socle vide pourrait avantageusement accueillir une belle statue consacrée au correcteur de la révolution, à l'enjoliveur du destin. Las, une fois de plus, le projet n'aboutit pas, pour cause de décès prématuré de l'intéressé tandis qu'il paradait en grand uniforme de maréchal. Le socle resta ainsi tout nu, jusqu'au lancement du chantier pour la construction du métro du Caire. Le projet, confié à une société française, impliquait de raser non seulement certains bâtiments historiques, comme le Musée géologique, mais aussi le terre-plein central avec son socle nu, ou encore sa « galette de pierre », comme l'avait qualifiée un poète du Sud.

Gawâhri esquissa une moue affligée.

Les gens connaissaient-ils réellement le sens de la mort ?

Celui qui méritait le plus une statue était sans nul doute le fondateur, mais qui aujourd'hui avait conscience de ses mérites, qui ?

Gawâhri se surprenait souvent à articuler ses pensées et ses états d'âme à haute voix. Ceux qui étaient à proximité levaient la tête, sans doute intrigués par cet homme qui parlait tout seul, tel un aliéné. Bien entendu, aucun d'entre eux ne se doutait qu'il s'agissait là d'une habitude du fondateur, c'est de lui qu'il l'avait héritée. Il lui arrivait souvent de lui emprunter ses expressions, ou de s'assombrir brusquement comme lui, ou encore de porter la main à son front. Son plus grand bonheur était d'entendre dire qu'il avait hérité certains traits du fondateur, que, de tous les fidèles, c'était lui qui lui ressemblait le plus.

Malgré son âge avancé et sa nombreuse descendance – il devait bien avoir soixante-dix ans au bas mot – Gawâhri se comportait comme un enfant qui aurait perdu son père la veille. Le fondateur avait été son professeur, son guide spirituel, il avait insufflé en lui un peu de son caractère. Fasciné par le grand homme, Gawâhri s'était employé à se rapprocher de lui, il l'avait fréquenté peut-être davantage qu'il n'avait fréquenté les siens.

Hélas, aucun individu ne peut combler le vide laissé après sa disparition. Oh certes, il peut léguer une partie de ses traits de caractère à untel, une autre partie à tel autre. Mais des hommes de cette trempe, il ne s'en reproduit pas si souvent ; même les jumeaux, grandis dans le même ventre, développent des personnalités différentes, alors que dire de ceux qui sont issus de contextes si différents ?

Beaucoup se battaient aujourd'hui pour parvenir au douzième étage, ils mettaient toutes leurs compétences, toutes leurs relations au service de cet objectif, mais ils ignoraient que certaines puissances internationales étaient aux aguets, que peut-être elles intervenaient d'une manière ou d'une autre. Dans les années cinquante et soixante, on avait été attentif, aussi bien à l'intérieur de l'Institution qu'au-dehors, à tout incident touchant tel ou tel département. Le moindre changement était considéré comme un symptôme méritant d'être consigné dans des rapports diplomatiques, des articles de presse, des chroniques radiophoniques.

La composition de l'équipe de direction était déjà considérée comme porteuse de conséquences à l'échelle nationale, que dire alors lorsqu'il s'agissait de celui-là même qui allait occuper le bureau circulaire ?

Il est vrai que l'Institution aujourd'hui différait de ce qu'elle avait été autrefois, à cette époque révolue que le fondateur, même au plus bas de sa déroute, tenait pour un véritable âge d'or – Gawâhri l'avait entendu de sa propre bouche. Néanmoins son aura et son prestige demeuraient intacts.

On avait cependant une certitude : ceux qui tiraient les ficelles ne laisseraient pas nommer à ce poste une personnalité extérieure, la conjoncture ne le leur permettait pas, leur image extérieure non plus. Tous les télégrammes qui s'étaient déversés sur les centres de décision avaient démontré la solidarité du personnel, sa capacité à faire front commun.

Non, il était exclu qu'un intrus succède à Son Excellence, le seul précédent connu était cet officier en retraite, dont on débattait aujourd'hui pour savoir si, oui ou non, il pouvait être considéré comme un maillon dans la chaîne des successeurs. Sa nomination n'avait eu pour but que d'humilier tout le monde à la suite de la déroute majeure du maître. D'ailleurs, ce président de circonstance n'avait pas fait long feu. Bien qu'arrivé au plus haut du règne de la dictature et de la terreur généralisées, il n'avait même pas pu contraindre Amm Siddîq à lui préparer son café. Une simple tasse de café !

Dans les derniers jours de son mandat, avant qu'il ne s'en

aille sans retour, le pauvre homme avait déclaré que l'esprit du fondateur était inscrit partout, sur chaque mur, dans chaque souffle d'air, et qu'il était impossible de modifier quoi que ce soit dans cet établissement tant qu'on n'aurait pas tout remplacé, les hommes aussi bien que les murs.

Gawâhri sourit : même si on avait fait table rase du passé et éliminé jusqu'au dernier de ses représentants, il serait resté cette fosse circulaire qui avait désemparé tout le monde, y compris les savants et les experts. Comment aurait-on pu la combler ? Qui aurait obligé les anciennes familles d'Imbâba et de Boulâq el-Dakrour à effacer le souvenir de la venue ici de Son Excellence, un jour qui restait pour eux marqué d'une pierre blanche : « C'est arrivé tant d'années avant – ou après – l'apparition du fondateur », disaient-ils pour dater les moments de leur vie. Plus significatif encore, certains d'entre eux commémoraient l'événement en psalmodiant des actions de grâce et des louanges… non, cette place n'irait jamais à un étranger.

Mais alors, à qui ?

Tous les indices, toutes les rumeurs se concentraient sur deux candidats possibles, à l'exclusion de tout autre : le directeur des Études et le responsable de la direction Informatique. Quant aux rares qui attribuaient des chances à la directrice du département Import-Export, en raison des liens étroits qu'elle entretenait avec la femme d'un haut responsable – selon la rumeur, elles se lisaient mutuellement l'avenir dans le marc de café –, c'était pure fantaisie : était-il imaginable qu'une femme, fût-elle titulaire d'un doctorat comme celle-ci, prît la tête de cette maison sans égale dans toute la région ? Certes, tout était possible, mais l'éventualité semblait lointaine, extrêmement lointaine, et l'hypothèse ne reflétait vraisemblablement que les propres espoirs de l'intéressée. A la seule mention de son nom, rien qu'à imaginer sa silhouette débordant de féminité, sa démarche gracieuse, le modelé de ses courbes pleines, son corps toujours séduisant bien qu'elle eût dépassé la cinquantaine, Gawâhri se sentait des picotements de désir. De là à l'imaginer faisant son entrée dans le bureau circulaire, il y avait un grand pas !

Ateyya Bey, comme toujours, envisageait toutes les possibilités avec sa lucidité et son pragmatisme habituels :

« Pourquoi donc écartes-tu cette hypothèse ? lançait-il à Gawâhri. Ici, tout peut arriver. »

C'est vrai, on était en plein règne de l'irrationnel, tout ce qui était arrivé allait dans ce sens, le Professeur n'avait-il pas été à deux doigts du sommet ? Celui-là même qu'on avait surnommé successivement professeur Crâne d'Œuf, professeur Citrouille, professeur Boule-de-Billard et finalement Docteur Plip, ne s'était-il pas enfermé dans son bureau pour sangloter après qu'on l'eut obligé à restituer son appareil ?

Non, l'affaire était trop sérieuse, et il y avait encore suffisamment de gens sains d'esprit pour arrêter cette mascarade.

Pour Ateyya Bey, il était souhaitable que la décision fût prise rapidement, toute cette incertitude était dangereuse, dommageable, le fondateur n'affirmait-il pas que l'important dans les situations de danger, c'était l'aptitude à trancher plus encore que le contenu de la décision ? Gawâhri, tout en se rangeant à cet avis, estimait néanmoins que trop de précipitation serait également nuisible.

L'attente ne dura pas. Dès le lendemain matin, Amm Siddîq pénétra dans le café de Rachîda l'Autrichienne et se dirigea vers Gawâhri, qui n'avait pas encore commencé à siroter le verre de fenugrec par lequel il s'humectait chaque matin les papilles. Là, Amm Siddîq révéla à son ami que le nouveau calife – c'est ainsi qu'il appelait les successeurs du fondateur – était arrivé de bon matin, contrairement à son habitude ; à l'heure qu'il était, il devait déjà être en train d'installer ses cartons.

Une prophétie circulationnelle

Qu'était-il arrivé ?

Qui aurait pu croire une chose pareille, qui ?

Gawâhri tentait d'exorciser le démon, jusqu'à maintenant il pensait disposer d'une expérience immense de la vie, de quoi le dispenser à jamais d'éprouver le moindre étonnement. Pourtant, le voilà qui parlait tout seul, à voix haute, dans le café, dans la rue ou en montant les escaliers.

Quand le représentant du syndicat était venu le voir dans son bureau pour lui confirmer l'identité du nouveau président qui occuperait le bureau circulaire à compter du lendemain matin, il avait refusé d'y croire. Son interlocuteur s'était penché vers l'avant, avant de déclarer que le décret suprême serait communiqué au journal de dix-huit heures : d'ailleurs, les bouquets de fleurs avaient commencé à arriver au siège et encombraient déjà le hall d'entrée.

A la réflexion, la nomination du responsable de la direction Informatique au poste de président n'était pas si surprenante. Certes, il appartenait à la nouvelle génération – il n'avait que trente-six ans – cependant on lui reconnaissait une compétence peu commune, une intelligence brillante, attestée non seulement par ses deux diplômes scientifiques acquis dans des spécialités difficiles, mais aussi par une contribution essentielle à la mise sur pied de cette direction stratégique – à l'époque sans équivalent en Égypte et dont l'Institution avait retiré des bénéfices considérables – et une excellente réputation à l'étranger. On avait même prétendu qu'il était répertorié par le contre-espionnage américain comme une des dix personnes au monde capables de s'introduire par effraction dans l'ordinateur du Pentagone et de décrypter les données relatives au dispositif de la force de frappe nucléaire, tellement secrètes que le président américain lui-même n'en était pas informé.

Une fois de plus, force était de constater que le fondateur avait vu juste. Il avait repéré le jeune prodige en le voyant intervenir lors d'une conférence à l'université américaine du Caire. Après avoir bavardé avec lui, le fondateur l'avait invité à reprendre contact avec l'Institution. A leur rencontre suivante, il avait offert de lui financer une bourse d'études informatiques à l'université de Philadelphie. C'est ainsi que Son Excellence avait ajouté une compétence rare à toutes celles déjà possédées par l'Institution, et cela après avoir vu l'intéressé une seule fois, l'espace d'un quart d'heure.

Quand le jeune homme, une fois sa bourse achevée, était revenu et avait pris des fonctions opérationnelles dans l'Institution, le fondateur n'était déjà plus de ce monde. Certes, il ne l'avait pas côtoyé longtemps et n'avait jamais travaillé sous ses ordres, n'empêche que c'est le fondateur qui l'avait choisi et installé à cette place, pour Gawâhri, il n'était donc pas un intrus comme ce maudit professeur.

Gawâhri était parfaitement conscient qu'au cours des prochaines années l'Institution risquait d'être dirigée par quelqu'un qui n'aurait pas connu directement le fondateur ou, pis encore, ne l'aurait jamais rencontré.

Bah, c'était dans l'ordre des choses.

De toute façon, d'ici là, ni lui-même, Gawâhri, ni Ateyya Bey, ni Amm Siddîq le Nubien ne seraient plus de ce monde. Néanmoins, il était important de préserver l'âme de cette maison toute-puissante, ses traditions, les valeurs semées par le fondateur dans cette tourbe fertile.

Dans quelle mesure le nouveau président était-il conscient de cet héritage ? Gawâhri n'en avait pas idée. Il chassa de son esprit les ragots qu'il avait pu entendre ici ou là, dispensés par les envieux, les frustrés. Son Excellence n'avait-il pas déclaré autrefois, lors d'une réunion matinale organisée dans les années cinquante, que chaque fois que l'Institution était attaquée, cela confortait son sentiment d'être sur la bonne voie ?

Non, non, ces ragots n'étaient que des manifestations de délire. Selon certains, toutes ces théories sur le génie du responsable de la direction Informatique étaient sans fondement, et sa mission aux États-Unis poursuivait un but inavouable, qui n'était pas étranger à la déroute majeure subie par le fondateur. Pour d'autres, il avait joué un rôle dans le complot ayant conduit le grand homme en prison. Enfin, certains le tenaient pour un fils illégitime du fondateur.

D'après eux, le seul qui fût au courant de son secret était Amm Siddîq le Nubien. Celui-ci savait pertinemment que la mère du nouveau président avait été la maîtresse du fondateur – cela s'était passé au douzième étage, dans une pièce attenante à son bureau, c'est là qu'il l'avait engrossée. Si les murs de cet étage avaient pu parler, on en aurait appris de bien surprenantes. Las, Amm Siddîq était resté silencieux jusqu'à maintenant, sortirait-il jamais de son mutisme ? Impossible de le prédire. En tout cas, son attitude dans les jours à venir serait déterminante : s'il consentait à apporter au nouveau président une tasse de son café aromatisé, il faudrait interpréter cela comme une marque de soumission, tandis que, s'il s'abstenait et restait sur la réserve, ce serait mauvais présage. Bientôt, on en aurait le cœur net.

Gawâhri haussa les épaules. L'Institution était agitée par de nombreuses paroles creuses, des ragots, des rancœurs. Le fondateur n'avait-il pas déclaré un jour : « Ce sont des êtres humains, et ce qui s'est appliqué dans le passé à d'autres s'applique également à eux. » Il ne devait pas accorder trop d'attention à ces rumeurs. C'est du moins ce qu'il se répéta jusqu'à la mi-journée, car, après avoir appris ce qui était arrivé à son ami Ateyya, il aurait été prêt à croire n'importe quoi, même si on lui avait dit qu'une mule pouvait mettre bas ou le feu enflammer l'eau. La nouvelle l'avait troublé, angoissé, lui dont le dos se courbait sous le poids de l'expérience et des épreuves. Qui aurait imaginé que l'être dont il avait été le plus proche connaîtrait un tel destin ? Voici comment la chose était arrivée...

Les autocars emmenant les employés démarrèrent à quatorze heures quinze précises, une partie d'entre eux se dirigea vers la place Sphinx, l'autre vers l'avenue Gâmaat el-Duwal, mais ni les uns ni les autres ne purent parcourir plus de quelques dizaines de mètres tant les embouteillages étaient denses, avec les centaines de moteurs qui tournaient, les klaxons inquiets, les fumées âcres. Celles-ci se mêlaient à la pression de la canicule et à la poussière émanant des vastes étendues désertiques ceignant la ville et des collines du Muqattam qui la surplombaient à l'est.

Forts de leur expérience, les conducteurs, comprenant qu'on en avait pour un bout de temps, coupèrent les moteurs, tandis que certains passagers commençaient à souffrir de nausées et à être pris de vertige.

Le blocage de la circulation était chose commune à une heure comme celle-là, mais à ce point ! Jamais on n'avait vu un tel pullulement humain. Encore, s'il y avait eu un cortège officiel – c'est qu'à chaque fête nationale agrémentée d'un discours du chef de l'État devant l'assemblée du Peuple, située en plein centre-ville, l'ensemble du trafic urbain, depuis Helouân jusqu'à Aïn Chams, était perturbé, les rues devenaient comme des vases communicants. Mais non, l'Égypte n'accueillait actuellement aucun grand visiteur – roi ou chef d'État – et s'il s'était agi d'une arrivée surprise, elle n'aurait pas créé un tel désordre.

Pas de doute, il se passait quelque chose d'anormal !

Sur le siège arrière de la voiture – de fabrication russe – Abdou al-Nomrossi, le directeur des Relations publiques, s'étira mollement. Depuis les premières heures de la matinée, il était occupé à recenser toutes les informations disponibles sur le nouveau président. Il eut un moment de frayeur en s'apercevant qu'il ne savait presque rien de ses traits, qu'il n'était pas sûr de le reconnaître s'il le croisait par hasard. Certes, il avait à l'esprit une allure générale, une silhouette, mais il avait beau faire des efforts, il ne parvenait pas à mettre le doigt sur un seul signe particulier, comment parviendrait-il dans ces conditions à cerner ses goûts, à identifier ses penchants secrets ?

Et puis, par où commencer ? Amm Siddîq en savait probablement bien plus long sur son compte, mais on n'avait pu en tirer quoi que ce soit. Quant aux autres, ils n'étaient doués que pour se bercer d'illusions et propager les rumeurs, tantôt par simple habitude, sans penser à mal, tantôt par jalousie de le voir susciter tant d'intérêt auprès de certains appareils de sécurité et dans les cercles étrangers intéressés par la vie de l'Institution. L'important pour lui maintenant, c'était de se concentrer sur des aspects auxquels personne n'avait prêté attention. Si seulement il s'en était préoccupé plus tôt ! Mais l'homme semblait si terne, si lointain, si réservé, se tenant à l'écart des enterrements comme des mariages, n'adressant jamais un télégramme de condoléances ou de félicitations ! Ce n'était pourtant pas les occasions qui manquaient. Le grand panneau situé dans le hall principal ne désemplissait jamais ; on y annonçait quotidiennement telle naissance, tel mariage, telle guérison après une opération chirurgicale, le décès d'untel ou de l'un de ses proches. On disait que c'était sa nature, qu'il ne rencontrait jamais personne ; aussitôt arrivé dans son bureau, il fermait sa porte et ne la rouvrait plus. Il avait le don de rester concentré et de continuer à parler à ses interlocuteurs sans se laisser troubler par la sonnerie du téléphone ou toute autre forme de bruit, une faculté qui était également illustrée par l'anecdote suivante.

Un jour qu'il se trouvait dans un restaurant de grillades à Mexico avec quelques amis, une bande armée fit irruption dans le restaurant et en condamna toutes les issues. Ce qu'ils convoitaient, c'était un collier de diamants qui ornait le cou d'une belle femme de quarante ans, épanouie, que notre ami n'avait du reste pas quitté du regard depuis son entrée. Malgré la terreur semée par les agresseurs, surtout lorsqu'ils s'étaient mis à tirer des coups de feu en l'air, il ne bougea pas un cil, pas un muscle de son visage ne tressaillit, et il continua de savourer son repas comme si de rien n'était, le regard fixé dans le lointain. Il paraissait tout à fait indifférent au drame, contrairement à ses trois compagnons de table qui s'étaient jetés au sol. Le lendemain, les journaux louèrent son sang-froid : s'il ne s'était pas prévalu, lors de son interrogatoire, de sa qualité d'étranger – passeport égyptien à l'appui – invité à un colloque organisé par l'un des plus grands instituts d'informatique du pays, on l'aurait soupçonné d'avoir partie liée d'une manière ou d'une autre avec les auteurs du forfait, des criminels endurcis. Ceux-ci avaient réussi à prendre la fuite comme si de rien n'était.

Un type comme cela pouvait-il être dérangé par la sonnerie d'un téléphone, une explosion ou un quelconque vacarme ? Il semblait qu'à force de travailler sur les intelligences artificielles et les ordinateurs, il leur avait emprunté certaines caractéristiques ; peut-être n'était-il qu'un ordinateur arborant forme humaine ?

De toute façon, on allait bien voir.

Il était impossible de le contacter sans passer par la directrice de son cabinet, Mlle Intichâr, dont Nomrossi avait réussi une fois à entendre la voix en composant son numéro de poste. Cependant, lorsqu'il avait réitéré l'expérience les jours suivants, seule une sonnerie sans fin lui avait répondu.

Mlle Intichâr… Était-elle la clef pour parvenir jusqu'à lui ?

Demain, il commencerait à lui témoigner de l'intérêt. Nomrossi sourit, se remémorant des instants similaires, les moments si stimulants où il se mettait en quête d'une proie féminine. Plus sa victime se faisait désirer, plus elle paraissait inaccessible, et plus il y trouvait du plaisir. Aussi hors de portée qu'une femme pût sembler, la façade comportait toujours une faille par où on pouvait s'engouffrer. L'important, c'était de sonder le terrain avant d'entrer dans le vif du sujet.

Au début, il pensait que ce phénomène se limitait aux femmes des quartiers populaires comme Gamâleyya, Bâtneyya ou Qalaat el-Kabch, mais il avait découvert par la suite que c'était une vérité universelle. Ces maisons élégantes, respirant la richesse, dissimulaient les pires turpitudes. L'essentiel était de bien étudier le champ de bataille, de trouver la bonne clef.

A Gamâleyya, sa réputation était établie, on le disait capable de conquérir la femme la plus fidèle, de l'arracher à sa vertu. Une fois tombée dans ses filets, la femme la plus rétive se transformait en doux agneau, il en jouait comme d'une bague à son doigt. Des reines de beauté, qui avaient résisté aux plus grands notables, aux hommes les plus influents, lui avaient cédé.

Au premier abord, son aspect était plutôt repoussant, avec sa petite taille, ses bourrelets au niveau du torse et des fesses, sa calvitie luisante. Celle-ci n'était concurrencée dans toute l'Institution que par celle du Professeur, qui brandissait son front proéminent comme un panneau publicitaire. Lui au contraire gardait la tête braquée en arrière, et ses lèvres pincées presque en permanence ; dans les rares occasions où il ouvrait la bouche, elles se desserraient à peine pour libérer un filet de paroles ressemblant à un sifflement.

Il avait le don d'emporter rapidement la confiance des femmes ; c'est qu'il y avait quelque chose de féminin en lui, qui peut-être lui facilitait l'approche, et cela valait pour tous les types de femmes : les intellectuelles comme les quasi-analphabètes, les bourgeoises comme les miséreuses, une familiarité mystérieuse les poussait à lui révéler leurs secrets les plus intimes et à lui accorder leur confiance.

Abdou al-Nomrossi jeta un coup d'œil inquiet autour de lui. Pourquoi n'avançait-on pas ? s'enquit-il auprès du chauffeur. Celui-ci répliqua en montrant la circulation complètement bloquée. Abdou regarda sa montre, il craignait d'être en retard. Il avait rendez-vous au Sporting Club du Caire, où il n'avait jamais mis les pieds, avec une parente de Mlle Intichâr. C'était la première étape concrète de son plan pour se rapprocher de Son Excellence. Demain matin, il se rendrait aux archives photographiques et consulterait aussi la base documentaire. Il demanderait une dizaine de dossiers, parmi lesquels celui qui l'intéressait vraiment ; il fallait rester discret. Bien entendu, sa fonction de directeur des Relations publiques lui conférait une bonne couverture, il pouvait entreprendre de multiples démarches sans éveiller les soupçons. L'important était d'agir d'une façon ou d'une autre, de mettre fin à cette immobilité.

Cet encombrement lui rappelait un autre jour, quatre ans plus tôt, où il s'était trouvé pareillement bloqué, le chauffeur du taxi avait tenté de se dégager par des chemins détournés, mais tous les accès étaient bouchés. Par la suite, on en avait compris la raison : l'équipe de la Sécurité chargée de la protection de Son Excellence s'était livrée à un exercice à Garden City, en pleine heure de pointe. Ils avaient simulé une attaque contre le centre culturel patronné par l'Institution, qui accueillait des chercheurs en littérature, en histoire, en archéologie et en économie, et attirait des visiteurs du monde entier, venus de leur propre initiative ou dépêchés par d'autres organisations. Tout le monde se souvenait encore de l'événement, les commandos sanglés dans des uniformes noirs, campés dans des postures de combat, l'arme brandie. Tout s'était figé autour d'eux et la ville semblait entièrement paralysée. Les véhicules des pompiers n'avaient pu se frayer un chemin jusqu'au lieu de l'incendie, malgré la sirène qui hurlait sans discontinuer et les appels lancés par les soldats du feu pour qu'on leur cède le passage.

A présent, le trafic était bloqué de la même façon, et on ne voyait aucun signe d'amélioration ; d'ailleurs, certains passants avaient confirmé aux chauffeurs que la situation n'était guère meilleure du côté de l'avenue du 23-Juillet. Quant aux ponts du 6-Octobre et du 15-Mai, ils étaient totalement engorgés.

On n'arrivait pas à identifier la cause de cette agitation et, contrairement à l'habitude dans ce genre de circonstances, aucune explication n'était parvenue *via* la rumeur publique ou les appels anonymes. Certains faisaient la moue, tandis que d'autres secouaient la tête en signe de dénégation ou de désarroi. Quant aux bénévoles qui se proposaient habituellement pour porter assistance aux agents de la circulation, leurs efforts restaient vains.

Non, décidément, il se passait quelque chose d'anormal, et la zone où les autocars étaient parvenus, avant d'être bloqués – le triangle Issaâf-Opéra-Tahrîr – semblait particulièrement atteinte.

Soudain, on vit émerger du siège historique un peloton de membres du département Sécurité, chacun d'entre eux se dirigea vers une voiture qui l'attendait non loin de là, demandant à la cantonade si quelqu'un n'aurait pas par hasard aperçu Amm Siddîq le Nubien.

Apparemment, ils avaient ordre de mettre la main sur lui par tous les moyens. Le fait est que l'Institution avait reçu un certain nombre d'appels téléphoniques, aussi bien sur le réseau de télécommunications public que sur les émetteurs-récepteurs de secours, même le téléphone rouge réservé aux alertes ultrasensibles avait sonné à deux reprises au douzième étage. La cellule de télécommunications de l'Institution était en pleine effervescence. Il apparut par la suite que tous ces appels émanaient d'une seule et même personne, membre d'un service de sécurité gouvernemental.

La secrétaire du directeur des Études laissa exploser la nervosité qu'elle avait réussi à contenir jusque-là. Il faut dire qu'elle avait de nombreux motifs d'irritation, le moins lancinant n'étant pas que ses trois enfants devaient déjà être dehors à l'attendre dans la rue. Chaque jour, elle faisait un crochet pour passer prendre ses enfants à la sortie de l'école avec le taxi qui la ramenait chez elle. Elle devait se débrouiller pour parvenir vers quatre heures devant l'école, située à l'angle de la rue Khosrow, dans la lointaine banlieue de Helouân.

En cas de retard, elle avait bien recommandé à ses enfants de patienter sans bouger. Surtout, ils ne devaient jamais s'éloigner de l'entrée de l'école et s'abstenir de jouer au ballon sur le trottoir en attendant l'arrivée du taxi. Elle les avait prévenus de se méfier de tout étranger, tout particulièrement le cadet, un garçon qui, contrairement à ses frères, était clair de peau et bien en chair.

La semaine précédente, elle avait eu des frayeurs lorsqu'il lui avait raconté comment un homme portant une calotte s'était approché de lui : « Tu as gagné un prix, viens donc avec moi le récupérer. » Heureusement, son grand frère était arrivé à temps, et l'inconnu s'était éloigné. Depuis, elle vivait dans la crainte permanente qu'un individu malintentionné attirât le garçon dans un piège. Elle se faisait également du souci pour ses deux autres fils. Elle s'efforçait, tantôt par allusions, tantôt par mises en garde directes, de les détourner de ces jeux où les garçons sont amenés à se pencher vers l'avant ou à grimper les uns sur les autres.

Toutes les semaines, elle recevait une lettre de son mari, instituteur détaché depuis trois ans en république du Yémen, gouvernorat de Dhumâr, où il l'avertissait des dangers auxquels s'exposent les garçons : ils devaient rester sur leurs gardes, ne jamais suivre un enfant plus âgé qu'eux, ne jamais acheter de biscuits dans les kiosques situés sur la voie publique, surtout au voisinage de l'école, ne jamais accepter des fleurs offertes par un proche ou un étranger, c'est qu'aujourd'hui les trafiquants étaient capables de fourrer la drogue dans les pâtisseries et les fleurs. Qu'elle fasse donc bien attention !

Tous ces dangers la faisaient frémir, sans parler de ces voitures qui roulent à pleine vitesse, conduites par des chauffards inconscients… que Dieu nous garde…

Une fois la voiture parvenue devant l'école, ils y grimpaient prestement, elle leur avait appris à prendre congé de leurs camarades et à saluer le conducteur. Souvent, on voyait dépasser de leur sacoche un petit en-cas qui leur permettrait de patienter jusqu'à leur retour à la maison. Les jours d'hiver, il faisait déjà nuit au moment où ils arrivaient enfin chez eux, dans le sixième district de la Cité du 15-Mai. Que Dieu leur vienne en aide... Et à elle aussi par la même occasion car, une fois à la maison, ce n'était pas fini, il y avait encore leurs leçons sans fin, leurs devoirs épuisants ; cela faisait beaucoup de responsabilités sur ses épaules, et tout reposait sur elle depuis le départ de son mari, que Dieu lui vienne en aide à lui aussi. Ah ! combien elle se languissait de lui !

Le fait de passer chercher les enfants dans le taxi du retour lui permettait d'économiser les frais d'abonnement annuel à la navette de l'école, trois cents livres par tête de pipe.

Mille livres par an... une telle somme méritait un meilleur usage.

Elle regarda sa montre : quatre heures cinq...

L'estomac retourné, les battements du cœur qui se précipitent. Et les enfants étaient seuls à présent, exposés à tous les dangers ; comment allaient-ils réagir ? Sauraient-ils se débrouiller ? Certes, l'aîné était un garçon raisonnable, mais elle s'en faisait pour eux autant qu'ils s'en faisaient pour elle.

Pourquoi cette journée semblait-elle si noire depuis le matin ?

Après confirmation du décret gouvernemental nommant le responsable de la direction Informatique à la présidence de l'Institution, elle s'était sentie oppressée. Que de fois ne s'était-elle bercée de l'espoir que l'homme avec qui elle avait travaillé si longtemps parvienne au douzième étage ! Parmi les différents candidats, c'est pourtant lui qui paraissait le mieux placé, d'ailleurs il semblait si sûr de lui, en pleine possession de ses moyens ! Que s'était-il donc passé après l'échec de la candidature du Professeur ?

Elle l'ignorait, ces choses-là se décidaient en haut lieu, elle n'avait accès qu'aux informations publiques ou aux bribes glanées çà et là dans les documents qui lui passaient sous les yeux.

L'occasion avait été perdue.

Si son patron avait été nommé président, elle serait elle aussi montée au douzième étage, elle aurait été en droit de réclamer une voiture de fonction pour ses trajets entre le domicile et le bureau, un véhicule avec chauffeur qui l'aurait attendu devant chez elle, lui permettant de souffler un peu le matin et de contrôler ses horaires au lieu d'être soumise à leur dictature comme aujourd'hui. Et puis, au retour, ils auraient fait le trajet d'une traite, sans s'arrêter à Dâr el-Salâm, Meadi et el-Maassara, le chauffeur aurait patienté si elle avait jugé bon d'acheter du pain à la boulangerie européenne, pour les sandwiches du lendemain, ou d'effectuer deux ou trois emplettes ici ou là.

Quelle malchance !

Elle ne savait pas ce qui l'attendait dans la période à venir. Au cours de la journée, son patron avait laissé percer son inquiétude, elle avait bien vu que plusieurs de ses rendez-vous avaient été annulés. Nul ne connaissait les intentions du nouveau maître : peut-être déciderait-il de le muter dans une unité en province ; que deviendrait-elle alors ?

Les aiguilles de la montre avançaient inexorablement sans qu'on pût les ralentir, chaque seconde augmentait son angoisse et son sentiment qu'un gouffre de plus en plus profond la séparait de ses enfants ; elle était au bord des larmes...

Pour le moment, aucun changement n'était perceptible, même le ballet des voitures venant se garer devant l'entrée s'était arrêté. Dans le ciel, un hélicoptère effectuait des cercles au-dessus du siège. Certains, scrutant son manège, déclarèrent que les forces armées épiaient la situation et donnaient leurs recommandations. Selon le chef du département Sécurité, l'hélicoptère transportait à son bord Amm Siddîq, qu'on avait fini par dénicher à el-Nasreyya, installé à la terrasse d'un café voisin de la mosquée du sultan al-Hanafi.

Le pullulement humain n'était plus limité au centre-ville, il s'étendait à présent à la périphérie, jusqu'à la route conduisant à l'aéroport, jusqu'au nouveau parc d'attractions qu'on vantait quotidiennement à la télévision après le flash d'informations de vingt et une heures. Les voitures étaient agglutinées à perte de vue, engorgeant l'ensemble des ponts reliant les deux rives du Nil, du pont d'Imbâba au nord jusqu'à celui de l'Université au sud.

La circulation des trains était elle aussi interrompue, certains camions transportant des légumes achetés au marché de Rôd el-Farag ayant tenté de rouler sur les voies ferrées. Qui plus est, un train s'était immobilisé juste au-dessus d'un pont traversant le Nil, de sorte que le responsable du trafic ferroviaire s'était vu contraint d'arrêter tous les trains en provenance du sud. Par ailleurs, il avait refusé d'ouvrir les portes du turbotrain en provenance d'Alexandrie avant son arrivée à quai, ceci étant contraire au protocole de coopération signé avec la partie française : leur ouverture prématurée risquait d'occasionner des dégâts et de remettre en cause la période de garantie internationale. Le train s'était donc arrêté à proximité des logements sociaux de Ghamra, spécialement construits pour les pauvres à la fin de « l'ère totalitaire », terme utilisé par la presse officielle pour désigner les années soixante. Les travaux avaient été, pour la plupart, assurés par la filiale de construction de l'Institution.

Bientôt, l'air conditionné avait cessé de fonctionner à bord du turbotrain, ce qui avait eu pour effet immédiat de transformer les wagons en fourneaux. Un magistrat à la Cour suprême, qui avait l'habitude d'emprunter chaque lundi matin le train de huit heures pour se rendre à Alexandrie avant de rentrer par le train de quatorze heures trente – s'était même évanoui. La panique s'était emparée d'un autre passager, un bibliothécaire chargé des livres pour la jeunesse, quand sa collègue – avec laquelle il venait de passer dans la cité balnéaire trois jours d'ébats frénétiques – l'avait informé que ses règles venaient de se déclarer et que le sang coulait abondamment, trempant jusqu'à ses vêtements ; elle avait un besoin pressant de serviettes périodiques, de coton, de n'importe quoi, comment allait-elle pouvoir marcher ainsi ? Il fallait qu'il fasse quelque chose !

Dans le même temps, des contacts étaient pris au plus haut niveau, il était patent que ni les responsables de la circulation, ni les experts étrangers secrètement appelés à la rescousse par l'ambassade des États-Unis, n'étaient en mesure d'enrayer la crise. Une telle situation était extrêmement dangereuse, particulièrement dans sa phase initiale, nul ne connaissant la raison exacte du débordement. Cette paralysie du cœur battant de la capitale pouvait être mise à profit par des groupes extrémistes, des opposants frustrés ou des névrosés de tout poil qui ne trouvaient leur assouvissement que dans l'exécution d'opérations sanglantes, la destruction de certains points névralgiques ou la prise de contrôle des émetteurs radiophoniques.

Tout était possible…

C'est ce que le Professeur se murmura à lui-même tandis qu'il méditait, assis sur le siège arrière de la voiture. Bien sûr, il se faisait du souci pour ce qui allait lui arriver, mais un autre motif ajoutait à son inquiétude : il était en proie à une envie pressante et, bien que sa vessie fût sur le point d'éclater, il pouvait difficilement quitter la voiture pour trouver des toilettes ou un coin tranquille à l'abri des regards.

Il se souvenait du jour où les troufions de la Sécurité centrale s'étaient rebellés et égaillés dans la ville en détruisant tout ce qui leur tombait sous la main, à la suite d'une vague rumeur – partie d'on ne sait où – selon laquelle leur période de conscription allait être automatiquement prorogée de six mois. En quelques secondes, la capitale s'était embrasée. Le Professeur avait en mémoire ce commentaire d'un observateur selon lequel, en Égypte, les réactions étaient toujours imprévisibles et brutales, la moindre étincelle, le moindre prétexte, aussi futile qu'il soit, suffisant pour que les frustrations accumulées éclatent d'un seul coup. Si seulement il pouvait se rappeler qui avait prononcé cette phrase, ou dans quel ouvrage il l'avait lue ! Il se contorsionna sur la banquette afin d'atténuer le douloureux picotement ressenti dans la partie inférieure de son corps.

Comment avait-il pu subir un échec pareil ?

Lorsqu'il apprit, le lendemain matin, peu après son arrivée au bureau, la mascarade qui avait eu lieu à l'occasion de la nomination, il oublia instantanément toute sa frustration et les idées noires qui le traversaient à la pensée des vexations qu'il risquait de subir de la part du nouveau président. Il en riait malgré lui !

La vérité, c'est que, à l'extérieur de l'Institution comme à l'intérieur, la stupeur était générale. Tous les regards se portaient vers le siège historique.

Celui-ci fut pris d'assaut par les correspondants étrangers, toujours à l'affût de la moindre nouvelle susceptible de trahir un bouleversement latent ou un dysfonctionnement profond, mais ils ne réussirent à rencontrer aucun responsable. Les spécialistes de l'histoire de la ville ajoutèrent une nouvelle date à la liste des événements déjà inscrits dans la mémoire collective, comme le 26 janvier (incendie du Caire en 1951), le 9 juin (discours de démission de Nasser en 1967), le 17 janvier (« émeutes du pain » de 1977), le 19 juin (mise en terre du maréchal Abdel-Moneim Riad) ou encore le 28 septembre (mort du *zaïm* Gamal Abdel Nasser). Cette fois-ci, cependant, la situation était fondamentalement différente : tous ces événements avaient résulté d'un ensemble de considérations économiques, sociales et politiques, tandis que ce qui était arrivé la veille était l'œuvre d'un homme et d'un seul, considéré comme un des piliers de l'Institution, un rescapé de la première génération, l'un de ceux qui avaient consacré leur vie entière à œuvrer au sein de cette citadelle.

Une fois de plus, Gawâhri tenta d'exorciser le démon, après avoir entendu l'incroyable explication qui circulait de bouche à oreille, sans que quiconque osât l'exprimer publiquement. Il ne pouvait que compatir, et alla jusqu'à se renseigner pour savoir quelle instance était chargée de l'enquête : il irait les voir, apporterait son témoignage, peut-être parviendrait-il à en savoir plus.

L'histoire était à présent sur toutes les lèvres, il n'était pas un employé, du plus petit au plus grand, qui ne s'en donnât à cœur joie, brodant à loisir sur cette révélation : la veille, on avait découvert un caleçon mauve accroché au rez-de-chaussée, devant l'ascenseur présidentiel réservé au maître du douzième étage. Une petite note, accompagnant l'objet du délit, précisait que la pièce de lingerie fine avait appartenu à Rachîda l'Autrichienne du temps où elle travaillait au café d'en face, et qu'elle venait d'être retrouvée dans le tiroir d'un haut responsable promis à prendre les rênes de l'Institution ! C'était une pièce de lingerie fine, un objet délicat, élégant et sexy, qui portait la marque d'une région nordique aujourd'hui partie intégrante de l'Allemagne réunifiée.

C'était donc Ateyya Bey qui était derrière tout cela !

Oui, Ateyya Bey, l'homme dont Gahwâri se sentait le plus proche, l'être le plus cher à son cœur. Au long de ses nombreuses années de service, il avait toujours été d'une rectitude exemplaire, jamais on n'avait eu à déplorer de sa part le moindre coup fourré. Aujourd'hui, tout le monde s'acharnait sur lui, même ceux qui ne le connaissaient pas.

S'il le croisait par hasard, si on l'autorisait à lui parler, il s'abstiendrait de le blâmer, de le réprimander, il ne lui adresserait qu'un seul reproche : comment avait-il pu lui dissimuler, à lui, son meilleur ami, cette histoire de circulation ? Ateyya Bey, lui, l'authentique connaisseur des valeurs, héritier direct de l'enseignement du fondateur, l'un des deux, avec Gawâhri lui-même, qu'il fallait impérativement consulter avant de solliciter un candidat ou de nommer un nouveau président ? ! Comment ce cérémonial allait-il désormais se dérouler ?

Pour les beaux yeux de l'Institution, Ateyya Bey avait délaissé son don exceptionnel pour les langues anciennes – araméen, syriaque, hiéroglyphique – et pour l'écriture cunéiforme. Il avait quitté l'université précocement pour suivre le fondateur, dont il avait fait la connaissance lors d'une visite à une haute personnalité parlementaire de l'époque. Depuis qu'il était entré à son service, il n'avait jamais commis le moindre impair et on le citait comme l'exemple à suivre. C'était un homme de bonne compagnie, qui savait établir avec les gens des rapports chaleureux et gagner leur confiance. C'est pourquoi il avait joué un rôle important dans nombre de négociations capitales.

Il économisait ses paroles, n'ouvrant la bouche qu'après mûre réflexion. Les gardes officiant devant le siège principal ou les autres bâtiments avaient remarqué qu'il ne se contentait pas de saluer les gens, il venait à leur rencontre, la main tendue généreusement, que le visiteur lui soit connu ou non. Cependant, son aptitude essentielle, celle que le fondateur avait repérée et qui l'avait incité à s'adjoindre ses services, était cette capacité à concevoir des rumeurs et à les propager.

On prétendait aujourd'hui qu'il avait dissimulé à son maître cette passion secrète pour la circulation, mais Amm Siddîq le Nubien infirmait catégoriquement cette hypothèse. Lors de leur première rencontre, alors qu'il était entré dans la pièce pour leur servir son café spécial, il avait entendu distinctement Ateyya Bey avouer à Son Excellence comment il était descendu un jour dans la rue pour régler le trafic, réalisant enfin son rêve de toujours. Le fondateur ne s'en était nullement offusqué, au contraire, il avait opiné de la tête en signe d'assentiment.

Quelques employés se souvinrent des entrefilets consacrés à celui que les journaux avaient surnommé « l'ami de la circulation », un individu en civil qui surgissait, aux heures d'affluence, à certains carrefours et aux points d'étranglement, s'activant ostensiblement pour proposer son aide aux agents de la circulation. Il était familier des écoliers, qui le connaissaient tous et échangeaient quotidiennement quelques mots avec lui.

Trois employés du département Import-Export avaient bien aperçu un individu lors du dernier ramadan au carrefour de l'avenue el-Azhar et de la voie Salâh Sâlem, mais ils n'avaient pas fait le rapprochement avec Ateyya Bey. Il semblait avoir un don pour changer de visage. De plus, il veillait à enfiler pour la circonstance des vêtements qu'il ne portait jamais au bureau. De toute façon, même ceux qui avaient croisé sa route n'avaient pas eu le temps de l'identifier, la scène n'ayant duré que quelques secondes.

Certains journaux lui avaient consacré des articles dans leur rubrique « société », louant ses qualités de citoyen exemplaire, capable de dépasser son ego et de se dépenser pour le bien des autres. C'est le quotidien *al-Akhbâr* qui, le premier, lui avait décerné le titre d'« ami de la circulation », sans cependant révéler son vrai nom, afin de ne pas répéter l'erreur commise avec Issa Metwalli, le « plus célèbre lecteur de journaux », dont la vie était devenue impossible depuis que le journal avait publié son adresse à Imbâba.

Ateyya Bey avait également été reçu dans le cadre d'une célèbre émission de radio diffusée l'après-midi, dont la présentatrice parvenait curieusement à se maintenir en place à travers les régimes successifs ; en fait, elle était protégée par une personnalité influente ayant eu ses heures de gloire durant la période totalitaire.

Apparemment, il était parvenu à pratiquer son passe-temps favori sans dévoiler son identité. Un homme pareil, qui avait réussi à tromper un proche aussi intime que Gawâhri, était sûrement en mesure de brouiller les pistes.

Après plusieurs jours de ce « blocage organisé » de la circulation, selon la dénomination trouvée par une agence d'informations étrangère, Gawâhri parvint enfin à démêler l'écheveau, à réconcilier ce qu'il avait vu avec ce qu'on lui avait caché. Cependant, il garda ses conclusions pour lui, s'abstenant de les révéler à qui que ce soit ou d'en faire état dans le moindre rapport, il avait percé le secret et cela lui suffisait.

Cela ne l'empêcha pas de prendre la défense de son ami, proclamant que rien dans sa personnalité ne laissait supposer des frustrations tues ou des vices dissimulés. Il n'avait jamais parlé à quiconque de son passe-temps et n'était jamais allé consulter un psychologue, contrairement à ce qu'on avait pu prétendre récemment. Au contraire, il avait toujours été sociable et amical, présent à toutes les occasions heureuses ou malheureuses traversées par l'Institution ou vécues par les employés.

Du reste, il ne se contentait pas d'y assister, insistant pour participer aux démarches et s'occuper de l'intendance. Aux enterrements, il se tenait aux côtés de la famille du défunt pour recevoir les condoléances et, au moment de la mise en terre, discutait pied à pied avec les croque-morts et les fossoyeurs, n'hésitant pas à aborder les détails embarrassants que les proches, hébétés par la tristesse, ne se sentaient pas la force de négocier. Lors des mariages, c'est à lui qu'on s'en remettait pour connaître le coût exact de chaque prestation, les tarifs des salles de mariage louées par les hôtels ou les clubs appartenant aux forces armées. Il réglait jusqu'aux moindres détails de l'organisation, choisissait le menu qui serait offert aux invités en veillant à contrôler les dépenses. A Darb el-Barâbra, il était connu de tous les pâtissiers et de tous les fabricants de ces coffrets-souvenirs en métal ou en porcelaine qu'on offre traditionnellement aux invités.

Pour les fiançailles de sa fille, il avait lui-même organisé le banquet, demeuré dans la mémoire de tous les invités, restant debout trois jours et trois nuits d'affilée. Il avait eu droit aux félicitations du fondateur, qui avait tenu à être présent du début jusqu'à la fin – c'est lui qui était arrivé le premier et reparti le dernier – privilège auquel même Gawâhri n'avait pas eu droit.

Tous ceux qui fréquentaient le café le connaissaient, il avait été un familier de Rachîda avant qu'elle ne parte pour l'Europe, d'ailleurs c'est à lui et à personne d'autre qu'elle avait confié ses raisons. Il venait s'installer là tôt le matin, s'asseyant à sa place favorite, à laquelle il était toujours resté fidèle. Il prenait place à proximité des ouvriers et des petits employés des équipes de nuit qui passaient là après le travail, ou de ceux qui se levaient très tôt et n'avaient pas le temps de prendre le petit déjeuner chez eux, soit parce que leur domicile était très éloigné, soit parce qu'ils n'avaient pas les moyens de s'offrir les services de la navette.

Ateyya Bey ne ressentait aucune honte à s'installer parmi les petits employés, à jouer avec eux au trictrac et fumer le narguilé. D'ailleurs, ils s'étaient rapidement sentis à l'aise avec lui, une fois assurés qu'il ne dénoncerait pas leurs faits et gestes à la direction. Au contraire, ils avaient eu vent de sa résistance héroïque aux pressions multiples qui s'étaient exercées sur lui durant l'ère totalitaire, dans les années soixante, particulièrement avant et après la déroute majeure. Par ailleurs, il s'était également attiré la confiance des femmes, elles n'hésitaient pas pour la plupart à s'isoler avec lui et à lui confier leurs secrets les plus intimes. Il avait le don de les écouter en se montrant incroyablement attentif, se contentant d'esquisser de temps à autre une moue ou un geste de la main, tout comme elles faisaient lorsqu'elles discutaient entre elles. Comment un homme pareil pouvait-il être ainsi accusé d'inhibition, de schizophrénie ou de sédition contre la sûreté de l'État ?

Tout en le défendant publiquement, Gawâhri, dans son for intérieur, se sentait déçu et blessé que son ami lui eût dissimulé son passe-temps, et surpris qu'il fût ainsi parvenu à le maintenir secret aux yeux de tous. Quand avait-il commencé son activité en tant qu'« ami de la circulation » ? Ses débuts devaient remonter à une étape très précoce de son existence, très certainement antérieure à son entrée dans les rangs de l'Institution ; il avait préféré s'en ouvrir de lui-même au fondateur plutôt que de courir le risque d'être dénoncé par l'un des sbires du grand homme.

Les policiers approchant aujourd'hui de la retraite avaient entendu parler de lui durant leurs études à l'école de police.

Selon un grand responsable à la Circulation, les services centraux de la police conservaient un dossier honorifique à son nom, sur le modèle exact de ceux des policiers, mais dépourvu de numéro d'immatriculation. Lorsqu'il avait commis son méfait, on avait passé le dossier au crible, mais les experts n'avaient pu y trouver le moindre élément susceptible de faire peser sur lui des soupçons.

Ateyya Bey avait débuté très tôt, faisant ses premières armes à Midân el-Nuzha, une place proche de chez lui. Il logeait dans l'une de ces vastes maisons du début du siècle que le baron Empain, désireux de promouvoir son projet de ville nouvelle à Héliopolis, avait fait construire à la périphérie du Caire.

A l'époque, c'était un jeune homme bien mis, toujours rasé de près et fleurant bon le parfum d'ambre qu'il se procurait chez un vieil herboriste de Souq el-Hamzâoui, non loin de la mosquée Barsbaï.

Il se postait au milieu de la place, à proximité de l'officier de la circulation. Dans les années quarante, ce dernier bénéficiait souvent d'une grande ancienneté, il assurait la fonction seul et jouissait d'un grand prestige auprès des citoyens. C'était un homme imbu de valeurs, qui n'acceptait jamais de pots-de-vin d'où qu'ils viennent, et sa parole était respectée. Il suffisait qu'il levât la main pour que les voitures, quels que soient leur marque et le pedigree de leur passager, s'arrêtent aussitôt. De toute façon, il était indifférent aux menaces ou aux promesses et nul, étranger ou égyptien, n'aurait osé soutenir son regard, ou prononcer une de ces phrases qu'on entendait aujourd'hui comme « Sais-tu seulement à qui tu parles ? » ou « Ne vois-tu donc pas qui tu as devant toi ? », ou encore « Donne-moi ton matricule... ».

Auprès de ces valeureux pionniers, Ateyya Bey avait appris l'art de se tenir fièrement debout et de se faire respecter. Pour cela, il y avait des règles précises à observer : la posture à prendre au milieu de la rue, le moment où il fallait tourner le dos aux voitures et celui où il fallait brandir le bâton afin d'arrêter certains véhicules, tout en agitant le bras libre pour faire signe aux autres de passer, la manière d'offrir son aide à un enfant ou une personne âgée désireux de traverser la rue.

Hélas, cette génération expérimentée avait disparu, et avec elle ces héros qui se postaient aux carrefours, tels des généraux passant en revue leurs troupes, ou des dirigeants s'apprêtant à prêter serment. Il fallait les voir dans les premières canicules de mars ou d'avril, ou les vagues de froid soudaines d'octobre ! Le changement d'uniforme – de la tenue d'hiver à celle d'été – avait lieu à dates fixes, début novembre et début mai, et ce quel que soit le climat. Autrefois, les fonctionnaires vertueux se pliaient dans leur grande majorité à ce calendrier, combien de fois avait-il vu certains d'entre eux s'acquitter de leur tâche sans faiblir, en dépit de la chaleur asphyxiante ou du froid glaçant ?

Quel rapport avec les petits gringalets d'aujourd'hui, à la constitution si faible, au teint jaunâtre, à la tenue dépenaillée, pour la plupart des appelés effectuant leur service obligatoire, venus de la campagne et plongés brutalement dans le tumulte de la ville, redoutant les voitures lancées à folle allure, le conducteur pendu à son portable, ou les autocars remplis de touristes étrangers qui les scrutaient de cet œil inquisiteur qu'ils jetaient sur tout ce qui croisait leur regard ?

Il écrivait régulièrement – sous des pseudonymes qu'on était actuellement en train de recenser – au courrier des lecteurs des différents quotidiens, pour invoquer l'urgence de réformer le statut des agents de la circulation, point de départ indispensable d'une renaissance de la ville. Il ne s'agissait pas de les défendre individuellement mais de promouvoir le corps dans son ensemble. Les agents étaient les représentants permanents de l'État, dont ils étaient la vitrine et dont ils exerçaient les prérogatives nuit et jour. Leur bien-être était un indicateur de la prospérité de la nation. Comment pouvait-on les laisser ainsi à l'abandon ? Cette question, il devait la répéter au cours de son interrogatoire, tout en niant farouchement avoir voulu pousser ces miséreux à la rébellion. Mais revenons à sa carrière de régulateur du trafic.

Après ses débuts à Midân el-Nuzha, où il avait appris à connaître les agents du nord de la capitale, il exerça un temps à Midân el-Ismaïleyya, avant de pousser jusqu'à Midân el-Abbâsseyya. L'arrivée sur cette place marqua un grand saut dans sa vie et dans la pratique de son passe-temps favori. C'était un carrefour important où se croisaient de multiples voies, il fallait témoigner une vigilance de tous les instants. Même l'introduction de feux commandés automatiquement ne permit pas de réduire le nombre d'agents qualifiés aux croisements ; pour sa part, il ne se contenta pas de se tenir debout dans la petite cabine protégée et surélevée qui dominait toute la place. Sa position préférée, c'était sur le terrain, au milieu de la circulation, dans la cohue de la rue.

Lorsque le feu passait au rouge, il le devinait intuitivement, sans avoir à lever les yeux et, avant même qu'il ait viré au vert, il se reculait de deux pas en levant la main, faisant signe aux voitures d'avancer, tout en activant son sifflet, qui émettait un son strident. C'était un modèle solide, de fabrication anglaise, en forme de cylindre allongé, identique à celui qu'utilisent les scouts. Il était fixé par une chaînette dorée à son ceinturon de cuir. On ignorait comment il se l'était procuré : était-ce un cadeau du fondateur, ou d'un de ces *constables* hérités de l'occupation anglaise ? A moins qu'il n'ait chargé un de ses amis – lui-même n'avait jamais voyagé à l'étranger – de le lui rapporter de l'un de ces surplus londoniens spécialisés où l'on trouve les fournitures pour agents de la circulation.

Dès son arrivée le matin, il réglait la traversée des enfants en route vers l'école, quelquefois il leur souriait et leur distribuait des pâtisseries Van Damme, dont il était friand depuis les années trente. Lorsqu'elles avaient disparu, en application de la politique de restriction des importations, il avait failli devenir fou, mais le fondateur lui en rapportait de petites quantités de temps à autre au retour de ses voyages. Aussitôt qu'il sentait le goût se répandre dans sa bouche, il se remémorait le bon temps d'autrefois, son âme éparpillée aux quatre vents se rassemblait. Au début des années soixante-dix, la politique économique avait subi un brusque revirement, l'heure était désormais à l'ouverture tous azimuts. Avec l'apparition des petits-suisses aux fruits, du camembert français et des conserves d'ananas asiatiques, il avait vu renaître l'espoir d'un retour des pâtisseries Van Damme et, de fait, on avait annoncé la reprise des importations pour toute une liste de friandises – las, ses pâtisseries favorites n'y figuraient pas. Il gardait néanmoins pour elles une douloureuse nostalgie.

Certains des écoliers qu'il avait aidés à traverser, devenus adultes, ne l'avaient pas oublié. Ils occupaient désormais des postes variés, certains étaient des personnalités en vue dans l'armée, la diplomatie, la magistrature ou les transports, maritimes ou terrestres. Quelquefois, l'un de ces gros bonnets mettait un point d'honneur à arrêter sa limousine noire, aux fenêtres masquées par des rideaux sombres, et en descendait pour aller à pied jusqu'à lui et le saluer, au risque de perturber la circulation et de semer la panique au sein de l'équipe chargée de sa protection : le garde du corps, toujours assis à l'avant du véhicule, à côté du chauffeur, mais aussi la voiture d'escorte, avec ses quatre officiers de sécurité en civil, tous vêtus à l'identique, scrutant les passants avec un mélange de défi et d'agressivité, sans dissimuler leurs armes automatiques.

Ateyya Bey voulait initier une prise de conscience spectaculaire. Déjà, des années auparavant, il avait fait remarquer que la déchéance de l'agent de la circulation était un révélateur de la faiblesse de l'État et un signe annonciateur de son déclin, mais ce n'était alors qu'une phrase jetée en passant. Gawâhri lui-même l'avait entendue, sans guère y prêter attention, venant de cet original qu'était Ateyya Bey, avec sa démarche saccadée, son aspect chenu et son débit lent.

Le passage des années n'avait en rien entamé son énergie. Il fallait le voir se livrer à sa bénévole passion, posté près des feux de circulation, sans jamais faiblir. Même après des heures debout dans la cohue, il semblait toujours au meilleur de sa forme. Nul doute que ces moments où il s'avançait au milieu de l'avenue, levant le bras face aux voitures, contraignant les plus rapides d'entre elles à freiner brutalement dans un grand crissement de pneus, non sans parfois empiéter sur les marques blanches du passage pour piétons, figuraient parmi les plus beaux instants de sa vie. D'ailleurs, le marquage au sol avait également droit à son attention, il payait de sa poche pour se procurer des pots de peinture blanche et sortait la nuit, revêtu de vêtements spéciaux fluorescents, pour raviver les marques avec une habileté rare.

Au cours des années, il avait noué de nombreuses amitiés avec les agents de la circulation, qui appréciaient cette aide efficace et éclairée par une longue expérience : ayant vu se succéder de multiples réglementations administratives et techniques, il avait accumulé de larges compétences, depuis la façon de tenir le bâton jusqu'à l'utilisation des talkies-walkies.

Il apparaissait toujours aux moments délicats, particulièrement aux heures de pointe de la mi-journée, lors de ces soirées de ramadan où l'affluence atteignait son comble dans le quartier d'el-Azhar ou durant les nuits de *mouled* commémorant la naissance de Sîdi al-Rifâï, de Sayyeda Zeinab, de l'imâm al-Chaféï ou encore de Sîdi al-Bayyoumi. Il intervenait avant les matches importants organisés au grand stade de Madînet Nasr, qui donnaient lieu à des attroupements étroitement surveillés par les forces de l'ordre.

Ces jours-là, il surgissait opportunément au moment où la cohue atteignait son comble pour apporter sa présence impressionnante et efficace. Il se déplaçait avec vivacité d'un point à l'autre, traversant brusquement l'avenue lorsque le désordre changeait de côté, ses bras ne cessaient de s'agiter, tantôt levés, tantôt repliés, ou encore dessinant un de ces enchaînements parfaitement coordonnés comme on n'en voyait plus guère. En quelques secondes, il se rendait maître de la situation et la crise se résorbait.

Certains officiers de la circulation préféraient observer de loin, impressionnés par ce monument vivant. Il avait toujours montré la plus grande correction avec eux, ménageant leur fierté et ne manquant jamais de leur rendre visite au bureau, sans jamais chercher à décrocher des passe-droits ou à faire sauter des contraventions – pourtant l'eût-il voulu qu'on se serait empressé de lui donner satisfaction. Il passait les voir pour leur présenter ses vœux à l'occasion des fêtes ou d'autres commémorations oubliées de tous, que même les médias ne se donnaient plus la peine de signaler : fête de l'Évacuation, pose de la première pierre du Haut Barrage ou encore Journée de lutte nationale, le 13 novembre. Quelquefois, il devait même leur expliquer le pourquoi de certaines occasions dont le sens leur échappait.

Il ne manquait pas de présenter ses condoléances à ceux qui venaient de perdre un proche ou d'envoyer des fleurs aux malades en convalescence, aux officiers nouvellement promus, aux nouveaux mariés ou à ceux dont le foyer accueillait une nouvelle naissance, ou encore à ceux qui étaient mutés de la Circulation à une autre direction.

Grâce à l'écoute dont il jouissait auprès du fondateur, il était intervenu pour régler certains de leurs problèmes administratifs, par exemple faire inscrire leur enfant dans une école de langues ou faire rapporter une mutation incompatible avec leur situation personnelle. De leur côté, ils lui vouaient beaucoup d'affection et veillaient à l'inviter au repas de rupture du jeûne organisé durant le ramadan à Darrâssa, au siège de la Police, où la place d'honneur lui était réservée. Que de fois n'avait-il mis sa longue expérience au service de ceux qui faisaient appel à lui, sans jamais ménager ses efforts ! Lorsqu'un député à l'assemblée du peuple avait récemment humilié un jeune capitaine de police en roulant sur plusieurs centaines de mètres avec l'officier cramponné au capot de sa voiture, Ateyya Bey avait mobilisé toutes ses relations, mettant en rapport des gens qui auparavant ne se connaissaient pas, contactant nombre de hauts responsables qu'il appelait chez eux, ou patientant des heures dans les salles d'attente des quotidiens avant d'être reçu par les plus grands éditorialistes. C'était grâce à lui que l'opinion publique avait réagi, prenant fait et cause pour le jeune officier.

Les plus grands experts l'appelaient à la rescousse lorsque le trafic devenait incontrôlable, et il répondait volontiers à leur sollicitation. Il avait prouvé qu'il était plus efficace que ces hélicoptères modernes auxquels on fait aujourd'hui survoler la capitale en larges cercles aux premiers signes d'engorgement du trafic.

Cependant, nul n'avait prêté attention au fait que cette expérience unique pouvait aisément être utilisée à des fins exactement contraires. Or, c'est justement ce qui s'était produit. Comment en était-il arrivé à commettre un acte aussi dangereux ?...

Malgré le flot des questions, il garda le silence, même lorsqu'on fit appel à un vieil officier de ses connaissances, qui avait pris sa retraite sept ans plus tôt. Ils avaient partagé le pain et le sel, tous deux étaient des fidèles de la mosquée Sayyeda Nafîssa où ils se rendaient ensemble les vendredis matin, procédant au balayage du patio. Veillant à ne pas le heurter, l'officier en retraite s'employa à l'assurer de ses bonnes intentions, il voulait seulement lui poser quelques questions.

Premièrement, comment avait-il identifié cet endroit que l'on considérait, dans les milieux policiers, comme le point le plus sensible de la circulation dans la capitale, à telle enseigne que le ministre de la Défense avait demandé aux journaux de ne pas en faire mention dans leurs colonnes ? L'emplacement était considéré comme secret d'État et, si l'information tombait entre les mains d'éléments malintentionnés, ceux-ci pouvaient la mettre à profit pour paralyser l'ensemble du trafic dans la capitale.

Deuxièmement, pouvait-il détailler les différentes étapes qu'il avait mises en œuvre pour parvenir en moins de dix minutes à ce résultat étonnant : bloquer irrémédiablement l'ensemble du trafic urbain de la capitale ? Comment avait-il fait en sorte qu'aucun véhicule ne puisse plus bouger d'un centimètre, offrant un spectacle surnaturel aux hélicoptères chargés de surveiller l'évolution de la situation pour le compte du poste central de commandement, enfoui à une très grande profondeur sous terre ?

Oh ! bien sûr, s'il lui posait cette question, c'était uniquement pour comparer les mesures qu'il avait prises avec le plan conçu de longue date par les autorités gouvernementales… Ateyya Bey, d'un regard plein de reproche, avait fait comprendre à son ami en retraite qu'un tel mensonge était indigne de lui, un fidèle de la Dame pure – Sayyeda Zeinab. Dépité, l'officier en retraite renonça aussitôt à sa mission, s'excusant auprès de la brochette de responsables – notamment les représentants des appareils de sécurité les plus sensibles – qui attendaient son rapport à l'extérieur.

Rien n'avait filtré de l'interrogatoire, appelé à demeurer secret aussi longtemps qu'un des protagonistes ne se déciderait pas à publier ses Mémoires. Il faut dire que le comité local des droits de l'homme n'était pas habilité à divulguer ce qui se passait dans les chambres closes et insonorisées. Pourtant, Gawâhri resta convaincu que son vieil ami n'avait pas desserré les lèvres, et que ses seules paroles audibles furent pour son ami Amm Siddîq le Nubien, retrouvé après les recherches intensives auxquelles l'Institution elle-même avait contribué, et conduit au carrefour où se tenait Ateyya Bey.

Lorsque les deux hommes furent enfin réunis, ils s'observèrent mutuellement, l'émotion se lisait sur leurs traits. Ils s'étreignirent, puis Ateyya Bey leva la main pour dispenser Amm Siddîq de parler et se contenta de déclarer : « J'ai seulement voulu lancer un avertissement pour éviter l'effondrement de tout ce que nous avions bâti, au prix de tant d'efforts. »

Puis il se retourna vers les voitures et effectua une succession de gestes du bras, sept mouvements exactement, sur quoi les roues commencèrent à tourner, les véhicules se remirent en branle, la circulation reprit.

A peine les pilotes d'hélicoptères avaient-ils avisé le commandement général de la reprise du trafic que les autorités donnaient l'ordre de procéder à l'incarcération du dénommé Ateyya Bey...

Pause

Comme il disait vrai, Amm Guweïli, le plus ancien chauffeur de l'Institution, aujourd'hui à la retraite ! Il n'avait jamais cessé de répéter sa phrase favorite, qui faisait désormais figure de maxime. De très nombreux employés l'avaient adoptée, quoique en secret : il faut dire que l'atmosphère était sombre, et cette nouvelle ère commençait plutôt mal, bien pire que toutes les périodes qui l'avaient précédée. Une peur trouble et une méfiance générale régnaient sur le siège historique et sur les succursales. Lors d'une réunion de crise, on avait vu le Professeur Crâne d'Œuf secouer la tête en réponse à une interrogation de l'un des présents, avant de formuler une réponse prudente : non, non, rien de certain n'avait filtré jusqu'à présent. En réalité, il repassait dans sa tête la fameuse formule de Amm Guweïli :

« Dans cet établissement, tout ce qu'on n'attend pas peut advenir, et tout ce qu'on attend ne pas advenir… »

Oui, comme il avait raison…

Qui aurait imaginé un jour Ateyya Bey – cet homme si raisonnable, si équilibré, qu'on n'avait jamais vu commettre le moindre impair, qui n'avait jamais porté tort à quiconque, celui dont les rumeurs parfaitement calculées avaient protégé l'Institution et l'avaient sortie de passes difficiles – qui aurait imaginé, donc, qu'un homme pareil serait mis aux arrêts sous le coup de multiples accusations, certaines notoires – entrave délibérée à la circulation, atteinte à l'ordre public, menaces contre la sûreté de l'État – d'autres non révélées, quoique pareillement nombreuses ? Tous ceux qui avaient un minimum d'expérience savaient qu'en ce moment même on se démenait pour réunir des éléments visant à l'accabler. La tâche était fort simple, on commencerait par l'accuser de collaborer depuis un temps non négligeable avec des groupes terroristes qui menaçaient la société et guettaient le moment opportun – par exemple l'asphyxie de la circulation et l'impuissance des forces de l'ordre à intervenir rapidement sur les lieux visés – pour mener à bien des opérations meurtrières. Bien entendu, l'accusation d'appartenance à des groupes armés pouvait facilement être élargie pour englober des puissances étrangères vouant à la nation une haine tenace. Dans ce domaine, l'imagination était sans limites.

Cependant, les employés de l'Institution avaient peine à y croire et ne dissimulaient même plus leur étonnement ; ainsi, Ateyya Bey et l'« ami de la circulation » ne faisaient qu'un ?

Comment était-ce possible ?

Pour quelle raison avait-il dissimulé son identité ?

Bien entendu, celui qui était le plus étonné dans cette histoire, c'était Gawâhri, son ami le plus intime, qui n'avait rien vu venir. En revanche, lui seul était pleinement conscient d'un fait que nul autre n'osait envisager : les agissements de son vieux compère Ateyya Bey étaient une réaction directe à l'accession au douzième étage du responsable de la direction Informatique. Il avait voulu lancer un appel à tous ceux qui se sentaient concernés, tirer le signal d'alarme, ensuite, ce serait aux gens de bonne volonté de prendre le relais. Peut-être même avait-il élaboré ce plan d'action bien des années plus tôt, en concertation avec le fondateur !

Que dissimulait l'avenir ?

Pourquoi Ateyya Bey ne l'avait-il pas informé de ce qu'il mijotait, pourquoi ne lui avait-il pas révélé ses desseins ? Qu'est-ce qui l'avait conduit à entreprendre une action aussi dangereuse ?

Gawâhri était désemparé, les événements lui paraissaient de plus en plus inexplicables. Au café, il avait entendu dire que des bruits mystérieux s'échappaient de la fosse circulaire, commençant peu après minuit et se poursuivant jusqu'au matin. Ceux qui étaient passés à proximité avaient été terrifiés ; selon certains, les bruits avaient immédiatement suivi l'annonce de la nomination du cinquième président – ou plutôt du quatrième, on ne pouvait pas vraiment compter l'officier en retraite parachuté dans le bureau circulaire après la déroute majeure du fondateur.

Gawâhri remarqua que l'Idiot muet était brusquement réapparu devant l'entrée principale, après une longue période passée dans la cour de derrière, à proximité de la fosse circulaire. Lorsque les vigiles avaient tenté de l'éloigner – c'étaient pour la plupart des jeunes qui ne le connaissaient pas – il avait poussé un long hurlement et s'était donné en spectacle, exhibant sa nudité, les obligeant ainsi à s'éloigner de lui ; par la suite, un responsable leur avait recommandé de l'éviter.

Gawâhri ne parvenait pas à résumer l'affaire d'une de ses formules concises et percutantes. Les événements actuels dépassaient sa compréhension, même s'il pressentait qu'une chose grave était sur le point de se produire. Les prémices en étaient déjà là, qu'il ressentait confusément sans pouvoir les identifier avec précision.

Il se sentait triste et aurait voulu pleurer, il enviait les femmes et leur capacité à faire jaillir les larmes instantanément, à laisser leur tristesse s'exprimer, tandis que son chagrin à lui demeurait contenu.

Mon Dieu, épargne-nous !

Pour la première fois depuis l'édification de cette citadelle, le protocole rituel ne serait plus respecté. Ils ne marcheraient plus côte à côte, lui et Ateyya Bey, jusqu'au vieil ascenseur, juste assez grand pour les accueillir tous deux. Amm Siddîq ne les attendrait plus là-haut, au douzième étage, il ne s'était même pas montré aujourd'hui. Le nouveau président ne se tiendrait plus debout au bord du Tabrîz, on ne lirait plus la Fâtiha sur l'âme du fondateur, pas plus qu'on ne boirait de café dans les tasses frappées aux couleurs des derniers tsars de Russie.

Où donc se trouvait Ateyya Bey à cette heure ?

Gawâhri lui-même était complètement sur la touche, le téléphone posé sur son bureau n'avait pas sonné une seule fois de la journée, la secrétaire n'avait pas appelé afin que lui et Ateyya Bey se préparent pour le cérémonial ; d'ailleurs, même si elle appelait maintenant, où trouverait-il son ami ?

Comme disait le proverbe : « un malheur n'arrive jamais seul », ce qui se vérifia dès le lendemain matin, alors que Gawâhri venait juste de franchir les portes du siège. Comme à son habitude, il se dirigea vers l'horloge automatique qui servait de pointeuse aux employés et aux techniciens, et même aux chefs des départements secondaires. C'était une tradition ancienne que le fondateur avait instituée. Chaque matin, à son arrivée, il donnait l'exemple en allant lui-même pointer, actionnant la molette métallique ornée de sculptures gothiques.

Gawâhri veillait scrupuleusement à pointer tous les matins. Pourtant, il aurait pu s'abstenir sans qu'on lui cherche noise à la direction du Personnel, non parce qu'il était arrivé à un échelon hiérarchique suffisamment élevé pour être dispensé, mais parce que officiellement il était à la retraite. S'il était encore là, c'était par la volonté du fondateur, qui avait fait figurer le maintien en activité de Gawâhri parmi les quelques dispositions connues de son testament. En réalité, il ne se pliait au rituel du pointage, avançant de son pas noble et distingué jusqu'à l'horloge et se penchant doucement avant d'apposer sa signature d'une main assurée, que par respect pour les traditions et par souci de perpétuer les pratiques non écrites.

L'important, c'était de maintenir vivante la mémoire du fondateur, de rappeler à tous que c'était à ce dernier qu'ils devaient leur présence ici, leur salaire mensuel et la prospérité de leurs foyers.

Il sortit son vieux stylo à encre True Pen, dont il ne se séparait jamais ; plusieurs fois par jour, il tâtait sa poche intérieure pour s'assurer que le stylo était toujours là et, une fois par semaine, il le rinçait à l'eau tiède. On devait aujourd'hui se donner de la peine pour se procurer les petites bouteilles d'encre noire, presque en voie de disparition avec la prolifération des stylos à bille et des feutres, qu'il ne supportait pas ; il faut dire qu'il n'avait jamais vu le fondateur en utiliser.

Il se souvenait parfaitement de cette belle matinée, dans les années cinquante, où son regard était tombé par hasard sur le stylo noir posé sur le bureau du fondateur, et de sa surprise lorsque ce dernier s'en était saisi pour le lui offrir. Gawâhri s'était répandu en remerciements, il avait tenté de décliner l'offre de toutes les manières possibles, mais le fondateur avait mis un terme à la discussion en déclarant sur ce ton définitif que connaissaient si bien ceux qui avaient travaillé avec lui : « C'est pour toi. » De ce jour, le stylo ne l'avait plus quitté...

Avant qu'il ait eu le temps de revisser le capuchon, il sentit une main se poser sur son bras.

Achmouni ?

Il avait failli lui rendre son geste, il ne s'attendait aucunement à une de ces mauvaises surprises qui vous gâchent une journée...

Achmouni était un homme de petite taille, au corps émacié, au visage rectangulaire et pâle, aux traits de renard, qui parlait avec une courtoisie quelque peu excessive. Il était connu de tous pour ne s'être, tout au long de ses quarante ans de carrière, jamais déplacé autrement qu'en tram. Même lorsque la ligne 33, reliant Abbâsseyya à Imbâba, avait été supprimée au profit d'un trolleybus, il avait refusé ce nouveau moyen de transport et avait mis un point d'honneur à effectuer à pied le trajet jusqu'à Agouza, où se trouvait l'arrêt de la ligne 15. Comme on supprimait progressivement un grand nombre d'arrêts, les marches pour attraper le tram étaient de plus en plus longues.

Certains magazines avaient fait son portrait, mais sa véritable notoriété était née le jour où la deuxième chaîne de télévision française lui avait consacré un reportage. Peu après, il avait eu une entrevue avec le troisième président, qui lui avait offert un vase et lui avait donné l'autorisation écrite de s'inscrire à l'Association des amateurs du tram. Chaque semaine, il passait son congé à faire l'aller-retour entre Matareyya et Sayyeda Zeinab, la dernière ligne de tram encore en service. C'était une véritable obsession, que certains attribuaient à son goût immodéré pour le contact des corps féminins. Selon eux, il avait mis au point une technique étudiée pour pouvoir se frotter aux passagères sans risque d'embarras et trouvait là le moyen d'assouvir ses pulsions sexuelles ; c'est d'ailleurs cela qui avait fait obstacle à son mariage.

Gawâhri ne lui avait jamais prêté beaucoup d'attention, au cours de toutes ces années, c'est à peine s'ils avaient échangé quelques salutations rapides. Sans qu'il sût trop pourquoi, l'individu le mettait mal à l'aise. Il lui rappelait un petit receveur de tram bien connu qui officiait sur la ligne 19 reliant le quartier d'el-Azhar à Midân el-Ataba, et qui avait l'habitude de s'approcher subrepticement des passagers pour les surprendre au moment où ils s'y attendaient le moins, comme pour les prendre sur le fait. Certaines femmes sursautaient de peur et poussaient des cris parfois non exempts de minauderies.

De temps à autre, un vénérable cheikh, le très savant et très respecté érudit Sâleh al-Gaafari – que Dieu, dans sa grande magnanimité, donne paix à son âme –, montait dans la voiture et la voix du petit receveur s'élevait alors avec fermeté pour appeler l'ensemble des passagers à bien se tenir et à baisser le ton, obtenant aussitôt un silence respectueux.

Pour la première fois, Gawâhri avait l'occasion de voir Achmouni de près, de l'observer avec attention. C'était le plus ancien employé du bureau d'accueil – ou, ainsi qu'on l'appelait dans les documents officiels et les circulaires administratives, le bureau « frontal ». C'était comme un tremplin où l'on travaillait un temps avant d'obtenir une affectation définitive. De ce fait, on y trouvait beaucoup de diplômés de l'enseignement secondaire qui poursuivaient parallèlement des études universitaires, voire un troisième cycle.

En général, ils n'avaient pas à attendre longtemps : bientôt, le fondateur prenait un décret les nommant à un poste plus qualifié, dans un des départements situés dans les étages. C'est ainsi que certains d'entre eux avaient atteint un échelon élevé dans la hiérarchie ou avaient quitté l'Institution pour prendre la tête d'autres entreprises. Le seul à être resté à ce poste était Achmouni, et il en était devenu comme le symbole, attaché indissolublement à l'entrée du bâtiment.

Étrange, pourquoi ne lui avait-il pas prêté plus d'attention auparavant – c'était pourtant lui aussi un ancien – avec ses yeux étroits, ce regard désabusé et vagabond, ces cheveux clairsemés et blonds – était-ce leur couleur d'origine ou une teinture habilement appliquée ?

« Voulez-vous me suivre, je vous prie ? »

Était-ce cette intonation étonnante, qui combinait savamment une courtoisie profonde et une fermeté sans appel, une menace latente et une amabilité apparente, qui expliquait son maintien à ce poste durant tant d'années ?

Gawâhri ne l'oublierait pas de sitôt, mieux, il s'en souviendrait toute sa vie, n'était-ce pas à cet instant précis qu'avait sonné sa fin ? Ou du moins le début de sa descente aux enfers ?

Lentement mais fermement, Achmouni se saisit de son bras et le conduisit jusqu'au panneau d'affichage destiné aux circulaires administratives et aux règlements internes – différent de l'autre, situé près de l'ascenseur, où l'on placardait les informations ayant trait à la vie sociale des employés (décès, mariages, voyages d'entreprise) ou encore le montant des primes, individuelles ou collectives, qui leur seraient allouées. D'un geste parfaitement étudié, Achmouni se tourna vers Gawâhri et, sans trembler, pointa le doigt directement sur lui.

Par la suite, Gawâhri se souviendrait longtemps de ce geste, il n'y repenserait jamais sans une pointe d'amertume. Lui, Gawâhri, dont les murs de l'Institution suintaient encore la sueur et les efforts, en était-on arrivé à pointer le doigt sur lui ? !

« Lisez, je vous prie. »

Sur-le-champ, Gawâhri comprit ce qui l'attendait. En tant qu'ancien employé, une telle procédure n'était pas inconnue de lui, elle avait servi à de nombreuses reprises à travers les différents régimes, sous la royauté comme sous la république, ainsi que durant « l'ère totalitaire ». Cependant, il n'avait jamais imaginé que cela lui arriverait à lui, qu'Achmouni viendrait un jour l'interpeller, lui, Gahwâri qui souvent avait joué ce même rôle avec d'autres.

Ces instants resteraient également dans la mémoire des autres employés, Gawâhri était conscient que tout mouvement s'était figé dans le hall d'entrée, et sur l'esplanade devant le bâtiment, tous ceux, vigiles ou employés, qui passaient là par hasard s'arrêtaient devant le spectacle. Il devait impérativement garder contenance, qu'il reste donc bien droit, la tête bien relevée, le moindre de ses gestes risquait d'être retenu contre lui. Quant à la douleur et à la tristesse, il aurait tout le temps par la suite de s'isoler avec elles.

Du reste, c'est ainsi que le fondateur s'était comporté lorsqu'un peloton d'hommes armés jusqu'aux dents avait fait irruption chez lui pour l'arrêter, au moment de la déroute majeure. Il n'avait manifesté aucune peur, au contraire il était resté ferme, impressionnant, au point que le commandant du peloton d'intervention s'était incliné devant lui, et les membres de son équipe avaient rapidement cessé de fouiller le contenu de la bibliothèque. Ses doigts ne tremblaient pas tandis qu'il nouait sa cravate avant de les accompagner.

Le voilà qui était aujourd'hui confronté à la même situation, toutes proportions gardées bien sûr.

Il ôta lentement ses lunettes de vue, qu'il remplaça par des lunettes de lecture, s'efforçant autant que possible de ne pas trop s'incliner, de conserver à l'expression de son visage toute sa fermeté, de contenir les battements précipités de son cœur, et de cacher le gouffre béant qui s'était ouvert à l'intérieur de son corps. Dans un moment pareil, la diversion et la dissimulation étaient essentielles pour faire face.

Quelle aurait été la réaction du fondateur s'il lui avait été donné de vivre une époque où de telles choses pouvaient se produire ? Quelles expressions aurait-on pu lire sur son visage ? Quelles paroles aurait-il prononcées ?

Le mieux, c'était d'aller se réfugier dans son abri du café. L'important était de ne pas se laisser trahir par une démarche ou une mine affaiblie. Ses doigts ne devaient pas trembler en saisissant le verre d'anis chaud, tous avaient les yeux braqués sur lui, l'observant silencieusement, comme s'ils avaient eu l'occasion de lire les quelques lignes tranchantes qui avaient scellé son destin.

Comme il regrettait à cet instant Ateyya Bey, sa compagnie, sa chaleur ! Que Dieu le soulage de son martyre et le délivre de sa prison. S'il apparaissait devant lui à cet instant, il le fixerait d'un œil silencieux et verserait une larme de compassion, ces deux-là n'avaient pas besoin de parler pour se comprendre.

Lorsqu'elle le vit franchir le seuil de la maison, sa femme comprit tout de suite que quelque chose était arrivé. Se martelant la poitrine de ses poings, elle s'écria : « Qu'est-il donc arrivé, mon cher époux ? »

La mère de ses filles ne dissimulait pas son effroi, son ton était plein d'affliction, elle le consolait du drame avant même de savoir, on eût dit qu'elle avait pressenti le commencement de sa fin, qu'elle avait lu dans ses pensées. Elle s'approcha de lui et le serra contre elle comme un enfant ; n'y tenant plus, il éclata en sanglots, il tremblait de tout son corps, agité de hoquets ininterrompus, tandis qu'elle lui tapotait le dos en un geste apaisant.

Tous les employés qui passaient dans le hall d'entrée s'arrêtèrent devant le panneau d'affichage. Même si beaucoup s'abstenaient du moindre commentaire, tous étaient surpris par cette mesure subite et d'autant plus inattendue que Gawâhri était l'une des deux personnes chargées de la cérémonie de passation des pouvoirs au nouveau président. C'était là une des dernières volontés du fondateur, même si elle était restée purement verbale ; quoi qu'il en soit, son testament n'avait pas été entièrement divulgué jusqu'à présent.

Certains employés de la direction Informatique commencèrent à marmotter entre eux, riant sous cape, même si la présence des anciens – généralement des responsables de filiale – leur imposait une certaine retenue.

Aussitôt qu'on eut remis au Professeur une photocopie de la décision, il convoqua son secrétaire et lui enjoignit d'en tirer plusieurs exemplaires afin de les épingler bien en vue en divers points du garage et des locaux annexes. Comme cela ne lui suffisait pas, il affecta de faire les cent pas dans le garage pour arrêter tous ceux qui lui paraissaient liés à l'équipe de Sécurité ou au douzième étage, avant de leur affirmer que la décision était venue au bon moment, qu'elle marquait le début d'une ère nouvelle. Qui plus est, elle allait dans le sens de l'histoire en donnant aux générations montantes leur chance de prendre la relève à la tête de l'Institution. Ces propos du Professeur parurent quelque peu exagérés, un certain nombre d'employés du garage estimèrent que le Professeur agissait ainsi sous le coup de la panique, même s'il s'efforçait de n'en rien laisser paraître. Les autres gardaient leurs sentiments pour eux, Gawâhri jouissait dans leur cœur d'une grande estime. C'est vrai qu'il lui était arrivé d'accueillir certaines situations avec passivité, mais jamais il n'aurait agi avec une volonté délibérée de nuire.

Il n'avait jamais porté tort à personne, au contraire, nombreux étaient ceux en faveur desquels il était personnellement intervenu pour porter secours, débloquer une situation difficile ou sortir d'une impasse. Non, décidément un tel traitement était indigne d'un homme qui avait consacré sa vie à l'Institution ! Même si personne n'avait ouvertement exprimé ses pensées, celles-ci pouvaient difficilement ne pas transparaître.

On ne manqua pas de remarquer certaines mines déconfites, comme celle du directeur des Études et de la responsable du département Import-Export. Leur nom avait circulé pour la candidature au douzième étage, et cela les rendait d'autant plus vulnérables au premier retournement : ce que Gawâhri avait subi pouvait également arriver à d'autres.

A une heure et quart, le Professeur prit une initiative insolite ; en fait, il voulait se rassurer sur lui-même, sur cette terreur incompréhensible qu'il éprouvait pour la première fois de sa vie, peut-être parce qu'il était à l'aube d'une période d'affrontement. Après tout, n'avait-il pas été l'un des favoris dans la course au fauteuil présidentiel ?

Il aurait été dans l'ordre des choses qu'il fût visé par les décisions brutales qui se prenaient en ce moment – plus, la décision qui avait frappé Gawâhri aurait dû, en toute logique, le frapper lui aussi.

Certes, il était encore loin de la retraite légale, il avait encore devant lui onze années de services, mais il y avait de multiples façons de lui nuire. Au mieux, il serait muté dans une unité éloignée, en plein désert occidental, en Haute Égypte ou encore du côté de la mer Rouge. Au pire, on pouvait lui offrir ce qui ressemblait à une promotion dorée, mais il découvrirait bien vite, dans la réalité, que ses responsabilités étaient moindres – dans tous les cas, il serait la risée générale.

Il aurait voulu fuir hors de son corps, se métamorphoser en quelqu'un d'autre, modifier son passé et sa physionomie. Quelque chose était certainement en train de se tramer contre lui au douzième étage, mais il n'avait aucun moyen de savoir quoi.

Plus tard, au téléphone, le Professeur commit un lapsus qui le jeta dans le plus grand embarras : en effet, au lieu de dire « le pire », sa langue fourcha et il dit « le plip » ; il s'empressa de rectifier auprès de son interlocuteur Khalîl Agha, son collègue de toujours qu'il avait connu sur les bancs de l'école secondaire. Il se confondit en justifications, expliquant qu'il ne l'avait pas fait exprès, d'ailleurs il n'avait même pas pensé au plip, ni de près ni de loin. Mais alors qu'il s'efforçait de changer rapidement de sujet, son interlocuteur saisit la balle au bond et s'attarda sur cette histoire de plip. Le Professeur ne savait pas où l'autre voulait en venir. Il craignait que leur conversation fût espionnée par des oreilles indiscrètes, la seule réapparition de ce terme dans son vocabulaire pourrait être interprétée comme révélant de sa part une volonté de récupérer l'appareil coûte que coûte.

Eh bien oui, la vérité, c'est qu'il l'espérait de tout son cœur, il avait l'impression de ressentir encore son contact froid contre son flanc, il s'était même réveillé en sursaut la veille, émergeant d'un cauchemar terrible où il avait perdu le plip, alors seulement, il s'était souvenu qu'il n'en disposait plus, l'ayant déjà restitué depuis un certain temps. Il s'était contenté de marmonner : « Dieu fasse que ce soit un bon présage. »

Il aurait voulu effacer cette courte période où il avait nourri le rêve de s'installer sur…

Un rêve ? Non, beaucoup plus, une ambition, qui avait bien failli devenir réalité !

Maudit soit celui qui avait causé tout cela, d'abord en suscitant en lui un espoir fou, puis en cassant cet espoir. L'important maintenant était de dissimuler toute trace de ses tentatives précédentes, et d'afficher une loyauté au-dessus de tout soupçon.

Au terme de ces réflexions, le Professeur résolut de prendre contact avec Mlle Intichâr, la secrétaire du nouveau président, pour lui dire tout le bien qu'il pensait de la décision annoncée ce jour-là.

Il fut désarçonné quand elle lui demanda d'un ton plein de morgue : « De quelle décision parlez-vous ? »

Il tenta de masquer sa surprise. Parce qu'il y avait d'autres décisions ? Est-ce qu'il ignorait certaines choses ? Bien vite cependant, il se ressaisit, la priant de faire savoir à Son Excellence qu'il approuvait entièrement le limogeage de Gawâhri, qui laisserait enfin la place aux jeunes.

D'un ton neutre, elle lui indiqua qu'elle transmettrait son message tel quel. De son côté, il se déclara prêt à consigner ses propos par écrit.

« Faites comme bon vous semble », répliqua-t-elle.

Y avait-il une touche d'ironie dans sa voix ? Était-elle agacée par ses propos, ou était-ce seulement l'effet de son imagination ? Après tout, il n'y avait nulle inflexion dans sa voix, elle parlait d'un ton neutre. Avait-il déjà eu affaire à elle ? Non, pas qu'il s'en souvienne.

Soudain, il fut saisi de panique en s'avisant que le nouveau président n'avait jamais eu de voiture de fonction, il utilisait un véhicule privé, de fabrication allemande, qu'il conduisait lui-même, comment un fait pareil avait-il pu lui échapper ?

A vrai dire, il n'y était pour rien, il n'avait commis aucune faute, aucune négligence, c'est simplement que Son Excellence n'avait rien demandé. Le Professeur fouillait sa mémoire pour se remémorer ses traits. Comme beaucoup dans l'établissement, il découvrait progressivement qu'il n'avait jamais rencontré le nouveau président, ne lui avait jamais parlé face à face. Il faut dire que l'homme se montrait rarement en public, il s'abstenait de participer aux événements réunissant le personnel, et on ne l'avait jamais vu se joindre à un enterrement ou fêter un événement heureux, ni même adresser ses félicitations à qui que ce soit.

Au fond, on ne le connaissait pas. Qui était-il, quelles fréquentations avait-il ? Qui étaient ses proches ? Comment avait-il vécu toutes ces années sans attirer l'attention de qui que ce soit, limitant ses contacts à un nombre très restreint de personnes ? Il assistait rarement à des réunions et, lorsqu'il y était contraint en raison de l'importance du sujet, il restait là sans ouvrir la bouche, sans prononcer un seul mot, sans même esquisser un seul geste.

Comme il se dirigeait vers le douzième étage, il ne vit pas

un seul responsable venu présenter ses félicitations. Quant aux bouquets de fleurs qui se déversaient sur le siège, ils n'avaient pas été disposés dans le hall d'entrée selon l'habitude, on les avait expédiés au fur et à mesure vers une autre destination connue du seul Achmouni.

Ce dernier accueillait les coursiers, prélevait le petit carton portant le nom du donateur, puis se tournait vers l'un de ses quatre assistants qui emportait aussitôt le bouquet à l'écart. On racontait que les fleurs avaient toutes été jetées dans la fosse circulaire. D'ailleurs, les esprits étaient troublés : n'était-il pas étrange que des bruits semblables au roulement de tonnerre qui accompagne les tremblements de terre les plus violents aient été entendus juste au moment où la nouvelle nomination était annoncée ? Une liasse de télégrammes de félicitations multicolores, provenant de toutes sortes de destinations à l'intérieur et l'extérieur de l'Égypte – groupes bancaires, sociétés d'import-export, agences d'information, instances gouvernementales, stars de cinéma, champions sportifs, présidents de clubs sociaux, compagnies aériennes étrangères, personnalités internationales de renom, voire illustres inconnus –, subit le même sort que les fleurs.

Simultanément, des appels parvenaient sans discontinuer au standard de l'Institution, et les télécopieurs ne cessaient de débiter leurs messages de félicitations émanant de tout le territoire ainsi que des pays frères. Tous ces télégrammes furent portés à Achmouni qui les fit emballer dans des sacs en plastique et transporter à l'extérieur du bâtiment.

Le lendemain matin, le Professeur entreprit de téléphoner une nouvelle fois au douzième étage. La voix d'Intichâr était à peine reconnaissable ; il fit mine de se préoccuper de sa santé :

« Que vous arrive-t-il, à Dieu ne plaise ? »

D'une voix lasse, elle répondit qu'elle était un peu fatiguée.

« Que Dieu vous vienne en aide, les responsabilités sont lourdes et nombreuses. »

Elle soupira avec lassitude et, à cet instant, le timbre de sa voix lui pénétra directement dans la moelle épinière, sa peau fut traversée d'un frisson, comme s'il venait d'encaisser un coup violent. Il tenta de reprendre ses esprits, afin de ne pas laisser percer son émotion.

Il lui souhaita de toujours réussir dans ses entreprises et la pria de saluer Son Excellence de sa part, de lui dire qu'il attendait des instructions afin de préparer les voitures appropriées aux besoins de sa personne distinguée ; d'ailleurs, si cela ne tenait qu'à lui, il était prêt – il ne manquait plus que les instructions. Quant à elle, en tout état de cause, une voiture lui était d'ores et déjà réservée...

« Pour moi ? ! »

Ah ! Mon Dieu, quelle voix ample, suave, elle électrisait l'atmosphère et dégageait des ondes sensuelles qui faisaient frémir tout son corps, allumant en lui un désir torride. Quelle sorte de jouissance était-ce là ? Il était saisi de vertige... Comment ne lui avait-il pas prêté attention plus tôt ?

« Bb...bien sûr, une voiture équipée d'un téléphone. »

Elle rit d'un rire saccadé, par vagues, un rire qu'on n'avait pas coutume d'entendre dans un bureau mais plutôt dans une chambre à coucher, dans la phase initiale d'une relation amoureuse, lors des manœuvres d'approche qui précèdent l'union charnelle ou des instants d'apaisement qui lui succèdent.

Elle semblait pleinement consciente du jeu auquel elle se livrait, de l'effet qu'elle produisait sur lui. Elle murmurait des paroles anodines contrastant avec ce ton si chaud, si irritant, si traînant, déployant sa féminité avec assurance ; elle le remercia de son intérêt, tout en déclarant qu'elle préférait utiliser sa propre voiture, équipée d'un téléphone relié au réseau international. Quant à Son Excellence, elle n'avait à cette heure-ci aucune instruction, accaparée qu'elle était par cette catastrophe de Gawâhri.

Il était conscient d'avoir totalement cédé à son entreprise de séduction, elle voulait lui faire passer un message, c'était cela le changement d'intonation. Visiblement, elle s'était départie de sa méfiance, elle se confiait à lui comme on se plaint à l'une de ses amies.

« Savez-vous seulement ce que coûtait son traitement médical chaque année ? Plus de 150 000 livres, imaginez-vous ? Plus de 150 000 livres, pourquoi charger le budget de l'Institution d'une telle somme, et tout cela pour un homme qui n'était même plus en service ? »

Il répliqua d'une voix qui semblait chargée de colère et de sarcasme :

« Non ! Je ne peux pas le croire… mais c'est une véritable gabegie ! »

La conversation terminée, et malgré sa léthargie, l'effet étrange que la voix de cette femme avait provoqué sur lui, il se mit aussitôt à l'œuvre, ayant parfaitement intégré le message qu'elle venait de lui faire passer. A tous ceux qui lui rendirent visite, le croisèrent dans les couloirs ou conversèrent avec lui au téléphone, il répéta les mêmes propos, toujours en des termes identiques : son étonnement, le choc qu'il avait éprouvé en apprenant les coûts de traitement exorbitants de ce Gawâhri qui était officiellement à la retraite. Qui plus est, il occupait un vaste bureau bourré des outils de communication les plus modernes. Quant aux primes qu'il percevait, elles propulsaient son salaire jusqu'à un niveau jamais vu dans les entreprises de ce type.

« Qui aurait imaginé ça ! ? » Le Professeur ponctuait chacune de ses diatribes par cette expression, après quoi il se taisait brusquement ou prenait congé. Car il avait une mission à accomplir, et c'était pour lui l'occasion de prouver qu'il était le plus loyal, qu'il avait définitivement tiré un trait sur sa candidature malheureuse, qu'il n'en conservait aucune amertume, aucune frustration. Il lui fallait adapter son apparence et son comportement pour les plier aux désirs du nouveau maître du douzième étage et non plus à ses propres goûts. Il était aiguillonné par la peur d'avoir à affronter un calvaire comme celui de Gawâhri.

On racontait que ce dernier avait d'abord tenté de garder

contenance, mais bien vite sa mâchoire avait commencé à trembler. Il n'était même pas allé à son bureau, faisant demi-tour pour se diriger dignement vers la sortie du bâtiment. Ce n'est qu'une fois au-dehors qu'il avait laissé échapper des sanglots pareils à ceux des femmes. Apparemment, les anciens employés lui avaient gardé leur fidélité et lui rendaient secrètement visite. Ce qui l'affectait le plus, c'était la formulation de son décret de limogeage, qu'il récitait avec force mimiques :

« ... dans l'intérêt du service, il est mis fin à la collaboration du dénommé... »

Pointant le doigt sur son torse, il s'exclamait :

« Moi, être congédié dans l'intérêt du service ?! »

Une fois rentré chez lui et assuré d'être hors de portée de quiconque, même de sa femme, le Professeur joignit les mains et murmura une prière pour que la période à venir se déroule sans dommage.

Chaque jour, les employés découvraient un fait inédit, une atteinte de plus à leurs droits acquis. Le lendemain de la mise à l'écart de Gawâhri, un nouveau décret fut placardé dans les locaux – non seulement sur les panneaux d'affichage situés dans le hall d'entrée près du bureau d'Achmouni, mais aussi dans les ascenseurs des différents bâtiments et les salles de réunion. Aux termes de ce décret particulièrement sévère, il était désormais interdit de servir des boissons chaudes ou froides dans les bureaux, celles-ci ne pourraient plus être consommées que dans des emplacements spécialement aménagés au sixième étage de chacun des bâtiments. Le décret fut également affiché dans les longs corridors qui serpentaient à l'intérieur du siège historique, dans les cages des escaliers menant aux étages, et tous les chefs de département en reçurent un exemplaire sur leur bureau.

Par une autre instruction, le nouveau président mit fin aux contrats signés entre l'Institution et l'Ensemble de musique orientale qui avait eu pour mission d'interpréter chaque jeudi soir le *bachraf samâï rast* de Muhammad al-Qassabgui et le muwachah andalou *La pluie bienfaisante en se déversant sur ton corps t'a saisie* sur la tombe du fondateur, conformément à ses dernières volontés. Le décret était accompagné d'une longue note explicative, une innovation dans la mesure où, jusque-là, les oukases étaient rédigés dans un style concis et lapidaire, sans autre forme d'explication.

Le style avait changé du tout au tout avec le nouveau président, dont les décisions interpellaient directement les employés, de sorte que chacun d'entre eux avait le sentiment d'être personnellement visé par le discours. Les décrets étaient dépourvus de ces préambules rappelant les décisions précédentes ou citant les textes de loi applicables et les règlements en vigueur. Ils étaient composés de deux articles, le premier énonçant la nouvelle disposition tandis que le second en fournissait une explication détaillée.

On racontait que le nouveau président les rédigeait lui-même sur un ordinateur portable très sophistiqué, plus petit qu'une boîte de cigarettes mais doté de capacités innombrables, comme celle de pouvoir se connecter avec tout endroit de la planète *via* les terminaux les plus ordinaires – matériel audio, poste de télévision, téléphone – ou même directement à travers le réseau électrique. Les signaux ainsi reçus pouvaient être entendus de n'importe où, sans cependant qu'on puisse en déterminer la provenance. On put de cette façon entendre les discussions des employés au sujet des primes exceptionnelles qu'ils avaient reçues, ce qui fit souffler un vent de panique sur l'Institution. Toutefois, les employés s'y habituèrent assez vite, et beaucoup d'entre eux en tirèrent un motif de fierté – mais entrer dans les détails à ce stade du récit serait prématuré.

Dans son article 2, le nouveau décret jetait des doutes sur les intentions réelles du fondateur : avait-il vraiment exprimé la volonté de faire jouer ces pièces instrumentales ? Son testament demeurant secret jusqu'à maintenant, comment pouvait-on en invoquer les dispositions pour prendre des mesures qui pervertissaient l'image de l'Institution ? Celle-ci devait être préservée, il fallait la garder immaculée, resplendissante, vide de toute suspicion.

Pendant deux ans, l'ensemble de musique s'était acquitté scrupuleusement de ses obligations au titre du contrat signé avec l'Institution, contrat aux termes duquel la troupe, composée de douze instrumentistes en tenue de scène, devait s'aligner près du tombeau et procéder à l'interprétation des deux pièces musicales. Certains familiers des tombes voisines s'étaient habitués à leur visite et écoutaient le concert, n'hésitant pas à applaudir lorsque la prestation leur plaisait particulièrement ; durant celle-ci, on distribuait aux présents des aumônes en puisant sur le fonds de bienfaisance constitué au nom du fondateur – qui avait recueilli les dons de ses amis fidèles ou des inconnus qui lui étaient redevables, sans jamais révéler leur identité.

Cependant, la négligence avait bientôt gagné. La troupe avait continué un temps à assurer la prestation hebdomadaire, mais avec des effectifs de plus en plus réduits. La troisième année, elle n'était parvenue à se retrouver au complet qu'une seule fois, de plus en plus de musiciens omettant de se présenter ; certaines semaines, il n'en venait que deux. L'Institut de musique avait fini par déléguer la tâche à quelques musiciens en mal de contrat, recrutés dans leur lieu favori, le café Tigâra, rue Muhammad Ali.

La troupe, quant à elle, s'était dispersée pour accompagner les chanteurs de la nouvelle génération qui, utilisant les techniques d'orchestration modernes, n'avaient besoin que d'un petit nombre de musiciens à la fois.

Selon le décret, les rares qui continuaient à assurer la célébration hebdomadaire près des tombes avaient droit aux sarcasmes et aux quolibets des riverains, à qui l'événement ne rapportait d'ailleurs plus un centime. De tels agissements étaient-ils dignes de la mémoire du fondateur, des infrastructures formidables qu'il avait apportées au pays, de l'étape importante qu'il lui avait permis de franchir sur la voie d'une ère nouvelle ? Et puis, les employés avaient-ils seulement idée du coût exorbitant de cette cérémonie ? C'est pour toutes ces raisons qu'on avait décidé d'y mettre fin, ainsi qu'à toutes les obligations qui l'entouraient.

Il n'était pas exagéré de dire que Gawâhri réagit beaucoup plus violemment au décret interrompant les concerts commémoratifs qu'à celui qui le relevait de ses fonctions « dans l'intérêt du service ». Dans l'intérêt du service ? ! Gawâhri en avait les yeux gonflés de larmes, son ventre se nouait d'une angoisse douloureuse à la pensée de ce qui pourrait arriver à ses filles lorsqu'il aurait disparu et que celles-ci se retrouveraient orphelines. Il avait confié à sa femme qu'ils n'avaient encore rien vu, que le pire était encore à venir. Le drame était arrivé au moment où il s'y attendait le moins – il était sur le point de décrocher une décision du ministère des Waqf visant à faire de l'anniversaire de la naissance du fondateur un *mouled* célébré chaque année – mais que dire, c'était la volonté de Dieu.

Toutes ces allégations selon lesquelles les riverains tournaient les concerts en dérision étaient pure calomnie. Bien au contraire, ils se massaient silencieusement pour écouter et savourer la musique. Les quelques fois où certains instrumentistes ou chanteurs s'étaient absentés, ils avaient été remplacés au pied levé par des riverains ou des visiteurs de passage. C'est ainsi que les deux pièces musicales s'étaient enrichies de sensibilités nouvelles, à tel point que les professeurs du conservatoire s'étaient rendus sur place à plusieurs reprises pour enregistrer les concerts, on y avait même vu des étrangers résidant en Égypte ou des étudiants en anthropologie.

Non, ces affirmations étaient un tissu de mensonges. Quant aux propos tenus sur le testament, ils manifestaient une grave confusion : la seule disposition du testament dont on fût sûr, puisqu'elle avait été rendue publique, était justement celle ayant trait aux célébrations musicales. Dans le passé, certains avaient proposé le remplacement de l'ensemble musical par un magnétophone sur lequel on pourrait diffuser les deux pièces préalablement enregistrées, mais Gawâhri s'y était fermement opposé ; appelant Ateyya Bey à la rescousse – que Dieu le délivre de son calvaire –, il avait insisté pour que les dernières volontés du fondateur soient respectées à la lettre, et il avait fini par avoir gain de cause. Et voilà qu'un ancien de l'Institution, un des jeunots auxquels le fondateur avait donné leur chance autrefois, leur permettant d'émerger au grand jour, jetait à bas tout cet édifice et violait les valeurs les plus sacrées. Ateyya Bey avait eu raison de protester – d'une manière un peu particulière, certes. D'ailleurs, il savait sûrement des choses qu'il avait gardées pour lui.

Gawâhri était brisé. Des rumeurs multiples commencèrent à se répandre sur sa santé, mais en dépit de tout, en dépit de l'atteinte aux valeurs suprêmes, il ne regrettait rien de sa prise de position contre le Professeur, estimant avoir évité à l'Institution des écueils autrement plus graves que ceux qu'elle traversait aujourd'hui. Il avait la conviction de ne pas avoir gaspillé ses efforts en vain. De plus, il comprenait pleinement la portée du soutien que continuaient à lui prodiguer bon nombre d'employés, ce qu'il signifiait de défi au nouveau président, barricadé au douzième étage depuis sa nomination.

Lorsqu'il reçut un appel téléphonique de Rachîda l'Autrichienne, qui l'appelait de quelque part à l'étranger, il murmura avec émotion :

« Toi, tu es vraiment une valeureuse, fille de valeurs. »

Elle le supplia de ne pas céder à la colère, de ne pas laisser l'amertume cheminer en lui, il était au-dessus de toutes ces démarches mesquines et de ces tracasseries. Ses acquis et sa force morale avaient laissé leur trace partout à travers l'Institution, et jusque dans les nouveaux projets qu'on initiait aujourd'hui. Quant à son traitement et aux coûts qu'il occasionnait, il n'avait pas à s'en faire, il ne fallait même pas y penser.

La voix étranglée par l'émotion, Gawâhri repensait à ces personnes qui, arrivées à un âge avancé, retombent en enfance, se comportant comme des gamins à l'égard de leurs propres fils. Si Rachîda avait été devant lui à cette minute, il aurait cédé aux larmes, mais ce n'était qu'une voix, même si elle lui avait apporté son soutien et sa chaleur, et insufflé en lui une certaine sérénité. Il ne prit pas la peine d'objecter que les allégations sur ses frais de traitement n'étaient que mensonges, qu'il y avait des documents à la direction médicale pour le prouver, qu'elle pouvait se renseigner…

Plus que le contenu des accusations, c'était le ton utilisé pour les porter qui l'affectait le plus, les allusions scabreuses, les sous-entendus. Ainsi, une personne ayant consacré sa vie et ses efforts à l'Institution pouvait se voir du jour au lendemain traînée plus bas que terre et insultée comme un chien. Au fond, on ne lui reconnaissait pas le droit à un traitement aux frais de l'Institution, c'était cela qui était visé par les tracasseries et les calomnies, d'ailleurs, ceux qui n'avaient plus devant eux que quelques années de service ne s'y étaient pas trompés et s'étaient rangés à ses côtés.

Rachîda l'Autrichienne était plus courageuse que cent hommes réunis, elle était comme sa fille, il s'en voulait de l'avoir convoitée un jour, d'autant qu'après son départ il avait vu de ses propres yeux Effat al-Chabrâwi basculer dans la folie, se répandant sur elle et sur les pouvoirs maléfiques dont elle était pourvue. Cet illuminé de Chabrâwi passait son temps à s'extasier sur son tempérament de braise, sa manière d'aller au-devant des hommes, de deviner d'un seul regard à qui elle avait affaire et d'adapter sa conduite en conséquence. Elle choisissait ceux qui lui convenaient et une fois sa décision prise, elle donnait sans compter, usant de son corps svelte quoique rempli de généreuse vitalité, stimulant en même temps qu'apaisant. Une fois sa proie ferrée, elle ne lâchait plus prise, sachant se montrer caressante, délicate, enveloppante. Ses doigts évoquaient ceux d'un flûtiste virtuose parcourant avec dextérité l'instrument, de haut en bas ou de bas en haut, pour en extraire les mélodies les plus exaltantes.

Il n'oublierait jamais cette scène dont, planté au milieu du café, Effat avait un jour fourni une description lente et précise, détaillant la manière dont elle était sortie de son bain, nue comme au matin de sa naissance, comment elle avait jeté les yeux sur son corps encore humide de la douche qu'il venait de prendre, comment elle s'était approchée de lui et l'avait séché, recueillant du bout de sa langue les gouttes d'eau qui perlaient ici et là. Comment pourrait-on survivre à la rupture avec une nature aussi volcanique ?

Que Dieu maudisse son ami Adabgui, celui qui l'avait persuadée de partir, celui par lequel ces atours s'étaient retrouvés en Europe, loin de tout. Quiconque s'était approché d'elle, quiconque avait connu son embrasement, sa force, sa simplicité, se trouvait irrémédiablement attaché à elle, condamné, quand bien même elle se détournerait de lui, à suivre éternellement sa trace dans l'espoir de la rattraper.

Nul doute que ce riche médecin étranger avait ressenti un bouleversement total en auscultant son corps de rêve, un examen avait suffi à le rendre irrémédiablement fou d'elle... Gawâhri souriait, pour la première fois depuis la catastrophe ses traits se détendaient. Cette rémission n'échappa pas à sa femme qui guettait le moindre signe, elle remercia Dieu tout en n'osant trop manifester sa joie, par peur du mauvais œil.

Pendant ce temps, Gawâhri tentait de se représenter Rachîda nue, tout en s'interrogeant : quel genre de femme était-ce donc ? Il n'avait jamais entendu parler d'un tempérament pareil, les récits de Chabrâwi le Fou n'étaient-ils pas de simples fantasmes nés dans la tête d'un homme qui, n'ayant jamais connu intimement les femmes, se complaisait dans les illusions ?

Le lendemain matin, Gawâhri fit son apparition au café. Au lieu de se diriger vers son recoin habituel, il s'installa à une petite table surmontée d'un miroir rectangulaire. De cette place, il pouvait observer l'entrée du siège principal, de l'autre côté de la rue. Il resta ainsi seul, sans perdre des yeux son objectif, comme s'il avait décidé de tourner une page. Désormais, l'avenir de ceux qui travaillaient pour l'Institution ne tenait plus qu'à un fil ! En l'espace d'une journée, voire d'une seule heure, il pouvait se produire quelque chose, et la foudre pouvait s'abattre sur celui qui s'y attendait le moins.

Qu'est-ce qui pouvait bien se tramer là-haut ?

Tout le monde scrutait le douzième étage, discrètement ou ostensiblement. Jusqu'à maintenant, on n'avait pas communiqué à Achmouni les noms des visiteurs attendus là-haut pour qu'il pût les accueillir comme il convenait et prier les gardes de les accompagner jusqu'à l'ascenseur privé. Le plus étonnant, ce qui, au commencement, avait paru incroyable à beaucoup, c'est qu'aucun des employés du bureau frontal ou des gardes affectés au poste de Sécurité avancé n'ait jusqu'à maintenant aperçu Son Excellence, aucun ne l'avait vu entrer ou sortir depuis l'annonce de sa nomination. Même sa secrétaire, Intichâr al-Qalioubi, demeurait invisible.

Selon des témoins, la dernière apparition de l'intéressé remontait au plus haut de la vague de rumeurs prédisant la victoire du Professeur. On l'avait vu franchir la porte d'entrée d'un air renfrogné. Ses gardes du corps personnels, pour leur part, affirmaient qu'il semblait souriant et heureux. Mais tous, même le liftier affecté à l'ascenseur de derrière, conduisant directement au douzième, étaient unanimes pour estimer qu'il n'avait pas quitté l'étage présidentiel, qu'il s'y était barricadé pour organiser ses affaires, se familiariser avec la situation, s'informer de ses prérogatives, se faire une opinion sur ses futurs collaborateurs et constituer une équipe de direction autour de lui. L'expérience leur avait appris que tout nouvel arrivant choisissait pour cela les plus proches, ceux avec qui il était à l'aise et en qui il avait confiance. Ce qui les déroutait avec celui-ci, c'est qu'on ne lui connaissait ni amitiés ni haines. Mais l'expérience disait aussi qu'il ne se passerait pas longtemps avant qu'on vît apparaître celui – ou ceux – sur qui le choix présidentiel se serait porté.

L'absence de visiteurs, l'étrangeté des premiers décrets portés à la connaissance des employés, la teneur des contacts pris par la belle secrétaire avec les chefs de département, tout cela inspirait la plus grande méfiance et semait la terreur dans les esprits.

On se remémorait à présent tout ce qui s'était dit et répété sur la structure labyrinthique de l'étage présidentiel, sa conception unique, ses pièces cachées qui avaient tant dérouté les hommes des services secrets, particulièrement ceux qui y avaient fait irruption lors de la déroute majeure du fondateur. Ils y avaient séjourné quatre semaines sans interruption, jour et nuit, sondant les murs, inspectant tous les recoins, examinant les portes, regardant derrière les tableaux, fouillant les tapis précieux aux fibres moelleuses ou les tapis chinois dont l'ornementation en relief pouvait dissimuler des caches.

Ensuite, ils s'étaient penchés sur la conception architecturale du bâtiment ; pour cela, ils avaient formé une commission mixte, composée d'une part de professeurs des facultés de génie du Caire et des autres gouvernorats, d'autre part d'architectes renommés. Ils s'étaient accordés sur un point : ce qui figurait sur le plan était une chose, ce qui avait été construit une chose toute différente. Gawâhri l'avait d'ailleurs lui-même confirmé à l'issue de la déroute majeure, ajoutant que tous les experts s'étaient émerveillés de la singularité du bâtiment. Ils avaient particulièrement admiré ses fondations qui, selon eux, n'avaient pas d'équivalent sur l'ensemble du territoire d'Égypte, à l'exception peut-être de celles des pyramides, dont on n'avait qu'une connaissance approximative, et dont les savants n'avaient pas encore percé le secret.

Quant aux étages souterrains, ils ne relevaient pas seulement des mystères de l'Institution mais des secrets d'État, dans la mesure où ils touchaient à la sécurité nationale, et l'heure n'était pas encore venue d'en révéler les détails. C'était là un domaine inexploré auquel nul n'osait se frotter. Tout le monde en connaissait l'existence, on savait qu'ils étaient là, quelque part, depuis un temps déterminé, mais on n'en parlait pas, à peine parvenait-on à glaner sur leur compte quelques rares informations dans les époques troublées, à l'heure des graves bouleversements comme celui qu'on connaissait aujourd'hui, à l'heure où planaient des menaces incommensurables, à l'heure où se profilaient des mutations radicales.

Mais c'était bien entendu le douzième étage qui polarisait les regards et obsédait les pensées. Au temps du fondateur, la porte du bureau présidentiel avait toujours été ouverte à tous les employés désireux d'obtenir une entrevue. Même ceux qui ne venaient que pour lui faire part de certaines revendications ou plaider une affaire personnelle avaient eu l'occasion de le rencontrer. La seule chose qu'on demandait aux employés, c'était de solliciter préalablement Amm Siddîq. Une fois l'aval de celui-ci obtenu, ils pouvaient monter aussi bien par les escaliers que par les ascenseurs, à l'exception de l'ascenseur privé situé à l'arrière du bâtiment – Gawâhri attribuait cette restriction à l'ancienneté du mécanisme, l'étroitesse de la cabine et l'originalité de sa conception. D'ailleurs, la société française qui le fabriquait avait proposé de le racheter contre une grosse somme, mais le fondateur – que Dieu ait son âme – avait refusé énergiquement, donnant des recommandations pour qu'on prenne grand soin de la machinerie. La présence de cet ascenseur antique contribuait au prestige du siège, sans parler de sa valeur historique et artistique.

L'inquiétude des employés face aux incertitudes à venir monta encore d'un cran lorsqu'on vit apparaître à proximité du siège des poids lourds massifs, tirés par des motrices compactes et hermétiques, dont les occupants étaient dissimulés derrière des vitres opaques. Finalement, on découvrit, en les voyant sauter des véhicules, qu'il s'agissait d'ouvriers asiatiques. La rumeur se répandit aussitôt : ils étaient employés par une société de construction de Corée du Nord – ou du Sud, on ne savait trop –, la même qui avait réalisé le formidable bâtiment de l'ambassade des États-Unis à Garden City, achevé en un temps record, moins qu'il n'en faut normalement au béton pour durcir. Cet exploit avait d'ailleurs conduit les chroniqueurs de certains journaux de droite à dénigrer les sociétés de construction nationales, ironisant sur le temps interminable qu'il leur avait fallu pour réparer la rampe d'accès au pont du 6-Octobre, du côté du Muséum. Le pont avait dû être fermé plusieurs mois, tandis qu'on tentait de remédier à l'érosion des piliers, victimes d'une réaction chimique consécutive à l'habitude prise par les citoyens d'uriner au bas des montants.

Ce n'était pas seulement Gawâhri qui se faisait du souci, mais tous les anciens employés, et même certains jeunes, tout au moins les plus virulents d'entre eux. Pour la première fois, des étrangers portaient la main sur le bâtiment ancien. C'était une insulte, non seulement à l'Institution elle-même qui disposait d'une vaste expérience dans le domaine des travaux publics – ses réalisations dans les pays arabes en étaient la preuve tangible –, mais aussi à l'ensemble des constructeurs nationaux, auxquels on devait l'édification du Haut Barrage d'Assouan ou la construction d'unités industrielles géantes dans les années soixante. On citait une déclaration publique due à Abdou al-Nomrossi – dont les interventions plus fréquentes laissaient à penser qu'il était en passe de se rapprocher de la présidence – proclamant que les temps avaient changé, qu'aujourd'hui le mot « étranger » ne devait plus faire peur. L'important, c'était de comparer les coûts et d'optimiser les profits. Ces propos étaient nouveaux dans la bouche de Nomrossi et, à supposer qu'il en fût vraiment l'auteur, on estimait généralement qu'il n'aurait pas pris une telle initiative sans obtenir préalablement un feu vert d'en haut.

Le lendemain, les employés découvrirent avec stupeur que le siège tout entier était recouvert d'immenses bâches destinées à retenir les éclats de pierre et les chutes de tuiles. Quant à l'étage présidentiel, il avait complètement disparu derrière les échafaudages et les tubes de métal. Vers midi, on put voir des caisses énormes, des colis et des équipements qu'une grue gigantesque déposait directement au douzième étage.

Il était désormais clair pour tout le monde qu'on était en train de le réaménager de fond en comble, l'information était sur toutes les lèvres. Les plus anciens étaient certes familiers de telles pratiques, tous les présidents nouvellement nommés avaient procédé à des aménagements, mais les précédents s'étaient cantonnés à des changements limités, sans toucher à l'essence du lieu. De là à modifier dans son ensemble un étage – et quel étage ! – le fait était sans précédent.

Les travaux s'effectuaient-ils en présence de Son Excellence ?

On l'ignorait. De nombreux indices attestaient sa présence, notamment le fait que sa secrétaire avait continué nuit et jour, comme si elle ne connaissait jamais le sommeil, à prendre contact avec les responsables pour transmettre les instructions du nouveau maître. Certaines de ces instructions avaient d'ailleurs provoqué des chocs terribles, voire des évanouissements. Le seul à guetter la sonnerie du téléphone avec impatience et à s'en délecter par avance, c'était le Professeur, qui commençait à ressentir une euphorie jamais éprouvée auparavant. D'ailleurs, il était tellement comblé qu'il ne voyait plus l'utilité de s'approcher de sa femme, préférant économiser ses efforts et son énergie pour les instants où le timbre de voix languide retentirait de nouveau à son oreille. Son seul souci, lors de ces appels, était de trouver des prétextes pour faire durer la conversation le plus longtemps possible. Il s'employait donc à inventer de nouveaux sujets de discussion ou à s'interroger tout haut, de manière à susciter ces halètements brefs, ces onomatopées équivoques, dont elle rythmait les propos du Professeur :

« Hum, oui... ah !... Hum ! »

Il craignait de laisser échapper un soupir qui trahirait son état d'excitation, attesté par une turgescence à laquelle il n'était pas habitué. Comment expliquer l'effet de cette voix sur lui ? C'était pourtant la même qui inspirait tant d'inquiétude et de perplexité aux autres, particulièrement à Hânem la

Dumiâteyya, la directrice de l'Import-Export, à l'ingénieur Râssem al-Damanhouri, le directeur des Études, à l'ingénieur Rasmi al-Abotîgui, sans parler de tous les autres, même si, dans leur cas, les appels étaient beaucoup moins fréquents et ne survenaient jamais au beau milieu de la nuit !

Le plus méfiant était l'ingénieur Râssem qui, pendant quelque temps, avait été à deux doigts de s'installer au douzième étage, notamment grâce à l'activisme de son frère – le gérant de concession automobile qui s'était démené pour lui obtenir le poste, invitant tous les soirs à sa table des personnalités proches du pouvoir politique. Toutefois, Râssem était moins fébrile que le Professeur qui avait suscité les sarcasmes de son entourage et des petits employés placés sous ses ordres en ne cessant d'affirmer, à propos et hors de propos, sa loyauté envers la nouvelle présidence, et en multipliant les télégrammes de soutien.

Râssem al-Damanhouri était plus solide que cela et sa personnalité était bien plus affirmée. Ses traits ne trahissaient rien de ce qui se passait dans sa tête. Il était connu pour se tenir à l'écart des complots et des ragots, absorbé qu'il était par les tâches professionnelles. Il gardait toujours un œil sur la conception des projets et savait déceler au premier coup d'œil leurs vices cachés, avec le souci constant de réaliser le plus grand profit possible pour l'Institution.

Il ne laissait jamais passer une seule prière et, si d'aventure l'appel du muezzin retentissait au milieu d'une réunion, il se mettait aussitôt à l'écart pour étaler le tapis de prière qu'il transportait toujours avec lui. Il ne quittait son bureau que pour aller inspecter un projet déjà en phase opérationnelle ou pour se rassurer sur un contrat en cours de conclusion. On ne l'avait jamais surpris faisant des avances à une femme ou favorisant une employée par rapport à une autre.

Abdou al-Nomrossi s'était élevé contre cette image, affirmant qu'il en savait long sur le compte de Rassêm et que certains détails, s'ils étaient révélés, modifieraient du tout au tout la perception que les gens avaient de lui... Non, inutile d'insister, il n'en dirait pas plus : il était comme le boulanger avisé, qui ne mange ni ne vole au fournil où il travaille…

Si la vie privée de Râssem était entourée d'un halo de mystère, on savait cependant qu'il ne s'était marié que sur le tard, à l'âge de trente-cinq ans, et que cette union s'était prolongée plusieurs années sans engendrer de descendance. Au cours de cette période, il avait fait avec son épouse la tournée des médecins et des marabouts et avait visité les mausolées des justes. Sur le tombeau de Sayyeda Nafîssa, il avait formulé un *nadr*[1] très coûteux, qu'il avait d'ailleurs fini par honorer à l'arrivée de son fils unique. Celle-ci était survenue à l'issue d'une longue attente, et non sans que son épouse ait dû subir une opération chirurgicale majeure.

Certains tentèrent de débattre avec lui de la nouvelle situation, mais il ne leur en donna pas l'occasion. Fixant son interlocuteur calmement, il déclarait :

« Dis : nous ne serons frappés que par ce que Dieu a décrété pour nous[2]. »

Ou encore :

« Dis : agissez, et vos actes seront visibles à Dieu ainsi qu'à Son prophète et aux croyants[3]. »

Son comportement ne semblait pas avoir changé, simplement il paraissait encore plus sérieux qu'auparavant. Il se mit à passer de plus en plus de temps sur le lieu de travail. Un jour, comme il s'était isolé cinq heures d'affilée dans son bureau, après s'être enfermé à double tour, des hypothèses avaient circulé : il déchirait des papiers compromettants, il rédigeait sa lettre de démission… on n'avait jamais su le fin mot de l'affaire.

Les rumeurs frappaient un très grand nombre de victimes. Plus l'étage présidentiel devenait opaque et plus elles se multipliaient, ce qui finit par attirer l'attention de la Sûreté.

1. Engagement devant Dieu de faire charité d'une somme d'argent au cas où le vœu qu'on a formé serait exaucé.
2. Coran (Le Désaveu, IX, 51).
3. Coran (Le Désaveu, IX, 105).

Le lendemain du limogeage de Gawâhri, les chefs des départements centraux, ainsi que les membres du Comité exécutif, eurent la surprise de découvrir des photocopies de la lettre que lui avait adressée Son Excellence, le priant de cesser la manœuvre douteuse qu'il venait d'initier contre l'Institution. Après cette mise en garde, rédigée en des termes extrêmement durs, la lettre rappelait un certain nombre de faits censés s'être produits au cours des années précédentes – certains étaient pure invention, mais ne reçurent jamais le moindre démenti – et qui continuaient de causer à l'Institution des dommages si graves qu'il aurait fallu un miracle pour y remédier.

Le Professeur, planté au milieu du garage, déclara d'une voix forte que celui qu'on avait longtemps pris pour Moïse s'était finalement révélé être Pharaon. Puis il mit en garde les employés contre toute tentative d'entrer en contact avec Gawâhri, à présent durablement installé au café de Rachîda.

Ce que le Professeur avait crié ainsi, de sa propre initiative, à la face de tous figurait dans une nouvelle circulaire adressée aux responsables de département, mais aussi aux chefs de service. La lettre déclarait que Gawâhri et Ateyya Bey représentaient désormais un véritable danger pour l'« existence institutionnelle ». Profitant de l'impunité dont ils avaient joui durant de nombreuses années, ils avaient usé d'arguments fallacieux pour vanter les mérites de certains individus et leur assurer à peu de frais une grande popularité au sein du personnel.

C'était la première fois qu'on s'en prenait ainsi au fondateur, même si l'attaque était indirecte. D'ailleurs, les choses n'en restèrent pas là : bientôt, on constata la disparition des panneaux portant certaines citations du grand homme, gravées par les calligraphes les plus illustres. Le choc s'accrut encore lorsqu'on sut comment la manœuvre s'était déroulée. Peu après minuit, les ouvriers coréens s'étaient présentés en groupe au bureau d'accueil, tous avaient la tête protégée par des casques blancs métalliques ressemblant à ceux des mineurs de fond. Un seul se distinguait des autres par son casque de couleur jaune. Après avoir exhibé un décret signé d'Intichâr al-Qalioubi – qui venait d'hériter de pouvoirs étendus – ils avaient investi l'immeuble, visiblement équipés de passes ouvrant toutes les serrures. Pénétrant dans chaque pièce, ils avaient procédé au décrochage des cadres fixés aux murs, avant de les empiler dans des caisses qu'ils avaient ensuite scellées et transportées au fond d'un camion hermétiquement clos.

Mais où allait-on ? Comment une chose pareille pouvait-elle se produire dans une maison établie de si longue date ? Ce qui arrivait aujourd'hui allait au-delà de l'entendement, au-delà de l'étonnement, au-delà de la colère ; même ceux qui, au moins sur le papier, auraient eu le courage et la volonté de s'y opposer restaient pétrifiés de stupeur.

Le lendemain matin, tous ceux qui arrivaient au siège furent confrontés à un tract placardé sur leur porte ou posé sur leur bureau, les appelant à éviter tout contact avec Gawâhri ou Ateyya Bey, et à veiller sur la solidarité au sein de l'Institution. Particulièrement remarquable était l'utilisation de formules nouvelles comme « l'âme de l'Institution », le « dessein institutionnel » ou encore la « pureté de l'Institution ».

Le texte de ce tract fut envoyé à tous les quotidiens nationaux et organes de parti, et Abdou al-Nomrossi se chargea de le faire diffuser en pages publicitaires. Le texte était complété d'un avertissement signalant que les deux hommes n'avaient plus de rapport avec l'Institution et que celle-ci ne les reconnaissait plus comme ses représentants.

Cette avalanche de décisions pouvait-elle émaner du nouveau président, dont on n'avait jamais entendu le son de la voix tout au long de sa carrière ?

Où étaient les traditions que le fondateur s'était employé à prôner sans relâche, notamment celles liées à la coopération entre collègues ? Il était clair désormais que ces valeurs étaient révolues.

Ceux qui se creusaient la tête pour se remémorer le caractère ou la physionomie du nouveau président n'y parvenaient pas. Était-il petit ou grand ? Quelles expressions arborait son visage ? Quelles émotions ? Ceux qui avaient eu l'occasion de l'approcher dans le travail murmuraient qu'on ne l'avait jamais surpris en train de rire ni de se mettre en colère. Lorsqu'on lui parlait, il était impossible de deviner ce qui lui passait par la tête : il écoutait, prêtant l'oreille, et se contentait de prononcer un mot ou deux avant de replonger dans le silence. Il ne se heurtait jamais directement à son interlocuteur mais attendait d'être seul pour réfléchir et prendre ses décisions. Il sortait alors le petit ordinateur portable dont il ne se séparait jamais et grâce auquel il rédigeait lui-même ses courriers et ses notes de service. Il n'usait du stylo que pour signer des décrets ou des instructions, d'un paraphe si tarabiscoté qu'il était rigoureusement impossible à imiter.

Ceux qui avaient pu le côtoyer assuraient qu'il ne s'engageait jamais dans une discussion, qu'il était incapable d'aligner deux phrases d'affilée, ce qui ne l'empêchait pas d'être redouté de tous pour ses colères froides. Celles-ci ne s'exprimaient pas par des cris ou par des mots, mais par des actes immédiatement suivis d'effets, sanctions irréversibles qu'il était de toute façon impossible de discuter, puisqu'il ne rencontrait personne à l'exception de ceux qu'il avait envie de voir ou en qui il plaçait sa confiance. Il ne répondait jamais au téléphone, mais certains avaient découvert qu'il lui arrivait parfois de composer lui-même certains numéros, d'une manière totalement imprévisible et sans raison apparente. Ces moments choisis par lui étaient les seuls où l'on entendît sa voix régulière et monocorde, dénuée de toute inflexion.

Certains tenaient pourtant d'Intichâr al-Qalioubi que l'homme était sensible et délicat, capable d'entretenir des rapports humains chaleureux avec ceux qu'il connaissait. Il avait d'innombrables liaisons, toutes les femmes ayant eu l'occasion de le connaître étant tombées sous son charme. Cependant, ce pan de sa personnalité restait secret, on savait seulement, en le voyant prendre lui-même le volant de sa voiture, qu'il partait retrouver une de ses conquêtes.

Un jour, lors d'une conversation avec son ami inspecteur à l'Hygiène alimentaire, Achmouni s'était demandé tout haut comment un homme pareil avait réussi à nouer de tels contacts avec le pouvoir politique. Quelles compétences avait-il mises en avant pour emporter la direction d'une citadelle aussi imposante que celle-ci ? Le récompensait-on pour des services qu'il aurait rendus ? Mais quand aurait-il eu l'occasion de manifester son dévouement ? A ces questions, il n'y avait nulle réponse convaincante ; l'hypothèse la plus vraisemblable aux yeux de beaucoup restait cependant son appartenance à l'appareil de la Sûreté de l'État qui, quels que soient les régimes, avait toujours eu son mot à dire dans les décisions concernant l'Institution.

Allant plus loin encore, Azmîrli affirmait qu'aucun responsable ne pouvait être nommé à un poste haut placé sans l'aval de cet appareil, et ce dernier n'accordait sa confiance qu'à ceux qui avaient déjà collaboré avec lui. Pour le nouveau président, cette collaboration remontait à son séjour en Europe, quand il était parti étudier les dernières évolutions technologiques en matière de télécommunications. A cette occasion, on l'avait chargé, entre autres missions, de surveiller les étudiants boursiers et de rédiger des rapports sur leur comportement et leurs fréquentations, ainsi que sur l'activité de certains consulats étrangers, etc.

Vraie ou fausse, cette théorie conduisait chacun à se tenir sur ses gardes, en proie à un sentiment de terreur. Le douzième étage devint ainsi un lieu redouté après avoir été, particulièrement sous le règne du fondateur, un lieu de rencontres et de contacts.

Les travaux confiés aux Coréens ne leur prirent pas plus de deux semaines, à l'issue desquelles on découvrit le siège entièrement repeint. Quant au douzième étage, il avait été réaménagé de fond en comble. Les systèmes de communication avaient été substantiellement modernisés : l'ensemble des sites, même les entrepôts les plus éloignés, se trouvaient désormais reliés par un réseau de communication interne d'une grande efficacité, analogue à celui qu'on rencontrait dans les plus grandes firmes japonaises ou américaines. Plus encore, certaines des techniques utilisées n'avaient pas leur équivalent au Pentagone ou à la NASA.

Par ailleurs, on apprit, de source sûre, que d'anciens spécialistes du KGB, dont un ex-maréchal de l'Armée rouge, limogés de leur poste après l'effondrement de l'Union soviétique, avaient été appelés comme experts. Du fait que l'Institution était en rapport depuis longtemps avec les pays socialistes, il n'avait pas été difficile de les recruter. Selon certains, leur rôle officiel, la mise en place d'un dispositif de sécurité privée destiné à protéger l'Institution, n'était qu'une façade dissimulant leur véritable mission, qui relevait du plus grand secret. Pour d'autres, si la nouvelle direction privilégiait cette zone, notamment les républiques de Russie et d'Asie centrale, c'était pour attirer certaines compétences rares qui ne trouvaient plus à s'employer dans l'empire disloqué.

Bien entendu, le phénomène inquiéta les puissances occidentales, soucieuses de déterminer si ces experts ne travaillaient pas à l'enrichissement de l'uranium ou à la production d'eau lourde, en bref à toute activité liée de près ou de loin à la fabrication de l'arme atomique. D'où peut-être l'apparition de ces drôles d'antennes, à la forme inusitée, qui surmontaient les bâtiments abritant les ambassades des États-Unis, d'Israël ou d'Allemagne, ou encore celui de l'ambassade royale des Pays-Bas à Zamâlek. Certaines de ces antennes à forme parabolique étaient destinées à capter les programmes télévisés ; d'autres, en forme de filets de pêche, étaient orientées de manière à intercepter les communications privées de l'Institution, voire à espionner ce qui se passait à l'intérieur. Cependant, le nouveau président étant lui-même un expert en la matière, il parvint à brouiller les signaux. En désespoir de cause, le nouvel ambassadeur des États-Unis – qui maîtrisait l'arabe parlé aussi bien que les enfants du pays – s'ouvrit de ses inquiétudes à un haut responsable gouvernemental, soulignant que la masse de communications échangées par l'Institution paraissait tout à fait hors de proportion avec le volume de ses activités. Il ajouta que cette inquiétude risquait de trouver un certain écho lors de la discussion budgétaire devant se tenir prochainement au Congrès américain pour fixer le montant de l'aide alimentaire à l'Égypte…

Pendant ce temps, on ne savait toujours pas ce qui se passait au douzième étage. On disait maintenant que les fameux ouvriers asiatiques étaient originaires de Corée du Nord et non du Sud, qu'il s'agissait en fait de militaires nord-coréens déguisés qui, sous couvert d'effectuer des travaux à caractère civil, étaient déployés en différents points de la planète pour y mener à bien des missions stratégiques.

Les autorités occidentales trouvaient dans l'Institution plusieurs motifs d'inquiétude : tout d'abord, le risque de voir des entités comparables de plusieurs pays se liguer pour instituer un nouvel ordre de communication mondial – toutes contribuant collectivement à l'objectif sans qu'aucune d'elles ne maîtrise individuellement l'ensemble de la technologie ; ensuite, cette capacité de l'Institution à coordonner des entités très diverses, à l'opposé les unes des autres ; enfin, le lien organique unissant l'Institution aux nouveaux États regroupés dans la CEI.

On se souvient que le fondateur était viscéralement opposé à l'expansion du communisme dans le pays, mais cela ne l'empêchait pas d'avoir été le premier à établir des relations commerciales privilégiées et extensives avec des entreprises d'Union soviétique. Il avait fait partie de la délégation égyptienne formée pour négocier le marché d'armes tchèques, dont l'idée avait été soufflée à Nasser par Chou En-Lai lors de la conférence de Bandoeng.

De toute façon, cette maison était une mine de contradictions, faisant coexister des éléments apparemment inconciliables – comme le Maghreb et le Machreq, le terrestre et le maritime – et laissant une foule de questions sans réponses.

Qui était Gawâhri ? Où Ateyya Bey avait-il acquis l'expertise et le savoir-faire nécessaires pour paralyser le trafic dans cette mégapole complexe où se mouvaient en permanence seize millions d'habitants ? Pourquoi certaines activités de l'Institution paraissaient-elles incompatibles entre elles, quand d'autres demeuraient entourées d'un épais brouillard ? Pourquoi s'acharnait-on sur Gawâhri et Ateyya Bey, alors que tous deux semblaient privés de véritables attributions, que leur présence dans l'entreprise était purement symbolique ? Cela méritait-il vraiment la diffusion répétée, pendant une semaine entière, de cet arrêté visant à dissuader les employés d'entrer en contact avec les deux hommes ?

D'ailleurs, en lisant l'arrêté, Gawâhri ne s'était pas ému : que pouvait-il lui arriver de pire que ce qui était déjà arrivé ? Il se souciait davantage de ce que réservait l'avenir, notamment à l'étage présidentiel. De nombreuses rumeurs lui parvenaient à ce sujet, la moins inquiétante n'étant pas que l'étage soit devenu totalement méconnaissable. Il comprenait maintenant deux niveaux, avec des locaux eux-mêmes constitués de plusieurs pièces dont certains pans ne se dévoilaient que si certaines conditions étaient réunies, en fonction de paramètres non maîtrisables.

De ce fait, nul ne pouvait décrire l'architecture actuelle de l'étage ni détailler la structure des pièces. Un mur ou une fenêtre barrant la vue pouvaient fort bien dissimuler d'autres pièces et abriter un décor invisible pour ceux qui n'étaient pas dans le secret. Il avait aussi eu vent de la disparition du Tabrîz, de l'horloge en bronze, des trois tasses frappées aux couleurs de la famille Romanov. Cette odeur si particulière, encore dans la mémoire de tous ceux qui avaient eu l'occasion de monter là-haut, s'était évanouie. Le bureau circulaire avait été remplacé par un autre, au décor incertain – le mobilier évoquait le bois ou le métal, on ne savait trop – et à la forme changeante : il était ovale le matin, rectangulaire à la mi-journée et rond le soir.

Le plus étonnant cependant, c'était cette rumeur selon

laquelle l'étage ne comportait plus que deux pièces en enfilade, totalement dépourvues de meubles, tel un hall d'exposition vidé de tous ses tableaux !

Où le nouveau maître siégeait-il donc à présent ?

Depuis quel endroit Intichâr al-Qalioubi exerçait-elle son intense activité, d'où prenait-elle ses contacts, d'où émettait-elle toutes ces instructions qui se succédaient de manière ininterrompue, à tel point qu'on entendait parfois sa voix retentir à deux endroits distincts pour traiter simultanément de deux questions différentes ?

Hélas, le douzième étage n'était visiblement plus ce lieu si impressionnant, si invulnérable qu'il avait été, ni le recours de tous ceux qui avaient une revendication à faire valoir, des peines ou des espoirs à partager. Seul demeurait le mystère dont il était paré et le trouble qu'il inspirait à ceux qui posaient sur lui le regard.

Et puis cet endroit avait-il encore un sens depuis que le fidèle Amm Siddîq en avait été chassé ?

Après Gawâhri et Ateyya Bey, son tour était venu : un décret avait mis un terme à sa « mission spéciale » auprès du président et stoppé le versement de la prime supplémentaire qu'il percevait à ce titre. Il n'avait plus le droit de se rendre au douzième étage, ni même de mettre les pieds au siège. Ses effets personnels, parmi lesquels le mélange de café aromatisé et les petites cuillers frappées aux initiales du fondateur, ainsi que le plateau d'albâtre, avaient été saisis.

Quant au Professeur, il avait bruyamment approuvé la mesure :

« L'Institution ne peut tout de même pas devenir une collection d'antiquités ! Il nous faut désormais rattraper notre époque. »

Quelles antiquités ? Était-ce Amm Siddîq qui était ainsi désigné, cet exemple de dévouement, de noblesse et de prestige, cet homme qui avait été le plus proche du fondateur, au point que leurs souffles même ne se distinguaient pas, que leurs gestes étaient identiques par-delà les distances, que la maladie qui frappait l'un frappait immanquablement l'autre, de même que la guérison les soulageait simultanément ? Amm Siddîq le silencieux, le tombeau des secrets, le confident, l'ami de toujours, pouvait-il être chassé de la sorte ?

Les bruits inquiétants qu'on avait entendus en provenance des profondeurs de la fosse reprirent de plus belle, comme l'attestèrent les gardes de nuit qui patrouillaient à proximité. Cela continua au cours de la journée, sans toutefois se reproduire par la suite.

On eût dit que même la nature se rebiffait contre le nouvel ordre, signe prémonitoire s'il en fut, mais tout cela ne semblait pas émouvoir le moins du monde l'étage présidentiel. Au contraire, le décret suivant, placardé sur le panneau d'affichage principal, insistait sur la nécessité pour l'Institution de se débarrasser des lourds fardeaux hérités des époques précédentes – par là, on entendait clairement le règne du fondateur, voire sa propre personne.

Qui plus est, les corridors bruissaient de rumeurs concernant l'existence de listes répertoriant tous ceux qu'on s'apprêtait à mettre d'office à la retraite – apparemment, un conseiller juridique était déjà à l'œuvre pour trouver les motifs appropriés. Cela ne manqua pas d'instiller la peur dans le cœur des employés, et beaucoup eurent le sentiment que leurs jours étaient désormais comptés.

Il faut croire que ces craintes n'étaient pas dénuées de fondement puisque, rapidement, les annonces commencèrent, au moyen d'un nouveau dispositif de cinq haut-parleurs permettant d'émettre simultanément dans toutes les salles du siège et des locaux annexes, et même dans les toilettes et les entrepôts éloignés où l'on avait dissimulé des enceintes. Beaucoup crurent qu'il s'agissait de la voix de Son Excellence elle-même, mais les employés de la direction Informatique affirmèrent qu'il s'agissait d'une voix synthétique recréée par ordinateur. C'était une voix étrange, inhabituelle, avec un timbre métallique et inquiétant, qui insufflait dans les cœurs mélancolie et tristesse. Comme le phénomène se répétait, nombre d'employés durent recourir aux médicaments antidépresseurs et aux anxiolytiques.

Fait également sans précédent, il fut demandé à tous les coursiers de se rendre à la direction du Personnel, et une vague de désespoir envahit l'ensemble des employés dans les divers bâtiments. On entendit des hommes pleurer, on en vit d'autres s'évanouir.

Comment avait-on pu en arriver là ?

L'Institution pouvait-elle rejeter ainsi ceux qui avaient passé leur vie entre ses murs et ses corridors ?

Il est vrai que le mot « licenciement » n'avait pas été prononcé, mais il y avait d'autres termes plus redoutables encore, comme « rationalisation du personnel », « excédent de main-d'œuvre » ou « recyclage ».

Rationalisation, recyclage, mais était-ce bien d'eux qu'il était question ? Qu'allaient-ils devenir ?

On eût dit qu'un appel mystérieux les avait tous exhortés à rejoindre Gawâhri au café de Rachîda, où il venait de passer quelques jours dans l'isolement, approché seulement par ses amis les plus anciens et les plus intimes, avec qui il avait partagé maintes vicissitudes, les interrogatoires jusqu'à la nausée, les enquêtes dans des bureaux aux lumières blafardes, striés d'ombres jaunes.

Les coursiers, jeunes et moins jeunes, se pressaient auprès de lui, résumant ce qui était arrivé, ce qui était parvenu à leurs oreilles. Cette démarche – alors qu'ils le savaient surveillé et donc incapable de leur apporter son aide, et qu'on leur avait de surcroît expressément interdit d'avoir des contacts avec lui – ne manqua pas d'intriguer les observateurs.

Ils étaient venus s'en remettre à lui. En tant qu'ancien, il avait de l'expérience, tandis qu'eux n'avaient aucun accès aux gens d'influence et à leur conseil éclairé. Du reste, comment l'auraient-ils eu puisqu'ils avaient passé leur vie cloîtrés dans l'Institution, enfermés entre ses corridors et ses bureaux ?

Ils écoutèrent calmement les conseils qu'il leur donnait, avant de prendre congé, visiblement sous le coup de l'émotion. Ensuite, ils se rendirent au siège des différents quotidiens. L'un d'eux tenta même – en vain – de pénétrer dans le bâtiment de la télévision. Aucun responsable n'accepta de les recevoir, ce qui ne les empêcha pas de déposer un résumé de leurs doléances au bureau d'accueil, sans oublier d'en poster des exemplaires à l'attention de quelques personnalités en vue : écrivains de renom, animateurs de programmes radiophoniques et télévisés, députés. Ils lancèrent une collecte pour réunir les frais d'une action judiciaire, mais tout cela nécessitait du temps et risquait d'aboutir à un échec patent. D'ailleurs, quiconque avait-il jamais réussi à affronter l'Institution ?

C'est ainsi que fut mis fin *de facto* au mandat de centaines de coursiers, dont les plus anciens avaient contribué à la construction du siège historique en portant eux-mêmes les sacs de plâtre et de ciment. Une fois le chantier achevé, ils avaient marqué le souhait d'être embauchés définitivement, et le fondateur avait accédé à leur requête. Certains d'entre eux étaient devenus des symboles, inscrivant leur destin dans la chronique de l'Institution.

Ainsi d'Abdallah al-Qenâoui, un grand gaillard, à la charpente solide et à la carrure impressionnante, qui avait émigré de son village pour une raison mystérieuse. Il n'avait jamais voulu la révéler, mais Gawâhri supputait une affaire de vendetta. Il était prêt à faire tout ce qu'on lui demanderait, la seule condition, répétait-il, était qu'il ne s'agisse pas d'un travail illicite. On lui en avait proposé beaucoup au cours de sa vie, et il aimait à proclamer que, s'il en avait accepté seulement le quart, sa vie aurait pu basculer du tout au tout. Il avait été ballotté de métier en métier, des péniches fluviales emportant des jarres de terre cuite jusqu'aux échafaudages des chantiers de construction, en passant par les camions de transport de meubles. Il était capable de soulever un fût rempli d'huile ou des ballots de coton pesant un bon *qintâr*[1], et

1. Mesure de poids ancienne représentant environ 45 kilogrammes.

sa vigueur n'avait jamais faibli même après qu'il eut dépassé la soixantaine.

Aussitôt qu'il voyait le fondateur, il se précipitait pour tenter de lui baiser la main, lui qui ne s'était jamais, au grand jamais, courbé devant aucun autre responsable. Au contraire, on se souvenait de sa colère noire devant un cadre de la direction juridique qui lui avait réclamé un verre de thé en plein mois de ramadan. A vrai dire, c'était surtout le fait de servir une boisson qu'il considérait comme humiliant, ramadan ou pas. Selon ses dires, la seule mission que lui avait confiée le fondateur était de transporter du courrier d'une direction à une autre, et il était hors de question pour lui d'effectuer d'autres tâches. Au moment de la déroute majeure, il avait pris l'initiative – qualifiée par certains de folie ou d'ignorance – de se rendre au pénitencier de Turah, où il avait ouï-dire que le fondateur était incarcéré.

Là, il avait monté la garde devant la porte située face au Nil. Un vieux *bachgaouich*[1] avait finalement réussi à le persuader de quitter ce lieu malfaisant, non sans avoir promis en retour de faire savoir à Son Excellence que son dévoué Abdallah la saluait et priait pour elle. Par la suite, il ne cessa jamais d'honorer la mémoire des justes, comme Sayyedna al-Hussein ou Sîdi al-Bayyoumi, dont le mausolée se trouvait non loin de son domicile, à Husseineyya.

Gawâhri n'évoquait jamais le fondateur sans prier pour le repos de son âme, tendant les paumes vers le ciel et lisant pour lui la Fâtiha, en dépit de la tourmente qu'il traversait lui-même et des tracas de la vie quotidienne.

Les coursiers qu'on mettait aujourd'hui à la porte avaient eu droit à une sollicitude particulière au temps du fondateur, qui les écoutait avec bienveillance et bonne humeur, prenant des nouvelles de leurs enfants, de leur état de santé, de leurs petits problèmes personnels qu'il suivait de très près et dont il retenait chaque détail, grâce à une mémoire prodigieuse. Il

1. Grade utilisé sous l'ancien régime, équivalant à « sergent ».

avait ordonné qu'on leur offrît des vêtements deux fois par an, en hiver et en été, et avait puisé sur ses deniers personnels pour venir en aide aux plus nécessiteux. Il avait créé des bourses d'études pour aider leurs enfants les plus brillants à poursuivre leur scolarité, grâce à quoi certains d'entre eux étaient parvenus jusqu'aux plus prestigieuses universités européennes. De ce fait, ils lui vouaient une reconnaissance infinie et priaient pour cet homme qui faisait vivre leurs foyers et prenait en charge leurs malades.

Autre figure remarquable, Amm Ismaïl le Chypriote avait conservé, à l'âge de quatre-vingt-cinq ans, une chevelure toujours aussi noire, quoique légèrement dégarnie. Il se targuait jusqu'à maintenant de continuer à « arroser la terre » trois fois par semaine : depuis son mariage, il n'avait manqué qu'une seule fois à son devoir conjugal, terrassé par une crise aiguë de rhumatismes. Bien que l'affaire n'ait duré que sept jours en tout et pour tout, il en avait éprouvé de vifs remords vis-à-vis de son épouse, elle-même sexagénaire ; il aimait à répéter qu'en ce domaine « la femme attend d'autant plus que l'homme l'a habituée à recevoir beaucoup ».

A la vérité, il ne s'était jamais montré avare en la matière, et elle, de son côté, ne s'était jamais dérobée, pour peu que sa santé le lui permît. Elle avait compris sa nature et lui offrait ce qu'il désirait, chacun s'était habitué à son partenaire au point de se fondre organiquement en lui. Avec elle, il ne connaissait pas le froid, même les nuits de *zamharîr*, ce vent glacé qui semble souffler aussi bien au-dehors qu'à l'intérieur des maisons. La présence chaleureuse de sa femme suffisait à le réchauffer.

Amm Ismaïl évoquait sans retenue les détails les plus intimes de sa vie, et il lui arrivait souvent de narrer devant ses collègues ses exploits conjugaux de la nuit précédente. Un jour, n'y tenant plus, sa jeune collègue Ibtihâl al-Sâmli avait déposé plainte contre lui et, n'eût été l'intervention personnelle de Gawâhri, les choses n'en seraient sûrement pas restées là.

Apprenant qu'elle l'avait dénoncé, Amm Ismaïl s'était penché vers Ibtihâl et lui avait murmuré qu'il ne lui en voulait pas de cette réaction, sachant tout le malheur qui l'accablait. Il savait pour son premier mariage, union dont elle était ressortie au bout de deux ans aussi vierge qu'elle y était entrée. Il savait encore pour son deuxième mari qui, juste après avoir signé le contrat de mariage – mais avant la nuit de noces –, était parti précipitamment dans le Golfe, où il avait inexplicablement succombé. Il savait enfin pour son troisième, qui s'était révélé encore pire que le premier...

Sur un ton de pitié et de reproche mêlés, il s'était exclamé pour finir : « Ah ! La pauvre, elle ne peut pas comprendre ce que c'est que... »

Mais Gawâhri l'avait interrompu sur-le-champ : « Par Dieu, un peu de sollicitude ! »

Malgré son surnom, Amm Ismaïl n'avait aucun rapport avec Chypre, qu'il aurait été bien incapable de situer sur la carte. Un jour, entendant le peintre Hassanein raconter ses vacances d'été dans la petite station balnéaire de Baltîm, vantant cet « endroit plein de charme et de tranquillité d'où, par nuit claire, on pouvait apercevoir les lumières de Chypre », il avait dressé l'oreille : comment cette île, qu'il avait imaginée d'autant plus lointaine que « ses habitants ne croyaient même pas au Dieu Un ! », pouvait-elle être si proche ?

Son père vendait des olives noires aux riverains habitant la cité des Morts de Qaytbay. Pour une raison mystérieuse, ceux-ci l'avaient surnommé « le Chypriote » ; peut-être était-ce une variété d'olives ? En tout cas, Amm Ismaïl n'avait trouvé aucune autre explication.

Sa notoriété au sein de l'Institution tenait à son intégrité exemplaire. Une anecdote survenue dans les années cinquante lui avait valu bon nombre d'articles de journaux...

Passant un jour près de l'asile de Farag ibn Barqouq, Ismaïl tomba sur une petite mallette remplie de diamants, dont une pièce rarissime qui avait appartenu à la reine mère des Pays-Bas, avant de lui être subtilisée à la veille de la seconde guerre mondiale. Sa valeur était estimée à 1 250 000 dollars, ce qui, plus encore à l'époque qu'aujourd'hui, représentait une somme faramineuse.

Cela n'empêcha pas Ismaïl de se rendre au poste de police le plus proche pour restituer la mallette. Le capitaine de police qui était de permanence ce jour-là convoqua aussitôt les journalistes pour signaler la découverte et inviter le propriétaire du bien à se faire connaître. Finalement, un Autrichien installé de longue date au Caire se présenta, réclamant la restitution de la mallette. Une fois vérifiés son identité et ses titres de propriété, on lui remit ses effets ; il apparut cependant que le fameux diamant n'y figurait plus, ce qui donna lieu à une crise diplomatique sans précédent entre les Pays-Bas et l'Autriche. Sans pouvoir révéler ici les détails de l'affaire, on soulignera néanmoins avec quelle remarquable obstination Amm Ismaïl refusa de percevoir le pourcentage auquel il avait légalement droit. Il fit valoir que, n'ayant fourni aucun effort, n'ayant pas versé la moindre goutte de sueur, il ne voyait pas pourquoi il serait récompensé. La quote-part lui revenant représentait pourtant une somme formidable, à tel point que beaucoup l'accusèrent de folie ou d'imbécillité, tandis que des écrivains en vue louaient son intégrité, se réjouissant de constater que les valeurs authentiques avaient encore cours, que, décidément, le monde allait encore bien, en dépit de tout ce qu'on racontait.

C'est d'ailleurs grâce au retentissement de cette affaire qu'il avait rejoint les rangs de l'Institution. Une fois le tumulte retombé, il avait renoué avec la routine insouciante qu'il affectionnait, reprenant le commerce d'olives « chypriotes » et la sieste l'après-midi dans l'enceinte de la mosquée Qaytbay. C'est là que Son Excellence, parti en personne à sa recherche, avait fini par le trouver. Amm Ismaïl avait accepté sans hésiter sa proposition d'embauche : c'était un gage de sécurité, l'assurance de travailler pour un salaire régulier tous les mois, perçu à date fixe, le rêve et l'espoir de tous les marchands ambulants et des journaliers, ceux qu'on appelait les « bleus », à cause de la tenue de travail portée par ces miséreux qui ne savent pas de quoi leur lendemain sera fait. Une de ses voisines, apprenant la nouvelle, lui avait même lancé un : « Félicitations, Amm Ismaïl, tu es maintenant l'égal de ces fonctionnaires qui travaillent pour l'État ! » Il avait fallu cependant faire face à un problème inattendu...

Lorsqu'il se présenta au dépôt pour percevoir son uniforme et ses chaussures, aucune pointure connue ne lui convenait. Le fourrier s'exclama qu'il n'avait jamais vu des battoirs d'une telle taille. Or on ne pouvait l'autoriser à vaquer nu-pieds comme il en avait toujours eu l'habitude. Son Excellence avait éclaté de rire – quelle délicatesse, quel humour ! – en entendant l'anecdote, donnant ordre à Amm Siddîq le Nubien de l'accompagner chez un vieux cordonnier du centre-ville, où les pachas venus de tout le pays se faisaient confectionner des souliers sur mesure.

Pour Amm Ismaïl, on en fit fabriquer trois paires. Bien que de caractère taciturne, le cordonnier sourit à plusieurs reprises en découvrant les panards énormes. Son travail achevé, il lui remit les deux paires commandées, conservant la troisième pour l'exposer dans sa petite vitrine, où elle demeura plus de quatre mois. C'était une attraction pour les chalands et les curieux de tous bords, qui interpellaient l'artisan : « Dites, s'agit-il de véritables chaussures ou seulement d'un spécimen pour la publicité ? »

Il faut encore mentionner Khamîs al-Qafti, un drôle de bonhomme qui portait une grosse tête sur un corps menu. Personne au sein de l'Institution ne lui ressemblait, à l'exception du Professeur, quoique dans un gabarit différent. C'était un homme plein d'humour, prompt à la plaisanterie, auteur inspiré de *nokat* qui lui venaient au cours de la conversation avec un étonnant sens de la repartie. Il passait pour être l'auteur d'une grande partie des *nokat* qui circulaient dans l'établissement et auxquelles les autorités prêtaient une attention particulière, n'hésitant pas, en période de crise, à les analyser et à les décortiquer.

Il avait commencé au département Contrôle, mais s'était rapidement fâché avec son supérieur. Cherchant un moyen de se venger de lui, il avait fini par trouver comment lui empoisonner la vie : le matin, il se rasait la tête au rasoir, dénudant entièrement son cuir chevelu qui prenait alors une étrange couleur tirant sur l'écarlate, et se présentait ainsi au bureau. Aussitôt qu'il le voyait, son chef se mettait à pousser des hurlements, en proie à une panique incompréhensible. Quittant précipitamment le bureau pour aller s'enfermer chez lui, il n'y revenait qu'une fois assuré qu'al-Qafti s'était coiffé d'un couvre-chef.

Mais ce caractère joyeux s'était brusquement assombri après le décès de son épouse, qui ne lui avait pas donné d'enfants. Durant sa maladie, elle l'avait encouragé à se remarier, mais il avait toujours obstinément refusé de refaire sa vie. Évoquant son souvenir, il ne cessait de répéter cette formule qui restait dans la mémoire de beaucoup :

« Elle me libérait de tous mes soucis. »

Il s'était réfugié dans un silence profond, demeurant à son poste dans le couloir et refusant d'en bouger à la fin de l'horaire de travail. En désespoir de cause, il avait fallu finalement l'emmener à l'hôpital pour l'y faire soigner.

Aujourd'hui, l'homme était toujours vivant mais il ne quittait plus le porche de sa maison dans la ruelle de Sîdi Moâdh, fixant un point indéterminé dans le lointain. Même sa tête, naguère si volumineuse, s'était rabougrie.

Autre figure notoire, Sâber al-Rifâï était un ancien paysan qu'on avait fait venir de son village situé du côté d'Abou Nomros, avec pour mission d'éradiquer les serpents qui avaient infesté le siège de l'Institution après son inauguration. Ils s'étaient infiltrés à partir de certaines brèches dans les façades. On pensait, sans pouvoir le prouver, qu'ils provenaient de la fosse circulaire. Une semaine ne s'était pas écoulée que Sâber était déjà à l'œuvre, assis devant le bâtiment, accroupi face à une ravine, récitant ses incantations et agitant les doigts. Quelquefois, on voyait surgir la gueule d'un serpent, avec sa langue fourchue, et il arrivait même qu'on entendît le sifflement d'un cobra. Beaucoup des spécimens ainsi capturés furent offerts au zoo de Guizeh. L'un d'entre eux atteignait une taille sidérante ; on disait qu'entre le moment où il avait pointé la gueule et celui où il avait fini de s'extraire, il s'était écoulé plus que l'intervalle séparant la prière de la mi-journée de celle de l'après-midi. Durant tout ce temps, Sâber al-Rifâï était demeuré à sa place sans changer de position ni cesser de ressasser ses mystérieuses incantations.

Progressivement, les serpents s'étaient raréfiés, peut-être à cause de l'urbanisation et de l'accroissement de la population – tous ces gens qui martelaient le sol en permanence – mais le fondateur ne lui avait pas donné son congé et l'avait gardé auprès de lui. Un jour qu'ils évoquaient Sâber, le fondateur avait agité la main dans un geste attendri :

« Bah, ne le privons donc pas de son gagne-pain… »

Certains s'effrayaient en le voyant ainsi silencieux ou occupé à marmonner, et la plupart l'évitaient, persuadés qu'il avait le pouvoir de faire surgir des serpents à volonté. Seul parmi tous les charmeurs de serpents, il avait le pouvoir d'ensorceler des vipères aussi petites que venimeuses, appartenant à une espèce rare présente uniquement en Égypte. Il pouvait les attirer depuis une distance de vingt-cinq milles marins. Cette faculté semait la terreur autour de lui, particulièrement chez les femmes, depuis que Hamdi al-Azmîrli avait répandu le bruit que Sâber avait l'intention de dépêcher une vipère entre les cuisses d'une des employées dont il était éperdument amoureux sans avoir jamais osé lui déclarer sa flamme. Hamdi avait encore ajouté à leur terreur en précisant qu'une fois le reptile en place, rien ne pourrait l'en déloger la vie durant.

Alerté, le fondateur avait pris la chose avec humour. « Mais enfin, c'est tout bonnement impossible, avait-il affirmé, la faute est à ceux qui avalent de pareilles sornettes ! » Il avait refusé de mettre à pied Sâber ou de le muter hors du siège. Pour lui, tous ceux qui avaient posé les premières pierres de ce bâtiment devaient être protégés par une immunité totale.

Azmîrli n'en continua pas moins de s'acharner sur Sâber, qu'il finit par expédier en prison, tout comme il devait plus tard faire subir le même sort à Kiryllos le Copte, à Fahîm al-Chattouti et encore à Abbâs al-Meniâwi. Accusé d'appartenir depuis l'enfance au réseau secret des Frères musulmans et de travailler à la fabrication de « bombes à serpents » consistant à glisser les reptiles les plus venimeux dans de petits paniers avant de les jeter au passage des cortèges officiels, Sâber passa ainsi trois ans et deux mois au pénitencier.

A sa sortie – c'était deux mois avant la défaite de juin 1967 – il ne reprit pas son poste à l'Institution et s'abstint même d'y remettre les pieds, préférant rentrer dans son village pour s'y installer. Il avait cessé de marmonner ses actions de grâce et passait ses journées muré dans le silence, vivant de la générosité des autres villageois et de ce que lui expédiait Gawâhri. Ce qui est sûr – du moins selon Ateyya Bey – c'est qu'il n'avait rien perdu de son pouvoir de charmeur de serpents, comme Azmîrli en ferait plus tard la douloureuse expérience.

Il y avait également Nafîr al-Dilingâwi, si avare de paroles qu'on l'avait surnommé le Muet. C'était un individu peu recommandable, qui avait appartenu à la bande menée par Adham al-Charqâwi dans les années vingt. A deux reprises, le fondateur avait été aperçu, peu après l'éclatement de la révolution, en train de lui serrer la main chaleureusement. Il avait passé quarante ans au sein de l'Institution et était mort à l'âge de quatre-vingts ans sans jamais avoir été mis à la retraite. Sa descendance incluait treize enfants, tous mâles, qui lui avaient donné à leur tour trente-six petits-enfants, également tous mâles.

Il y avait encore Abdallah al-Arabi, qui habitait le petit village de Nazlet el-Semmân, non loin des pyramides de Guizeh. Il avait hérité de son père un *feddân* qu'il louait à des fermiers. Au début des années soixante, l'expansion urbaine aidant, il avait commencé à vendre au mètre carré des parcelles destinées à la construction et s'était ainsi rapidement enrichi. Il avait changé de manière de s'habiller, de domicile, et même d'épouse, après avoir répudié la mère de ses enfants...

Peu après son départ de l'Institution, on l'aperçut au volant d'une voiture grise de fabrication locale, fumant des cigarettes étrangères. On raconta que cet enrichissement soudain n'était pas dû à la hausse du prix des terrains, mais à la découverte d'une cache, remontant à la période pharaonique, dont il avait vendu le contenu pièce par pièce. Il était à présent à la tête d'une entreprise de travaux publics, et ses trois fils, issus de la première femme, étaient tous des négociants reconnus sur le marché ; sa seconde épouse, quant à elle, ne lui avait pas donné d'enfants.

Il y avait enfin Mustafa al-Serîni, un homme de grande taille, très mince, le seul qu'on eût autorisé à exercer son travail à l'Institution vêtu d'une *gallabeyya* recouverte du traditionnel manteau de laine. Personne ne savait – pas même Gawâhri – à quoi il devait ce statut privilégié. Il ne quittait jamais son poste, situé près du couloir de derrière menant à la fosse circulaire.

De nombreuses anecdotes couraient sur la façon dont ces hommes étaient entrés dans l'Institution. Abbâs al-Chabrâwi, par exemple, n'était venu que pour rendre visite à l'un de ses proches, employé ici. Ses visites s'étaient ensuite répétées, et on s'était habitué à le voir patienter dans le couloir principal au quatrième étage. Un jour, comme le fondateur passait par là, il l'avait remarqué et, s'arrêtant à sa hauteur, avait interrogé Gawâhri, qui l'accompagnait partout, marchant à sa droite :

« Qui est-ce ?
– C'est Abbâs al-Chabrâwi…
– Dans quel département travaille-t-il ?
– Au département juridique.
– Non, ça ne va pas, transférez-le à la comptabilité. »

Il semblerait que Gawâhri, qui n'avait pas de réponse à la question du fondateur, ait improvisé en fonction de l'étage où ils se trouvaient. Après vérification, il avait découvert que Chabrâwi n'avait aucun rapport ni de près ni de loin avec l'Institution. Comme il ne cachait rien au fondateur, il était monté le voir pour faire son *mea culpa*. Après l'avoir écouté, le fondateur avait éclaté de rire, prenant les choses avec bonhomie :

« Soit, eh bien tu n'as qu'à le considérer comme des nôtres ; le tout, c'est qu'il accepte. »

Une chose appelant souvent son contraire, une anecdote qui circulait au sujet du fondateur mérite également d'être citée. Un jour qu'il inspectait un des départements de l'Institution, le ton était monté entre lui et un des employés. Entrant dans une colère noire, il avait fini par s'écrier : « Tu es licencié ! »

Sans se démonter, le jeune diplômé avait répondu : « Mais, c'est que… je ne suis même pas encore titularisé ! »

A ces mots, le fondateur – que Dieu ait son âme – avait pointé le doigt sur lui, un geste que tous, les puissants davantage encore que les faibles, avaient appris à connaître et à redouter :

« Eh bien, s'il en est ainsi, titularisez-le, pour pouvoir le licencier ensuite ! »

Gawâhri avait exécuté la première partie de l'instruction, mais, au moment de passer à la seconde, il avait fait une ultime tentative auprès du fondateur, soulignant l'intelligence du jeune homme, le caractère involontaire de sa faute, son avenir menacé, de sorte que Son Excellence avait finalement accepté de passer l'éponge.

Le jeune homme resta dans l'établissement où, parrainé

par Gawâhri, il devint par la suite responsable des expéditions portuaires, en Égypte et dans le reste du monde. Grâce à une mémoire prodigieuse, il avait assimilé dans un bref laps de temps l'ensemble des informations disponibles sur les ports, leur tirant d'eau, le nombre de quais disponibles, les lieux de stockage, les noms des responsables, devenant une véritable référence en la matière.

Malheureusement, il ne fit pas de vieux os, succombant à un empoisonnement après avoir avalé par erreur un comprimé destiné à sa mère malade. Le traitement intensif qu'on lui administra quatre jours durant au centre antipoison ne put le sauver, pour la plus grande peine de son protecteur.

L'Institution accueillait d'innombrables employés pour un temps plus ou moins long, assurant ainsi la subsistance de nombreux foyers. Qui plus est, quantité d'employés étaient redevables au fondateur d'avoir financé les études de leurs enfants, leur permettant de devenir médecins, ingénieurs ou savants. Sans son intervention et les bourses qu'il leur avait octroyées, particulièrement aux plus nécessiteux d'entre eux, ils ne seraient jamais sortis de l'analphabétisme.

Après les décrets annonçant la mise à la retraite anticipée des coursiers les plus âgés ainsi que diverses dispositions destinées à faire fuir les autres, de nombreuses informations fantaisistes commencèrent à circuler – comme cela s'était souvent produit à l'annonce de nouvelles décisions. On prétendit par exemple que le nombre des coursiers était extraordinaire, qu'on n'avait aucun recensement exact de leur effectif, et que certains, qui avaient passé des années à transporter la correspondance, les verres de thé et les tasses de café, n'appartenaient même pas au personnel de l'Institution ; parmi eux, quelques-uns étaient recherchés par la justice, d'autres étaient des espions à la solde des entreprises concurrentes.

Nul ne pouvait dire d'où partaient ces racontars qui se propageaient rapidement à chaque nouvelle décision, qu'il s'agisse d'une restructuration ou d'une réforme des méthodes de travail. Certains semblaient y mettre une sorte de zèle, pensant ainsi complaire à la direction. D'autres feignaient d'y ajouter foi, gardant pour eux leurs sentiments véritables.

Les anecdotes devinrent de plus en plus précises après la débandade des coursiers, et on alla jusqu'à s'en prendre au fondateur lui-même, lui attribuant des comportements qui paraissaient choquants, en contradiction totale avec ce qu'on savait de lui et qui avait jusque-là paru bien établi. Par exemple, on prétendit qu'il avait accordé une confiance totalement aveugle à l'un de ces coursiers, un Saïdi du nom de Gouda al-Dabaa.

Celui-ci était père de huit enfants, quatre garçons et quatre filles, qui tous avaient terminé leurs études universitaires. Al-Dabaa ne quittait pas le mausolée de l'imam al-Hussein, il en balayait le patio, éliminait la poussière des tapis et prenait son tour de garde avant le coucher du soleil et après la prière de l'aube. Quelquefois, sa voix s'élevait pour murmurer une invocation ou marmonner des paroles incompréhensibles. On avait souvent vu le fondateur se tenir devant lui comme un enfant face à son père, certains affirmaient même qu'il ne prenait jamais une décision sans obtenir sa bénédiction et qu'il ne partait pas à l'étranger sans le consulter préalablement.

Par deux fois, il avait, sur un simple mot ou un geste d'al-Dabaa, annulé des marchés déjà prévus, faisant perdre à l'Institution des opportunités d'investissement fabuleuses. Mais oui, le fondateur lui-même, cet homme avec lequel les Japonais avaient appris à compter, dont les Américains cherchaient à se rapprocher et que les Russes tentaient en vain de manipuler ! En d'autres termes, ce qu'on suggérait à mots couverts, c'est que cet homme, sur lequel s'étaient bâties des légendes, n'était en réalité qu'un être pusillanime incapable de prendre une décision par lui-même.

Gawâhri en était accablé : « Parler ainsi du grand homme, vraiment, c'est un péché ! » s'exclamait-il, à moins qu'il ne répétât d'une voix cassée par la tristesse : « Je m'en remets à Dieu, qui est assurément le meilleur des protecteurs ! » C'est ainsi qu'il assista tristement à la disparition des coursiers de l'Institution. A présent, le thé et le café étaient préparés par les secrétaires et ne pouvaient être consommés qu'à certains étages, dans des locaux spécialement prévus à cet effet. De même, il était maintenant formellement interdit d'introduire de la nourriture de l'extérieur. Cela n'empêcha pas le douzième étage de s'attacher deux nouvelles recrues, plus que de simples coursiers, cependant moins que de véritables employés administratifs.

Le plus âgé avait dépassé la cinquantaine, c'était un homme aux épaules larges, au menton pointu, au nez épaté. Son regard était très direct, sa démarche était rythmée comme celle d'un militaire – une, deux, une, deux – tout en étant plus légère, au point qu'il semblait à peine frôler le sol. Il avait le don d'apparaître soudainement devant le destinataire du courrier, se contentant de lui remettre sans un mot ces fameuses enveloppes frappées du logo de l'Institution qui étaient l'apanage du président. Ce dernier tapait directement ses missives sur son ordinateur portable et les imprimait sur du papier à lettres bleu ciel, avant d'y apposer sa signature à l'aide d'un stylo à encre noire.

Ce drôle de coursier n'avait jamais été présenté à quiconque, jamais on ne l'avait entendu parler à quelqu'un, jamais on ne l'avait vu sourire ni réagir à ce qu'il venait d'entendre. Progressivement, on prit l'habitude de le désigner, derrière son dos, comme « le Grand », par opposition à son compère « le Petit », un individu plus jeune, qui devait avoir dans les trente-cinq ans, avec des yeux légèrement exorbités, et des lèvres qui restaient entrouvertes en permanence, comme s'il souffrait de quelque trouble respiratoire.

Bien que les directives, circulaires et autres décrets fussent désormais communiqués *via* les techniques les plus modernes, il suffisait de voir apparaître le Petit ou le Grand, venus de l'étage présidentiel, ou de les apercevoir plantés devant un responsable, quel que soit son niveau « institutionnel », pour éprouver aussitôt une accélération du pouls, une montée d'adrénaline et un pincement au cœur à la pensée de ce qui l'attendait.

A l'étage présidentiel

Deux semaines après la nomination du nouveau président qui, guettée par tous ceux qui suivaient de près l'évolution de l'Institution, avait provoqué une onde de choc sans précédent, Abdou al-Nomrossi put enfin respirer un peu. Il commençait à se détendre après les efforts intenses qu'il avait fournis depuis quinze jours, passant au crible de nombreux dossiers, posant moult questions et conduisant diverses investigations, tantôt discrètement, tantôt au vu et au su de tous.

Il avait rencontré des hommes d'affaires, des responsables de projets dans les villes nouvelles du 6-Octobre et du 10-Ramadan, des fonctionnaires des zones franches, des chefs douaniers, d'anciens membres des services de sécurité, d'autres encore en exercice, des représentants de confréries occultes, des animateurs de programmes télévisés ou radiophoniques, des proxénètes de profession, des prostituées fichées, des employés de banques étrangères, des tour-opérateurs, des actrices en pleine renommée, d'autres encore obscures, des propriétaires de meublés, des directeurs de *cottages* du bord de la mer Rouge et du littoral septentrional, des gérants de réservations auprès de compagnies aériennes ou d'hôtels mal famés. Il avait passé de longues heures aux archives photographiques de l'Institution, à examiner, à méditer, à comparer, à interpréter.

Le déclic, ce qui allait être le tremplin de son ascension ultérieure, il l'avait eu grâce à cette photographie désormais fameuse. Lorsqu'elle était tombée entre ses mains, il l'avait scrutée durant plusieurs heures, mettant à contribution toute l'expérience qu'il avait accumulée au cours de sa carrière, essayant de reconstituer la scène, figée dans les ombres et la pâle clarté, de dépasser les apparences pour cerner les détails les moins visibles et pour y découvrir une vérité cachée que même les protagonistes de la photo auraient été bien en peine de deviner, pour ne pas parler des tiers peu au fait du contexte.

A présent, il était apaisé. Il avait toujours eu le don d'anticiper les événements, c'est grâce à ce talent rare qu'aucune femme ne lui avait échappé, que toutes celles sur lesquelles il avait jeté son dévolu lui avaient cédé ; l'important était de trouver la bonne voie d'accès. Certaines lui avaient même avoué avoir longuement attendu cet instant. Combien de femmes prudes, prétendument imprenables, s'étaient transformées entre ses mains en pâte malléable !

La photographie lui fournirait le prétexte. Ce n'était pourtant qu'un vieux cliché pris lors d'une réunion au siège historique, remontant à l'époque où le président nouvellement nommé n'était encore qu'un obscur employé de la direction Informatique, dépourvu d'ambition particulière. Au dos du cliché ne figuraient que quelques indications sommaires, le lieu de la réunion et la date, qui, du reste, n'intéressaient pas Nomrossi : il ne voulait pas se laisser divertir par des détails sans importance. Ce qui avait capté toute son attention, c'était le regard, posé sur elle, un regard débordant de convoitise et de désir frustré.

C'était donc elle...

Safeyya al-Abnoubi.

Safeyya la hautaine, la mystérieuse, l'arrogante, l'inaccessible.

C'est sur elle que ses efforts devaient porter.

S'il consignait les différentes étapes par lesquelles il avait dû passer, les chemins qu'il lui avait fallu emprunter, les stratagèmes et les ruses qu'il avait été amené à déployer, nul doute qu'il aurait droit à l'admiration de tous, ses ennemis avant même ses amis. D'ailleurs, il comptait bien le faire un jour, pour prouver à tous à quel point le proxénétisme était un art, une science... que c'était affaire de génie !

Avant toute chose, il devait veiller à ce qu'ils ne soient pas vus ensemble. Le nouveau président était très soucieux de garder confidentiels ses faits et gestes, particulièrement tout ce qui touchait à sa vie privée et à ses conquêtes.

Personne n'avait jamais vu sa femme, la seule chose qu'on savait, c'était qu'elle n'était pas égyptienne de souche, qu'un de ses parents était étranger, peut-être les deux. Elle lui avait donné un garçon et une fille ; le premier étudiait à l'Université américaine du Caire, tandis que la seconde était décédée avant d'atteindre ses quatorze ans, dans un accident dont les circonstances n'avaient jamais pu être élucidées. D'après ce qu'on savait, le père en avait été très affecté, il était très attaché à sa fille et sa disparition précoce expliquait la tristesse qui se lisait en permanence dans son regard.

Tout au long de sa carrière, il était resté à l'écart, hors de portée, se débrouillant pour ne jamais se trouver seul en compagnie d'une employée ni plaisanter au téléphone avec une autre. Quant à sa secrétaire, Intichâr al-Qalioubi, elle semblait avoir usé son stock de féminité, avec son allure revêche. Ce genre de femme n'était cependant pas pour déplaire à Abdou al-Nomrossi, qui jurait que cette rigueur et cette sécheresse apparentes cachaient souvent des aptitudes exceptionnelles et pouvaient, sous les doigts d'un instrumentiste doué, exhaler les plus belles mélodies ; le tout était de savoir pincer les bonnes cordes.

La passion du nouveau président pour les femmes aurait pu rester secrète, mais le regard sur la photo l'avait démasqué aux yeux de Nomrossi. Mieux, il lui avait indiqué la direction à suivre.

Bien vite, le travail d'approche commença. Comme Amm Guweïli l'avait dit un jour, dans cette maison, les demandes les plus impensables pouvaient être satisfaites et, inversement, les plus élémentaires être refusées. L'important, c'était de formuler sa requête au moment opportun. Il visait bien entendu les revendications à caractère professionnel, mais ces paroles s'appliquaient également à la sphère privée. En tout cas, telle était la leçon que Nomrossi tirait de son expérience : l'essentiel était de savoir exploiter les circonstances, saisir les opportunités. Son véritable talent se résumait dans cette aptitude à prédire l'instant propice et à ne pas le laisser passer : c'est pour cela qu'il n'échouait jamais. Il était conscient de la méfiance qu'il inspirait, des obstacles qu'on mettait sur sa route, mais il ne lâchait pas prise pour autant.

Il connaissait beaucoup d'hommes de toutes conditions, à l'intérieur de l'Institution comme à l'extérieur, qui auraient rêvé d'emprunter la même voie que lui, d'agir de la même façon, mais qui n'en avaient pas le courage. Il était pétri de la certitude qu'en tout homme sommeillait, à un degré ou un autre, un proxénète endurci. Cette réalité-là, il l'avait apprise d'un professeur d'histoire érudit qui publiait quelquefois des articles dans les journaux et les magazines, accompagnés d'une photo qui n'était pas sans ressemblance avec le portrait de Hitler.

On le choisissait souvent pour interviewer des personnalités gouvernementales. Il leur posait des questions convenues à l'avance, auxquelles les autorités souhaitaient répondre pour des raisons touchant à l'intérêt national. Pour arriver à ce degré d'intimité avec les autorités politiques, cet homme de savoir, respecté pour son érudition, avait utilisé un moyen particulièrement ingénieux qui s'apparentait à du proxénétisme tout en étant extrêmement difficile à prouver : prétextant une recherche sur un sujet ou un autre, il dépêchait les plus jolies et les plus brillantes de ses élèves auprès de hauts responsables politiques ou d'anciens politiciens reconvertis dans les affaires, afin de recueillir leurs déclarations. L'historien, ne cessait-il de proclamer, doit disposer de témoignages, d'autant plus utiles qu'ils émanent de sources bien vivantes, susceptibles d'apporter à la réflexion théorique un éclairage indispensable.

C'est cet exemple qui avait été le déclic pour Nomrossi et l'avait incité à se lancer. Pour lui, il n'y avait pas le moindre doute : Son Excellence convoitait Safeyya. Cependant, pour la conquérir, il lui fallait une couverture, tout au moins au commencement. C'est ici que lui, Abdou al-Nomrossi, entrait en scène : il était toujours prêt à créer les circonstances favorables, à faciliter les choses, à offrir des solutions. C'est cette phase-là qui lui procurait son véritable plaisir.

Mais... qui était véritablement cette femme ?

D'après ce qu'il s'était laissé dire, sa situation n'était pas banale. Certes, il courait autour de chaque belle femme moult anecdotes et rumeurs, de sorte qu'il était bien difficile de démêler le vrai du faux, mais enfin, tout de même...

Apparemment, Safeyya était mariée sans être mariée.

Comment cela ? Eh bien voici :

Un an et demi plus tôt, elle s'était mariée à Meadi, au bord du Nil, dans un de ces clubs sociaux patronnés par le secteur public. Son mari était spécialisé dans l'entretien des machines de forage utilisées en recherche pétrolière. Il était d'ailleurs l'auteur d'un procédé original, dûment breveté à son nom au greffe de Rotterdam qui répertoriait ce type d'inventions. Il travaillait sur un champ pétrolier, aux Émirats, pour le compte d'une société américaine. Son salaire était très élevé, et il n'en dépensait pas grand-chose, son séjour et ses frais quotidiens étant entièrement pris en charge.

Il était d'une famille aisée, fils d'un magistrat en retraite, qui avait joui durant sa carrière d'une réputation d'honnêteté et d'intégrité et dont certaines des prises de position contre la corruption étaient même enseignées aux étudiants en droit de l'université Aïn Chams ; pour Nomrossi, cela ne signifiait qu'une chose : l'homme ne roulait certainement pas sur l'or. Effectivement, il était parti à la retraite avec juste de quoi vivre : sa pension mensuelle et le revenu d'une vieille maison du côté de Matareyya, qui toutefois lui coûtait plus en entretien et en consommation d'électricité qu'elle ne lui rapportait en loyers.

Comment le jeune ingénieur avait-il fait la connaissance de Safeyya ? Nomrossi n'avait pas réussi à le savoir avec certitude, mais que lui importait ? S'il se mettait en tête de découvrir la vérité, il y parviendrait tôt ou tard. En fait, à force d'accumuler des informations sur ce jeune homme, il finissait par éprouver de la sympathie pour lui, même s'il ne l'avait jamais vu et n'aurait probablement jamais l'occasion de le voir. Des histoires impliquant des femmes mariées et des veuves, il en connaissait à la pelle. Il avait oublié jusqu'à leurs traits à présent, bien qu'il ait eu l'occasion d'apercevoir leur nudité, de les contempler longuement dans leur plus grande intimité. Il avait connu des cas étonnants : telle épouse, qui avait une prédilection pour les relations d'affaires de son mari ; telle veuve, qui s'était déjà mise en quête des amis du disparu alors que sa tombe n'était pas refermée depuis une semaine ; ou encore toutes celles que des circonstances difficiles avaient conduites à sacrifier leur pudeur à de parfaits étrangers. Il avait connu des maris attentionnés, à mille lieues de soupçonner ce qui se passait derrière leur dos. Quant aux pulsions et aux pratiques sexuelles, elles étaient innombrables.

Il avait compati à l'histoire de ce jeune homme exilé dans un désert arabe ; il ne se passait pas un mois sans que Safeyya reçût de lui des cadeaux de prix : parfums capiteux, vêtements élégants portant les plus célèbres griffes de la haute couture française, bijoux luxueux dont le moindre était serti d'émeraudes, de rubis ou de diamants. L'une de ses collègues avait dénombré sur elle pas moins de dix colliers et sept bracelets en l'espace de deux mois. Encore était-ce uniquement ce qu'elle portait au bureau, que dire alors des bijoux qu'elle arborait le soir, en dehors du travail ? Ses vêtements étaient tous importés des plus célèbres maisons de France et de Belgique ; quant aux chaussures, elle en avait de toutes les formes et de toutes les couleurs.

Le jeune époux ne cessait de lui envoyer de nouvelles parures par la poste ou les sociétés de transport internationales, ou encore *via* des connaissances qui rentraient au pays.

Safeyya avait été claire et nette dès le départ : elle n'était pas disposée à l'accompagner dans un emploi à l'étranger, même si le fait de l'emmener avec lui permettait de prétendre au double du traitement. Elle n'avait pas l'intention de se sacrifier ; de toute façon, elle avait tout ce qu'elle voulait et rester seule ne lui faisait pas peur.

Au début, il avait tenté de protester, beaucoup de ses collègues emmenaient leur famille avec eux, certains s'étaient même mariés par correspondance, ne faisant la connaissance de leur nouvelle épouse qu'à l'aéroport, lorsqu'elle arrivait en robe de mariée. Et puis, de quoi avait-elle peur ? Là-bas, il veillerait sur elle comme sur la prunelle de ses yeux. Las, elle avait refusé catégoriquement, il était tout à fait exclu qu'elle passât un seul jour là-bas, de quelque manière que ce soit. Il n'avait qu'à partir seul, pour sa part, elle resterait ici. Il pourrait ainsi épargner de quoi leur assurer une vie aisée. Qu'il ne se fasse donc pas de souci, elle ne s'ennuierait pas ; de toute façon, ils se verraient durant les vacances, ils pourraient même faire chacun un bout du chemin et se rencontrer dans ces capitales que l'un ou l'autre avait toujours rêvé de visiter.

Depuis leur mariage, ils n'avaient passé en Égypte qu'une seule nuit, la nuit de noces. Le lendemain, ils étaient à Paris, ensuite ce fut Nice, puis Montpellier. Pour les dernières vacances de printemps, ils s'étaient retrouvés à Istanbul ; ensuite, ç'avait été Madrid, cet été, puis Tunis, il y a encore un mois. Toutes ses vacances, il les passait avec elle hors d'Égypte. Ils se rencontraient dans un aéroport et se quittaient dans un autre, lui partant pour son désert et elle retournant au Caire pour reprendre son travail à l'Institution. Elle lui répétait, à lui et à qui voulait l'entendre, qu'elle adorait son travail et n'en changerait pour rien au monde, qu'elle menait sa carrière d'un pas sûr, qu'elle avait la certitude de se rapprocher toujours davantage de l'objectif qu'elle s'était fixé.

Que voulait-elle exactement ? Qu'avait-elle derrière la tête ? Son époux l'ignorait, de même que son entourage, et même le perspicace Nomrossi. Ce n'était pas une femme facile à cerner.

Le jeune homme exilé semblait être un bourreau de travail, généreux, follement épris d'elle. Nul doute cependant que s'il l'avait un jour possédée, c'était davantage par l'esprit que par le corps. Un jour, au club, elle avait révélé à l'une de ses amies intimes, avec qui elle faisait son jogging, qu'elle ne l'avait jamais laissé s'amuser avec ses seins, lui avait formellement interdit d'en effleurer les mamelons. Elle tenait à en préserver la fermeté et le maintien, et redoutait par-dessus tout de les voir s'affaisser. Lorsqu'il avait fait mine de les téter, elle s'était reculée d'un air dégoûté. Qu'est-ce qui lui prenait de retomber ainsi en enfance, tel un nourrisson pas encore sevré ?

De même, lorsqu'il avait tenté de l'étreindre dans son sommeil, elle l'avait repoussé doucement, avant de lui faire comprendre qu'clle ne supportait pas ce genre de comportement, qu'elle avait ses habitudes : elle ne pouvait trouver le sommeil que dans le calme, le moindre souffle courant sur son épiderme la faisait sursauter, et il n'y avait alors plus moyen de s'endormir. Puis, d'une voix douce, elle avait ajouté qu'il valait mieux pour chacun se familiariser avec les habitudes de son partenaire s'il voulait éviter chez lui une réaction de rejet.

A son amie, elle s'était également vantée de ne lui avoir jamais laissé prendre dans l'amour les positions qui l'excitaient le plus : malgré son expérience manifestement limitée, il avait probablement visionné des films pornographiques, qui avaient dû lui donner des idées. Lorsqu'il avait exprimé le désir de la prendre par-derrière, elle avait eu un mouvement de recul, elle semblait terrifiée, déclarant que cela lui était tout à fait inconcevable, que la chose n'était possible que par où Dieu l'avait prescrite. Il s'était excusé et lui avait baisé les mains, jurant qu'il n'avait pas voulu la heurter, que c'était la première fois qu'il essayait de cette façon. Cependant, il ne voyait pas ce qu'elle trouvait là d'anormal et était allé jusqu'à soutenir que c'était la position naturelle, il avait même proposé de lui montrer une cassette prouvant qu'il disait vrai. Elle avait refusé sèchement, déclarant que ces films étaient sordides, qu'elle ne pouvait les regarder sans être aussitôt prise de nausées.

A la vérité, le pauvre garçon ne lui faisait aucun effet, incapable qu'il était de combler ses ardeurs, de déchiffrer ses codes secrets, de pénétrer son univers intérieur, de bouleverser ses sens. Il avait à peine commencé qu'elle attendait déjà impatiemment qu'il en ait terminé, le plus tôt serait le mieux. Pourtant, il se donnait du mal pour gagner ses bonnes grâces, avec une persévérance que toute femme en ménage aurait enviée. Mais... que dire ? Elle ne supportait pas son contact et s'était définitivement résolue à l'idée qu'avec lui elle n'avait aucune chance de s'épanouir.

Bientôt, elle le persuada de la nécessité de faire chambre à part, pratique que les médecins recommandaient comme bénéfique pour la santé. Il céda sans discuter, sans protester, sans proférer la moindre injure. Au contraire, il continuait à tout faire pour se rapprocher d'elle, multipliant les cadeaux, virant sur son compte tout l'argent qu'elle réclamait pour l'aménagement de leur appartement à Mohandessîn : les travaux n'étaient pas encore terminés, et il manquait certaines pièces de mobilier qui devaient être importées par avion.

Quand Nomrossi avait enfin trouvé ce qu'il cherchait, il en était resté abasourdi. Avec cela, il avait de quoi la faire monter à l'étage du président... Il avait beau vérifier et revérifier chaque information, la conclusion était bien là : Safeyya avait réussi l'exploit d'entretenir trois liaisons simultanément !

Son premier amant était un peintre résidant à Wikâlat el-Ghouri. Follement amoureux d'elle, il adorait la faire poser nue, trouvant à son corps épanoui une beauté singulière, avec ses pentes fertiles, ses vallées irriguées, sa taille cintrée qui contrastait avec la générosité fabuleuse de ses courbes. L'un de ses tableaux la montrait fièrement plantée à l'entrée d'un bateau de tourisme cinq étoiles, ancré à Assouan, sa poitrine opulente offerte aux regards. Quant à ses fesses, il leur vouait une passion sans bornes, admirant leur volume, leurs formes potelées. Un après-midi, il les avait représentées fébrilement, usant de couleurs rares faisant écho aux teintes du coucher de soleil.

Le deuxième était steward dans une compagnie aérienne étrangère. Il ne pouvait lui consacrer que quelques heures chaque fois qu'il transitait par Le Caire. Le jour où elle avait fait sa connaissance, il arrivait tout juste d'Izmir et Istanbul. Aussitôt qu'elle entendait le son de sa voix, elle accourait, laissant en plan toutes ses activités du moment, qu'elle fût en train de présenter ses condoléances à un enterrement ou d'assister à une cérémonie de mariage.

Quant au troisième, c'était un diplomate aujourd'hui en poste à l'ambassade d'Égypte à Moscou. Leur lieu de rencontre préféré était son appartement, situé près des casernes de Meadi, elle n'avait pas prêté attention au fait que cette banlieue, très prisée par les expatriés en poste au Caire, était pour cette raison infestée de membres de la police secrète égyptienne, sans parler des espions étrangers.

Nomrossi ne parvenait pas à concilier ces trois liaisons, à leur trouver une cohérence. Comment passait-elle d'une aventure à l'autre ? Comment réussissait-elle à se comporter naturellement avec chacun de ses amants ? Quelles expressions laissait-elle échapper au cœur de l'extase ? Il espérait qu'un jour, elle se confierait à lui. Pour lui, écouter une belle femme sortir de sa réserve apparente et révéler ses secrets les plus intimes était le comble du bonheur.

Il avait agi avec lenteur et prudence, craignant le moindre impair qui aurait compromis son plan, mais en définitive, les choses s'étaient passées plus facilement que prévu. Le plan qu'il avait éléboré était d'une extrême simplicité. Pour la mettre en contact avec le président, il lui avait suggéré de solliciter un rendez-vous avec Son Excellence en prétextant une interview destinée à paraître dans le journal trimestriel de l'Institution, édité en trois langues.

En ce moment même, Safeyya devait déjà être au douzième étage, sûre de ses effets ; l'entretien était prévu pour durer une heure tout au plus, mais elle n'était toujours pas redescendue. Bien entendu, il n'y avait pas plus d'interview que de parution.

Son rôle à lui avait commencé avec la découverte du vice caché de Son Excellence et pris fin à l'instant où il les avait réunis. Certes, il était derrière tout cela, mais il évitait de s'imposer, de chercher à tirer parti de sa position. Le proxénète compétent devait savoir quand se montrer et quand se faire oublier. Il connaissait ses limites, à trop s'approcher du feu on risquait de se brûler, et la brûlure de Safeyya aurait été fatale.

Elle était désormais aux premières loges, celles qui donnent le vertige. Tous ceux qui arrivaient là le devaient à un intercesseur, mais il savait qu'une fois en place l'obligé ne supportait plus qui avait œuvré pour le propulser là, ne lui vouant plus que haine et mépris. Il était conscient qu'aussitôt son objectif atteint – entrer dans la chambre à coucher et s'isoler avec la cible convoitée – Safeyya changerait radicalement de ton.

Sa mémoire était pleine des visages de ceux que cette expérience avait métamorphosés. Il en avait vu ressortir de là abattus, en proie à la tristesse et au remords, se rendre rapidement à la salle de bains, avec dans le regard comme un voile mélancolique. D'autres au contraire avaient les yeux pétillants de plaisir comblé ; d'humeur ludique, ils avaient continué à prodiguer leurs caresses, à battre des mains ou à lancer des baisers dans la direction de leur conquête. Ses préférences allaient à cette seconde catégorie, mais elle était largement minoritaire.

Il essayait de se figurer la mine du mari exilé s'approchant de Safeyya, pauvre bougre qui n'avait même pas le droit de toucher un sein, s'il la voyait ne serait-ce qu'un instant dans ses ébats avec son amant peintre, il serait frappé de stupeur, il s'enfoncerait sous terre, certaines scènes dépassaient largement n'importe lequel des films les plus obscènes qu'il visionnait secrètement dans son exil de sable.

Nomrossi avait peine à comprendre un attachement aussi aveugle, le mari lui inspirait une certaine pitié. Qu'est-ce qui l'avait séduit chez Safeyya, le poussant à faire le premier pas et solliciter sa main ? A son père, le magistrat intègre, n'avait-il pas soutenu qu'elle lui ferait honneur en société, que tous ceux qui l'apercevraient avec une femme pareille à son bras se retourneraient sur leur passage, que leur présence serait aussitôt remarquée ?

Mais de qui voulait-il ainsi la faire remarquer ? Des autres, bien entendu... N'était-ce pas là un premier pas vers la position d'entremetteur ?

Il savait quelle aura les hauts responsables irradiaient, à la seule mention de leur position ou de leur titre, les gens étaient impressionnés jusqu'à la terreur. Beaucoup de ces grands pontes mettaient cela à profit pour s'offrir des maîtresses. Au départ, ils faisaient mine d'être aveugles ou insensibles aux minauderies de celles qui les sollicitaient pour telle ou telle faveur, mais bien souvent leurs grands principes et leur sens de l'honneur déclinaient avec le temps.

Que de fois n'avait-il pas lui-même séduit de belles femmes réputées imprenables, de celles qui avaient résisté à des hommes bien plus puissants et bien plus riches, au faîte de leurs prérogatives ! Oh ! il ne l'avait pas fait pour son propre plaisir, mais seulement pour les faire ployer, pour briser les préventions des plus réticentes, afin de réaliser ses desseins.

Son plaisir suprême était de rapprocher deux personnalités que tout semblait opposer, puis d'observer leurs réactions, soit en épiant secrètement la rencontre, lorsqu'il en avait l'occasion, soit en accueillant ultérieurement les confidences de l'un ou l'autre des amants, avec un faible pour la version de la femme.

Il était fasciné par les mots qui s'échangent au cours d'une liaison, d'abord au moment de la rencontre, quand deux êtres s'abordent qui, un instant auparavant, ignoraient tout l'un de l'autre, ensuite au moment de l'étreinte, puis du baiser, puis de l'acte amoureux. Quant aux râles qui sortaient de la gorge de ces femmes expérimentées, à l'approche de l'extase, il ne connaissait rien de plus merveilleux ! L'une de ses relations, un hôtelier libanais, avait installé un dispositif secret dans les chambres pour écouter ces mélodies...

Certaines de celles qu'il avait poussées dans les bras d'inconnus avaient gardé le contact avec lui. Étrangement, toutes lui conservaient leur estime et leur affection, quoique à des degrés variables. Bien sûr, certaines lui en avaient voulu, particulièrement celles qui n'avaient pas compris immédiatement et qui, de ce fait, avaient été choquées d'apprendre que ses mots doux, ses assauts de charme, n'étaient en réalité qu'une étape pour leur faire sauter le pas en direction d'autres. Mais, en définitive, elles se sentaient toutes redevables à son égard. Quelques-unes appréciaient véritablement sa compagnie, adorant lui confier leurs petits secrets, quand bien même elles affectaient en façade de le battre froid.

En dépit de son expérience de libertin endurci, il ne connaissait pas de passion plus grande que celle qu'une courtisane voue à celui qui lui a ouvert les portes de la débauche. Elles lui avaient donné de multiples preuves de courage et de dévouement, bien plus que certaines bourgeoises collet monté. Tout cela n'était qu'affaire de chance !

Il était au fait de la mauvaise réputation qu'il traînait, cependant il ne s'en souciait guère, non par cynisme, mais parce qu'en définitive il plaignait ces malheureux, incapables d'imaginer tout le plaisir qu'il tirait de son activité.

Safeyya aurait beau rester plus ou moins durablement au douzième étage, il était sûr qu'elle finirait par lui échoir un jour ou l'autre. Il se préparait à l'avance un programme festif pour ce moment-là, avec elle il pourrait aller au-delà des frontières connues, elle avait tant de facettes différentes, et ce qu'il avait appris sur son compte était proprement stupéfiant, sans parler de ce qui était encore caché. Rien qu'avec ce qu'il savait, il avait de quoi s'arrêter et méditer.

Était-elle vraiment si particulière ?

Sans aucun doute.

Sa silhouette était agile, sinueuse, élancée, sans qu'on puisse dire exactement d'où provenait sa beauté. La plupart de celles qu'il avait eu l'occasion de détailler avaient un atout déterminant, leur beauté se concentrait en un point particulier. Safeyya, elle, était comme un océan. Elle dégageait une présence imposante, avec ses yeux larges au regard intense, ce regard de femme protégeant sa vertu, où l'on décelait cependant toujours une lueur d'agressivité et de défi, comme pour dire qu'elle voulait bien se soumettre, mais à ses propres conditions. Elle était agitée en permanence par une pulsion latente, une énergie mystérieuse qui l'enflammait de désir quand bien même elle répugnait à céder. Elle embaumait la féminité, sans jamais se départir toutefois de cette touche plus masculine qui sommeillait sous la surface de douceur. Elle lui rappelait une jeune femme délicate qu'il avait connue quelques années plus tôt...

Elle habitait une étroite impasse, dans un quartier populeux et pauvre situé derrière la mosquée d'Ibn Tûlûn – louange au Créateur capable de faire sortir des roses de la boue ! C'était une vraie fleur, on ne pouvait se la représenter sans l'associer immédiatement au narcisse, au jasmin, à la guimauve. Nomrossi était pris d'un tremblement rien qu'en repensant à l'ouverture de ses lèvres, à ce halo de douce lumière qui semblait traverser son corps, et qui gagnait en intensité à mesure que l'extase approchait ; elle méritait bien son prénom de Thoraya – c'était un astre. Surmontant la faim, la maladie et une constitution un peu frêle, elle s'était épanouie et déployée généreusement dans le monde de la séduction, papillonnant d'une aventure à l'autre pour en sortir chaque fois enrichie.

Cette impatience ne l'étonnait pas : il avait connu des

splendeurs dont la beauté dépassait, dans leur jeunesse aussi bien que dans l'âge mûr, tout ce qui se pouvait imaginer, mais la beauté est un trésor éphémère, qui ne tarde pas à faner, exactement comme la myrte qui pousse sur les tombes, au parfum si odoriférant mais également si fugace.

Le plan destiné à conquérir Thoraya lui avait demandé quarante heures d'intense réflexion, réparties sur trois semaines, durant lesquelles il avait mis au point les étapes destinées à la soumettre à sa volonté. Quant à l'exécution du plan, elle s'était étalée sur une année entière. Ensuite, il avait passé la main à d'autres, qui en avaient abondamment profité, quelquefois non sans tact, mais bien plus souvent avec grossièreté.

La vérité, c'est qu'il était tombé amoureux d'elle, il la désirait pour lui, situation qu'il n'avait connue qu'à de rares reprises. Le premier à en avoir pris possession était un riche potentat arabe – qui d'ailleurs ne lui avait pas ménagé sa reconnaissance, le couvrant de cadeaux et allant jusqu'à lui proposer un poste attractif et largement rémunéré dans son émirat, mais il avait poliment décliné. L'émir avait emmené Thoraya à Alexandrie, où il s'était délecté de sa présence, de sa beauté, de sa délicatesse qui contrastait avec sa voix un peu rauque, une alliance des contraires qu'il avait longtemps cherchée sans la trouver. Quant à ses mains, il les avait trouvées particulièrement à son goût, avec de longs doigts, minces et effilés, et des paumes lisses et potelées, semblables à des beignets.

Il l'avait embrassée sur le front en déclarant : « On dirait que tu vas au-devant de mes désirs, comme si tu lisais dans mes pensées. *Zein wallah, zein !*[1] » Cependant, il avait également exigé d'elle des choses dont elle n'avait jamais entendu parler, même dans ses conversations les plus intimes avec les femmes de l'impasse. Avec Nomrossi, elle n'avait pas voulu s'étendre sur les détails, et comme il lui demandait si l'émir

1. Exclamation admirative typiquement utilisée par les Arabes du Golfe et de la péninsule.

l'avait entreprise par-derrière, elle avait répliqué amèrement : « S'il n'y avait que ça ! » Nomrossi était curieux d'en savoir plus, mais elle l'avait laissé sur sa faim, déclarant seulement que si elle supportait tout cela, c'était dans l'espoir de mener à terme son projet.

Son but était d'épargner une somme suffisante pour aider son amoureux, un jeune artisan de Khan el-Khalîli qui travaillait la nacre, à payer le pas-de-porte – cinq cents livres – qu'on lui réclamait pour une chambre avec toilettes privatives, située sur la terrasse d'un bâtiment de trois étages à Darb el-Gamâmîz. C'était un brave garçon, courageux et généreux, aussi amoureux d'elle qu'elle l'était de lui, mais il peinait à réunir un montant aussi considérable. Or, c'était le prix à payer pour qu'ils puissent s'installer ensemble.

C'est ainsi qu'elle avait fait la connaissance de Nomrossi, plaçant en lui toute sa confiance. Pour justifier son comportement, elle ne cessait de se répéter qu'aussitôt la somme réunie elle s'abstiendrait définitivement. Las, bien qu'elle eût amassé plusieurs fois le pécule requis, sans parler des innombrables cadeaux, elle n'avait pas réussi à s'arrêter, et sa liaison avec le jeune artisan n'avait pas survécu, pour de multiples raisons qu'il serait difficile de résumer en quelques mots.

Dieu, où pouvait-elle être à présent ?

Où avait-elle jeté l'ancre ?

Que lui avait réservé le destin ?

Elle avait le tempérament chaud comme une galette de pain juste sortie du four, et ses attraits étaient aussi rares que variés : sa fraîcheur, sa vitalité, sa voix enrouée, ses yeux si charmeurs. C'était comme un double de… Safeyya !

Malgré le nombre de celles qu'il avait rencontrées et retournées sous ses doigts comme des crêpes, il se souvenait parfaitement de ses traits, le souvenir s'était précisé davantage encore après sa rencontre avec Safeyya ; elle avait ce même mélange de rudesse et de féminité, les contraires réunis en un seul être.

C'était là le secret de leur rarissime alchimie : une féminité délicate et charmeuse, alliée à une audace quasiment masculine dans la séduction.

Ce genre de femmes l'intriguait au plus haut point, il était curieux de découvrir leur face cachée, celle qui ne se donnait pas immédiatement à voir, ce désir latent, aussi lancinant qu'inavouable. Safeyya, avec son air déterminé, sa démarche volontaire, son regard altier qui mettait une distance entre elle et les autres, se savait au fond très vulnérable, prête à céder à celui qui saurait gagner son cœur. De ce fait, elle passait d'un extrême à l'autre, et c'est cette alternance imprévisible qui la rendait si fascinante.

En l'abordant, il s'était attendu à un rejet catégorique, nul doute qu'elle serait choquée et dégoûtée par sa demande, qu'elle percevrait immédiatement où il voulait la conduire mais, à son grand étonnement, elle avait acquiescé sans se rebiffer. Le lendemain de sa rencontre avec le président, elle lui avait retourné un regard insolent, plongeant sans vergogne ses yeux dans les siens, avant de lui déclarer qu'elle s'installait au douzième étage comme conseillère personnelle de Son Excellence pour les Relations publiques. Elle se réjouissait d'occuper cette fonction créée sur mesure pour elle et s'inscrivant dans le projet de modernisation du management, seul capable d'assurer avec succès le passage dans le XXIe siècle, désormais aux portes.

Lui qui avait assisté aux réactions les plus diverses, qui disposait dans ce domaine d'un réservoir illimité d'anecdotes, n'oublierait jamais cette scène décisive où il l'avait persuadée de monter au douzième pour conduire la fameuse interview. Comme elle émettait un doute, il avait écarté les mains, inclinant légèrement la tête dans un geste équivoque, qui pouvait signifier l'incitation, l'appel à la prudence, l'encouragement ou l'espoir ; c'était une technique éprouvée dont il exploitait souvent l'ambiguïté pour circonvenir ses victimes.

Curieusement, quelles que soient les différences, les disparités sociales, la diversité des goûts et des couleurs, toutes ces femmes réagissaient à cette première approche selon des schémas établis. C'est pourquoi il épiait ces moments avec une attention particulière : le moindre geste, le moindre signe d'acquiescement de leur part présageait de leur destin futur. Car les commencements portent souvent en germe la suite des événements, et parfois même leur dénouement. De plus, ce premier signe était pour lui une source de plaisir dont il pourrait se délecter une fois seul, un moment clef pour tout proxénète qui se respecte, celui où les doutes sur le succès des démarches entreprises – implorer, supplier, ruser, faire miroiter, menacer, comploter – se muaient en certitude, où la proie était irrémédiablement ferrée, quand bien même elle se refuserait à l'admettre.

Il avait dans ce domaine des expériences multiples, de quoi laisser n'importe quel auditeur pantois, mais il était par nature peu loquace, ne se confiant qu'au compte-gouttes, et encore, seulement en cas de nécessité impérieuse.

Il avait donné ses instructions avec l'assurance calme de celui qui domine la situation :

« Après-demain… oui, mardi matin, tu montes chez lui. »

Le choix des mots était de la plus haute importance : « chez lui », cela voulait dire chez cet homme-là, ce n'était plus « Son Excellence » mais un mâle comme un autre, expression délibérément sèche où se lisait une nuance d'agressivité et de mépris…

Il avait peiné à conduire ses investigations sur elle, à réunir d'innombrables informations sur son compte, mais il savait que tout cela lui servirait un jour, que cela ne serait pas perdu : il y avait un temps pour tout, et chaque détail serait exploité à son heure.

Lorsqu'elle l'avait informé de sa promotion, il avait accueilli son ton de défi avec le plus grand calme, veillant à ne pas laisser filtrer la moindre frustration, le moindre dépit de la voir accéder à des fonctions qui la mettaient d'une certaine manière en concurrence avec lui. Au contraire, il lui avait fait comprendre que, de là-haut, elle constituerait pour lui un appui précieux.

A présent, le plus dur était fait, il ne lui restait qu'à observer la suite. Toute rencontre entre des personnalités aussi distinctes était unique, imprévisible, son expérience ne lui était plus d'aucun secours. Il ferma les yeux, essayant d'imaginer : qu'avait-il bien pu se passer là-haut ?

Le nouveau président comptait-il renouer avec la tradition du fondateur, qui n'hésitait pas à forniquer durant les heures de travail ? Ses exploits en la matière étaient connus, objets de maints récits colportés au sein de l'Institution. Nomrossi se recroquevilla, enfonçant sa tête entre ses épaules, abaissant son menton jusqu'à ce qu'il touche presque sa poitrine. Il noua ses doigts, arrondissant le dos pour s'abandonner à ses pensées. Il imaginait Safeyya dans les postures les plus diverses, en rapport avec sa plastique superbe. Ceux qui affirmaient que, dans l'obscurité, toutes les femmes se ressemblent, ne savaient manifestement pas de quoi ils parlaient et n'entendaient rien à la chose féminine ; chaque femme était un univers à part entière. Avec tout ce qu'il avait vu, il était bien placé pour en témoigner, même s'il trouvait davantage sa jouissance dans la rêverie de l'esprit que dans le plaisir des yeux.

Rares étaient celles qui l'avaient émoustillé à ce point ; il devait reconnaître que Safeyya avait sur lui un ascendant indéniable, avec sa silhouette altière, cette cambrure soudaine au bas de son dos, provocante, insolente, qui semblait tirer vers elle toute la peau alentour. La perspective d'entrevoir son corps nu, soumis, apprêté pour l'offrande méritait de prendre certains risques. Mais il fallait rester prudent, ne pas franchir les limites, même dans la confusion de son imagination. Le mieux était de suivre l'évolution de l'affaire à distance, comme n'importe quel inconnu.

En réalité, l'assurance de Safeyya et sa promptitude à reprendre ses esprits l'avaient impressionné. Son allure lorsqu'elle pénétrait le matin par l'entrée principale de l'Institution était désormais un grand moment de la vie

« institutionnelle », l'écho s'en propageait dans tout le bâtiment, il fallait la voir se diriger directement vers l'ascenseur privé qui ne marquait qu'un seul arrêt : celui du sommet.

Le matin du quatrième jour après sa prise de fonctions, Achmouni quitta sa place pour l'accueillir en personne à son arrivée ; d'un pas sûr et courtois, il s'avança jusqu'à elle afin de l'escorter jusqu'à l'ascenseur, lui souhaitant la bienvenue :

« Bien le bonjour, madame. »

Il la précéda de deux pas savamment calculés afin de lui ouvrir la voie, privilège d'ordinaire réservé aux visiteurs les plus prestigieux. Puis il tira la porte de l'ascenseur et s'inclina avant de la refermer doucement, restant en place jusqu'à ce que le voyant se fût éteint, indiquant qu'elle était arrivée à bon port.

Lorsque cette nouvelle finit par atteindre Gawâhri, dans son repaire – le café de Rachîda l'Autrichienne –, il ne put s'empêcher de frémir, malgré sa longue expérience qui l'avait habitué aux pires catastrophes.

Quoi, Achmouni ouvrait la porte à cette fille de rien !

Cela méritait qu'on s'y arrête. Tout d'abord, la tradition voulait qu'une telle marque de déférence fût réservée aux puissants, aux plus hautes personnalités, à commencer par le fondateur. En second lieu, c'était pour Achmouni lui-même une humiliation, un signe de déclin pour celui qui était un pilier, une référence aux yeux de tous, au même titre que Hassâne le barbier, Amm Siddîq le Nubien et les autres – d'ailleurs, il était le seul encore en place. Le plus triste dans tout cela, c'était qu'il avait agi de sa propre initiative, sans même y être contraint.

Il faut dire qu'Achmouni avait le don de sentir le vent tourner, il savait immédiatement, par sa présence aux avant-postes, ce qui se passait dans les chambres closes. Il avait assisté à d'étonnantes métamorphoses. Il en avait connu qui, arrivés là nu-pieds, avec à peine de quoi cacher leur nudité, quémandant un emploi pour assurer leur subsistance, avaient fait leur chemin dans l'entreprise, quelques-uns en étaient aujourd'hui les ambassadeurs à l'étranger et ne se déplaçaient plus sans gardes du corps, d'autres avaient pris l'habitude de déposer leur argent en Suisse. Il connaissait les secrets de tous ceux qui passaient ici, aucun de leurs gestes ne lui échappait. Plus, il avait deviné la fin prochaine de certains au seul son de leurs pas, il avait décelé dans leur démarche la maladie qui prend lentement possession du corps et l'enserre entre ses griffes jusqu'à l'anéantissement.

Que de destinées n'avait-il pas ainsi pressenties !

Le nouveau statut de Safeyya ne lui avait pas échappé, rien ne restait secret, on connaissait à présent le rôle de Nomrossi dans son ascension, comment il avait monté toute cette affaire d'interview avec Son Excellence. Mais ce qui n'aurait dû être qu'une mission ponctuelle s'était mué en affectation permanente. La voix d'Intichâr al-Qalioubi n'était désormais plus la seule à avoir l'oreille de l'étage présidentiel. Pis, elle semblait clairement en perte de vitesse, à moins qu'elle n'ait délibérément choisi de s'effacer.

Intichâr savait tout du nouveau président, résultat des longues années passées auprès de lui, elle était au fait de ses goûts, des émotions qui l'agitaient, des changements qui l'animaient. Il ne buvait le thé que de sa main ; elle le préparait dans son bureau avant d'entrer au moment approprié pour le lui servir, ou pour lui ôter des mains son cigare s'il avait dépassé le nombre de bouffées autorisées par son médecin. On était certain qu'il ne l'avait jamais touchée, mais il était prouvé qu'elle avait parfois préparé le terrain pour ses liaisons avec d'autres. Elle était la seule à connaître sa psychologie, à comprendre ses pulsions, à pouvoir anticiper ses volte-face et ses décisions inattendues. D'ailleurs, on disait qu'elle était unie à lui par un lien de parenté, dont la nature exacte était toutefois objet de divergences.

Safeyya, au commencement, s'était abstenue de se montrer offensive en quoi que ce soit.

Intichâr, de son côté, ne voyait manifestement pas d'un bon œil cette nouvelle venue, à l'ambition trop visible, pour qui Son Excellence n'était qu'un tremplin, d'où sa décision de s'effacer discrètement ; elle savait quand venait le moment de prendre de la distance.

Elle se retint d'émettre la moindre protestation, le moindre signe susceptible de révéler son agacement. Au contraire, elle répondit de bonne grâce aux questions de Safeyya, lui fournissant toutes les informations dont elle avait besoin pour faciliter son séjour au douzième étage. Oh ! bien sûr, elle avait quand même dissimulé certaines choses qui ne pouvaient être révélées que sur ordre exprès de Son Excellence, voire, dans certains cas, sur instruction écrite.

Jour après jour, la réalité se dévoilait à Achmouni, à partir d'indices patiemment collectés, des détails qui auraient paru insignifiants à un observateur extérieur : la direction d'un regard, l'assurance d'une démarche, l'expression d'un trait, l'inclinaison d'une tête. D'ailleurs, il suffisait de comparer l'apparition de Safeyya aujourd'hui à l'entrée de l'immeuble, avec celles d'autrefois, lorsqu'elle semblait hésitante, le pas lourd, le souffle court, attendant d'arriver devant le registre de présence pour sortir maladroitement son stylo. Consciente des regards qui s'arrêtaient sur ses courbes, elle portait instinctivement la main au bas de son dos, lissant sa jupe, ce qui mettait encore plus en valeur ses avantages et sa féminité. Pour finir, elle tournait d'une main le bouton de la pointeuse et signait de l'autre, avant de prendre sa place dans la file d'attente, devant l'ascenseur.

Aujourd'hui, plus personne n'aurait osé lui lancer un regard appuyé, on ouvrait à l'avance la porte de l'ascenseur en voyant approcher la voiture de fonction qui lui avait été récemment attribuée. C'était un modèle japonais, dont on avait pu voir la publicité fréquemment ces derniers temps, aussi bien dans les hebdomadaires qu'à la télévision, après les informations du soir. On en avait acheté trois exemplaires, le Professeur avait signé la commande sur injonction directe de Son Excellence, avant de téléphoner à Safeyya pour lui communiquer le nom de son chauffeur.

Comme il lui demandait si elle avait des souhaits particuliers, elle avait réclamé des vitres fumées, ainsi qu'une cloison entre l'avant du véhicule et la banquette arrière : on pourrait la relever ou l'abaisser à volonté sur simple pression de la main. Le Professeur s'était vanté des efforts qu'il avait fournis pour lui obtenir une plaque minéralogique à deux chiffres seulement, la préfecture ne les accordant que sur autorisation des plus hautes autorités de la circulation. Ainsi, en voyant la voiture, quiconque un tant soit peu familier des usages comprendrait instantanément que le véhicule appartenait à un personnage haut placé.

Achmouni, pourtant habitué à dissimuler ses sentiments et à se montrer sous un jour différent de ce qu'il était en réalité, avait du mal à cacher sa stupéfaction : jamais il n'avait vu quelqu'un promu à un poste proche du pouvoir s'acclimater aussi rapidement et aussi ostensiblement que Safeyya. Trois jours à peine après sa nomination, elle paraissait avoir toujours vécu au douzième étage, on l'aurait dit née ici et initiée depuis le biberon aux secrets les mieux dissimulés de la présidence.

Désormais, ses pas étaient plus saccadés, plus rapides, elle se retournait moins sur elle-même, elle était plus économe de sa respiration. Certes elle avait toujours les mêmes gestes – comme ce mouvement vif au moment de désigner un objet – mais ils respiraient à présent la force et la détermination. Progressivement, on vit apparaître autour d'elle ce halo diffus qui entoure les visages de ceux qui exercent de hautes responsabilités. Le plus étonnant, c'est qu'elle ne semblait y mettre aucune affectation, comme s'il en avait été ainsi de tout temps.

Désormais, poser le regard sur elle était une entreprise périlleuse, et Achmouni réprima une furieuse envie de détailler sa croupe, d'embrasser du regard les deux globes plantureux afin de se les remémorer plus tard, une fois seul. Il cessa également de l'imaginer nue, dans ces postures qui le laissaient inassouvi et comblé tout à la fois.

Au bout de quelques jours, une semaine au plus, la quantité de correspondance qu'elle recevait avait décuplé, aussi bien celle qui arrivait par la poste *via* le service courrier – une cellule située au premier étage et tenue en alternance par deux anciens employés – que les lettres remises en main propre au bureau d'accueil de la présidence, qui disposait d'une entrée à l'abri des regards indiscrets des nombreux usagers. Achmouni ne se lassait pas de louer le sens aigu de la sécurité que le fondateur avait manifesté dès le commencement, insistant sur la nécessité de passer au crible la correspondance, et plus encore les colis. Bien entendu, la procédure s'était renforcée avec le temps et les évolutions politiques, notamment l'émergence de groupuscules terroristes et les menaces de toute nature auxquelles l'Institution se trouvait exposée.

Avant de parvenir à son destinataire, toute correspondance devait désormais franchir deux barrages successifs.

Tout d'abord, on la passait dans des appareils relevant du département Sécurité, afin de s'assurer qu'elle ne comportait ni produit explosif, ni matière toxique, ni tract hostile. Pour cela, on utilisait un matériel toujours plus sophistiqué : balises électroniques, testeurs chimiques, détecteurs ultrasensibles, etc. Personne ne connaissait avec précision le coût de ces mesures de sécurité, le chiffre était confidentiel et ne pouvait être divulgué, sous peine de graves sanctions.

Quant au second barrage, il consistait à soumettre systématiquement les lettres à Achmouni ou, en son absence, à l'un de ses adjoints, afin de détecter tout comportement suspect parmi les employés.

La plupart des correspondances remises en main propre contenaient des messages urgents ou des cartons d'invitation envoyés par d'autres entreprises, des ambassades ou diverses missions diplomatiques, pour convier des représentants choisis de l'Institution à des soirées mondaines, des vernissages, des projections de films, des avant-premières théâtrales ou musicales, ou encore des cérémonies de fiançailles ou de mariage. Il y avait également des publicités pour divers appareils ménagers, vendus au comptant ou à crédit.

Achmouni avait acquis dans ce domaine un savoir-faire rare, il était capable de lire entre les lignes et de deviner d'un seul coup d'œil le contenu d'une missive. Que de fois le fondateur – et après lui ses successeurs – ne s'était-il pas émerveillé des résultats étonnants qu'il parvenait à obtenir.

Tout au long des années précédentes, Safeyya n'avait reçu en tout et pour tout que quatre ou cinq cartons d'invitation, dont trois à des cérémonies de mariage. Achmouni se souvenait d'avoir examiné l'un d'entre eux, relatif à l'inauguration d'une exposition de pièces détachées pour automobiles fonctionnant à l'énergie solaire. Il s'agissait d'une curiosité personnelle de sa part, il n'en avait parlé à personne. Pourquoi donc avait-il retenu par cœur l'adresse, à Doqqi ? Pourquoi ne pouvait-il pas entendre le nom de Safeyya sans penser aussitôt à ce carton d'invitation et l'associer au concept d'énergie solaire ? Il ne savait pas, il n'arrivait pas à trancher : la mémoire a ses raisons que la raison ignore.

Aujourd'hui Safeyya recevait quotidiennement plus d'une vingtaine d'enveloppes élégantes : dîners, fiançailles, mariages, expositions, fêtes nationales organisées par telle ou telle ambassade. Il était désormais difficile à Achmouni de garder l'œil sur tout son courrier, non seulement des lettres, mais aussi des colis renfermant des cadeaux offerts par des entreprises ou des ambassades étrangères.

Le changement s'était produit avec une rapidité stupéfiante. Les différents chefs de département étaient maintenant conscients de son nouveau pouvoir. Les décisions d'importance étaient transmises par son intermédiaire ; on disait même qu'elle participait activement au processus de décision ; ce qui est sûr, c'est qu'elle était impliquée dans la formulation des décrets. Plus significatif encore, il semblait que Son Excellence lui eût délégué sa signature dans certains domaines, fait sans précédent dans l'histoire de l'Institution.

Les autorités suprêmes du pays surveillaient de près la

personnalité de ceux ou de celles qui pénétraient le cercle étroit constitué autour du maître du douzième étage. Safeyya était maintenant dans l'œil du cyclone. Bien sûr, des hypothèses circulaient, murmurées d'une voix à peine perceptible : Est-ce qu'il la lutinait là-haut ? S'isolait-il avec elle dans le bureau circulaire ? Dans leur majorité, les employés ignoraient la configuration de l'étage depuis les réaménagements effectués par la société coréenne, attestés par le fait que Son Excellence pouvait désormais entrer et sortir sans être vu de quiconque. Achmouni en était d'ailleurs profondément troublé, il y voyait un présage de son propre déclin.

Ce qui inquiétait particulièrement les plus anciens, c'était de voir pour la première fois une femme se trouver si proche du centre de décision, voire seule avec celui qui avait la haute main sur les affaires et sur le destin de milliers d'employés. Certes, le fondateur s'était illustré par sa passion pour les femmes, mais ses liaisons étaient aussi nombreuses que passagères – si l'on excepte son premier amour, objet d'une histoire connue de tous –, et il n'avait jamais laissé l'une d'entre elles s'installer à ses côtés. Il donnait toujours l'impression de ne faire l'amour avec elles que pour soulager un besoin ou purger quelque angoisse, quand bien même ces maîtresses d'un jour auraient appartenu aux couches les plus élevées de la société. Certaines étaient des princesses de la famille royale, il en avait accroché de nombreuses à son tableau de chasse.

Aujourd'hui, la situation était bien différente, voilà une jeune femme venue d'on ne savait où, qui n'avait rien inventé, qui n'avait initié aucun projet susceptible d'augmenter la rentabilité de l'Institution ou de réduire ses dépenses. Son seul titre de compétence, c'était sa croupe exceptionnelle, seule l'admiration que celle-ci avait suscitée auprès de Son Excellence expliquait une ascension aussi rapide jusqu'à l'étage présidentiel. Du reste, même sa beauté ne faisait pas l'unanimité auprès des hommes et des femmes, contrairement à celle de Hânem la Dumiâteyya, si fermement établie sur le trône de la séduction et de la féminité. Certains trouvaient Safeyya plus grande que de raison, d'autres lui trouvaient un œil plus étroit que l'autre, même si un des anciens les avaient pris à contre-pied en affirmant que c'était là au contraire un signe de beauté dûment répertorié dans le patrimoine arabe.

Quoi qu'il en soit... Safeyya était maintenant fermement établie au sommet, elle sanctionnait, ordonnait, dirigeait, signait. Un seul mot d'elle pouvait faire trembler les plus grosses moustaches de l'Institution ; elle allait même jusqu'à s'adresser à l'ensemble du personnel à travers le réseau interne de communication, apparaissant sans prévenir sur les écrans installés dans les salles de réunions, les bureaux collectifs et autres locaux du siège historique et des succursales, sur les sites de production répartis à travers tout le territoire du nord au sud et d'est en ouest, et jusque dans les régions les plus désertiques, telle Gabal el-Uwaïnât, aux confins du pays.

Quelquefois, sa voix retentissait à travers des haut-parleurs invisibles pour annoncer à tous les performances réalisées ou les décisions prises, la mise en service de telles machines importées ou encore le versement de primes exceptionnelles en récompense d'une opération réussie ou d'un marché conclu.

A la vérité, le niveau des primes distribuées était désormais bien supérieur à ce qu'il avait été dans le passé. Certains l'attribuaient à la volonté présidentielle de favoriser Safeyya afin qu'elle fût associée aux heureuses nouvelles dans l'esprit des employés, d'autres faisaient remarquer que la situation financière de l'Institution n'était pas si prospère qu'on le proclamait, et que la direction était confrontée à d'innombrables difficultés : on avait puisé bien au-delà des réserves disponibles et l'endettement s'était alourdi. Gawâhri, pour sa part, estimait que cette redistribution n'était qu'un juste retour versé aux employés sur les projets de long terme initiés par le défunt fondateur, et qui avaient depuis amplement démontré leur rentabilité. Jusque-là, ils n'en avaient touché que des miettes, la plus grande partie étant canalisée vers des comptes secrets ouverts dans des banques suisses.

« Tout est dans les commissions, tout est dans les commissions », répétait inlassablement Gawâhri.

Cependant, les annonces publiques de Safeyya prenaient toujours plus d'ampleur, à tout moment, on pouvait entendre ce léger sifflement provoqué par l'ouverture centralisée des haut-parleurs. Safeyya commençait généralement par rappeler les directives de Son Excellence, auxquelles on devait se conformer coûte que coûte, puis elle déviait vers des sujets politiques ou économiques plus généraux, avant d'aborder les relations de l'Institution avec la Banque mondiale, l'Organisation mondiale du commerce ou le Marché commun européen. Parfois, elle traitait du cours des devises, des collections des musées, des dernières découvertes en matière de matériel médical ou de génie génétique, ou elle s'extasiait sur la réussite de Singapour et des autres dragons asiatiques, le saut qualitatif attendu de l'économie du Benelux, sans parler du Japon et de la Chine. Puis elle se livrait à une analyse historique, détaillant le contexte dans lequel tel ou tel événement s'était produit, les causes objectives qui l'avaient provoqué. Elle faisait preuve d'une faculté étonnante à brasser les multiples données recueillies grâce aux fonds spécialement débloqués par Son Excellence. Le ton de sa voix révélait une détermination inébranlable.

L'accueil réservé par les employés à ces annonces variait d'un individu à l'autre. Certains exprimaient publiquement leur désapprobation, considérant ses propos comme une propagande éhontée, d'autres la traitaient d'impie, arguant qu'elle effectuait délibérément ses interventions à l'heure de la prière et continuait à parler tandis que le muezzin lançait son appel, sans le moindre égard pour ce moment sacré. N'était-ce pas déjà assez d'entendre toutes ces rumeurs sur ce qui se passait au douzième étage, sur ce détestable parfum de débauche qui régnait sur l'ensemble du siège historique ? D'autres lui vouaient à part eux une certaine admiration et se concentraient pour ne rien perdre de ses paroles, comme le Professeur, particulièrement sensible au timbre de sa voix et à ses intonations, ce léger enrouement qui lui faisait perdre tous ses moyens et l'obsédait jusqu'au tremblement. Il sortait de ces discours complètement assouvi. Bien d'autres étaient dans son cas, sans toutefois oser l'avouer.

Les employées féminines, quant à elles, prêtaient davantage attention aux vêtements qu'elle portait, aux bijoux, visiblement authentiques, dont elle se parait. Certaines tenaient un recensement précis de ses chemisiers et de ses foulards ; elles avaient ainsi déterminé qu'on n'avait jamais vu Safeyya deux fois dans la même tenue.

Quelle était l'étendue de sa garde-robe ?

Qui payait pour cela ?

Était-ce le jeune marié transi ou bien le maître de l'étage objet de toutes les convoitises ? A moins qu'il n'y eût dans l'affaire un troisième larron tirant les ficelles sans se montrer ?

Nombreux étaient ceux qui gardaient en mémoire sa première apparition, le jour où elle s'était présentée à l'Institution vêtue d'un jean bleu. Il faut dire que ce n'était pas un jean ordinaire, il était à la mesure de sa silhouette superbe. Helmy al-Hamâmi, le secrétaire général en charge des affaires du personnel, continuait jusqu'à présent d'en rêver tout haut : « Ah ! Si seulement elle pouvait arriver, ne serait-ce qu'une fois, dans la même tenue que ce jour-là ! » Une taille élancée et ferme, une croupe provocante qu'elle portait très haut, des cuisses fermes et pleines, une poitrine fièrement dressée, tendant le tissu de son chemisier. Où qu'elle aille, elle était aussitôt la cible de tous les regards, ce qui n'était pas sans agacer certaines des employées. On affirmait que Hânem la Dumiâteyya, sa supérieure hiérarchique à l'époque, l'avait immédiatement convoquée dans son bureau. Elle l'avait détaillée longuement, la complimentant sur sa plastique, avant d'ajouter qu'on ne pouvait se présenter ici sans respecter certaines règles, un pantalon comme celui-là était davantage fait pour fréquenter le club ou partir en excursion que pour venir travailler.

Safeyya avait tenté de protester, le jean était un vêtement simple et pratique, les jeunes le trouvaient à leur goût, sans parler du fait que c'était un vêtement parfaitement comme il faut... A ces mots, Hânem avait ri doucement avant de répliquer par un dicton : « Mange comme il te plaît, mais habille-toi comme il plaît aux autres. »

Malgré son caractère obstiné, Safeyya s'était soumise et, de ce jour-là, n'avait plus jamais remis le jean. Cependant, elle en avait gardé une dent contre Hânem, en dépit des compliments que celle-ci lui avait adressés. Selon les rumeurs, l'affaire ne s'arrêtait pas là, des « âmes charitables » s'étaient empressées de répéter à Safeyya les insultes que Hânem déversait sur son compte, affirmant entre autres qu'elle était totalement ignorante, qu'elle n'aurait pas pu aligner par écrit une seule des phrases qu'elle prononçait, qu'elle n'était qu'un porte-voix, tout juste bonne à ânonner les phrases écrites par Son Excellence. De plus, sa voix était désagréable, on aurait dit le couinement d'un dindon suspendu par les pattes.

Un dindon, elle ? !

Hânem allait payer cher ses sarcasmes. Certains estimaient que, insultes ou pas, Safeyya, depuis que la situation avait tourné en sa faveur, avait juré la perte de Hânem, qu'elle n'avait pas oublié leur première entrevue, peut-être aussi était-elle agacée par les comparaisons incessantes auxquelles on les soumettait, en dépit de leur différence d'âge, ce qui était plutôt flatteur pour Hânem, de quinze ans son aînée. D'ailleurs, certains n'hésitaient pas à considérer celle-ci, à cause de sa présence lumineuse et calme, de ses traits purs et son regard limpide, comme le *nec plus ultra* en matière de féminité.

Bref, de nombreux indices, perceptibles pour les connaisseurs, confirmaient que Hânem était devenue pour Safeyya la femme à abattre. Nomrossi suivait l'évolution de cette rivalité avec la plus grande attention. Qui sait ? Peut-être Safeyya parviendrait-elle à humilier celle qui se drapait dans une grandeur royale, qui se refusait à tous et jouait les saintes-nitouches. Avec un peu de chance, elle parviendrait peut-être à la briser et à la faire filer doux comme un agneau ; il n'aurait alors plus qu'à se baisser pour ramasser les fruits.

L'histoire de la voiture royale

Chacun sait que derrière chaque rumeur se cache une part de vérité, aussi ténue soit-elle. L'hostilité entre Safeyya et Hânem remontait en effet à leur première rencontre.

A l'époque, le port du pantalon moulant n'était pas usité, les journaux et les magazines avaient consacré à la question de longs débats, citant le cas de cette jeune étudiante qui avait pénétré dans l'enceinte universitaire vêtue d'une façon que le recteur et les professeurs avaient jugée outrageuse. Certaines grandes plumes avaient pris la défense de l'étudiante qui, selon eux, avait le droit de s'habiller comme elle l'entendait, pour autant qu'elle ne dévoilât pas de trop grands pans de chair. D'autres avaient rétorqué que le pantalon moulant montrait davantage qu'il ne dissimulait. L'un d'entre eux avait même inventé, pour qualifier le phénomène, l'expression « nudité occulte ».

Les échos de cette discussion n'étaient pas encore retombés lorsque Safeyya se présenta au bureau en jean. D'aucuns prétendirent que la fameuse étudiante qui avait créé le scandale, accordant des entretiens aux plus grands journalistes de l'hebdomadaire *Akhbâr el-Yôm* et de la revue *Al-Hilâl*, n'était autre que Safeyya elle-même, mais personne ne se donna la peine de vérifier ce point. De toute façon, le port du pantalon chez les femmes se propageait désormais à grande vitesse.

L'apparition de Safeyya dans une telle tenue ne pouvait que déchaîner les commentaires. De manière générale, les femmes de l'Institution étaient en permanence l'objet de tous les chuchotements, particulièrement les plus jolies d'entre elles et celles qui étaient sous les feux des projecteurs.

Quelques hommes, surtout ceux qui occupaient des postes à responsabilité dans l'encadrement, aimaient à laisser croire qu'ils entretenaient une multitude de liaisons, espérant qu'à force de jeter le trouble dans les esprits, ils ouvriraient une brèche qu'il leur suffirait ensuite d'élargir pour forcer le passage.

D'autres se contentaient d'espérer et de rêver, leur conversation bruissait des détails les plus précis sur telle employée ou telle autre, rien n'était épargné de leurs habitudes les plus privées, par exemple leur façon de réagir aux caresses ou de gémir durant l'acte, ou encore leurs manœuvres pour séduire les hommes d'influence.

Quant aux intéressées elles-mêmes, elles étaient devenues maîtresses dans l'art de brouiller les pistes sur leurs sentiments véritables. Elles s'intéressaient plus encore que les hommes au comportement de leurs collègues féminines, et les propos qu'elles échangeaient lorsqu'elles se retrouvaient entre elles auraient surpris et choqué les hommes les plus dissolus.

Mais il y avait d'autres raisons pour expliquer cette propension, tant chez les hommes que chez les femmes, à recenser les liaisons, à les classer par catégories et à en suivre les péripéties. C'était en effet le meilleur moyen d'identifier celles qui avaient les faveurs des responsables de l'Institution, notamment celles qui avaient l'oreille du maître du douzième étage ou celle de ses adjoints… C'est à cette proximité que se mesurait leur réussite. Que dire alors si au chuchotement s'ajoutait le toucher, voire l'étreinte ?

Safeyya sentait qu'elle avait désormais Hânem à sa portée, il ne lui restait plus qu'à choisir le châtiment le plus humiliant. Elle avait contenu sa colère contre elle après leur première rencontre mais ne perdait cependant pas la moindre occasion de la dénigrer, par exemple en colportant qu'à leur première conversation Hânem l'avait priée de la considérer comme une grande sœur.

Une sœur ?

A ceux qui s'en étonnaient, Safeyya avait répliqué dédaigneusement :

« Mais oui, elle a l'âge de ma mère ! »

A ces mots, sa collègue Sâmia al-Menoufi avait sursauté. Rejetant la tête en arrière, les sourcils en arc de cercle, elle s'était exclamée :

« Mais, ma chère, elle a l'air d'une gamine, sa poitrine est gonflée comme celle d'une pucelle. »

Safeyya avait désigné son visage :

« Ça, c'est le miracle des liftings, tu dois me croire, tout ça, c'est de la poudre aux yeux. »

Puis elle avait ajouté :

« Regarde son fils, il est à l'université, en dernière année de pharmacie, eh bien tu n'as qu'à faire le calcul, tu verras bien ! »

Constatant que Sâmia restait prudente dans ses propos, et que toutes les autres veillaient à ne pas s'en prendre à Hânem, elle avait fini par garder le silence, tout en lançant des piques chaque fois qu'elle en avait l'occasion. Elles se vouaient une hostilité sans limites, et pourtant elles n'avaient rien de comparable, rien qui justifiât une telle rivalité : Safeyya n'était qu'une petite employée alors que Hânem était déjà expérimentée ; de toute façon, ne travaillant plus dans le même département, elles n'étaient pas amenées à se côtoyer.

Néanmoins, Safeyya était obsédée par sa rivale et passait des nuits à préparer sa vengeance, à concocter un plan pour l'humilier en public, pour la forcer à se départir de son arrogance, de son maintien royal, de son « aura », comme disait ce vieux gâteux de Gawâhri, ce pilier de troquet. En rêve, elle se voyait obligeant Hânem à lui baiser la main, à implorer son pardon devant tout un parterre de silhouettes aux traits flous venues assister à l'estocade. Plusieurs nuits, elle s'était retournée dans son lit sans parvenir à trouver le sommeil, tandis que les images se succédaient dans son esprit jusqu'au petit jour. Le matin la trouvait au comble de la frustration, et il lui fallait commencer sa journée de travail complètement épuisée, elle se promettait d'en découdre avec elle. L'après-midi, elle se rendait chez son ami le peintre, s'étendait à son aise pour vider son sac, injuriant copieusement cette Hânem qu'il n'avait pourtant jamais rencontrée.

Malgré tout, lorsque Hânem lui avait fait ces réflexions sur sa tenue, elle s'était soumise sans discuter, revenant dès le lendemain vêtue encore plus pudiquement qu'à l'habitude. Elle avait pris la mise en garde de Hânem pour un avertissement officiel et craignait que sa carrière ne pâtît de son attitude. Il faut dire qu'elle n'était pas encore familière des jeux de pouvoir au sein du siège. Si elle avait su que la remarque de Hânem était inspirée par des considérations purement personnelles, elle n'aurait jamais cédé et serait revenue le lendemain matin avec un pantalon de soie qui serait resté dans l'histoire de l'Institution. Mais, à l'époque, elle était comme un petit chat aux yeux bandés, lâché dans un endroit dont il ne connaît pas encore les issues.

Cependant on se demandait si une telle haine – qui s'affichait désormais au grand jour et que nul ne pouvait plus ignorer tant elle était visible de près comme de loin, tant elle s'était déployée pour gagner l'ensemble du bâtiment – n'avait pas d'autres raisons cachées.

Les supputations étaient nombreuses, contradictoires. Ateyya Bey, pour sa part, avait une explication fort simple, qu'il avait livrée déjà bien avant cette crise où il s'était jeté corps et âme, précipitant l'ensemble de la capitale dans un chaos sans précédent et introduisant dans le dictionnaire politique le néologisme « putsch circulationnel ». Selon lui, la cause de cette hostilité manifeste entre les deux femmes résidait dans la beauté rare et la présence féminine exceptionnelle dont elles étaient toutes deux dotées.

Sur le ton à la lenteur savamment étudiée qui lui était familier, Ateyya Bey avait fait valoir que, durant des années,

Hânem avait été considérée comme le soleil de l'Institution. Ne disait-on pas que sa présence adoucissait le climat du siège, qu'elle apaisait les âmes et incitait chacun à se soucier de son prochain et à lui complaire ? Pourtant, de par ses fonctions, ses déplacements à l'intérieur du bâtiment étaient limités, on ne la voyait parcourir les étages ou traverser les corridors que pour assister à une conférence ou une réunion urgente.

Pour Ateyya Bey, le prénom de Hânem (la « dame ») lui allait à merveille. Aussitôt qu'elle se montrait quelque part, on ne pouvait que tomber sous son charme, comme si sa venue apportait un souffle de fraîcheur. En se posant sur elle, le regard captait immédiatement son visage, la beauté de ses yeux, la tension de ses lèvres qui donnait à son élocution ce raffinement particulier, la douceur de ses gestes.

Non, il n'y avait pas de comparaison possible !

Selon lui, on ne pouvait apercevoir Hânem sans être aussitôt hypnotisé par le champ magnétique qu'elle semblait charrier avec elle. Safeyya, elle, était d'un autre genre, après avoir vu son visage, on était plutôt pris d'une envie physique et instinctive de baisser les yeux pour détailler ce qu'il y avait plus bas.

D'ailleurs, personne n'évoquait Hânem sans laisser percer une lueur d'admiration dans le regard. Ah ! Hânem ! Cette merveille de beauté solide, ce souffle vivifiant, cette femme à l'éclat de pierres précieuses ! Qui plus est, sa beauté intérieure était si riche que chacun pouvait en découvrir une facette jusqu'alors inédite et avoir l'impression d'une relation exclusive.

Ah ! Cette présence lumineuse, cette taille exemplaire, ces courbes harmonieuses, ces ondulations qui s'enchaînaient comme la succession des jours et des nuits. Ateyya Bey affirmait que, dans les moments de déprime, il lui suffisait de penser à elle pour se sentir immédiatement mieux. Il inventait un prétexte quelconque pour la voir, pour se lover du regard entre ses rivages bienfaisants. Levant le pouce d'un air attendri, il s'exclamait :

« Un coup d'œil, un seul, est capable de guérir n'importe quelle maladie ! »

Tout le personnel, depuis les employés du garage jusqu'aux liftiers, depuis les coursiers jusqu'aux responsables de département et aux conseillers, louait sa beauté et admirait sa carrière. Son mari, ingénieur, travaillait au ministère de l'Industrie, dans le domaine de la planification. C'était un petit homme chauve et trapu, au cou de taureau, avec une voix éraillée, qui paraissait plutôt sympathique. Quelques-uns l'enviaient : comment un homme pareil pouvait-il avoir à disposition une telle beauté ?

La vérité, c'est que jamais l'Institution n'avait connu un couple aussi soudé, aussi amoureux. Pas une fois elle ne s'était plainte de lui, fût-ce à mots couverts, comme avaient coutume de le faire la plupart des employées, surtout lorsqu'elles se retrouvaient entre elles. De même, elle ne parlait jamais de ses trois fils et des problèmes d'éducation qu'ils pouvaient lui poser. Lorsqu'on lui demandait de leurs nouvelles, elle se contentait de hocher la tête en signe de remerciement et de faire louange à Dieu. Elle avait réussi à se préserver de tout le monde, sans pour autant faillir à ses obligations sociales vis-à-vis de l'Institution.

Même Hamdi al-Azmîrli, avec tous les pouvoirs et les moyens d'investigation dont il avait disposé au cours de l'ère totalitaire, s'était révélé incapable de mettre au jour un seul détail de plus sur sa vie privée. D'ailleurs, on n'avait jamais su pourquoi il l'avait prise en grippe, même si Gawâhri ne perdait pas espoir de découvrir un jour la vérité. Il était confiant : un jour ou l'autre, il finirait par comprendre. Tout ce qu'on supposait, c'est qu'il avait tenté de lui nuire et qu'elle l'avait stoppé net.

Cependant, de nouveaux nuages commençaient à s'amonceler au-dessus d'elle, après la prise de pouvoir de Safeyya sur le douzième étage. Ce que beaucoup avaient prédit face à l'ascension de celle-ci se réalisait peu à peu…

C'est ainsi qu'un matin, Hânem reçut un appel du Professeur, lui demandant s'il pouvait monter prendre un café avec elle. Elle lui fit bon accueil :

« Mais, Professeur, vous n'avez pas besoin d'invitation ! »

Ils étaient collègues depuis des années et n'avaient jamais eu la moindre brouille, ce qui rendait la tâche du Professeur d'autant plus difficile, mais une mission était une mission ! De plus, il ne la prenait pas complètement par surprise : quand quelqu'un disait « pourrais-je venir boire le café avec vous ? », on pouvait être sûr qu'il y avait un sujet grave à l'ordre du jour.

Le Professeur ne tourna pas autour du pot. Il évita de s'égarer dans des circonlocutions, de perdre du temps en préliminaires inutiles. De plus, le fait qu'ils soient seuls dans le bureau l'aidait à arborer la mine voulue, celle de quelqu'un qui s'acquitte malgré lui d'une tâche déplaisante, sans pour autant être convaincu de l'habit qu'on l'oblige à endosser.

Brièvement, il expliqua que l'apparition de sa voiture noire devant le siège avait semé le trouble chez certaines autorités. Oh ! Qu'elle ne se méprenne pas sur son compte, il ne faisait que relayer le souhait de certaines instances gouvernementales. En fait, c'est une faveur qu'il lui demandait : aurait-elle l'obligeance à l'avenir de garer sa voiture derrière le bâtiment ou, à défaut, de recourir à un véhicule avec chauffeur pour les trajets entre son domicile et le bureau ? D'ailleurs, elle y avait droit depuis des années, c'est elle qui avait renoncé, par attachement à l'automobile de son père, feu le pacha...

Elle fit un geste pour signifier qu'elle avait saisi ce qu'on attendait d'elle, que le message non exprimé du Professeur lui était bien parvenu. D'une voix inhabituellement basse, ce dernier ajouta :

« Vous savez, Madame, je ne suis qu'un simple exécutant – j'agis sur ordre. »

Elle le regarda sans émotion, cet homme qui se courbait ainsi devant elle avait été un candidat fortement pressenti au fauteuil du douzième étage ! Puis elle se leva, dans un geste qui pouvait aussi bien signifier la fin de l'entretien qu'une protestation silencieuse contre les comploteurs qui se donnaient tant de peine pour dissimuler leurs manœuvres.

« Ne vous inquiétez donc pas, lui dit-elle, la question sera réglée d'une manière satisfaisante pour tout le monde… »

Avait-il commis une erreur ? Aurait-il dû se montrer plus dur ?

C'est qu'il y avait entre eux une amitié ancienne, et puis elle ne manquerait pas d'être sensible au fait qu'il se fût déplacé jusqu'à elle, c'était une marque d'égard, en principe il aurait dû la convoquer. Cependant, il était confiant : elle ne se répandrait pas sur l'incident. En ce moment, le climat était agité, et une plainte de qui que ce soit pouvait tout compromettre.

L'important, c'était qu'il ait transmis le message avec tact, par égard pour l'amitié professionnelle qui les liait, et surtout pour l'admiration qu'il lui avait toujours secrètement vouée. Bien souvent, alors qu'il se trouvait au lit avec sa femme, il superposait à celle-ci les traits de Hânem et nourrissait son imagination de son corps fascinant, de sa plastique splendide.

Le père de Hânem était en effet un pacha, même si son titre avait été révoqué comme tous les autres après la révolution de Juillet. Parmi tous ceux qu'avaient eu à connaître l'Égypte, il occupait une place à part et certains considéraient son histoire comme emblématique.

Rien ne le prédestinait à devenir pacha : il n'était pas un riche propriétaire terrien, ni le descendant d'une famille d'origine turque ou mamelouke de haute lignée. Au contraire, c'était un petit fonctionnaire à la Bibliothèque nationale, où sa mission était d'assurer la conservation d'un ensemble de manuscrits anciens du Coran, exposés dans la grande salle…

Un jour qu'il visitait cette exposition, le roi Farouk s'arrêta longuement devant le Coran du sultan Barsbaï. Son Altesse était-elle réellement occupée à contempler la calligraphie des versets et les enluminures ornant les pages, ou est-ce que son esprit avait dérivé très loin de tout cela ? Au bout d'un moment, le roi esquissa un petit geste de la tête et le père de Hânem, qui guidait le cortège à travers les salles d'exposition, se lança aussitôt dans une longue explication, mentionnant le nom du calligraphe, la date de sa mort, l'année où il avait achevé son travail, la manière dont le manuscrit était parvenu jusqu'à cet endroit qui, à l'époque, s'appelait encore la Bibliothèque khédiviale.

Le roi hocha la tête à deux reprises :

« Merveilleux, vraiment merveilleux, mon pacha... »

Pacha ? ? ?

Ceux qui entouraient Son Altesse, la cour et les notables, en l'entendant s'adresser ainsi au petit fonctionnaire, n'en crurent pas leurs oreilles. Cependant, prononcé par le roi, n'importe quel mot prenait immédiatement valeur de fait incontestable. Sa parole valait décret, son propos était souverain, était-il concevable que Son Altesse proférât une contre-vérité ?

On initia donc aussitôt les formalités pour accorder au modeste fonctionnaire le titre de pacha, et une semaine ne s'était pas écoulée que le décret paraissait au journal officiel. C'est ainsi que fut ajouté à la liste des pachas reconnus le nom d'un nouveau titulaire qui, par sa situation, tranchait sur tous les autres : avait-on jamais vu un pacha occuper un vieil appartement dans une impasse de Darb el-Ahmar, parcourir chaque matin à pied la distance jusqu'à Bâb el-Khalq et rentrer l'après-midi dans un tram poussif, debout dans la cohue de la seconde classe ? Le président du divan royal, chargé du protocole, dut se creuser la tête pour habiller d'un prétexte juridique l'attribution d'une indemnité mensuelle au nouveau pacha, afin d'améliorer quelque peu son ordinaire et, surtout, de rendre celui-ci plus compatible avec le titre céleste, qu'il avait obtenu par le plus grand des hasards. Il se vit donc offrir deux garde-robes entières, l'une pour l'été et l'autre pour l'hiver, et on lui attribua un appartement comprenant trois salons et six chambres dans le quartier de Mounira, non loin de l'avenue Qasr el-Aïni.

Ce qu'il reçut de plus étrange, cependant, ce fut une limousine noire, une Cadillac dans le style des années quarante, qui avait été offerte par la reine mère de Hollande au roi d'Égypte, vers la fin de la seconde guerre mondiale. Hélas, ce dernier n'avait pu l'utiliser, son embonpoint étant incompatible avec l'étroitesse de l'habitacle, et puis, de toute façon, il se contentait de sa propre flotte de véhicules frappés aux couleurs rouges et noires.

Ateyya Bey, nostalgique de cette époque si raffinée, ajoutait que l'aventure du père de Hânem lui rappelait le destin d'un autre pacha, originaire du Saïd...

Celui-ci, un Copte qui possédait des terres immenses dans le gouvernorat d'Assiout, avait décidé, pour effectuer ses déplacements, d'acquérir une luxueuse Rolls Royce, dont toutes les pièces étaient fabriquées à la main. Un jour, comme la pièce qu'il avait demandée à la société concessionnaire tardait à venir, le pacha avait pesté contre cette maudite automobile et n'avait rien trouvé de mieux, en signe de protestation, que d'expédier son chauffeur à la gare principale avec instruction d'exploiter la Rolls comme taxi collectif entre Assiout et la petite bourgade montagneuse de Dranka, dont il était originaire. Les agences de presse s'arrachèrent la nouvelle et certains correspondants étrangers se déplacèrent pour glaner des détails sur l'affaire.

Aussitôt, la société concessionnaire réunit un conseil d'administration extraordinaire, à la suite duquel un émissaire fut dépêché auprès du pacha afin de le supplier de revenir sur sa décision. Il pouvait poser les conditions qu'il voulait, on se faisait fort de les satisfaire immédiatement. On ne sait pas exactement ce qui se passa ensuite, ce qui est sûr cependant, c'est qu'à la Révolution le pacha avait non plus une voiture mais deux. A la Rolls Royce était en effet venue s'ajouter une voiture de sport décapotable, sortie des mêmes usines et qui lui avait apparemment été offerte à titre de consolation.

Mais revenons à notre modeste pacha, celui de la Bibliothèque, qui avait hérité une Cadillac noire. Après la Révolution, comme il n'avait ni terres agricoles susceptibles de tomber sous le coup des réformes agraires, ni compte en banque en Égypte ou à l'étranger, les nouveaux maîtres du pays se montrèrent compréhensifs, d'aucuns lui rendirent même hommage et lui vinrent en aide, de sorte que la fameuse voiture royale échappa aux confiscations.

Il en prenait grand soin, veillant à son entretien, la lavant chaque jour de ses propres mains. Lorsque, arrivé à un âge avancé, il tomba malade, sentant sa fin approcher, il confia à sa fille aînée, une jeune fille douce et jolie – c'était Hânem –, le soin de s'occuper de la Cadillac, non sans l'avoir adjurée de ne jamais en modifier la couleur et de ne jamais chercher à la vendre, aussi grandes soient les tentations. Il lui montra également le chemin d'un vieil atelier de mécanique, à Abdîn, spécialisé dans la réparation des véhicules royaux et des modèles de collection.

L'atelier était tenu par un homme maigre qui avait déjà dépassé la soixantaine au moment du mouvement militaire béni des dieux – on ne l'avait pas encore baptisé « révolution » à l'époque. C'était un chef mécanicien à l'expérience solide, connaissant tous les modèles de véhicules royaux et versé dans leurs maux, au même titre que le médecin expérimenté sait reconnaître ses patients et recenser leurs maladies. Après la Révolution, l'activité avait baissé et il s'ennuyait, souffrant de devoir mettre son savoir-faire au service de voitures de location ou de limousines acquises par des parvenus, gros commerçants ou marchands de fruits, pour épater la galerie. Dans quelle époque était-on tombé ? Cependant, il n'avait d'autre choix que s'exécuter, il fallait bien faire vivre sa maisonnée...

Sa seule consolation, ce qui lui rappelait un peu la gloire

d'antan, c'était cette Cadillac royale des années quarante qu'on lui apportait de temps en temps. Il appréciait le soin dont l'entourait son propriétaire. Aussitôt qu'il l'apercevait ou qu'il entendait son klaxon caractéristique, il se sentait revigoré et sortait à sa rencontre, ouvrant lui-même la porte au pacha pour lui souhaiter la bienvenue. C'était un vestige de la période glorieuse, un des rares qu'il eût encore l'occasion de toucher depuis que cette flotte formidable avait été dispersée aux quatre vents, tombant aux mains de toutes sortes de propriétaires, des plus estimables jusqu'aux plus vils. Où était la période des cortèges royaux ? Malgré son statut d'artisan, le chef mécanicien se sentait appartenir à ce monde-là, d'ailleurs le roi en personne l'avait fait venir du temps de la guerre, pour le féliciter d'avoir réussi à bricoler lui-même une pièce de rechange très complexe. Grâce à lui, le véhicule préféré de Son Altesse avait continué à fonctionner parfaitement même après la disparition du fabricant, une société allemande dont les usines avaient été détruites par les bombardements intensifs des Alliés.

Ah ! quelle époque !

Lorsque Hânem avait pris le relais, le mécanicien était déjà un vieil homme au regard faible, au corps frêle, luttant contre la fatigue. Lui-même avait enseigné à son fils aîné comment réparer la voiture, contrôler le moteur, lui recommandant d'en prendre grand soin, lui confiant ses secrets, lui montrant la méthode pour remplacer les pièces ou faire refaire celles dont la fabrication avait cessé.

Plus tard, le fils considéra cette mission – maintenir le véhicule en bon état et lui conserver tout son lustre et sa solidité – comme une manière de prouver sa fidélité à la mémoire de son père. De ce fait, il ne laissa jamais une main étrangère se poser sur la Cadillac, même après que ses espoirs à l'égard de Hânem eurent été déçus : lorsque, au bout de quelques années de visites, il finit par lui déclarer sa flamme et solliciter sa main selon la tradition d'Allâh et de Son prophète, elle lui opposa un refus poli quoique déterminé, non parce qu'elle était ingénieur et lui simple artisan, mais parce qu'elle était déjà follement amoureuse de celui qui deviendrait son mari, pourtant son aîné de dix ans et plus un cheveu qui vaille.

Le fils du mécanicien, lui, était un garçon au caractère posé et au physique avantageux. Il avait poussé jusqu'au baccalauréat et serait entré à l'université, n'eût été le décès inopiné de son père qui le contraignit à se consacrer entièrement à l'atelier de mécanique, pour en préserver la bonne réputation sur le marché. Il prenait soin de sa mère et de ses trois sœurs et il n'avait songé à se marier – avec Hânem ou une autre – qu'une fois rassuré sur leur sort. Chacune de ses sœurs était désormais installée dans son foyer avec un brave garçon. Au début de chaque mois, il leur rendait visite afin de leur verser leur part des revenus de l'atelier.

Par la suite, le destin lui sourit et il se convertit au négoce des pièces détachées pour automobiles, tout en continuant à réparer de ses propres mains la voiture historique. Il voyait là un bon présage, l'apparition de la Cadillac lui portait chance, il l'appelait « le joyau noir ».

Hânem avait pris l'habitude de s'installer près de l'entrée de l'atelier le temps que la réparation fût terminée ou que le problème eût été diagnostiqué. Elle observait le mécanicien manipuler l'automobile avec soin et amour, consciente que ses gestes s'adressaient en réalité à elle-même. Il arrivait qu'elle fût prise d'un frisson en voyant ses doigts habiles caresser délicatement les portières, les fenêtres et la malle arrière.

La Cadillac était célèbre, particulièrement chez les aristocrates et les collectionneurs, ainsi qu'auprès des nouveaux riches qui s'employaient à acquérir des objets anciens pour faire accroire que leur fortune était solidement enracinée dans le passé.

Hânem avait toujours refusé les propositions d'achat, y compris celles émanant du fabricant lui-même ; d'après celui-ci, ce modèle était en voie de disparition, il n'y avait plus que deux exemplaires en circulation, celui de Hânem et un autre appartenant à un commerçant taïwanais de Hong-kong.

Elle eut aussi des demandes répétées et insistantes de la part du directeur de l'hôtel Mena House, qui lui en offrait un prix très attractif. Lorsqu'il lui avoua enfin la raison de cette insistance, elle regretta que son père ne fût plus de ce monde pour l'entendre : des informations lui étaient parvenues selon lesquelles la fameuse automobile avait été mise à la disposition du président Roosevelt, lors de sa visite en Égypte vers la fin de la seconde guerre mondiale. Ce dernier l'avait empruntée pour faire le tour des pyramides. Elle était clairement reconnaissable sur les photos de l'époque. Par la suite, la voiture n'avait plus resservi et était demeurée entreposée dans les garages royaux.

L'anecdote se répandit et une journaliste française vint spécialement passer dix jours en Égypte pour écrire un reportage sur son histoire, son fonctionnement, son entretien. Hânem lui réserva le meilleur accueil et l'article parut dans un magazine consacré aux voitures de collection, publié en plusieurs langues à Paris. Le quotidien *al-Akhbâr* prit le train en marche et fit traduire des extraits de l'article en appelant les autorités à veiller sur ces véhicules anciens qui appartenaient au patrimoine de l'Égypte, déplorant que certains soient utilisés comme voitures de location à la campagne.

La voiture était fameuse dans toute l'Institution, et nombre de collègues de Hânem y étaient déjà montés à ses côtés. Gawâhri lui trouvait une assise royale, prétendant qu'on pouvait y boire son café sans faire trembler la tasse.

Était-ce le fait de voir la voiture stationnée devant l'entrée qui avait irrité, ou était-ce seulement un prétexte pour engager les hostilités ?

Le différend entre Safeyya et Hânem était désormais au centre de toutes les conversations. Il était clair qu'on n'en était qu'au début, même si tout le monde s'accordait pour reconnaître que Hânem avait gardé son sang-froid et qu'elle s'était comportée de manière réfléchie. Dès le lendemain de la visite du Professeur, la voiture disparut de devant l'entrée, elle était désormais stationnée sur le parking de derrière, non loin de la fosse circulaire. Lorsque ceci parvint aux oreilles de Gawâhri, il y vit un mauvais présage, cette voiture faisait partie des visions agréables au cœur du fondateur, c'est lui qui avait autorisé Hânem à la garer devant le siège, il en connaissait la valeur.

L'affaire ne devait pas en rester là.

Huit jours plus tard environ, le club de théâtre de l'Institution, qui répétait déjà depuis de nombreux mois, organisa une soirée afin de présenter son nouveau spectacle, dans une salle louée au club des officiers de Zamâlek. Hânem s'y rendit en compagnie de son mari. Elle avait un peu d'avance. A peine était-elle descendue de sa Cadillac, qu'elle avait garée à quelques mètres de l'entrée, que le gardien de voitures et le planton se précipitèrent, se disputant le privilège d'en assurer la surveillance. Hânem dégageait un tel rayonnement qu'on avait spontanément envie de lui rendre service. Tous ceux qui la regardaient se sentaient poussés vers elle. Même les agents de la circulation postés aux carrefours et aux feux tout le long de son parcours quotidien attendaient son passage avec impatience.

Alors que Hânem était déjà à l'intérieur du théâtre avec son mari, Safeyya arriva à son tour. Elle était très en beauté ce soir-là, parée de tous ses atours. Le gardien de voitures s'approcha lentement d'elle, il portait un badge métallique au nom du parking. Le vieil homme avait eu son heure de gloire : Nasser en personne prenait la peine de lui serrer la main lorsqu'il venait assister à la soirée annuelle commémorant la révolution de Juillet.

Tout dans son attitude révélait combien elle se sentait en position de domination : les regards qu'elle lançait autour d'elle, sa manière de toiser tout le monde de haut. Plusieurs fois, Achmouni avait confié à son ami inspecteur que les sourcils arqués de Safeyya étaient la marque d'une puissance maléfique.

Elle jeta un coup d'œil à la Cadillac, embrassant d'un coup d'œil les alentours, de cet air plein de condescendance et de mépris. En quelques mots pleins de colère rentrée, elle s'enquit :

« Qui a garé cette voiture ici ? »

Le vieil homme murmura que la propriétaire du véhicule était déjà à l'intérieur en compagnie de son mari. Pénétrant à son tour dans la salle et avant même de saluer ceux qui étaient venus l'accueillir en sa qualité de représentante de Son Excellence, Safeyya s'exclama d'une voix bien audible :

« Pour qui se prend-elle, celle-là ? Cette fois, ça dépasse tout ! »

Dès le lendemain, un décret présidentiel était placardé sur le panneau d'affichage dans l'entrée de l'Institution, signé de Son Excellence en personne, stipulant que la direction de l'Import-Export était dissoute. Ses attributions seraient redistribuées à d'autres départements et filiales, avec tout ce qui s'ensuivait : réaffectation des employés et des techniciens, déménagement de certains bureaux du siège vers d'autres bâtiments. A la fin de la journée, alors que Hânem s'apprêtait à partir, elle reçut un coup de fil du directeur administratif, l'ingénieur Chîha al-Mahallâwi. C'était un homme longiligne, perpétuellement penché vers l'avant, qui ne parlait que par chuchotements. Il était connu pour colporter les paroles et prendre part aux complots. Il avait cela de commun avec Achmouni que tous deux se montraient particulièrement actifs au moment des catastrophes, ou lorsqu'un malheur déjà annoncé finissait par frapper un des cadres.

Son honnêteté n'était pas au-dessus de tout soupçon, et d'aucuns le suspectaient de mettre à profit ses attributions en matière d'achat du mobilier et de fournitures de bureau pour extorquer des pots-de-vin aux fournisseurs. Selon Gawâhri, le fondateur savait à quoi s'en tenir sur son compte, mais il n'avait pu le sanctionner car l'homme lui était imposé d'au-dessus, le décret le nommant était paru juste à la veille de la déroute majeure. Lorsqu'on demandait au fondateur pourquoi il s'obstinait à garder deux fauteuils dont le cuir était passablement usagé, il répliquait, non sans humour, que ce serait toujours ça de moins en commissions pour Chîha et ses hommes.

Quand on voyait ce dernier apparaître de manière répétée dans un département, c'était le signe qu'une mauvaise nouvelle s'annonçait, qu'une catastrophe était sur le point d'advenir. C'est pourquoi on craignit le pire en le voyant se diriger d'un pas rapide vers le bureau de Hânem la Dumiâteyya.

Il n'y alla pas par quatre chemins, ne fit aucun effort pour choisir ses mots. Après lui avoir récité le texte du décret, il lui demanda de restituer les clefs de son bureau avant de partir. Elle pouvait conserver ses documents personnels : correspondances privées, cartes de vœux, photographies de ses quatre enfants, ainsi que l'inscription encadrée au-dessus de son bureau, qui suscitait l'admiration des visiteurs par la finesse de ses enluminures et l'élégance de sa calligraphie : « Il n'y a pas de plus haute distinction que la connaissance. »

En revanche, il lui était expressément interdit d'emporter les correspondances professionnelles : courriers émis par l'Institution, lettres sur papier à en-tête ou signées par l'un quelconque de ses représentants, ainsi que toute correspondance reçue de l'extérieur. L'interdiction s'étendait également à toute lettre signalée par le représentant que le département Sécurité avait désigné pour superviser l'opération de restitution et dépouiller le contenu des huit tiroirs, apanage, avec la plaque de verre de sept millimètres d'épaisseur, des cadres les plus expérimentés.

A ses intonations et ses insinuations, Hânem comprit qu'il avait une idée précise du contenu des tiroirs ; il les avait probablement fouillés derrière son dos. De toute façon, elle s'y attendait et s'était abstenue d'y conserver des documents à caractère personnel, pas même ses cartes de vœux.

Elle apposa sans frémir sa signature au bas du décret. En

apprenant avec quel calme elle avait supporté l'épreuve, Safeyya ne put s'empêcher de siffler entre ses dents : « Tu ne perds rien pour attendre. »

Hânem était une femme d'une grande rectitude, tout le monde pouvait témoigner qu'elle n'avait jamais porté tort à quiconque, n'avait jamais prononcé de paroles offensantes ni esquissé un geste déplacé. Elle savait également comment maintenir une distance entre elle et les autres, de sorte que ni Safeyya ni les espions chargés par elle de la surveiller n'avaient réussi à cerner ses véritables sentiments. En dépit des airs qu'elle se donnait, un sérieux confinant parfois à l'austérité, Hânem était un être infiniment délicat, dont la sensibilité à fleur de peau n'était connue que de son mari et de ses fils adoptifs. Le spectacle d'une piqûre lui était insupportable, elle était capable de s'évanouir en voyant l'aiguille transpercer la peau, de même que la vision d'un oiseau solitaire égaré sur son balcon lui arrachait des pleurs. Elle ne pouvait même pas cueillir une fleur, l'arracher à sa tige était au-dessus de ses forces.

Cependant, elle était passée maître dans l'art de dissimuler ses émotions, particulièrement dans le travail ou dans les échanges avec les autres. Ce qu'on ignorait également, c'est qu'elle mettait du temps à réagir aux mauvaises nouvelles ou aux paroles blessantes. Elle ne répondait pas immédiatement, comme si ce qu'elle venait d'entendre ne la concernait en rien. C'est seulement une fois seule, en se remémorant ce qui s'était passé, que l'incident s'imprégnait en elle, alors elle s'abandonnait aux larmes ou se tordait de douleur, ou bien elle fulminait, enrageant de n'avoir pas eu la présence d'esprit de répondre à cette offense comme il le fallait.

Ainsi demeura-t-elle de marbre tandis que Chîha passait en revue les lettres, comme si tout cela arrivait à un inconnu. En se repassant cette scène par la suite, elle eut envie de vomir, particulièrement en le revoyant, penché sur les documents – à plusieurs reprises, son front avait été près de venir en contact avec les lettres. Pourtant, elle n'avait pas eu cette sensation lorsque des agents des Renseignements généraux avaient fait irruption à son domicile pour arrêter son mari, à la fin des années cinquante. Ils avaient passé six heures à parcourir les papiers, les numéros de téléphone, les adresses, mais leur approche était purement technique, dépourvue de la curiosité malsaine manifestée par ce pervers de Chîha.

Ici, il convient de rappeler un trait essentiel de l'Institution : la stabilité érigée en valeur suprême. Tout le monde s'attachait à préserver l'immuabilité des traditions et la permanence des structures, le moindre changement pouvant mettre en péril tout « l'édifice institutionnel ». Les employés se cramponnaient au statut inamovible qui avait toujours été le leur et à la place qu'ils avaient été habitués à occuper ; même une promotion était perçue comme un danger. Quand on leur imposait un changement, ils s'y soumettaient de mauvaise grâce ou sombraient dans une phase de dépression dont ils n'émergeaient qu'à l'issue d'un temps d'adaptation plus ou moins long.

Certes, le fondateur avait tenté de combattre cette mentalité, influencé notamment par son séjour aux États-Unis. Au début, il avait veillé à rémunérer le plus grand nombre d'employés sur une base variable, ce qui permettait à l'Institution de s'affranchir des contraintes du salaire minimum. Du même coup, l'employeur se voyait dispensé d'une grande partie des indemnités de maladie ou de retraite, mais on doit à la vérité de dire que le fondateur n'avait jamais lésiné en matière sociale, venant toujours en aide à ses salariés dans la maladie ou l'adversité. C'est une attitude qu'il avait initiée bien avant les acquis de la révolution de Juillet et la mise en place des régimes sociaux au cours de l'ère totalitaire.

En plus de garantir l'accès aux soins de tous les salariés, du plus petit au plus grand, le fondateur avait aussi tenu à mettre en place un tableau d'honneur distinguant chaque mois les employés les plus méritants, affiché près de l'ascenseur présidentiel. Il veillait à féliciter personnellement tous ceux qui avaient contribué à la conclusion d'une opération, leur remettant lui-même les primes au pourcentage qui leur revenaient. Y compris parmi ceux-là, il s'en trouvait toutefois pour le presser de modifier leur statut, et leur discours se départait rarement de cette question lancinante :

« A quand le passage au fixe ? »

Même si le fondateur ne cessait de louer la flexibilité et la mobilité des employés, il avait emprunté à la bureaucratie égyptienne toutes ses traditions procédurières. On retrouvait au sein de l'Institution ces distinctions si marquées entre les différents échelons de fonctionnaires, visibles dans la localisation des bureaux, la qualité du papier utilisé, les couleurs d'encre permises dans la correspondance et plus encore les délégations de signature. La forme du fauteuil et la configuration du bureau déterminaient le statut de son propriétaire, son parcours administratif et l'échelon auquel il était parvenu.

De ce fait, la mise à l'écart soudaine de Hânem était particulièrement douloureuse ; on savait que l'instant le plus terrible pour un employé était celui où on l'obligeait à quitter sa place, c'était souvent le premier signe d'une lente descente aux enfers. Gawâhri pourrait-il oublier le choc ressenti quand Achmouni s'était approché de lui pour lui notifier sa mise à pied et lui signifier qu'à compter de ce moment il n'était plus autorisé à pointer ?

A dix-sept heures trente, Hânem la Dumiâteyya sortit du siège d'un pas déterminé, elle longea le bâtiment pour se rendre au parking de derrière. Elle semblait garder sa contenance, mais Achmouni remarqua néanmoins ses épaules voûtées et sa tête légèrement baissée. Lorsqu'il fit part de cette information à Safeyya, celle-ci se la fit répéter : avait-il bien dit que Hânem avait la tête baissée ? Il opina.

Bien que consciente de la nécessité de garder une apparence imperturbable, Hânem n'avait pu empêcher cette légère inclinaison de la tête et, une fois qu'elle eut sorti la voiture royale de son emplacement et se fut engagée sur le pont traversant le fleuve, elle se mordit la lèvre inférieure jusqu'au sang. Mais elle reprit ses esprits et parvint finalement chez elle, non sans avoir failli percuter une voiture japonaise dont le jeune conducteur était caché derrière ses lunettes de soleil. Arrivée à la maison, elle s'efforça de passer un peu de temps avec ses fils adoptifs et de répondre silencieusement aux regards tendres de son mari. Lorsque tous deux se retrouvèrent seuls, elle se blottit contre son épaule en pleurant, dans un inhabituel accès de faiblesse.

Jamais elle n'avait réagi ainsi, pas même le jour, à présent si lointain, où elle avait appris que son mari et elle n'auraient jamais d'enfant; les analyses avaient révélé que les spermatozoïdes de son mari étaient trop fragiles et trop clairsemés. Pourtant, elle mourait d'envie d'avoir un petit garçon, d'autant que les médecins l'avaient pleinement rassurée sur sa fertilité et que, jusqu'à une période récente, ses règles lui occasionnaient régulièrement des douleurs aiguës, contre lesquelles tant les calmants que les boissons chaudes – on lui avait particulièrement conseillé la cannelle – ne pouvaient rien.

Lorsque son mari avait accepté le principe de l'adoption, se montrant même enthousiaste, elle s'était décidée, au grand dam de son entourage, pour quatre garçons représentant un éventail d'origines différentes : égyptienne, africaine, asiatique et amérindienne.

Une fois seule avec son mari, elle lui confia que Safeyya avait déclaré la guerre.

Il caressa tendrement son épaule, tentant de la consoler : « Ta plus grande faute est d'être plus jolie qu'elle... »

Il lui passa la main dans le dos, ses doigts jouaient avec ses courbes, ralentissant le mouvement à l'approche de ses portes intimes. C'était sa manière de la mettre en condition, l'ouverture du concert... Quant à elle, jamais elle n'avait eu autant besoin de ce moment-là. Cela faisait longtemps qu'il ne l'avait embrassée comme il le faisait à présent, lui administrant des baisers si profonds qu'elle tremblait entre ses doigts comme un oiseau mouillé. Il avait le don de varier ses caresses afin d'éviter toute routine, tout ennui.

Elle entendait souvent les femmes se plaindre de ce que leurs maris les prenaient sans attendre et les abandonnaient aussitôt leur plaisir consommé ; l'une d'entre elles s'était même plainte que son mari ne l'avait pas embrassée une seule fois depuis quinze ans. Elle, elle avait de la chance, il continuait à se montrer aussi délicat qu'on peut l'être avec une vierge, la première fois. Chaque fois qu'elle avait eu envie de lui, il était allé au-devant de ses désirs, tendant les mains vers elle, même lorsqu'elle le croyait plongé dans un profond sommeil. A le voir aussi robuste, aussi viril, on ne soupçonnait pas cette délicatesse, cette tendresse, cette capacité à combler sa partenaire et sa connaissance parfaite de ses chemins intimes, commençant par lui titiller la pointe du sein gauche pour l'emmener finalement jusqu'aux limbes du plaisir.

Cet après-midi-là, elle avait besoin de lui, il s'était facilement accordé avec elle, exactement comme la nuit où elle avait perdu son père. Elle ne pouvait repenser à cet instant sans être aussitôt parcourue d'un tremblement et d'un regain de désir. Le besoin qu'ils avaient l'un de l'autre ne se manifestait jamais autant que dans les circonstances extrêmes, instants douloureux ou moments de liesse. C'est là qu'ils étaient le plus unis, que leur harmonie était à son comble.

Plus tard, tandis qu'elle était allongée contre lui, apaisée et radoucie, elle lui confia qu'un pas venait être franchi à l'Institution, et qu'elle craignait le pire. Il lui donna raison, mettant toutefois en avant la nécessité de réfléchir dès maintenant à la riposte. La première chose, c'était de rester solide et de ne manifester aucune faiblesse. Ensuite, il faudrait examiner les possibilités de recours en justice. Il n'oublierait pas de sitôt son regard résigné, ni le ton accablé sur lequel elle avait répliqué : « La justice ? Mais quelle justice ? »

C'est alors qu'ils entendirent le téléphone sonner. Au bout de quatre sonneries, elle décrocha le combiné, mais personne ne répondit ; pourtant, elle avait la nette impression que quelqu'un était à l'autre bout de la ligne, on entendait une respiration étouffée. Peu avant le crépuscule, elle reçut un appel de Gawâhri qui voulait l'assurer de son soutien et se joindre à sa peine. Jamais il n'aurait pu imaginer, lui confia-t-il, qu'un tel sort puisse frapper une femme aussi respectable. Ce qui venait de se produire était un signe, et il l'adjurait par-dessus tout de se méfier, la vipère était venimeuse et sa morsure redoutable.

De nouveau, la sonnerie retentit, cette fois c'était une voix inconnue ; l'homme se présenta comme « un ami qui lui voulait du bien », et lui conseilla de ne plus jamais se présenter au bureau avec la voiture noire. La fois suivante, c'était encore une autre voix, mais le mari refusa d'écouter tant que l'interlocuteur n'aurait pas révélé son identité. La nuit, il dut réveiller Hânem à deux reprises pour l'arracher à ses cauchemars. Vers deux heures du matin, il lui fit boire un verre d'eau et lui demanda doucement : « Mais qu'as-tu donc, mon amour ? »

Cette sollicitude lui fit du bien et, le lendemain, elle semblait plus calme. Elle prépara le petit déjeuner habituel, thé au lait, *foul medammes* [1] et fromage de Dumiât – de l'authentique, mariné avec des piments forts, et que sa famille continuait à lui en expédier par boîtes entières, de même qu'elle lui envoyait de la *harîssa* d'Abou Setta ou du *mchabbek* d'Abou Tabl [2].

Jusqu'à maintenant, elle ne s'était pas formellement vu interdire l'accès au siège comme Gawâhri, mais pour combien de temps encore ? Elle avait envie de s'isoler, pourtant elle devait veiller à ne pas modifier son comportement, à ne pas fréquenter des endroits où on n'avait pas l'habitude de la voir – de toute façon, elle se mêlait rarement à ses collègues, ce qui lui avait valu des accusations d'arrogance et de condescendance. Chacun de ses gestes était désormais épié.

1. Fèves marinées que les Égyptiens consomment traditionnellement au petit déjeuner.
2. Spécialités des plus célèbres pâtissiers de Dumiât.

Quand cela finirait-il ?

Ah ! Elle avait une idée : la bibliothèque...

C'était un endroit où elle n'allait que rarement, même s'il lui arrivait d'y passer pour se rendre en un autre point du bâtiment. Elle n'y était entrée véritablement qu'une seule fois, à la recherche de l'original en langue anglaise de *Jane Eyre*, au programme de son fils – celui qui était d'origine africaine. Après avoir salué la documentaliste, elle lui demanda si elle avait encore les journaux de la semaine précédente. La femme esquissa un sourire cordial, indiquant qu'elle aurait aimé lui rendre service mais hélas, des instructions venaient de lui parvenir, lui ordonnant de procéder sur-le-champ à un inventaire complet.

Où cela s'arrêterait-il ?

Dans quel bureau se réfugier ?

Tous les yeux l'observaient, beaucoup l'évitaient, surtout les femmes. Au sein de l'établissement, on savait déceler immédiatement la nature des relations avec les niveaux supérieurs : ceux qui étaient en faveur, ceux qu'on avait commencé à écarter, ceux que Son Excellence ne voyait plus d'un bon œil. D'ailleurs, ces choses-là étaient devenues plus visibles encore depuis que la présidence s'était barricadée au douzième étage. Le président ne se montrait pratiquement jamais, tandis que l'influence de Safeyya grandissait chaque jour, au point que c'était désormais elle qu'on scrutait pour déterminer si quelqu'un était bien ou mal vu. Ses regards et son intonation au moment de s'adresser aux employés faisaient l'objet d'analyses et d'interprétations circonstanciées. Certains cadres veillaient à calquer leur attitude à l'égard d'untel ou de tel autre sur celle du président. Au moindre signe de changement, ils adaptaient aussitôt leur comportement, sans se soucier des revirements et des contradictions, ils n'étaient que des caisses de résonance de l'humeur présidentielle.

Elle finit par se réfugier dans les toilettes où elle passa un certain temps, se considérant longuement dans la glace, détaillant les signes de fatigue et de désarroi. Elle avait eu tort de venir aujourd'hui. Demain, elle ne viendrait pas, elle resterait au lit, il lui suffirait d'informer le service médical qu'elle n'allait pas bien, il lui restait encore quelques jours de congé à prendre. En sortant, elle ignora les regards d'Achmouni, son air désapprobateur, l'agressivité des gardes – l'un d'eux jeta même un regard appuyé sur son sac à main, mais elle resta de marbre.

Elle ne savait pas de quoi demain serait fait. Une fois installée dans la voiture, elle observa le bâtiment où elle avait passé les plus précieuses années de sa vie. Ah ! Si seulement elle savait ce qu'ils étaient en train de manigancer là-haut !

Par la suite, elle confierait à l'une de ses amies proches que jamais elle n'aurait imaginé un jour que les choses en arriveraient là où elles étaient arrivées, cette éventualité ne l'avait même pas effleurée, ni de près ni de loin.

Humiliation

Qui aurait pu imaginer une chose pareille ?

Même Hamdi al-Azmîrli, au plus fort de son pouvoir, n'aurait jamais agi ainsi. Ce qui arrivait à Hânem était une innovation par rapport aux formes d'oppression connues, même si de nombreuses anecdotes circulaient sur la cruauté du fondateur et la manière violente dont il s'était vengé de ceux qui s'étaient mis sur sa route ou avaient tenté de lui porter tort.

Témoin la mésaventure – Gawâhri lui-même ne pouvait nier les faits – survenue à Khaled, un jeune homme frais émoulu de la faculté des Sciences d'Alexandrie, majeur de sa promotion en mathématiques. Le fondateur – Dieu ait son âme – avait pris l'habitude de s'intéresser aux meilleurs éléments de l'université dans les spécialités les plus variées : génie, économie, biologie, sciences. Il offrait spontanément des aides aux plus démunis. Aussitôt leur diplôme obtenu, il leur proposait de travailler pour l'établissement, moyennant un salaire attractif, ou bien de financer leur bourse d'études à l'étranger, à condition qu'ils acceptent de rejoindre l'Institution dès leur retour. Bien des fois, il s'était extasié sur les talents que recelait l'Égypte, il fallait seulement leur donner l'occasion de s'exprimer et créer pour eux un milieu propice. Souvent, il s'était interrogé sur le secret de la réussite des Égyptiens à l'étranger, quand tant d'autres échouaient à l'intérieur. Il n'avait pas tardé à trouver la réponse : tout était dans l'environnement, qu'on leur trouve celui qui leur convenait et nul doute qu'ils donneraient sans compter.

Khaled était l'un de ceux qui avaient retenu l'attention du fondateur. C'était un garçon calme, timide, plutôt réservé, sa voix était à peine audible tant il craignait d'offenser les autres mais, au fond, c'était un coriace, capable de travailler dix-huit heures par jour. Au bout d'un moment cependant, les services de Sécurité avaient commencé à s'intéresser à lui, apparemment les Renseignements généraux avaient même enquêté sur son compte et constitué un épais dossier sur lui ; à cette époque, Azmîrli n'avait pas encore rejoint les rangs de l'Institution.

A vrai dire, le fondateur – Dieu ait son âme – n'avait guère eu d'estime pour les services de Sécurité attachés à la royauté mais, après la Révolution et la mise en place des nouvelles structures, il avait cessé de les sous-estimer et de les tourner en dérision comme il le faisait auparavant, avec des aphorismes comme : « L'instance la moins qualifiée pour traiter d'un sujet est celle qui en a la charge et, dans l'illustration de ce principe, les services de Sécurité jouissent d'une avance certaine. »

Cela ne signifiait pas pour autant quelque rapprochement avec ces nouveaux hommes forts qui avaient pris les rênes du pays, sa haine pour eux ne s'était jamais démentie, d'ailleurs il était probable que la déroute qu'il avait subie par la suite avait été le résultat d'une vengeance, un règlement de comptes, même si les détails en demeuraient jusqu'à maintenant obscurs.

Simplement, il prenait désormais au sérieux certaines de leurs allégations. Lui-même avait été intrigué par les longues heures que Khaled passait chaque jour au bureau. Grâce aux rapports confidentiels qui lui étaient parvenus des services secrets, et aussi à sa propre perspicacité, il avait acquis la conviction que Khaled était le dirigeant d'un réseau clandestin radical, adepte convaincu du déterminisme historique. Il avait également réuni des preuves de son implication dans le lancement de rumeurs le visant personnellement, ce qui, à terme, menaçait de porter atteinte à son prestige et de miner son autorité. La sanction n'avait pas tardé : il avait promulgué un décret par lequel Khaled se trouvait muté près d'Assouan. Il y avait là-bas des mines d'or, abandonnées depuis la fin de l'ère pharaonique, que l'Institution ambitionnait de remettre en activité afin d'extraire le précieux métal. Les mines étaient situées dans une région aussi rude que lointaine ; pourtant, à la surprise générale, Khaled avait accueilli la nouvelle de sa mutation avec enthousiasme. Certes, il ne partait pas seul, il y avait là toute une expédition composée de quatorze experts, des spécialistes du sol, des eaux souterraines, des minéraux, de l'astronomie et de la circulation sanguine, sans compter un cuisinier, ainsi qu'un chauffeur chargé de conduire le véhicule tout-terrain spécialement aménagé pour les déplacements dans ces contrées.

L'expédition avait quitté Assouan depuis trois jours lorsqu'on apprit au siège qu'un grave incident était survenu. Comme aucun détail ne filtrait, chacun y alla de sa version, même si les récits tournaient tous autour des mêmes faits. On repensait soudain aux traits doux de Khaled, à sa timidité maladive. Certains estimaient que le ver était dans le fruit avant même son départ, d'autres s'étonnaient de l'habileté machiavélique avec laquelle il avait caché son vice. A cela, on objectait fort logiquement qu'il n'avait pas le choix : aurait-il seulement pu en faire état ? Certes non, était-il rétorqué, mais de là à parcourir une telle distance pour s'y adonner ! Une employée souligna qu'il l'avait toujours mise mal à l'aise, qu'elle était saisie d'un frisson dès qu'il s'approchait d'elle ou lui adressait la parole.

Depuis l'incident, on ne pouvait citer son nom sans penser instantanément à cette scène à laquelle, pourtant, aucun représentant du siège n'avait assisté : le chef de la mission pénétrant dans la tente de Khaled pour y découvrir avec stupeur le corps du cuisinier nubien étendu au-dessus du sien.

L'incident avait été aussitôt consigné sur procès-verbal et la mission avait interrompu ses travaux pour rentrer sur-le-champ à Assouan. Des témoins avaient alors été mobilisés pour faire leur déposition. Au Caire, l'affaire n'avait donné lieu à aucune mesure, et le fondateur – Dieu ait son âme – n'en avait même pas fait état à la réunion hebdomadaire. Quant à Khaled, il ne s'était plus jamais approché de l'Institution, il avait disparu, sans même passer récupérer son dossier, qui contenait des documents privés et qui restait jusqu'à présent conservé au département du Personnel. On n'avait plus jamais entendu parler de lui.

Par la suite, Gawâhri déclara qu'il avait croisé Khaled par hasard ; en échangeant quelques mots avec lui, il avait ainsi appris qu'après son départ de l'Institution, le jeune homme avait ouvert un magasin de meubles à Dumiât. Il avait tout quitté : les études, le travail, l'action politique, terrorisé à l'idée d'être jeté en prison précédé d'une telle réputation.

On ignorait si Gawâhri disait vrai, il lui arrivait souvent de propager des informations que le fondateur souhaitait répandre pour des raisons connues de lui seul. Quoi qu'il en soit, le doute s'insinua dans les esprits sur la réalité de toute cette affaire et, avec le temps, l'incident devint une illustration de la cruauté dont le fondateur pouvait être capable et de sa capacité à imaginer pour ses adversaires les châtiments les plus surprenants.

Safeyya était-elle au courant de ces incidents qui avaient émaillé l'histoire de l'Institution ? Ce qu'elle avait fait subir à Hânem montrait en tout cas qu'elle maîtrisait ce genre de procédés, et même qu'elle pouvait surpasser ce qui s'était fait jusque-là.

Un jour, Hânem reçut une enveloppe blanche élégante renfermant une invitation ; c'était une nouvelle inespérée au moment où elle était au creux de la vague. Après avoir subi ce qu'elle avait subi, elle n'osait plus apparaître en public et avait dû prendre un congé pour échapper aux regards de compassion.

Elle examina longuement l'enveloppe, elle en avait rarement reçu de cette sorte au cours de sa carrière ; selon le carton au liseré d'or, imprimé en relief, elle était invitée à assister à un dîner à l'hôtel Sémiramis organisé par l'Institution en l'honneur du gouverneur du Caire et des plus hauts responsables de la municipalité.

L'objectif était de resserrer les liens entre les deux structures, appelées à coopérer dans certains domaines : l'Institution avait joué un rôle important dans le projet de création d'une nouvelle voie souterraine, et il y avait probablement d'autres projets à discuter. Ce pouvait être également l'occasion de trouver une solution au problème de la construction du nouveau siège. Son Excellence avait fait acquérir une parcelle donnant sur le Nil, du côté de Meadi, pour y édifier une tour vertigineuse, ce qui avait suscité un veto de la direction de l'Aviation civile, compte tenu du danger représenté par un tel édifice pour le trafic aérien.

Ce qui intriguait le plus Hânem, cependant, c'était qu'on l'eût invitée, elle. Que cherchait-on ? Était-ce une forme de réhabilitation, ou est-ce que l'invitation avait été envoyée à l'insu de Safeyya ? A moins que l'enjeu ne fût encore plus grand…

Toujours est-il qu'elle se devait d'honorer l'invitation… Se montrer dans ce genre de circonstances était primordial, d'autant que Son Excellence en personne assisterait à la soirée ; selon le carton, elle était organisée sous son patronage. Plus significatif encore, Abdou al-Nomrossi lui téléphona le soir même à la maison pour rappeler à quel point sa présence était souhaitée. Elle ne le supportait pas, pour tout dire, il la dégoûtait, elle avait eu un haut-le-cœur rien qu'à entendre sa voix à l'autre bout du fil, comme si les ondes s'échappant du téléphone polluaient tout l'appartement. Pourtant, ce jour-là, il paraissait affable ; à la fin de leur brève conversation, il lui demanda si elle comptait honorer la soirée de sa présence.

« Bien sûr, bien sûr », répondit-elle.

Cet après-midi-là, elle pesa le pour et le contre avec son mari, et ils conclurent qu'il était préférable de se rendre à l'invitation. Il la déposerait à l'hôtel où se tenait la soirée, puis s'absenterait le temps d'expédier quelques affaires, avant de revenir la chercher deux heures plus tard ; si elle n'avait pas fini, il patienterait dans le hall.

Lorsqu'elle apparut ce soir-là, splendide de beauté et d'élégance, les regards se suspendirent à elle ; elle portait un boléro de velours vert que son mari avait acheté dans une petite boutique parisienne de la rue Jacob, à Saint-Germain-des-Prés, spécialisée dans les vêtements artisanaux. En le voyant dans la vitrine, il s'était exclamé tout haut : « Voilà qui irait bien à Hânem ! » En dépit du prix élevé, il n'avait pas hésité, les fabrications artisanales étaient rares, et puis cela le consolait d'être privé d'elle. Ensuite, durant tout le voyage, il avait eu hâte de rentrer pour voir le boléro sur elle. Elle adorait cela, qu'il la surprenne par une petite attention, un geste tendre, un mot doux, une initiative impromptue... comme s'ils étaient encore fiancés.

Ce soir-là, elle aurait voulu l'avoir à ses côtés. On l'avait installée à la table voisine de la table présidentielle, où se trouvaient également le gouverneur, son adjoint, et un troisième homme habillé en civil mais que tout le monde appelait « mon général ». Comme beaucoup s'y attendaient, Son Excellence ne s'était finalement pas déplacée, elle avait dépêché à sa place le Professeur, ce qui ne manqua pas d'être interprété comme un signe clair de son retour en grâce, après un temps de doute consécutif à sa mise à l'écart au profit de l'actuel président. On lui prédisait désormais une ascension rapide au poste de numéro deux de l'établissement. Quant à Safeyya, elle était installée à la quatrième table. Ces emplacements n'étaient pas le fruit du hasard, la disposition avait été réfléchie et chaque invité avait une place assignée, indiquée par un petit carton posé devant son assiette.

Hânem veillait à ne pas croiser le regard de Safeyya et elle évita de quitter sa place durant le dîner. Tout le monde se montra bienveillant à son égard et certains mirent un point d'honneur à la saluer chaleureusement, parmi lesquels

Abdou al-Nomrossi, dont elle dut endurer les épanchements. Il était particulièrement actif dans ce genre d'événements, dont on lui avait confié l'organisation après le départ de Ateyya Bey. C'était lui désormais qui prenait contact avec les hôtels s'il s'agissait d'une fête, ou avec l'intendance de la mosquée Omar Makram s'il s'agissait d'un enterrement. Il s'en acquittait avec compétence et d'aucuns estimaient même qu'il avait surpassé son prédécesseur. La seule ombre au tableau, c'est qu'on ne pouvait s'empêcher de rapprocher ce savoir-faire de sa réputation de proxénète.

Hânem eut le sentiment que, d'une manière ou d'une autre, il s'agissait d'une réhabilitation, peut-être à l'instigation d'Intichâr al-Qalioubi, voire du président en personne. Celui-ci semblait toujours absent, mais rien ne lui échappait, il était informé minute par minute des détails les plus infimes. Selon certains, le même événement lui était relaté par au moins dix personnes, et il pouvait ensuite agir par l'intermédiaire de Hamdi al-Azmîrli, toujours utile malgré son âge avancé. Des gens comme lui n'étaient jamais mis à la retraite, même après avoir atteint l'âge légal.

Son Excellence n'avait pas dû apprécier la manière dont on avait traité Hânem. Nul doute que sa simple présence ici ce soir et son placement à une table aussi privilégiée étaient un revers pour Safeyya, fût-il sans gravité.

Cependant, la fin du repas devait réserver à Hânem une surprise de taille, un choc sans précédent...

Au moment où les invités commençaient à prendre congé, et tandis qu'elle franchissait les portes de l'élégante salle de banquet bordée d'une large verrière donnant sur le Nil, elle vit s'approcher d'elle un élégant jeune homme, appartenant visiblement au personnel de l'hôtel. Il s'adressa à elle avec une extrême courtoisie, le corps légèrement incliné, les yeux baissés vers le sol, sa voix était presque inaudible, quoique non dénuée d'une nuance de commandement et de menace. Il souhaitait lui parler quelques instants à l'écart de la foule pour ne pas attirer l'attention.

A l'écart de la foule ? Pour ne pas attirer l'attention ? Elle lui demanda sèchement ce que cela signifiait. Son ton avait monté, et on pouvait l'entendre à l'autre bout de la salle. Elle indiqua au jeune homme qu'il devait certainement s'agir d'un malentendu, visiblement il ne savait pas à qui il parlait ! Sans se démonter, le jeune homme répondit qu'il était parfaitement au fait de la position distinguée qu'elle occupait, cependant les circonstances ne lui laissaient pas le choix, tout ce qu'il voulait c'était lui poser une question, une toute petite question.

Les extrémités de Hânem commencèrent à frissonner ; instinctivement, elle s'attendit au pire, elle eut la sensation qu'une catastrophe était sur le point de la frapper, même si elle était incapable d'en deviner la nature. Cependant, sa colère l'aveuglait et l'aiguillonnait, l'invitant à se défendre envers et contre tout. Elle insista pour qu'il déballe sur-le-champ ce qu'il avait à déballer, elle ne ferait pas un pas de plus en sa compagnie, ce serait ici et nulle part ailleurs. Il croisa les doigts en un geste embarrassé et jeta un coup d'œil autour de lui. La plupart des gens présents appartenaient à l'Institution, plus un certain nombre de fonctionnaires venus avec le gouverneur, sans qu'on sût avec précision à quel titre ils l'accompagnaient. A la table présidentielle, il ne restait que le général ; quant à Safeyya, elle s'était éclipsée discrètement.

Après avoir balayé l'assistance du regard – comme pour souligner qu'il n'avait pas voulu cela, que seule l'insistance de Hânem l'y obligeait – et s'être excusé une fois de plus de devoir s'adresser à elle publiquement, le jeune homme déclara qu'il était contraint de poser à sa distinguée personne une question ayant trait aux couverts qu'elle avait utilisés pour son repas...

Les yeux de Hânem la Dumiâteyya se congestionnèrent, un filet d'écume apparut à la commissure de ses lèvres et s'écoula le long de son cou : en était-on vraiment arrivé là ?

Le personnel de salle, poursuivit le courtois maître d'hôtel, avait été intrigué par l'attitude de la dame. Celle-ci, aussitôt installée, avait signalé qu'elle n'avait ni couteaux ni fourchettes. Or, il n'était à ce jour jamais arrivé qu'on oublie de placer des couverts devant un invité.

Là-dessus, Abdou al-Nomrossi s'avança, la voix pleine de colère : « Mais enfin, monsieur, que voulez-vous dire ? »

Le maître d'hôtel se tourna vers lui et lui fit observer qu'il s'adressait exclusivement à « Madame », à quoi Abdou réagit en pointant un doigt menaçant, lui demandant de prendre bien garde, il était en train d'accuser une dame parmi les plus distinguées de l'Institution, et même de la haute société. Au cas où cette accusation se révélerait infondée...

Le maître d'hôtel ne lui laissa pas le temps d'achever sa phrase :

« Nous n'accusons personne.

– Bien sûr que si, répliqua sèchement Nomrossi, c'est une accusation très claire, et de vol par-dessus le marché ! Le département juridique de l'Institution s'occupera lui-même de vous intenter un procès, et l'hôtel devra payer des dommages et intérêts dont il n'a pas idée ! »

Le maître d'hôtel baissait la tête, apparemment résigné à cette perspective inéluctable ; Nomrossi s'avança alors en direction de Hânem la Dumiâteyya et, jetant un regard à l'hôtelier, s'écria d'une voix forte :

« Et si l'on ouvre le sac, cela vous suffira ? »

L'autre opina de la tête.

Nomrossi regarda Hânem d'un air implorant, répétant que l'établissement tout entier la vengerait de cette humiliation, de cette insolence...

« Lorsqu'on a enfin pu examiner le contenu de l'élégant sac à main, toutes les personnes présentes, y compris le général, ont pu apercevoir trois cuillers d'argent et trois fourchettes, de tailles différentes et frappées de l'emblème de l'hôtel. »

« Aussitôt le sac ouvert, on a dégagé les papiers qui dissimulaient les couverts volés. Il y avait également une boîte de cigarettes, un briquet doré d'un modèle rare qui a également été conservé comme pièce à conviction, un tube de pommade pour soigner les irritations vaginales, ainsi qu'environ cent livres en liquide. »

« Elle a commencé par nier farouchement, refusant catégoriquement qu'on la touche ou qu'on porte la main à son sac mais, lorsqu'un officier de police haut gradé est apparu et, s'adressant à elle fermement, l'a mise en garde contre les dangers de son attitude, elle a ouvert nerveusement le sac, d'où sont aussitôt tombés les couverts disparus, une boîte de préservatifs masculins, ainsi qu'un petit calepin avec de nombreux numéros de téléphone appartenant à des ressortissants des riches pays du Golfe. »

L'affaire fut abondamment commentée, agrémentée de descriptions tantôt véridiques, tantôt sans rapport avec la réalité. Avec le temps, de nouveaux détails émergeaient que nul n'avait mentionnés au départ, par exemple la détermination du directeur de l'hôtel, un cadre étranger expatrié, à soumettre Hânem à une fouille. A cet effet, il avait fait venir trois employées égyptiennes qui, eu égard à leurs fonctions précédentes à l'ambassade américaine, avaient de l'expérience, et celles-ci avaient procédé à une fouille au corps en bonne et due forme, sans négliger la moindre cachette, qu'elle fût située devant ou derrière.

Nomrossi paraissait bouleversé, sincèrement désireux de mettre un terme à cette épreuve. Beaucoup se montrèrent rétrospectivement intrigués par cette attitude, à commencer par Safeyya, qui le menaça ostensiblement, lui jurant qu'elle allait lui faire voir des jours plus noirs que la suie. Le directeur de l'hôtel refusa également l'appel à l'indulgence lancé par le général. Celui-ci, venu en compagnie du gouverneur, fit valoir qu'il pouvait s'agir de kleptomanie, une affection psychologique bien connue, parfaitement décrite dans les ouvrages de médecine. N'avaient-ils donc pas entendu parler du cas de cette princesse arabe, prise en flagrant délit de chapardage dans une des boutiques londoniennes où elle se rendait pourtant régulièrement, achetant des bijoux par millions ? Mais le directeur de l'hôtel restait inflexible. Baragouinant dans un arabe approximatif, il ne cessait de répéter :

« Les principes sont les principes. »

Tout changea avec l'apparition d'Azmîrli ; il n'était pas invité mais Nomrossi avait apparemment réussi à l'appeler à la rescousse. Se tenant à l'entrée de la salle, avec sa carrure impressionnante et son regard supérieur, visiblement irrité par la tournure des événements, il murmura quelque chose à l'oreille du patron de l'hôtel, avant de se retirer silencieusement. Quelques minutes plus tard, on vit Hânem franchir la porte au bras de son mari, arrivé sur ces entrefaites.

Depuis deux ans, Azmîrli n'avait pas de bureau fixe au sein de l'Institution, se contentant d'occuper, pour des raisons pratiques, un local du septième étage dont les fenêtres étaient toujours fermées et les rideaux tirés. Le bureau disposait de trois lignes téléphoniques, équipées pour deux d'entre elles de numéros secrets qui ne figuraient pas dans l'annuaire, tandis que la troisième servait à passer des appels à partir d'un poste à deux combinés. Le premier, de couleur verte, était relié directement au Q.G. d'une officine de renseignements gouvernementale; l'autre, de couleur rouge, permettait de joindre le douzième étage sans passer par le bureau de Safeyya ni celui d'Intichâr. Azmîrli se montrait peu aux employés et, dans les rares cas où cela se produisait, son apparition subite suffisait à jeter le doute – on ne savait jamais s'il agissait à titre personnel ou pour le compte de l'Institution – et à polariser immédiatement l'attention, en raison notamment de ce que l'on connaissait de son passé.

Azmîrli n'était pas un employé comme les autres; on ignorait les circonstances exactes dans lesquelles il était entré dans l'Institution, de même que la nature de ses qualifications. Il se présentait quelquefois comme membre du cabinet spécial du président mais, vérification faite, il ne s'était rendu au douzième étage que pour de brèves visites. En haut lieu, il était même établi qu'il n'avait jamais cherché à se faire nommer au douzième étage; on le lui avait pourtant proposé souvent mais, chaque fois, il avait décliné avec brio, ce qui suscitait l'étonnement et l'admiration de tous. C'est que l'opportunité de s'établir à proximité de Son Excellence était l'objectif premier de tous les ambitieux. Certains chercheurs avaient même identifié ce qu'on pouvait appeler le « syndrome du douzième étage » qui ne frappait que des employés de l'Institution ou d'organismes qui traitaient avec elle.

Les symptômes différaient en fonction des situations personnelles : ceux qui ambitionnaient d'escalader l'échelle souffraient d'une impatience chronique qui pouvait durer des années, voire se prolonger jusqu'au terme de la carrière et la mise à la retraite. D'autres adoptaient une attitude calquée sur celle des gens du douzième étage, imitant leur démarche posée, leur façon de dévisager lentement leur interlocuteur ou de l'écouter la tête penchée, le regard dérivant dans le lointain, l'air de se soucier de l'avenir et de peser les perspectives à long terme.

Tous ceux, depuis les coursiers jusqu'aux plus grands

responsables, qui officiaient là-haut au douzième étage, souffraient de ces symptômes. Ainsi, ils laissaient la porte de leur bureau ouverte ou entrebâillée, dans l'espoir d'apercevoir Son Excellence au moment où il entrerait ou sortirait. Leur espoir suprême, ce qu'ils souhaitaient de tout leur cœur, c'était qu'il jetât un coup d'œil dans leur direction ; quant à obtenir un signe de tête ou un franc salut, cela relevait du merveilleux, de la fusion des contraires, une sorte d'épiphanie.

Aucun dirigeant n'avait été aussi craint que le président actuel, bien que ce dernier ne se montrât que très rarement à la vue des employés. Peut-être était-ce cela qui avait accru le gouffre entre la direction et le personnel. Cependant, les symptômes décelés par certains experts étrangers chez les salariés affectés au douzième étage variaient d'un individu à l'autre. Après un certain temps, la personnalité originale de chacun s'estompait progressivement pour se rapprocher de celle de Son Excellence. Cela commençait par les gestes, depuis la manière d'écouter les autres jusqu'aux mouvements des mains, le léger sursaut de recul pour manifester la joie ou l'étonnement. Puis le phénomène gagnait progressivement le physique : les sourcils s'alourdissaient, le nez devenait plus aigu ; quant à la bouche, on ne la voyait plus que pincée en une moue permanente. Bien que cette remarque fût généralement attribuée aux experts étrangers qui avaient eu l'occasion de fréquenter l'Institution, on soupçonnait également Azmîrli d'en être à l'origine, connaissant son goût pour le détail coloré et la métaphore, ainsi que sa maîtrise consommée des rumeurs.

Il lui suffisait de lancer une rumeur à portée d'oreille de certaines personnes soigneusement sélectionnées pour la voir se propager rapidement. Ce qui étonnait le plus les agents des services secrets – y compris les espions attachés aux ambassades et aux consulats étrangers –, c'était son habileté extrême à persuader les autres qu'il n'avait rien à faire avec eux, alors qu'en réalité il était en train de les manipuler.

Azmîrli, tout le monde le savait, était un agent secret, même s'il ne travaillait pas directement pour un service de sécurité. Il avait commencé sa carrière professionnelle au sein de l'Institution. Apparemment, le fondateur, bien que parfaitement au courant de son parcours peu glorieux à l'université, lui avait fait une proposition très attractive, allant jusqu'à lui offrir d'emblée diverses primes, au grand dam de Gawâhri. Il semble qu'à travers lui le fondateur visait à se rapprocher d'un haut responsable des services de sécurité auquel Azmîrli était uni par un lien de parenté.

Ce lien ne suffisait cependant pas à expliquer l'étendue de ses contacts, ni cette capacité étonnante qu'il avait à abattre ses adversaires en un temps record. Pouvait-on oublier ce qui était arrivé à Wadîe al-Brâmoussi, Fahîm al-Qafti ou encore Mounîr al-Chatbi ?

Wadîe al-Brâmoussi était la plus âgée des trois victimes. Ancien diplômé de la faculté d'Arts appliqués, il était entré dans l'Institution comme dessinateur de motifs sur tissus. Il était apprécié pour sa compétence, la qualité de son travail, ses rapports harmonieux avec les autres. C'était un expert au tric-trac, qu'il pratiquait régulièrement dans un café proche de l'échangeur de Choubra. Dès qu'il entendait quelqu'un parler de politique ou de tout autre sujet polémique, qu'il s'agît des transports ou de la hausse des prix, il se levait sur-le-champ et quittait l'endroit ; il savait se tenir à l'écart des ennuis et faisait tout pour ne pas les attirer. Il était extrêmement discret, ne montrant jamais ses sentiments, mais on le savait également serviable, désireux de faire le bien, et il ne manquait jamais l'office du dimanche à l'église. Été comme hiver, il était habillé de laine et aimait à répéter : « Si vous vous couvrez bien, le froid ne vous atteindra pas. »

Durant toutes ces années, il n'avait jamais changé de cravate, il semblait qu'il n'en eût qu'une, bleu foncé, dont l'ancienneté avait lustré les bords. Lorsqu'il apprenait qu'untel avait été incarcéré, la nouvelle paraissait passer à mille lieues de lui, comme si l'événement s'était produit sur la planète Mars. Il était d'une discrétion absolue, on n'entendait de lui aucune parole, et on ne lui voyait aucune ombre.

Fahîm al-Qafti était comptable de profession, il avait travaillé à la Société du canal de Suez et percevait un salaire élevé, sans compter les nombreux avantages en nature, parmi lesquels le logement gratuit dans une villa entourée d'un jardin. Il avait rejoint l'Institution dans des circonstances mystérieuses, apparemment il souhaitait monter au Caire plutôt que de demeurer dans la zone du canal.

C'était un homme replet et insouciant, un bon vivant qui mordait dans la vie à pleines dents. Dès qu'il entrait quelque part, on entendait de loin sa voix forte, il arrêtait ses collègues dans les couloirs ou les escaliers pour leur raconter les dernières *nokat*, avec une prédilection pour les plus salaces. Il avait du talent pour en inventer de nouvelles et un don pour les raconter, de sorte qu'on se disputait sa compagnie, particulièrement parmi les employées féminines. Certaines ne cachaient pas leur joie en le voyant apparaître. Même Aïcha al-Harrâniyya, qui s'était depuis longtemps voilé les cheveux d'un foulard et qui s'abstenait de serrer la main des hommes, l'accueillait de loin par des sourires et de grands signes, paumes jointes au-dessus de sa tête dans un salut amical.

On ne lui connaissait aucune couleur politique et il avait habilement et intelligemment réussi à éviter d'entrer à l'Union socialiste, de même qu'au parti Égypte ou au Parti national démocratique à présent au pouvoir. Les rares occasions où il parlait politique, c'était pour rappeler la mésaventure du « groupe de Mai »[1] qui, après avoir été au sommet du pouvoir, s'était retrouvé en quelques heures au fond d'un cachot. Il ajoutait : « Vous voyez bien qu'on ne peut se fier à personne ! »

D'ailleurs, le vieux militant communiste Sâleh al-Sedoussi, après avoir subi le sort qui lui était destiné et purgé sa troi-

1. Nom donné aux héritiers du pouvoir nassérien, écartés sans ménagement par le président Sadate en mai 1971.

sième peine de prison – il avait repris son travail à l'Institution, non sans qu'on lui eût fait signer un certain nombre de déclarations sur l'honneur, par lesquelles il s'engageait à ne pas quitter Le Caire, à s'abstenir de monter au douzième étage même au cas où on l'y inviterait expressément, et à se tenir totalement éloigné de la fosse circulaire –, s'était lui-même montré admiratif devant cette personnalité hors du commun qui, bien mieux que tout autre détenu, avait réussi à conserver sa sérénité et sa gaieté et qui, selon lui, était à des années-lumière des pénitenciers, des tortures et des harcèlements policiers. Il n'arrivait même pas à imaginer qu'un homme comme Fahîm ait dû, à une étape de sa vie, porter l'uniforme des bagnards ou subir quelque interrogatoire.

Mounîr al-Chatbi était un modèle de droiture, au point que le fondateur l'avait surnommé ironiquement « le Légitime ». Il ne déviait jamais du droit chemin, conservant un pas égal tout au long de sa vie, comme s'il marchait sur un fil de funambule, s'arrêtant rarement pour regarder en arrière. Il paraissait d'une résistance à toute épreuve, capable de passer des heures au bureau, penché sur ses livres de comptes. C'était un comptable parmi les plus compétents, il pouvait effectuer mentalement les opérations arithmétiques les plus complexes. Un jour que Nomrossi lui avait proposé d'apparaître dans une émission de télévision pour démontrer sa capacité de calcul devant les téléspectateurs, Mounîr refusa sèchement et entra dans une colère noire, au grand étonnement de Nomrossi et des autres, surpris par la violence de sa réaction. Celle-ci semblait disproportionnée par rapport à une proposition si anodine, qu'il aurait pu décliner en deux mots. Plus tard, il eut une réaction analogue lorsqu'il reçut, à l'instar de tous les employés du département Comptabilité et de la direction des Opérations, une instruction signée du président l'appelant à suivre une formation auprès du fournisseur informatique afin de se familiariser avec l'utilisation des ordinateurs. Ceux-ci étaient décrits dans la note comme les instruments de l'avenir, appelés à servir dans tous les domaines, depuis le lancement de fusées intercontinentales et de navettes spatiales jusqu'au fonctionnement des plus petits appareils ménagers.

A cette demande, Mounîr al-Chatbi opposa un refus catégorique ; plus, il n'hésita pas à crier sur les toits qu'il se sentait personnellement visé par ce décret, lequel avait été conçu spécialement pour l'humilier. On tenta de lui expliquer la situation, de le convaincre que c'était une évolution inévitable touchant l'ensemble du personnel, mais en vain. Pour finir, on se trouva face à un pénible dilemme : soit le dispenser de formation, ce qui aurait constitué une entorse aux principes fondamentaux d'égalité en vigueur dans l'établissement, soit le muter hors du département Comptabilité. C'est cette seconde option qui fut choisie, contre l'avis de Gawâhri qui avait recommandé de l'absoudre, arguant qu'une compétence pareille était inestimable et qu'on devait tout faire pour la préserver.

Mounîr se retrouva ainsi affecté à la direction du Personnel où on lui confia la vérification systématique de tous les dossiers, par rotation. Certains crurent qu'une telle affectation le plongerait dans l'accablement, mais il n'en fut rien. Le jour où il prit ses nouvelles fonctions, on eût dit qu'il avait fait cela toute sa vie. Il assuma sa mission avec la rigueur et la rectitude dont il ne s'était jamais départi. On tenta de déceler le moindre signe de changement dans son attitude, mais il n'avait pas dévié d'un pouce, si ce n'est un petit détail, qui n'échappa pas à la sagacité d'une de ses collègues, Aïcha al-Harrâniyya : il ne se rasait plus la barbe avec la même régularité.

Personne au sein de l'établissement ne put jamais expliquer pourquoi Azmîrli avait pris précisément ces trois-là pour cible de sa vindicte, et l'énigme résista à toutes les tentatives d'explication, qui se prolongèrent bien après leur départ. Pourquoi spécialement Wadîe al-Brâmoussi, Fahîm al-Qafti et Mounîr al-Chatbi ? Ils n'avaient aucun point commun et ne se fréquentaient pas, au contraire, chacun était dans son coin, tout au moins jusqu'à cette matinée, aujourd'hui oubliée, où le destin les avait rapprochés dans une épreuve identique...

En arrivant, sous garde renforcée, devant le bâtiment de la Sûreté, Fahîm fut aussitôt emmené dans un cachot souterrain. Persuadé d'être victime d'une erreur, il ne soupçonna à aucun moment un complot ou une quelconque dénonciation. Toutefois, lorsqu'on ouvrit la trappe et qu'il vit entrer Wadîe al-Brâmoussi, il fut saisi d'une terreur sans précédent, il se sentit sortir de sa peau, sa peur effaçait lentement sa propre conscience, le réduisant à un simple observateur de lui-même : il avait l'impression d'assister de l'extérieur au spectacle de ses propres tourments, comme s'il était un étranger.

Lorsque, plus tard, Wadîe découvrit la présence de Mounîr al-Chatbi, il comprit instantanément. Les deux hommes ne se saluèrent pas, n'esquissèrent pas le moindre signe, comme s'ils ne se voyaient pas. Chacun avait la certitude absolue que quelqu'un les observait, notant le moindre signe de connivence pour pouvoir l'utiliser ensuite contre eux.

La chambre avait des murs grisâtres, avec un éclairage ténu, dispensé par une source invisible. Sur les trois portes de la cellule, deux étaient fermées. Où conduisaient-elles ? Les grandes dalles usées, les fourmis courant sur les murs déchiquetés par endroits, tous ces détails ne quitteraient plus jamais leur mémoire. Les hommes qui ont à subir un choc inattendu n'oublient jamais les commencements.

Parmi les explications données quant à leur sort, on prétendit qu'Azmîrli voulait faire étalage de sa force et de son influence devant le maître de l'Institution, c'est pour cela qu'il avait choisi trois hommes connus pour n'avoir aucune relation, de près ou de loin, avec la politique, voire totalement indifférents au sort de leur prochain et aux préoccupations du plus grand nombre. Ils n'étaient même pas fichés auprès d'un quelconque service, c'est dire… et pourtant, il lui avait suffi d'écrire quelques lignes pour les expédier tous trois « de l'autre côté du soleil », comme on disait dans l'établissement pour désigner l'endroit où sont conduits tous ceux qui disparaissent brusquement ou sont incarcérés pour motif politique.

On leur objectait qu'Azmîrli n'avait en rien besoin de démontrer son pouvoir, ses relations avec la Sûreté étant notoires. Non, la réalité, c'était qu'il haïssait tout le monde, à commencer par lui-même. Comme l'avait bien dit Nabîla al-Chandawîli – une employée qui avait eu l'occasion de le côtoyer un certain temps –, il ne se supportait pas, détestait son propre épiderme et jusqu'à son reflet dans le miroir, d'autant qu'il était affligé d'une certaine difformité. Malgré sa grande taille, il y avait dans son corps une disproportion mystérieuse qui le faisait ressembler à un enfant de huit ans dans lequel on aurait soufflé, lui donnant la taille d'un adulte sans lui faire perdre ses traits infantiles : joues gonflées, cou épais, torse saillant.

Il avait dû continuer à aller chez le tailleur même après l'apparition du prêt-à-porter puis sa généralisation au début des années quatre-vingt, afin de dissimuler son apparence puérile qui attirait sur lui les sarcasmes. Il marchait d'un pas lent, mesuré et solennel, utilisait un vocabulaire plus sérieux que de raison et arborait en permanence une mine grave, mais tout cela ne faisait qu'accroître le gouffre entre la réalité de son apparence et l'air qu'il cherchait à se donner. Souvent, il se regardait longuement dans la glace, accordant une attention particulière à ses joues gonflées, à son cou presque inexistant, se pinçant la peau et y plantant ses doigts. Il se méprisait totalement.

Selon Nabîla al-Chandawîli, qui avait travaillé auprès de lui un peu plus de trois ans, il était capable de choisir quelqu'un au hasard et de le prendre en grippe, lui vouant subitement une haine féroce. Ce pouvait être un individu rencontré fortuitement ou simplement aperçu en train de pénétrer dans un ascenseur.

Aussitôt, il commençait à manœuvrer, à méditer sa vengeance, à tendre un filet pour y prendre sa victime. Cela pouvait durer des jours comme des années, mais jamais il n'oubliait, et il continuait à comploter jusqu'à atteindre son objectif, dévastant la vie de ceux qu'il avait ainsi haïs sans raison, brisant leur destin.

Wadîe al-Brâmoussi, Fahîm al-Qafti ou encore Mounîr al-Chatbi avaient-ils fait les frais d'une de ces vengeances aléatoires ? C'est possible. Peut-être avait-il été irrité par une allure, le rythme d'une voix, une démarche, ou d'autres raisons encore qui ne seraient venues à l'idée de personne, mais qui suffisaient à exciter ses pulsions sadiques.

Parfois, particulièrement les jours de congé hebdomadaire ou les jours fériés, il était dès le réveil animé d'une haine violente, même si celle-ci n'était pas dirigée contre un individu en particulier ou un objet concret. De plus en plus torturé, il arrivait à un point où il ne pouvait plus tenir en place, ne sachant s'il devait s'asseoir ou se lever, sortir ou entrer, garder le silence ou parler. C'est là qu'il commençait à se gratter la tête pour trouver une victime contre laquelle diriger sa vindicte.

Une fois sa proie identifiée, il prenait son téléphone et appelait tous ses contacts, se livrant à une attaque virulente contre le malchanceux qu'il avait choisi, lâchant sur un ton posé ses formules pleines de fiel. Avec le temps, il avait acquis toute une panoplie d'expressions et d'intonations. Quelquefois, parler au téléphone ne lui suffisait pas ; il enfilait rapidement ses vêtements, sortait de chez lui sans même faire sa toilette ni se raser, et il allait s'installer dans son café favori du quartier d'el-Nuzha, ou encore au Club sportif el-Ahly, dont il avait réussi à obtenir le statut de membre honoraire sur intervention de la Sûreté.

Là, il rencontrait ses connaissances et s'arrangeait pour amener rapidement la conversation sur celui qu'il avait pris en grippe. Il en parlait avec colère, déversant sur lui les pires injures. Ses interlocuteurs l'écoutaient généralement sans rien dire, mais quelques-uns réagissaient, allant dans son sens par crainte d'aviver son courroux, ou manifestant leur étonnement face à l'énormité de ses propos. S'en prendre ainsi à sa victime lui procurait un plaisir physique, son pouls battait plus vite, la sueur dégoulinait sur son corps et il salivait de délectation.

Loin de dissimuler ses relations avec la Sûreté, il prenait soin au contraire, par la mollesse de ses dénégations, de s'assurer qu'elles seraient dûment confirmées. Il lui arrivait même de s'en vanter. Si une discussion générale se nouait, il prêtait l'oreille en silence, un sourire quelque peu ironique dessiné au coin des lèvres, arborant un air vaguement supérieur. Lorsque le débat prenait une tournure polémique, il se contentait de prononcer quelques expressions caractéristiques, comme : « Je dispose à ce sujet d'informations sûres, dont je ne peux toutefois révéler la source », ou bien : « Je me contenterai de donner là-dessus quelques indications », ou encore : « On m'a chargé d'une mission spéciale dont je ne peux dévoiler ici la teneur. »

Cette dernière phrase semblait lui procurer une jouissance particulière : sa tête s'enfonçait entre ses épaules, son torse saillait et sa physionomie devenait plus étrange que jamais, au-delà de la difformité qui l'affligeait, c'était l'ensemble de sa personne qui semblait irradier une sorte de joie, comme s'il jouissait en imagination.

Parfois, tandis qu'il était assis avec quelques collègues auxquels leurs fonctions et leurs responsabilités imposaient d'entretenir régulièrement des contacts avec lui, ou avec des connaissances de l'étranger, il était appelé au téléphone. Il écoutait la voix à l'autre bout du fil, ponctuant de temps en temps son écoute d'une formule militaire : « Affirmatif ! » Ensuite, il prononçait des phrases vagues, desquelles il était impossible de tirer la moindre conclusion, chacune ponctuée à son tour d'un « affirmatif ! ».

Parfois, au cours de la conversation téléphonique, il plissait le front, ses veines se gonflaient et il s'emportait progressivement, le corps entièrement tendu, parlant sur le ton d'un homme du rang qui s'adresse à un de ses commandants ou à un officier supérieur.

Nabîla al-Chandawîli, qui était considérée comme une référence encyclopédique sur tout ce qui le concernait, évoquait l'habitude qu'il avait prise, en été, de s'absenter une heure chaque jour, annonçant qu'il se rendait au club pour pratiquer la marche. Il se vantait d'effectuer quatre tours de stade, soit trois kilomètres, et insistait sur la nécessité de marcher à un rythme rapide et soutenu. Il était déterminé à réduire son poids qu'il jugeait excessif.

Quelques jours après avoir initié cette pratique, il avait commencé à parler de ses rencontres avec les personnalités qui pratiquaient la marche à la même heure que lui, des responsables de presse, des PDG de grandes entreprises, des présidents de banques mixtes, des stars de cinéma. Même le ministre des Affaires étrangères avait son heure, à laquelle il se conformait scrupuleusement, jamais en avance ni en retard, et faisait le tour du stade accompagné de ses gardes du corps personnels. Il lui était arrivé d'échanger quelques mots rapides – comme on le comprendrait, il ne pouvait bien entendu en révéler la teneur – avec cet homme qui pesait méticuleusement chacune de ses paroles.

Azmîrli se rendait au club avec un petit sac où il avait disposé ses affaires de sport. Au retour, il prenait sa douche dans la petite salle de bains attenante à son bureau – seuls quatre bureaux dans tout le bâtiment jouissaient de ce privilège, avec l'eau froide et l'eau chaude. L'un d'entre eux se trouvait au douzième étage mais personne ne savait exactement où – à moins qu'il n'ait été affecté par le réaménagement de tout l'étage ?

On racontait que le président pouvait s'enfermer plusieurs jours de suite dans son bureau, où seule Safeyya lui tenait compagnie. Bien entendu, il avait tous les éléments de confort pour rendre son séjour agréable et charmant. L'étage n'avait plus cette simplicité, cette ouverture qui l'avaient caractérisé du temps du fondateur. Ceux qui y travaillaient maintenant étaient peu loquaces, mais certains détails filtraient néanmoins de temps à autre.

De retour du club, Azmîrli pratiquait quelques exercices physiques, tendant ses bras de tout leur long avant de les replier, ou se dressant sur la pointe des pieds. Il prenait son temps dans la salle de bains dont il ressortait en pleine forme. Il s'arrêtait par moments pour inspirer profondément, exactement comme l'aurait fait un enfant. Il fermait la porte et scrutait longuement un miroir qu'il conservait dans le tiroir droit de son bureau. Il lui arrivait d'être gai aussi bien que de pleurer mais, dans un cas comme dans l'autre, il n'aurait su dire pourquoi.

Il n'avait éprouvé aucun sentiment de culpabilité après l'incarcération d'al-Qafti et de ses deux collègues. Il avait pleinement conscience de ce qu'on racontait sur lui, des accusations dont il était l'objet, mais il ne cherchait jamais à les démentir, au contraire, il lui arrivait de laisser tomber comme en passant une remarque qui confirmait les soupçons. A l'époque, il était interdit de rendre visite aux prisonniers politiques ou de leur adresser des lettres. Le seul lien avec l'extérieur était matérialisé par une feuille de papier sur laquelle le détenu était autorisé à formuler ses demandes : médicaments, type de dentifrice, crème à raser, vêtements indispensables. Tout le reste, y compris la nourriture, les livres et les journaux, était strictement interdit. La vraie valeur de cette petite feuille de papier, c'est qu'elle permettait à sa famille de recevoir du prisonnier un signe, de se repaître de son écriture, de contempler sa signature, cela voulait dire qu'il était encore vivant. On ne la recevait cependant qu'après un certain délai, les doléances ne pouvant être déposées tant que l'instruction était en cours.

Le plus étrange, c'est qu'Azmîrli avait confié à beaucoup de gens, dont Gawâhri et Ateyya Bey, à quel point il ressentait de la compassion pour les trois détenus, se disant surpris qu'on jette en prison des gens aussi éloignés que possible du moindre soupçon. Il avait même lancé des souscriptions auprès de leurs collègues pour leur envoyer de l'argent ou des colis.

Certains, comme Gawâhri, murmuraient à part eux : « Il tue ses victimes et défile à leur enterrement. »

A leur sortie de prison, après qu'ils eurent purgé leur peine de six mois, il tint à rendre visite personnellement à al-Qafti et al-Chatbi. Quant à al-Brâmoussi, qui était hospitalisé à l'hôpital Qasr el-Aïni sous haute surveillance, Azmîrli lui envoya un bouquet de fleurs, choisi avec soin. Une fois sa peine achevée, il fut transféré avec les malades ordinaires, ce qui, étrangement, entraîna aussitôt une altération de son état de santé.

Le sort qu'ils avaient subi du fait de cette épreuve acquit une dimension exemplaire. Al-Qafti, par exemple, s'enferma dans un silence profond, il ne répondait aux salutations qu'avec prudence. Dès que quelqu'un s'approchait de lui, il avait un mouvement de recul, les battements de son cœur s'accéléraient et il rendait à peine le salut qu'on lui adressait. Il avait perdu tant de poids qu'il avait dû changer toute sa garde-robe et, avec l'atrophie de son cou, sa tête semblait encore plus grosse. Lorsque le hasard ou quelque réunion mettait Azmîrli sur sa route, on le sentait se recroqueviller, il baissait les yeux vers le sol. Il avait tout à fait cessé d'imaginer de nouvelles *nokat* ou de les propager, sa joie s'était évanouie.

Al-Chatbi, quant à lui, ne s'était pas tu, il interpellait tous ceux qui passaient à sa portée pour les interroger : « A votre avis, qu'est-ce qui m'a valu de subir tout ce que j'ai subi ? » Il ne cessait de poser la même question sous diverses formes, sans jamais recevoir de réponse apaisante. Certains accueillaient ces interrogations avec un regard apeuré : c'était un sujet sensible, et le simple fait de lui prêter l'oreille pouvait un jour être retenu contre vous !

On ne sut jamais, au sein de l'Institution, comment al-Chatbi avait réussi à préparer en secret son voyage pour la Tanzanie.

Comment s'y était-il pris ? Quels contacts avait-il établis ? Azmîrli prit cela comme l'un des revers les plus sévères de sa carrière, voire de son existence. Au début, il refusa d'y croire, restant plusieurs jours de suite cloîtré dans son bureau, suspendu au téléphone, s'adressant une multitude de hauts responsables, tant en Égypte qu'à l'étranger.

Ce n'est qu'au bout de trois jours de ce régime d'isolement qu'il acquit la certitude qu'al-Chatbi avait quitté le pays. Il fut alors pris de fièvre et de tremblements. Tout le monde l'évitait, on cherchait à fuir sa vindicte en faisant assaut de politesses ou en se tenant autant que possible à l'écart, il n'y avait ni repos ni distraction à trouver en sa compagnie.

On le savait marié à la fille d'un homme d'affaires de Port-Saïd, mais jamais il ne s'était montré avec elle, ni avec leur fils unique, lors des événements organisés par l'Institution auxquels les employés avaient coutume d'assister avec leurs conjoints et leur famille. Cette pratique avait été instaurée par le fondateur, qui voyait là un moyen de souder le personnel.

Dans les années quatre-vingt, Azmîrli se montra plus discret, il avait perdu de sa prestance et ne faisait plus partie du cercle de ceux qui comptent, même s'il était toujours aussi redouté et inspirait la même méfiance.

Certains attribuaient cette mise en retrait au changement du climat politique, car aujourd'hui, la pluralité d'opinions était admise, les journaux d'opposition abordaient les sujets les plus sensibles et chacun pouvait parler à sa guise sans que sa plume soit censurée, ou sa pensée bannie. C'est tout du moins ce que les médias répétaient à longueur de journée. Dans un climat comme celui-là, on aurait pensé que la situation de l'Institution allait prospérer, et que les employés bénéficieraient des retombées, mais il n'en avait rien été, pour des raisons qui seraient bien longues à expliquer.

Azmîrli sentait tout cela parfaitement, il lui était déjà arrivé de s'effacer un temps avant de revenir au premier plan, mais, même durant ces périodes d'effacement, il fallait compter avec lui, on ne pouvait l'ignorer. Il avait toujours la confiance des services de sécurité qui tiraient les ficelles de loin. Le recrutement de leurs agents obéissait à des critères mystérieux, conformes à des procédures héritées d'une longue tradition.

Gawâhri lui-même s'était souvent interrogé sur le destin d'Azmîrli. Pourquoi plaçaient-ils en lui une telle confiance ? Quel service précis leur rendait-il ? Bien vite, cependant, il renonça à trouver des réponses, répétant ce qu'il avait toujours dit : cette engeance était régie par une loi qui lui était propre, impossible à cerner de l'extérieur. D'ailleurs, eût-il postulé à la fonction d'Azmîrli qu'il ne l'aurait jamais obtenue, en dépit de ses faits d'armes reconnus, de ses états de service véritablement exemplaires et de son dévouement indéfectible à l'Institution. Les gens comme Azmîrli, eux, ne subissaient jamais de déroute.

On eut la confirmation de son influence le soir du scandale : nul doute que Hânem la Dumiâteyya se serait retrouvée en prison s'il n'était pas intervenu de manière décisive, en prenant langue avec un haut responsable pour l'arracher aux griffes du directeur d'hôtel expatrié. Azmîrli regagna ainsi dans les esprits sa place d'autrefois. Le seul qui ne fut pas impressionné était le président en exercice, lui-même étant issu d'un appareil de sécurité – précisément celui, selon des sources bien informées, qui coiffait Azmîrli.

Il n'en reste pas moins que l'humiliation subie par Hânem eut des conséquences totalement imprévisibles, même pour ceux qui travaillaient dans l'ombre de Son Excellence au douzième étage.

Inquiétudes frontales

Achmouni fit à son ami inspecteur à l'Hygiène alimentaire une relation circonstanciée de cet incident au cours duquel ses collègues avaient eu la surprise de voir tomber du sac à main de Hânem... un énorme phallus artificiel. Le choc avait tellement marqué les consciences qu'en comparaison, l'histoire des couverts volés semblait une peccadille. Comme s'il parlait tout seul, Achmouni s'interrogeait : « Mais qui aurait cru une chose pareille de cette mère de vertu ? »

Il lui raconta aussi comment Safeyya al-Abnoubi avait fait disparaître le portrait du fondateur qui trônait dans un cadre ovale en corne de rhinocéros sur la paroi de l'ascenseur présidentiel. Voici comment cela s'était passé :

La veille, les yeux de Safeyya s'étaient posés par hasard sur le portrait, comme si elle le voyait pour la première fois :

« Qui est ce monsieur ? »

Mossaad al-Tamîmi, le liftier attaché de longue date à cet ascenseur, avait répondu du tac au tac :

« Mais, c'est notre maître !

– Qui ça, notre maître ?

– Mais celui à qui nous devons tous ces flonflons. »

Elle n'avait pas apprécié cette réponse :

« Qu'est-ce que c'est que ces salades ? Et d'abord, parlez-moi sur un autre ton ! »

D'une voix totalement terrorisée, il s'était repris :

« Mais enfin, madame, c'est le fondateur. »

On eût dit qu'elle venait de découvrir une réalité qu'elle

aurait toujours ignorée. Un instant plus tard, elle était revenue lui dire d'un ton sans appel :

« Quand je partirai tout à l'heure, je ne veux plus le voir. »

Puis, elle avait ajouté :

« De toute façon, ce tableau manque terriblement de relief. »

Lorsque la chose parvint aux oreilles de Gawâhri, installé dans ce coin du café de Rachîda l'Autrichienne qu'il ne quittait plus, il se contenta d'affirmer que plus rien ne pouvait le surprendre en une époque où l'on voyait des traînées s'installer au douzième étage.

Achmouni, poursuivant son récit, expliqua qu'à présent, c'était elle qui commandait, qui avait le dernier mot sur tout, elle que l'on consultait pour un oui ou pour un non. Cela s'était passé en très peu de temps, on pouvait même dire que son importance primait sur celle de Son Excellence depuis que celui-ci lui avait délégué sa signature – on n'avait jamais vu ça ! S'ils n'avaient lu son nom de temps à autre sur les décrets modifiant l'organisation, ou entendu que des personnalités dirigeantes, locales ou étrangères, venaient le rencontrer, beaucoup auraient pensé que le président s'était définitivement absenté.

Achmouni disait tout ignorer de la voie qu'il empruntait pour pénétrer dans le bâtiment, pour parvenir jusqu'au bureau circulaire, lequel semblait toujours en place en dépit des aménagements radicaux apportés par la société coréenne. D'ailleurs, les travaux effectués par celle-ci demeuraient largement mystérieux. Les rumeurs les plus folles couraient, évoquant l'existence d'un corridor en spirale reliant le bureau présidentiel à la fosse circulaire, et autres fantaisies du même tonneau. Quel changement par rapport à l'époque du fondateur ! Durant son mandat et celui de ses deux premiers successeurs, tout le monde pouvait accéder là-haut, jamais le président n'avait fermé sa porte.

De nombreux services secrets, autochtones ou étrangers, suivaient l'évolution de la situation au sein de l'Institution.

Des rapports confidentiels étaient rédigés quotidiennement au bénéfice de quelques destinataires choisis, afin d'évaluer les sentiments du personnel, ses réactions face aux décisions présidentielles et ses positions sur la situation politique au Proche-Orient ou ailleurs dans le monde. Selon Achmouni, la haute direction ne réagissait jamais directement aux turbulences qui agitaient les employés. Durant le mandat du deuxième président, elle s'était convaincue que céder aux revendications du personnel constituait un aveu de faiblesse et risquait de ternir le prestige de l'Institution.

C'était là une rupture avec l'attitude du fondateur qui avait toujours favorisé les faibles contre les forts, anticipant leurs états d'âme avant même qu'ils ne s'expriment. Souvent, à la veille des décisions historiques, il lui était arrivé de s'interroger : « Que disent les gens ? A quels problèmes sont-ils confrontés ? » Il s'efforçait de dissiper immédiatement toute cause d'émotion ou de frustration. Ainsi, un jour, il n'avait pas hésité à baiser le front de Amm Guweïli pour s'excuser de s'être montré injuste envers lui.

Certains arguaient que l'époque avait changé, que ce qui convenait autrefois était difficile à appliquer aujourd'hui, que l'Institution avait vu sa taille multipliée par dix en un quart de siècle.

De nouvelles théories avaient récemment fait leur apparition, quelques-unes attribuées à Safeyya al-Abnoubi, qui voulaient que l'humanité dont le fondateur avait fait preuve à l'égard des employés ne fût que de la poudre aux yeux, de la propagande purement démagogique. Les documents conservés au douzième étage prouvaient à rebours qu'il était un autocrate sans pitié, qu'il avait une pierre à la place du cœur, qu'il avait causé la ruine d'innombrables foyers, que cet homme-là était capable de poignarder d'une main et de présenter ses condoléances de l'autre. D'ailleurs, un livre était en préparation pour révéler la face cachée du fondateur.

Quand l'ouvrage paraîtrait-il, qui allait l'éditer, qui en était l'auteur ? – autant de questions qui demeuraient sans réponse…

Achmouni était triste, il n'avait plus le droit de monter au douzième, le cabinet du président ne lui adressait plus comme avant la liste des visiteurs attendus dans le bureau circulaire. A peine la secrétaire de Safeyya consentait-elle quelquefois à lui téléphoner ou à lui faire parvenir une enveloppe par l'intermédiaire d'un coursier. Souvent il dévisageait les invités après leur visite à l'étage présidentiel, il aurait voulu les interroger, s'enquérir auprès d'eux : l'avaient-ils vraiment vu ? Lui avaient-ils serré la main, s'étaient-ils entretenus avec lui ?

Ce qui le troublait, et dont il s'ouvrait continuellement à son ami, c'était de ne pas savoir comment Son Excellence gagnait son bureau, comment il quittait l'immeuble sans se faire voir, ni à l'arrivée ni au départ. Cela ne s'était jamais produit avec ceux d'avant. Achmouni avait du mal à l'accepter, lui qui était le gardien de l'entrée principale, au fait du moindre incident. Les années qu'il avait passées à ce poste lui avaient conféré une expérience, une perspicacité qu'il était impossible d'acquérir dans les écoles et les universités, qui n'étaient au programme d'aucun enseignement.

Deux ans auparavant, il avait été invité par l'ambassade américaine à donner des cours au personnel des bureaux d'accueil, aussi bien celui du siège principal de l'ambassade, à Garden City, qu'à celui des deux bureaux de Zamâlek et Meadi, chargés du séjour des expatriés. Bien sûr, il avait été d'abord flatté, mais ensuite l'inquiétude l'avait gagné. N'était-il pas en train d'entrer en contact avec une puissance étrangère, voire de collaborer avec elle ? Sa prudence était légendaire, connue de tous, mieux, il avait donné à cette prudence un style : cette manière originale de relever les épaules, de marcher d'un pas lent, d'une démarche souple.

Par mesure de précaution, il s'était mis en relation avec le département Sécurité de l'Institution, lui dévoilant le contenu de l'invitation et priant l'un de ses amis dont le fils était officier des Renseignements généraux d'obtenir des informations supplémentaires. Bien sûr, il était au courant des relations très spéciales qui unissaient le pays aux États-

Unis, la première puissance du monde, il pouvait fort bien imaginer le volume d'affaires entre l'Institution et les intérêts liés à cette puissance. Cependant, quoi qu'on en dise, c'était une ambassade étrangère et lui, en tant que fonctionnaire consciencieux, devait obtenir la permission...

Cela ne l'empêchait pas de se répandre en privé sur son expertise reconnue qui lui avait valu l'admiration des étrangers.

Peu de temps après, l'ami en question avait repris contact avec lui, lui transmettant les respects de son fils, qui connaissait « son oncle Achmouni » depuis l'enfance, se souvenant de l'avoir rencontré jadis en visitant l'Institution en compagnie de son père, à la belle époque, si lointaine aujourd'hui. Il faut dire que le fondateur appréciait de voir les enfants du personnel dans les bureaux et les corridors, il estimait que c'était là une façon de renforcer la cohésion entre les employés et leur loyauté envers l'Institution. Souvent, il lui était arrivé de glisser un mot gentil à l'intention de ceux qui avaient coincé la photo de leurs enfants ou de leurs petits-enfants sous la vitre de leur bureau, ou la conservaient non loin d'eux dans un cadre. Le deuxième président avait mis un terme à ces pratiques, il avait interdit la venue des enfants, même au moment des fêtes annuelles ou saisonnières, invoquant la nécessité de préserver la propreté des locaux et leur image de marque.

Le fils officier, tout en se disant sensible au sens du devoir d'Achmouni et à son patriotisme, était en mesure de le tranquilliser : il pouvait aller à l'ambassade l'âme en paix.

En apprenant cela, le Professeur s'était gaussé : ce bon vieux Achmouni continuait à vivre avec les valeurs de l'ère totalitaire, pourtant bien révolue, cette époque où le simple fait de longer le bâtiment exposait quiconque à rendre des comptes, voire à être accusé d'espionnage. Aujourd'hui, les gens de toutes conditions se pressaient auprès de cette ambassade pour gagner ses faveurs !

Mais Achmouni était un ancien, élevé dans les principes et les usages, il s'abstenait de franchir un pas sans en mesurer la portée. Ceux qui l'avaient connu de près, comme Gawâhri, affirmaient qu'il vivait en proie à une méfiance, une peur de tous les instants. C'est cela qui avait poussé le fondateur – Dieu ait son âme – à le choisir pour occuper le bureau frontal. Se tenant à l'entrée, sa silhouette frêle inclinée vers l'avant, ses épaules dressées au point de frôler ses oreilles, il scrutait les visages, examinait les identités, enveloppant d'une suspicion silencieuse tous ceux qui lui adressaient la parole. Il redoutait en permanence d'être soumis à une investigation inattendue, d'être déféré devant un questionneur sans scrupule représentant une instance mystérieuse. Il se tenait toujours prêt à justifier le moindre de ses actes. Pourquoi avait-il emprunté ce chemin ? Pourquoi avait-il commandé un fenugrec au lait plutôt qu'un thé ? Pourquoi avait-il regardé plus longuement dans telle direction que dans telle autre ?

Dans sa salle de bains, il marchait précautionneusement, sur la pointe des pieds, par peur de glisser. Dans la rue, il levait les yeux de crainte de toucher un fil électrique dénudé, puis baissait les yeux pour éviter de tomber dans une faille du trottoir, avant de regarder de nouveau en l'air par peur qu'une pierre branlante ne se détache pour s'abattre sur le sommet de son crâne.

Il était toujours présent au bureau, même les jours fériés où l'Institution était fermée. Son service s'effectuait en deux périodes, la première du matin jusqu'à quatorze heures, la seconde de seize heures jusqu'au soir. Entre les deux, il devait s'interrompre, c'était le règlement mais, s'il n'avait tenu qu'à lui, il n'aurait jamais quitté son poste, de jour comme de nuit. Pendant la pause déjeuner, il s'abstenait de rentrer chez lui. Nulle famille ne l'y attendait, c'était un homme solitaire, il logeait dans un vieil hôtel près de Midân Ramsès, au début de la rue Faggâla.

Son unique ami, c'était Anîs al-Wardâni, cet inspecteur à l'Hygiène alimentaire, le seul à qui il pût confier ses préoccupations. Ils étaient très liés et se voyaient tous les jours, sans exception, à l'heure du déjeuner ou, les soirs d'été, au café Rex qui faisait face au vieux théâtre Corsal, avenue Emadeddîn. Ils s'asseyaient près d'une large fenêtre donnant sur l'avenue. Ceux qui ne les connaissaient pas auraient pu penser qu'ils avaient perdu la parole, qu'ils étaient de ces muets qui avaient leur quartier dans un café proche du Cairo Palace – ce cinéma spécialisé dans la projection des films de la Fox que le regretté fondateur préférait à tout autre, veillant à assister à la séance du vendredi matin, qui s'ouvrait à dix heures et quart avec la projection d'un dessin animé pour enfants. Il n'avait renoncé à cette pratique qu'au moment de la déroute majeure.

Au café, Achmouni observait son ami en silence. Lorsque son regard déviait dans une autre direction, c'était son ami qui prenait le relais en le fixant à son tour et, si leurs yeux se croisaient, ils hochaient tous deux la tête comme si la même idée leur avait traversé l'esprit simultanément. Ils examinaient silencieusement les passants ou sirotaient lentement leur verre de thé.

Il leur arrivait cependant d'échanger un bout de conversation, et on les voyait alors se rapprocher l'un de l'autre. Son ami étant plus grand, il devait se pencher sur Achmouni pour se mettre à sa hauteur. Brun de peau, le front dégarni, assez massif, c'était un Saïdi originaire d'Abou Tîg. Il parlait d'une voix sonore et était incapable de chuchoter. Il avait toujours avec lui son vieux porte-documents sur lequel il gardait la main posée en permanence.

Il était le seul à avoir rendu visite à Achmouni lorsqu'il était tombé malade, restant assez longtemps avec lui dans cette chambre rectangulaire, avec sa fenêtre qui donnait sur une courette et son petit balcon de bois dont les planches crissaient sous les pas, et d'où l'on pouvait admirer l'architecture orientale de la gare centrale du Caire.

Les autres clients de l'hôtel étaient des gens de passage. Ils arrivaient de la campagne, pour s'acquitter de formalités ou à la recherche d'un emploi, quête dont l'issue était soit la fortune soit le retour désabusé au pays. Le seul client permanent était Achmouni. Pourquoi s'était-il établi dans cet endroit d'où beaucoup repartaient avec des souvenirs pénibles ? Gawâhri attribuait l'établissement d'Achmouni à sa passion platonique pour une Juive qui habitait non loin de l'hôpital copte, une collégienne potelée et séduisante qu'il voyait passer sur son parcours quotidien jusqu'à l'école israélite de Midân el-Gueich. Elle marchait la tête bien droite, la poitrine gonflée dans son uniforme d'écolière, un chemisier à carreaux bleus et blancs sur une petite jupe qui dévoilait le galbe des jambes, serrant son cartable contre elle, les yeux pleins d'insouciance.

De son balcon, Achmouni trépignait d'impatience. Dès qu'il l'apercevait, il dévalait l'escalier pour lui emboîter le pas, restant toutefois à une distance suffisante pour ne pas éveiller le soupçon. Néanmoins, son manège n'avait pas échappé aux commerçants du coin, vendeurs ambulants et habitués du café qui guettaient de loin leur apparition, d'abord elle, puis son poursuivant lancé à ses trousses. Il ne voulait rien de particulier, la suivre lui procurait une satisfaction suffisante.

Quelques mois après l'agression tripartite de 1956, elle quitta le quartier avec sa famille ; du reste, il avait été décidé d'intégrer l'école à la filière d'enseignement général. Quoiqu'elle eût bel et bien disparu, il garda plusieurs années l'espoir de la voir revenir, continuant à la guetter depuis son balcon. Il n'y renonça qu'en 1967.

Ses habitudes changèrent alors du tout au tout : il sortait très tôt de chez lui et ne rentrait qu'après onze heures du soir, ne quittant plus sa chambre. En été, il ouvrait la petite fenêtre donnant sur la cour intérieure, étroite et sombre. Sur le mur d'en face, il y avait deux gouttières parallèles, la plus grosse destinée à l'évacuation des eaux usées, la seconde, plus mince, à l'arrivée de l'eau potable. Avant de s'endormir, il fermait précipitamment la fenêtre par peur de l'intrusion d'un insecte ou d'un serpent, ignorant quelles bestioles la vieille cour pouvait abriter.

Ateyya Bey jurait qu'il ne déformait pas la réalité, ses propos sur Achmouni étaient véridiques, ce n'était pas une de ces calomnies dont il était coutumier. De toute façon, seules deux personnes connaissaient la vérité sur le compte d'Achmouni : le fondateur, qui n'était plus de ce monde, et son ami inspecteur.

Ce dernier dépendait de la direction régionale de l'Hygiène alimentaire du sud de la capitale. Sa mission consistait à faire la tournée des restaurants situés dans les secteurs de Sayyeda Zeinab et de Abdîn, même s'il lui arrivait, pour remplacer un collègue défaillant, d'inspecter également ceux d'el-Moski et de Gamâleyya. Quant à celui de Qasr el-Nil, en revanche, qui regorgeait de grands restaurants, il était réservé aux privilégiés. On y trouvait ce restaurant dont la spécialité était devenue le plat préféré du roi Farouk. Dans ses Mémoires, son garde du corps affirmait que le souverain déchu n'avait plus jamais retrouvé une telle saveur dans son exil, il avait perdu tout goût pour la nourriture et même son cuisinier d'origine albanaise n'était pas arrivé à lui rendre l'appétit. Comme le disait la sagesse populaire, la cuisine était « affaire de souffle ». Un autre restaurant, situé près du palais Abdîn, était spécialisé en *kabâb* et *kofta*. Le roi aimait humer l'odeur des grillades, c'est pourquoi il lui arrivait souvent de se tenir sur le balcon latéral du palais. Le propriétaire avait rebaptisé son restaurant Le Gril de Farouk. Avec la Révolution, l'endroit avait de nouveau changé de nom, devenant Le Gril des Officiers libres. Bien qu'il dépendît de leur secteur, Achmouni et son ami n'y avaient jamais mis les pieds, son propriétaire étant connu pour avoir le bras long.

Quotidiennement, les deux hommes se rencontraient et se mettaient en route, bras dessus bras dessous. L'inspecteur interrogeait Achmouni : « Qu'as-tu envie de manger aujourd'hui ? » L'autre réfléchissait un instant, repensant au menu de la veille. Ce qu'il aimait par-dessus tout, c'était le fromage de tête. Il leur arrivait d'opter finalement pour des pigeons farcis au blé vert, accompagnés d'une salade d'aubergines noires marinées et saupoudrées d'une pincée d'ail et de coriandre pilés. Pour ça, le meilleur endroit était un petit restaurant de la rue el-Falaki, à la salle modeste mais réputé pour son souci de préserver les arômes ancestraux. Les stars de cinéma et les présidents de banque envoyaient volontiers des coursiers afin qu'on leur apporte ce pigeon farci qui avait fait la renommée de l'établissement…

Pour ce qui était du poisson, il n'y avait qu'un seul endroit, inégalé, irremplaçable, c'était Aux poissons de Mahmoud, un restaurant sis à Ard Cherîf, même s'il était un peu délicat de l'inspecter en raison du pedigree de son propriétaire et de ses contacts bien établis.

Pigeon et poisson frit étaient les plaisirs de la vie d'Achmouni. Il broyait les os de pigeon avant de les avaler et suçotait bruyamment les têtes de poisson, se léchant les doigts après en avoir terminé.

Quand ils voyaient apparaître le duo, les restaurateurs, les cafetiers, les vendeurs de jus de fruits savaient tout de suite à quoi s'en tenir. Généralement, ces deux-là ne terminaient pas leur déjeuner sans que le patron leur fît également remettre un panier pour les besoins du dîner.

Le scénario était toujours identique : sur un ton égal, Achmouni s'adressait au serveur : « L'addition, s'il vous plaît. »

Là-dessus, Anîs l'interrompait d'un air outré, parfois même en lui attrapant le poignet : « Il n'en est pas question, je n'accepterai pas ! »

Quelqu'un qui ne les connaissait pas aurait pu craindre que cela dégénère en dispute mémorable, mais le restaurateur ou le gérant s'interposait immanquablement en disant : « Cette fois-ci, c'est nous qui invitons. »

Ce à quoi Achmouni répondait d'un doigt menaçant : « Bon, va pour cette fois, mais attention, la fois prochaine, nous n'accepterons pas. »

Le même rituel s'était poursuivi d'année en année, selon un cérémonial immuable jusque dans ses moindres détails. L'ami inspecteur disposait d'un pouvoir considérable, particulièrement vis-à-vis des restaurants de taille moyenne ou modeste : quelques lignes de lui indiquant que les conditions d'hygiène n'étaient pas respectées suffisaient à faire fermer un établissement pour une durée d'un mois au minimum.

Selon Ateyya Bey, Achmouni tenait son ami informé des moindres secrets de l'Institution. Fort heureusement, les concurrents et les rivaux postés en embuscade ignoraient tout de son existence et des confidences qu'il recevait d'Achmouni. Sinon, il leur aurait suffi d'écouter la conversation des deux hommes – au snack Bayyoumi, au *Kabâbgui* de la République, au Café des Débats, spécialisé dans le narguilé et le thé fin, ou encore dans les restaurants de friture de cervelle et de foie de Bâb el-Louq et de Souq el-Nasreyya – pour ne plus rien ignorer des affaires de l'Institution. Il faut dire toutefois que l'inspecteur ne représentait pas un réel danger, dans la mesure où il écoutait sans entendre, plus soucieux de son estomac que de ses oreilles...

Ce qui est sûr, c'est qu'Achmouni, depuis son poste stratégique près de l'entrée du siège, était bien placé pour tout savoir de ce qui se passait dans l'Institution. Il avait acquis une sorte de sixième sens qui lui permettait souvent d'être mieux au fait de la situation que les intéressés eux-mêmes, y compris les plus proches de la Direction. Les expressions du visage et le rythme des pas étaient pour lui un reflet de ce qui se passait dans la tête des individus. En voyant un homme et une femme, il était capable de deviner la nature de leur relation, ainsi que le degré d'intimité qu'ils avaient atteint. Plus, il pouvait dire à sa démarche si telle femme avait été sexuellement honorée la nuit précédente ou si, au contraire, nul mâle ne l'avait approchée.

Il était véritablement expert dans l'art de flairer l'humeur des hauts responsables, ceux qui tiraient les ficelles et détenaient les clefs. En consultant le registre des visites ou en étudiant la fréquence des rendez-vous de tel visiteur avec telle employée, il pouvait se représenter immédiatement si cela cachait une liaison en cours, voire une liaison potentielle.

Il ne s'était jamais trompé dans l'évaluation des nouveaux

embauchés, ceux qui avaient rejoint dernièrement les rangs de l'Institution. Au premier abord, son jugement paraissait outré, ses prédictions semblaient tirées par les cheveux, mais les événements finissaient toujours par lui donner raison.

Parfois, il pronostiquait ce qui allait arriver à l'un ou l'autre de ses collègues dans un laps de temps déterminé, prévoyant par exemple que, d'ici un an, untel conduirait une voiture de luxe, ou que tel autre prendrait la direction d'un département important.

En voyant Safeyya franchir le seuil ce jour-là, d'un pas timide et hésitant, il avait immédiatement perçu le contraste. Quel rapport avec l'insolence habituelle de son corps qui semblait toujours sur le point de s'échapper de ses vêtements, sans même parler du jean qu'elle avait revêtu la première fois, si moulant qu'on s'était demandé comment elle était parvenue à y introduire ses courbes plantureuses ?

D'ailleurs, nombreux étaient ceux pour qui cette image était restée vivace, ils en convoquaient périodiquement le souvenir, ce qui les mettait instantanément au comble de l'excitation. On eût dit que cette image vivait sa vie de manière autonome, indépendante du destin de Safeyya, comme une mèche incandescente capable d'enflammer les visages et de déchaîner le désir.

Achmouni lui-même gardait en mémoire cette première apparition de Safeyya, comment elle s'était avancée jusqu'à son bureau, la poitrine tendue en avant, les cuisses saillantes ! Il avait réussi à garder son calme et l'avait renseignée sur le chemin à suivre.

Ce jour-là, en conversant comme chaque jour avec son ami, Achmouni lui avait fait part de l'arrivée dans l'établissement d'une beauté hors du commun. Pour lui, il était clair que cette femme allait mettre toute l'Institution dans sa poche, même si ça ne devait durer qu'un temps, qu'elle allait perpétrer des actes que personne avant elle n'avait osés, qu'elle s'attaquerait à tous les signes liés d'une façon ou d'une autre au fondateur, qu'elle irait jusqu'à effacer le prénom de la première épouse du fondateur sur son savon parfumé à l'ancienne, que rien ne l'arrêterait.

Toutes ces prédictions s'étaient réalisées à la lettre.

Aujourd'hui, en voyant Safeyya quitter le bureau l'air accablé, il l'avait accompagnée sur quelques mètres, en signe de respect et de sympathie et, à certains détails qui ne lui avaient pas échappé – elle se déhanchait moins qu'à l'habitude et ne mettait plus tant d'affectation à monter dans sa voiture –, il avait compris qu'une crise était survenue, que l'ère de Safeyya touchait à sa fin.

Le rappel d'Azmîrli

Une fois de plus, Achmouni ne s'était pas trompé. Tout le monde savait désormais que Son Excellence avait changé d'attitude avec Safeyya. Au début, il ne s'agissait que de bruits de couloirs mais, bientôt, on avait eu des preuves tangibles, des signes indiscutables, par exemple le fait qu'elle eût cessé ses annonces par haut-parleurs interposés et, plus encore, l'apparition de décrets dépourvus de sa signature.

Deux jours plus tard, on vit réapparaître la signature d'Intichâr al-Qalioubi, et tout le monde comprit que l'étoile de Safeyya était en déclin, peut-être son ère était-elle même révolue. Le lendemain, alors qu'elle passait devant lui, Achmouni comprit qu'elle avait vacillé ; il la salua mais ne l'escorta pas comme d'habitude, et il laissa son regard embrasser les deux globes charnus. Le surlendemain, elle ne se dirigea pas vers l'ascenseur historique mais s'arrêta pour faire la queue devant l'ascenseur commun, plus moderne et plus rapide. De là, elle emprunta l'escalier en colimaçon qui avait été modernisé dans l'opération de rénovation récente et monta jusqu'à... l'étage présidentiel.

Elle était donc toujours auprès de Son Excellence, elle n'avait pas déménagé... Mais où était-elle installée exactement ? Avec lui, dans son bureau, ou ailleurs au douzième ? Impossible de répondre.

Quant aux proches du nouveau président et à ceux qui lui devaient leur promotion, ils gardaient le silence, s'entraînant à arborer un masque de sérieux et d'objectivité, sachant que chaque réaction pouvait être interprétée par les employés des étages inférieurs, aussi bien ceux du siège historique que ceux des autres bâtiments répartis dans les divers gouvernorats et régions. Certains de ces bâtiments atteignaient plusieurs fois la hauteur du siège, comme les célèbres tours jumelles donnant sur le Nil, surmontées de panneaux lumineux rouges pour éviter les accidents aériens lors des manœuvres de décollage ou d'atterrissage à l'aéroport du Caire. Pourtant, le douzième étage du siège historique paraissait toujours surplomber les autres implantations, même quand celles-ci arboraient un plus grand nombre d'étages, atteignant des hauteurs vertigineuses.

Malgré le silence entourant l'activité du nouveau président, de nombreuses informations sur la vie de l'Institution circulaient au-dehors. Quelle que soit la prudence dont chacun s'entourait, les choses finissaient par se savoir, d'une manière ou d'une autre. Car il ne s'agissait pas seulement du destin des employés, mais aussi de tous ceux qui, sans être sous les feux des projecteurs, étaient néanmoins concernés par les décisions prises dans l'Institution.

Au sein de celle-ci, tous les moyens étaient bons pour glaner des informations. Il suffisait de dévisager quelqu'un, de l'observer au moment où il prenait la parole, pour entendre des mots qu'il n'avait pas prononcés. Un simple regard échangé entre deux personnes pouvait suffire à transmettre un message, à clarifier un malentendu.

La liberté de parole augmentait à mesure qu'on était loin de l'étage présidentiel. Ceux qui traitaient avec le douzième, pour leur part, avaient développé une sensibilité encore plus fine. C'est ainsi que les coursiers chargés d'apporter son courrier au président, et les employés à la propreté, particulièrement les femmes de ménage, purent percevoir sans difficulté le changement qui avait affecté le statut de Safeyya, moins dans ses rapports avec l'ensemble du personnel que dans sa relation avec Son Excellence. Tout en elle, son allure générale, le rythme de ses pas, la direction de ses regards, laissait deviner une évolution dans cette relation.

Chacun était conscient que la mainmise de Safeyya en avait pris un coup, qu'elle n'était plus en position de domination. Manifestement, elle n'avait plus les faveurs de Son Excellence. Les employés savaient que le nouveau président était capable d'arrêter des décisions d'une grande violence, et cela sans crier gare. Avec elle, cependant, il agissait avec douceur, signe qu'un certain lien continuait de les unir. Il n'avait pas décidé de la muter sur un site éloigné, n'avait pas pris de décret mettant fin à ses attributions ; clairement, il voulait ménager sa dignité au regard des autres, ce qui n'était pas conforme à ce qu'on savait de ses pratiques antérieures.

Il était connu pour infliger des camouflets cinglants ou, inversement, favoriser certains de manière éhontée, les admettant dans le cercle de ses proches sans raison apparente, avant de les renier quelque temps plus tard tout aussi brutalement et sans donner davantage d'explications.

Les employés qui souffraient le plus de ces revirements étaient justement ceux qui travaillaient à l'étage présidentiel, ainsi que les responsables de départements centraux ou de filiales, ceux qui étaient à son contact direct. Les médecins responsables de l'unité médicale avaient constaté parmi eux des crises soudaines de tension et de diabète, des infarctus, ainsi que d'autres maladies jamais rencontrées dans leur expérience, ce qui les obligeait à consulter des médecins renommés, réclamant de ce fait une hausse du budget consacré aux soins médicaux.

Il se disait en secret que Son Excellence choisissait une maladie mortelle ou chronique pour chaque individu dont il souhaitait se débarrasser, soit en raison d'une haine avouée, soit à cause d'une admiration cachée, susceptible de se transformer à tout moment en rancœur et en jalousie. La rumeur prétendait aussi qu'il passait en revue les noms des employés particulièrement méritants, se promettant de les « récompenser » à sa façon, c'est-à-dire en leur infligeant, selon les cas, une phlébite cérébrale, une insuffisance cardiaque, une dépression aiguë conclue par un suicide, ou bien – s'agissant des femmes – une stérilité définitive. Pour cela, il n'avait pas recours à des pratiques occultes, mais aux services d'Azmîrli, à qui il avait rendu tous ses pouvoirs.

En apprenant que celui-ci était propulsé au sommet et qu'il s'isolait de longs moments avec Son Excellence, les employés sombrèrent dans l'affliction, redoutant le pire ; les plus accablés étaient ceux du douzième étage. Un Azmîrli ayant l'oreille de la direction, c'était l'assurance de vivre dans une inquiétude de tous les instants.

Malgré son âge avancé, Azmîrli était encore redoutable. Quelle ne fut pas la surprise de Gawâhri en découvrant que le vieux loup avait préparé la liste de tous ceux qu'il tenait en abomination et qu'il l'avait soumise à Son Excellence afin que celui-ci les punisse de diverses maladies ! Gawâhri, tombé par hasard sur la liste, y découvrit son propre nom et apprit ainsi qu'il était promis à une attaque cérébrale subite. Ce n'était pas tant l'animosité d'Azmîrli qui l'étonnait, mais plutôt l'évolution de ses méthodes.

Gawâhri l'avait toujours connu effacé, préférant comploter dans son coin et tendre ses pièges à distance. Comment osait-il à présent se rendre ouvertement au douzième étage, ce qui revenait à mettre tous les employés au courant de sa mission ?

Pour certains, l'ambition ancienne d'Azmîrli était de s'installer lui-même au sommet, c'était pour cela qu'il coopérait étroitement avec les services secrets : il savait qu'en vertu d'un principe non écrit ces derniers réservaient l'accession aux postes suprêmes à ceux qui avaient été formés dans le sérail ou qui, tout du moins, avaient réussi à gagner leur confiance.

D'un autre côté, ces appareils qui avaient la haute main sur les affaires du pays le considéraient comme une source d'information précieuse, de sorte qu'ils préféraient le garder à cette place, où il leur était fort utile, plutôt que de le propulser vers le haut. Certes, ils lui accordaient quelques passe-droits, mais cela restait assez limité.

Quant à l'actuel président, sa situation était différente. Il était uni à eux par une relation organique, nouée du temps où il était encore élève du primaire dans une école étrangère mixte. Les services secrets l'avaient recruté pour surveiller les agissements d'un religieux catholique, un Suisse qui, sous couvert d'enseigner la langue allemande, entretenait des contacts avec l'étranger. Dès son plus jeune âge, le futur président avait épaté ses supérieurs par la précision de ses observations et sa puissance de mémorisation exceptionnelle, au point que certains de ses rapports étaient donnés en exemple au Centre de formation national de la Sûreté.

Par ailleurs, ceux qui le connaissaient de près étaient désarçonnés par sa personnalité, sa capacité à rester longtemps silencieux, son insensibilité, son introversion, sans parler de sa familiarité avec les ordinateurs, dont il avait étudié de manière précoce les modèles les plus avancés.

Ils étaient intrigués aussi par l'étrangeté de son comportement. On disait qu'il ne passait jamais deux nuits de suite au même endroit et qu'il avait au moins quatre adresses différentes, dont l'une dépourvue de téléphone. Comme il ne demeurait jamais très longtemps dans son bureau de l'étage présidentiel, il avait mis en place un système de secrétariat tournant, de sorte qu'il y avait toujours quelqu'un de permanence pour répondre au téléphone, recevoir les fax ou les envoyer. Il appelait régulièrement, d'un endroit tenu secret ou à partir de son véhicule avec lequel il arpentait les voies rapides autour de la capitale.

Passionné de voitures de luxe, il passait ses vacances en Europe pour louer les derniers modèles et foncer sur les autoroutes en excédant toutes les vitesses autorisées.

Azmîrli affirmait n'avoir jamais eu affaire à une personnalité aussi déroutante. Lorsqu'il était avec lui dans le bureau, le président lui renvoyait des regards innocents, capables de se transformer d'une seconde à l'autre en salves assassines.

Une source non identifiée prétendait que le véritable objectif d'Azmîrli était Safeyya, à qui il vouait une haine inextinguible, au point de téléphoner à bon nombre d'employés en déformant sa voix pour leur fournir des informations privées sur Safeyya, déclarant par exemple qu'elle se livrait au trafic d'héroïne, qu'elle en dissimulait en des endroits intimes lorsqu'elle se rendait à l'étranger, que de surcroît elle dirigeait un réseau de prostitution pour les mineures, destiné à satisfaire les désirs pervers de certaines princesses arabes et de personnalités influentes. Il la détestait tellement qu'il lui arrivait d'écrire son nom sur de petits papiers et de les brûler ou de les jeter dans la cuvette des toilettes.

Pourquoi ?

On n'en savait rien.

Peut-être cette haine expliquait-elle son intervention remarquée en faveur de Hânem la Dumiâteyya le soir du dîner à l'hôtel. En tout cas, il s'était allié avec Nomrossi contre Safeyya. On ignorait ce qu'ils s'étaient dit, la seule certitude c'était que Nomrossi avait juré ses grands dieux que, tout comme il l'avait propulsée au douzième étage, il l'en ferait chuter, il l'arracherait à sa position auprès du président – à côté de lui ou, comme persiflaient certains, « sous lui ».

Une fois sa décision arrêtée, il s'était libéré plusieurs semaines, avec le soutien d'Azmîrli. Après des efforts non négligeables, il avait trouvé la solution : ce qui excitait le plus Son Excellence, ce qui lui procurait le plus grand plaisir, c'était d'écouter certaines voix de femmes, des voies chaudes et un peu enrouées, minauder au téléphone ; il s'enfermait dans le bureau circulaire, composant des numéros au hasard jusqu'à tomber sur des femmes inconnues. Pour cela, il utilisait toutes les possibilités offertes par la technologie moderne, notamment l'accès automatique au réseau international.

Une fois qu'il avait trouvé son bonheur, il interrogeait son interlocutrice sur la façon dont elle était habillée, avant d'en venir aux sous-vêtements, non sans avoir exhalé un soupir éloquent. Les réponses suggestives qu'il recevait déchaînaient progressivement son excitation. Son plaisir était décuplé par le décalage horaire – il avait tout dans la tête : huit heures de différence en hiver, sept en été, de sorte que lorsqu'il était huit heures du matin ici, il était minuit là-bas – et aussi par la distance – le fait de savoir que le désir traversait des espaces illimités ajoutait à son émotion.

Le budget de ses communications personnelles excédait ainsi toutes les prévisions imaginables, au point que certains le disaient équivalent à l'ensemble des dépenses maladie des employés. Le phénomène s'était encore aggravé depuis qu'il avait loué une ligne satellite américaine afin de pratiquer le sexe par téléphone sans souci des frontières.

Il conservait les numéros sur lesquels il était tombé par hasard et qui lui avaient plu. Sa voix favorite se trouvait au Mexique, à Acapulco, un numéro qu'il avait choisi fortuitement dans l'annuaire local, au cours d'un de ses voyages. Il ne lui avait pas demandé son nom, il préférait ne pas savoir, afin de garder à son imagination toute sa liberté. A partir de la voix, il pouvait l'imaginer physiquement et l'on voyait ses veines se gonfler tandis qu'il écoutait les soupirs et les grognements de la belle Mexicaine. Même les personnels chargés des écoutes auprès des services de renseignement et de la cellule de surveillance des conversations suspectes, située dans le bâtiment de l'Organisation des communications internationales au Nouveau-Mexique, en étaient bouleversés.

A son interlocutrice mexicaine, il avait enseigné des rudiments d'arabe, les noms des parties du corps et les injures les plus crues, c'était une élève douée, elle parvenait à reproduire ces vocables avec un accent qui l'émerveillait.

C'est de là que Nomrossi était parti pour mettre au point son plan. Sa longue expérience lui avait appris que le proxénète compétent se doit de planifier les choses à l'avance, que tout son art consiste à créer les circonstances idéales pour la rencontre voulue tout en donnant l'illusion du hasard.

Il contacta le secrétaire de nuit et l'informa qu'il avait une enveloppe à faire parvenir d'urgence à Son Excellence. L'enveloppe renfermait un enregistrement d'une durée de vingt minutes. C'était la voix de… Rachîda l'Autrichienne.

En arrivant au douzième étage le lendemain matin, Son Excellence s'enferma dans son bureau et écouta la cassette à plusieurs reprises – treize fois en tout ; il se prit même à rêver d'un enregistrement dont la bande courrait sur trente nuits. Le même jour, Nomrossi arrangea une communication entre Son Excellence et Rachîda. La réaction ne tarda pas à lui parvenir : *via* le secrétaire de jour, le président lui fit transmettre ses salutations « très spéciales » ; surtout, il ne devait pas hésiter à réclamer s'il avait besoin de quoi que ce soit ; Nomrossi remercia abondamment, déclarant qu'il était un serviteur dévoué, que savoir Son Excellence satisfaite de ses services lui suffisait.

La connexion établie entre Son Excellence et Rachîda atteignit des températures brûlantes, elle lui fit découvrir un monde insoupçonné. Elle avait réussi non seulement à supplanter la Mexicaine, mais encore à le détourner de Safeyya. Nomrossi se retira aussitôt du jeu, comme c'était son habitude une fois sa mission accomplie. Il était ému aux larmes de lire le bonheur dans les yeux de ceux qu'il avait réunis.

Cependant, la voix chantante de Rachîda n'était pas la seule arme pour faire tomber Safeyya. Nomrossi, selon les confidences d'Achmouni à son ami inspecteur, avait percé à jour la liaison de Safeyya avec le peintre de Wikâlat el-Ghouri, et il était parvenu à se procurer les tableaux où l'amant avait représenté la croupe fabuleuse.

Rapidement, Son Excellence parvint à découvrir qui se cachait derrière la voix mystérieuse et à faire la connaissance de Rachîda. Il continuait à entourer sa liaison avec Safeyya du plus grand secret. Il lui avait demandé de dissimuler ses fesses le plus possible, de tenter d'en atténuer quelque peu l'impact explosif. Par ailleurs, il l'avait aussi priée d'interdire à son mari de les toucher ou d'en profiter de quelque manière que ce fût. Elle avait promis bien volontiers : son mari n'avait droit à rien. Son Excellence avait secoué la tête en murmurant doucement : « Là, vraiment, tu exagères... »

C'est sous le règne de Safeyya que la pratique de commander des tableaux dans les expositions ou auprès des peintres de renom avait pris son essor. L'idée proclamée était de décorer le siège historique tout en réalisant des investissements promis à de juteuses plus-values : il suffisait que le peintre, aujourd'hui inconnu, devînt célèbre pour multiplier instantanément la valeur du tableau ; il en allait de même pour les statues et les pièces de porcelaine. En vérité, tous ces objets conféraient au siège une touche de nouveauté et de chaleur et faisaient la fierté des employés. Safeyya avait trouvé là un rôle à sa mesure, créant un inventaire pour répertorier tous les objets d'art, avec leur description précise et leur date d'acquisition. Par une note de service, ordre avait été donné de transformer une des salles du deuxième étage, jusqu'ici négligée, en musée privé ; on le ferait visiter aux invités et aux membres des délégations étrangères.

Au fond, Safeyya prenait plutôt de bonnes initiatives, mais celles-ci furent soumises à un coup d'arrêt lorsque Azmîrli, peut-être poussé par Nomrossi, attira l'attention de Son Excellence sur la commande passée par Safeyya – dix tableaux, pas moins ! – à un obscur peintre de Wikâlat el-Ghouri, et ce à des prix exorbitants. La nouvelle plongea le président dans une colère noire, il ordonna d'annuler la partie de la commande qui n'avait pas encore été exécutée et de remiser les tableaux déjà livrés dans un débarras.

Bien que les visites d'Azmîrli à l'étage présidentiel fussent devenues incroyablement fréquentes, elles n'étaient rien au regard du nombre d'appels entre Son Excellence et Nomrossi. Le président ne l'appelait plus *via* un intermédiaire mais directement, et à n'importe quelle heure, il avait même ajouté son nom à la liste des porteurs de plip et à celle des candidats au futur « téléphone transporté », encore à l'état de prototype mais promis à une généralisation massive.

Nomrossi était mal à l'aise quand les circonstances l'amenaient à fréquenter de trop près ses commanditaires. Le proxénète habile devait s'éloigner aussitôt la tâche accomplie, dès que sa présence n'était plus souhaitée ; le mieux était alors de se retirer. Il n'aimait pas les occasions mondaines où il se sentait un peu empesé ; de plus, il lui manquait une incisive, ce qui donnait à son sourire un mystère inquiétant. Malgré son désintérêt pour ce genre de manifestations, c'est lui qui recevait le plus d'invitations de la part des ambassades, des antennes locales du Rotary et du Lions', ou encore des associations de promotion de la santé publique ou de protection de l'environnement, pour assister à des avant-premières de théâtre ou de cinéma ou autres soirées plus familières à Achmouni : Nomrossi, pour sa part, ne s'y rendait presque jamais.

Personne ne savait à quoi il occupait ses loisirs. Il était très lié à des patrons de restaurants de la ville – certains aménagés sur des péniches amarrées au bord du Nil – ainsi qu'à des directeurs d'hôtels cinq étoiles, qui le laissaient séjourner dans leur établissement sans payer. Sur demande, on lui réservait une chambre à son nom où il le souhaitait, et il pouvait ainsi l'utiliser comme quartier général pour expédier ses affaires et accomplir ses missions.

Les hommes n'étaient pas les seuls à bénéficier de ses services, il mettait aussi son expérience à la disposition de femmes richissimes originaires des pays pétroliers les plus conservateurs, qui venaient passer les mois d'été en Égypte, résidant dans les plus grands hôtels du Caire ou dans des appartements privés de Mohandessîn ou de Doqqi. A cet effet, Nomrossi avait constitué un réseau de jeunes portant beau et dotés d'une constitution vigoureuse, des amants parfaits qu'il avait parfois entraînés lui-même, en leur projetant des films particulièrement obscènes afin de leur donner des idées. En fait, il contrôlait ces jeunes éphèbes exactement de la même manière que ses filles, il pouvait leur faire faire ce qu'il voulait selon les besoins. Il s'occupait de tout, arrangeant les rencontres et atteignant le paroxysme de son plaisir lorsqu'il avait réussi à former le couple voulu.

Une seule fois, il avait eu une mauvaise expérience, dont il avait gardé un souvenir amer. Un inconnu l'avait contacté pour lui demander s'il pouvait venir le voir, il avait besoin de son aide pour un problème très personnel. Lors de la rencontre, son interlocuteur lui avait expliqué qu'une haute personnalité du Golfe, un dignitaire si influent que les plus grandes puissances se l'arrachaient, allait arriver en visite pour une semaine. A cette occasion, on espérait signer des contrats mirifiques, avec des retombées durables pour l'économie du pays, voire pour la région tout entière. Mais voilà, cet émir avait une prédilection pour les éphèbes, il les aimait entre quatorze et seize ans... il aimait tout particulièrement les métis issus d'une mère occidentale, italienne de préférence, cependant, plusieurs fois, il s'était fait rouler par des maquereaux sans scrupules qui lui promettaient la perle rare avant de le tromper sur la marchandise.

Nomrossi était dégoûté, lui qui, d'ordinaire, au moment de conclure l'accord, aimait pourtant appeler les choses par leur nom afin de s'assurer des souhaits exacts de ses clients et d'éviter tout malentendu. Il ne put s'empêcher de s'exclamer :

« Mais... je ne fais pas les garçons ! »

L'homme s'approcha et, d'un doigt pointé sur lui, il lui fit comprendre qu'il n'avait pas le choix. Nomrossi était effrayé, il savait pertinemment qu'on pouvait lui faire payer son manque de coopération. Ils ne se donneraient même pas la peine de tendre un piège ou de maquiller le crime. Il se contenta donc de réclamer un délai, l'émir trouverait sa commande prête à son arrivée.

Il se mit immédiatement à l'œuvre et, au bout de trois jours, il était prêt, il avait recouru à une de ses connaissances, une matrone d'origine grecque habitant un vieil appartement de la rue Champollion. A plus de soixante ans, elle était entourée d'une cour d'admirateurs, pour la plupart de jeunes adolescents... Il avait eu droit aux félicitations officielles et à une forte récompense, mais il ne pouvait s'empêcher de ressentir du dégoût chaque fois qu'il repensait aux détails de cette affaire.

Désormais, Achmouni réservait à Nomrossi le meilleur accueil, dès qu'il le voyait arriver, il se précipitait pour l'accompagner jusqu'à l'ascenseur avec un sourire affable. Petit à petit, Nomrossi commença à ralentir quelque peu le pas, à marcher en se tenant bien droit, la tête relevée, tandis qu'il parcourait les quelques mètres qui séparaient l'entrée de l'endroit où il avait garé sa voiture, un véhicule flambant neuf qui venait de lui être attribué. Il avait également droit à un chauffeur, mais il avait préféré y renoncer afin de garder tous ses déplacements secrets.

Depuis son arrivée au bureau jusqu'à la fin de la journée, il ne cessait d'être sollicité par des collègues qui venaient lui confier leurs états d'âme ou lui demander d'intercéder pour régler telle ou telle affaire. Les gens avaient vite compris qu'il était un relais sûr pour atteindre Son Excellence : ce genre de choses ne tardait pas à filtrer. Au début, on avait ri sous cape, on avait échangé des commentaires grivois, mais sans cette touche de mépris ou d'anxiété présente quand Azmîrli montait au douzième, fût-ce pour un court instant. Il faut dire que Nomrossi n'avait jamais fait de mal à personne, qu'il restait à l'écart des conflits visibles ou souterrains. Qui plus est, le soutien qu'il avait apporté à Hânem la Dumiâteyya, le soir du dîner, en avait secrètement réjoui plus d'un, et son rôle dans la mise à l'écart de Safeyya lui avait valu de nouveaux soutiens.

A la vérité, Safeyya était loin d'avoir disparu, elle était même plus présente que jamais, renouant avec cette pratique des annonces par haut-parleurs qu'elle avait initiée durant sa période de grâce et dont elle faisait désormais un usage de plus en plus intensif. Sa voix était désormais partout, dans les communiqués de l'Institution diffusés par les chaînes hertziennes et les télévisions par satellite, dans les annonces vocales des avions d'Egyptair, avant le décollage et après l'atterrissage – c'est elle qui lisait les instructions de sécurité, rappelant la nécessité d'attacher les ceintures et de s'abstenir de fumer, et expliquant le mode d'emploi des gilets de sauvetage. Des célébrités voyageant à bord de ces avions avaient rendu hommage à cette voix si particulière, si excitante.

Elle avait créé une agence de publicité qu'elle dirigeait conjointement avec son ami peintre ; quant au capital, il avait été prélevé sur les virements de son mari, qui continuait à transférer sur son compte chaque dirham gagné à la sueur de son front. Il ne la voyait qu'en de rares occasions.

Manifestement, la publicité n'était qu'un début, tout le monde avait pu la voir présenter à la télévision une émission politique consacrée à l'actualité internationale. Un grand éditorialiste avait rendu hommage à l'acuité et la vivacité de ses interviews. Un autre la considérait comme une pièce maîtresse de la richesse audiovisuelle du pays, grâce à elle, une chaîne se trouvait propulsée dès sa naissance au rang de géant des médias.

Comme on avait fini par lui confier une émission régulière à la télévision, on la vit de moins en moins à l'Institution, la rumeur disait qu'elle avait obtenu un congé sans solde. Gawâhri avait estimé qu'ici elle ne tarderait pas à sombrer dans l'oubli. Ils en avaient connu, les anciens, de ces femmes comme Safeyya, qui étaient venues et avaient brillé, avant de décliner irrémédiablement ; rares étaient celles qui avaient laissé un bon souvenir... A la différence de Hânem, la parfaite, la généreuse, dont on avait totalement perdu la trace.

Achmouni assurait l'avoir aperçue dans un restaurant touristique sur la route de Saqqâra, assise près d'un homme qu'il n'avait jamais vu. Son ami inspecteur à l'Hygiène était désormais responsable de toute la zone des pyramides, ce qui ne le réjouissait pas en dépit du nombre de restaurants et de leur qualité : c'était très loin de chez lui, et surtout, il ne pouvait plus emmener avec lui son ami Achmouni, sauf lors des rares journées de repos que ce dernier s'accordait.

Un matin, Achmouni lut clairement dans l'allure de Nomrossi que celui-ci, avant même d'être appelé là-haut, souffrait des symptômes de la maladie du douzième étage. Il comprit alors que le président s'y était fermement établi, qu'il n'était pas près d'en être délogé, quels que soient les étranges événements qui pourraient survenir…

Une succession d'événements

On eût dit que tout ce qui s'était passé jusque-là n'était que le préambule à l'ascension de Nomrossi, que beaucoup n'arrivaient d'ailleurs pas encore à digérer, un avant-goût des catastrophes qui allaient s'abattre sur l'Institution.

Cela commença par des tracts de provenance mystérieuse, disposés soigneusement sur les bureaux, dans les salles grouillant de monde aussi bien que dans les locaux désaffectés, et jusqu'au douzième étage. Le tract comportait une seule page soigneusement dactylographiée, adressée aux plus loyaux des employés de la maison. On les y mettait en garde contre les menaces qui pesaient désormais sur tous les enfants de cette institution qui avait « fait vivre des milliers et des milliers de foyers » et enrichi l'économie nationale.

Aujourd'hui, le bel édifice vacillait, en raison de l'énorme dette accumulée et des projets dispendieux contractés sans que personne en réfère aux hommes de l'art. Depuis l'arrivée du président en exercice, le conseil d'administration n'avait pas été réuni une seule fois, Son Excellence avait réussi à acheter le silence de ses membres, qu'ils soient élus ou nommés, en leur allouant une allocation mensuelle fixe. C'était là une rupture radicale avec la pratique antérieure, lorsque les rétributions étaient liées à la tenue effective des sessions et s'appelaient à juste titre « jetons de présence ».

Le tract abordait ensuite la relation de Son Excellence avec Safeyya : comment il lui avait octroyé le droit de signature sur les chèques à caractère personnel et sur le dépôt

« historique » constitué à la Banque nationale d'Égypte. Toutes ces allégations selon lesquelles ils étaient en froid n'étaient destinées qu'à brouiller les pistes. En fait, elle n'avait quitté l'Institution que pour gérer le pactole amassé, depuis les commissions perçues jusqu'aux sommes faramineuses détournées ou extorquées au mépris de la loi.

Les anciens qui en avaient vu d'autres accordèrent moins d'attention au contenu des tracts qu'à la forme du message et à sa très large diffusion, qui n'avait pas épargné l'étage présidentiel. C'était un signe très fort, qu'eux seuls étaient capables de percevoir – alors quoi, cette citadelle, dont le dispositif de sécurité était donné en exemple à l'académie de police, se laissait inonder par des tracts ?

Bien sûr, on récupéra rapidement les documents litigieux, et Achmouni procéda, avec l'aide de ses hommes, à une fouille méticuleuse des employés à la sortie de leur travail. Mais il était clair qu'on ne faisait que sauver les apparences. D'ailleurs, les tracts avaient trouvé leur chemin jusqu'à certains organes de presse, des entreprises concurrentes, et étaient même parvenus entre les mains d'espions étrangers opérant au sein des ambassades ou des consulats.

Le lendemain, les couloirs bruissaient de rumeurs, renforcées de détails croustillants, au sujet de l'incident survenu la veille : Nour, un vieil homme basané qui faisait partie des coursiers restés en place, avait été surpris en train de lutiner une jeune stagiaire de vingt et un ans encore en période d'essai. Ce n'était pas la première fois qu'on prenait ainsi un homme et une femme sur le fait, c'était arrivé souvent, y compris au temps du fondateur, lui-même connu pour sa virilité et ses parties de jambes en l'air. Combien de femmes de la haute société et de salariées de tous rangs n'avait-il pas bousculées durant les intervalles séparant deux réunions ? Amm Siddîq le Nubien, qui en avait été le témoin oculaire, pouvait rapporter nombre de scènes édifiantes. Par exemple, il n'oublierait jamais la mésaventure de Chantarîni.

Chantarîni était un salarié consciencieux, de ceux qui avaient appris les principes de droiture directement auprès de Gawâhri. A une époque, il fut détaché pour trois jours au douzième étage, sa tâche consistait à dépouiller le courrier et à le trier avant de le soumettre à Son Excellence. Remarquant la présence d'une lettre urgente destinée au président, il se dirigea sans plus attendre vers ce qui était encore le bureau circulaire. La porte était entrouverte – le fondateur ne la fermait jamais, pratique qui serait abandonnée aux époques ultérieures, au grand désespoir des anciens – et il n'eut donc qu'à la pousser ; mais une surprise l'attendait : il se retrouva face à un postérieur formidable, aux formes parfaites, à la blancheur immaculée et resplendissante. Le fondateur était adossé au fauteuil historique, sa partenaire au-dessus de lui. L'espace d'un instant, leurs yeux se croisèrent, mais le fondateur ne laissa paraître aucun embarras ; au contraire, il fit simplement signe à Chantarîni de poser le message urgent sur une petite tablette à côté de la porte. L'employé consciencieux ne voyait ni la tablette, ni rien d'autre, il était complètement tétanisé à l'idée de la catastrophe qui n'allait pas manquer de s'abattre sur lui.

Il retourna immédiatement à sa place, tout tremblant, maudissant le jour où il était venu au monde. Il s'attendait au pire : il allait être congédié sans autre forme de procès, muté vers un site en plein désert, ou encore accusé d'une faute fabriquée de toutes pièces. En fait, rien de tout cela ne se produisit. Plus étonnant encore, le fondateur ne lui adressa pas la plus petite admonestation, pas même un commencement de reproche.

Cela n'empêcha pas Chantarîni – c'est du moins ce que rapporta alors Amm Siddîq, Dieu ait son âme – d'errer dans les couloirs comme un illuminé, s'arrêtant devant chaque postérieur, se penchant pour mieux voir, essayant de reconnaître celui qu'il avait vu en pleine lumière. Un jour, on le découvrit debout, près de la margelle délimitant la fosse circulaire, entièrement nu. Il avait accroché à sa taille une pancarte portant, en caractères soigneusement calligraphiés, ces quelques mots : DE MES YEUX VU.

Appelé aussitôt, Gawâhri s'était contenté de passer un coup de téléphone avant de se rendre auprès de Chantarîni. C'était une froide journée d'hiver, il se mordait les lèvres d'affliction devant le sort de ce brave homme, naguère si équilibré, si pondéré, qui pointait tous les jours avec une exactitude scrupuleuse : Ah ! mon Dieu, quelles avanies l'homme pouvait-il subir !

Bientôt l'ambulance arriva, et on en vit descendre de grands gaillards en blanc, ainsi qu'un psychologue réputé dont la photographie apparaissait parfois dans les journaux. Il confirma la violence des soubresauts psychologiques auxquels Chantarîni avait dû être soumis.

Tous les débordements étaient tolérés à l'intérieur du siège du moment qu'ils ne filtraient pas à l'extérieur car, de là, l'information pouvait se diffuser partout et compromettre la réputation de l'établissement. C'était un principe fort, instauré par le fondateur et jamais démenti depuis lors, même si les valeurs essentielles étaient désormais plus enfouies au fond des consciences que présentes dans les faits.

Et puis il y avait là une profanation de l'étage présidentiel : comment Nour le coursier avait-il eu l'audace de commettre un tel acte là-haut ? La théorie la plus étrange voulait que l'étage fût depuis un bon moment vide de tout employé, on n'y trouvait plus que le secrétariat, l'équipe de jour et celle de nuit, ainsi que les coursiers. Comme l'étage avait été isolé du reste du bâtiment, il fallait désormais une autorisation spéciale pour y monter, et les employés des autres étages avaient commencé à se comporter à leur aise, d'autant que la plupart d'entre eux étaient contraints de passer de longues heures dans le plus grand désœuvrement.

Toutefois, cela ne justifiait évidemment pas ce qui s'était produit, et ne donnait aucune excuse à des comportements comme celui de Nour. Les envieux qui jalousaient l'Institution ne manqueraient pas d'en tirer prétexte : « Voyez ce qui arrive à l'étage présidentiel, je vous laisse imaginer ce qui se passe aux étages inférieurs ! »

Tout le monde formulait des conjectures sur les auteurs du tract : venaient-ils de l'intérieur ou de l'extérieur ? Comment avaient-ils pu accéder au douzième étage ? Étaient-ils en contact avec des groupes activistes d'obédience fondamentaliste ? Questions aussi innombrables qu'épineuses, même si les détails croustillants relatifs aux frasques de Nour avec la jeune employée avaient relégué ces interrogations philosophiques au second plan.

Les gens se faisaient du souci pour l'avenir de l'Institution et s'interrogeaient sur son destin, particulièrement les anciens.

L'incident aurait pu passer dans l'oubli sans susciter tout ce scandale, n'eût été le mystère qui entourait le douzième étage, son isolement, les restrictions posées à l'accès des employés – y compris les responsables et les chefs de département.

Achmouni jurait tout ignorer de l'activité de Son Excellence et de ses invités, pire, il n'avait aucun moyen de confirmer ou d'infirmer sa présence dans le bâtiment. Les voitures qui lui étaient réservées stationnaient sur le parking arrière, quelquefois on voyait l'une d'elles devant l'entrée principale, sans cependant pouvoir dire qui était à l'intérieur : les vitres étaient opaques, et puis les chauffeurs du président n'étaient pas en bons termes avec leurs confrères, ils ne se mêlaient pas aux anciens, n'ouvrant que rarement la bouche.

De plus, ils se ressemblaient énormément, presque tous arboraient de grosses moustaches et portaient un uniforme identique : veste rouge rubis sur un pantalon gris et des chaussures bordeaux ; Achmouni avait du mal à les distinguer les uns des autres. Le plus étrange, c'est que le Professeur Crâne d'Œuf, malgré sa récente promotion, se précipitait dès qu'il voyait l'un d'entre eux entrer ou sortir, le saluant respectueusement et allant jusqu'à s'incliner devant lui. On savait d'autant moins si le président était ou non au douzième étage qu'il avait renoncé à la tradition de la mallette, en vigueur au temps du fondateur.

La mallette, en crocodile du Nil, était devenue célèbre : quand on la voyait apparaître tenue par Amm Siddîq le Nubien, on savait que le maître s'apprêtait à sortir ou qu'il était sur le point d'arriver, ce dont témoignaient diverses annonces : « La mallette est sortie ! », ou bien : « La mallette est arrivée ! » Cette manière indirecte de désigner le fondateur lui conférait un prestige certain, une manière de prolonger son influence même lorsqu'il était éloigné.

L'information la plus étrange qui circulait depuis quelque temps voulait que le comportement de Son Excellence eût récemment changé : désormais, il lui arrivait de quitter de temps en temps son bureau, marchant lentement et arborant un sourire affable. Il allait s'asseoir dans le hall principal ou ouvrait inopinément la porte d'un bureau pour surprendre son occupant. Dans ces cas-là, ses traits se métamorphosaient, même la lumière ambiante semblait se modifier. Ses proches savaient alors que Son Excellence était d'humeur aimable. Certains employés quittaient aussitôt leur place pour aller le saluer et lui faire part de leur dévouement, à la recherche d'un compliment dont ils pourraient se vanter par la suite ; c'était aussi un moyen de se faire connaître afin d'être présents à son esprit lors des nominations futures.

Cependant, les traits du président ne trahissant jamais ses pensées, ils en revenaient encore plus perplexes, pas avancés d'un pouce. Cette incertitude se muait chez quelques-uns en panique, ils avaient dû commettre un acte qui avait mis le président en colère ou lui avait déplu. Du reste, beaucoup n'y résistèrent pas et connurent une triste fin.

D'autres continuaient à rechercher sa proximité sans jamais parvenir à le rencontrer, ils se donnaient l'illusion que le président les tenait en faveur, ou au contraire se lamentaient, convaincus de l'avoir mécontenté. Aussitôt à l'écart de l'Institution, ils inventaient des dialogues imaginaires avec le président et les reproduisaient fidèlement à leurs connaissances ; lesquelles, n'ayant aucun rapport avec l'Institution, auraient été bien en peine de les contredire.

L'ascension de Nomrossi avait provoqué une sorte de séisme. Comme c'était l'habitude ces derniers temps, les employés avaient découvert l'affaire *via* un décret placardé sur les panneaux d'affichage principaux. Beaucoup plaçaient désormais leurs espoirs dans l'apparition d'un tract anonyme qui ne manquerait pas de dénoncer cette mascarade, mais rien ne venait.

Achmouni révéla à son ami inspecteur de santé que la prise en flagrant délit de Nour le coursier en compagnie de la jeune stagiaire avait contribué à accélérer la promotion de Nomrossi. On avait fait monter celui-ci au douzième avec mission de faciliter la tâche de ceux qui souhaitaient s'adonner au plaisir, en mettant à leur disposition des locaux adéquats. Cependant, à la surprise d'Achmouni, son ami prit la défense de Nomrossi : après tout, il s'était montré utile à l'Institution, et on ne pouvait rien lui reprocher dans la mesure où il faisait exactement ce qu'on attendait de lui.

Achmouni se rengorgea mais ne pipa mot. Qu'était-il arrivé à son ami ? La remarque lui avait coupé l'appétit, et il se trouva incapable d'avaler une miette. Ils étaient pourtant dans un restaurant de fruits de mer ouvert récemment, qui offrait des plats cuisinés à la manière de Suez. Comment expliquer un tel changement d'attitude ? Était-ce une simple impulsion passagère, ou venait-il de trahir le double jeu qu'il jouait depuis des années ? Était-il lié d'une manière ou d'une autre à Nomrossi, ou bien victime d'un énorme complot ?

Achmouni ne savait que penser. S'il critiquait ouvertement son ami, il risquait de le perdre et de se trouver relégué dans un isolement pénible… Comment rompre une amitié qui s'était prolongée durant tant d'années ? Leurs escapades ensemble, leurs sorties communes dans les restaurants, les confidences partagées, serait-il capable de s'en passer ?

Avait-il eu tort de traiter son ami comme s'il n'était qu'une chambre d'enregistrement, une oreille complaisante ? Au fond, il lui avait toujours parlé plus qu'il ne l'avait écouté, sans trop se soucier de ses réactions ni de ses opinions, de sorte qu'aujourd'hui, il était bien en peine de lui cacher quoi que ce fût, pis, il avait un besoin vital de se confier à lui. Cependant, il devrait désormais se méfier, au moins pour un temps, être attentif au moindre changement de comportement. Cette nuit-là, il dormit très mal, se réveillant plusieurs fois en proie au doute et au remords : Suis-je vraiment tombé assez bas pour douter de l'être le plus proche de moi ?

En quittant l'hôtel le lendemain matin, il marchait d'un pas lourd et triste, les épaules affaissées. Il se promit de s'intéresser de plus près à Nomrossi qui, grâce à ses nouvelles compétences, avait obtenu le droit d'utiliser l'ascenseur présidentiel.

Las, une fois arrivé au bureau, son adjoint lui souffla la dernière rumeur : on s'apprêtait à mettre en vente de larges pans de l'Institution. C'est d'ailleurs cela qui expliquait l'ascension de Nomrossi : les liens étroits qu'il entretenait avec certains émirs arabes, suffisamment riches pour se porter acquéreurs, pouvaient se révéler très utiles. Par ailleurs, on murmurait que des intérêts étrangers, étroitement liés à des institutions sionistes influentes sur les marchés financiers internationaux, se tenaient en embuscade pour prendre leur part du gâteau.

Hassan al-Uqsuri déclara que l'Institution n'avait jamais connu un climat aussi délétère, que Son Excellence avait omis intentionnellement de renouveler le mandat du conseil d'administration, qu'il n'avait pas rencontré les représentants syndicaux depuis des mois, qu'il se comportait comme si l'Institution était sa propriété privée. Où étaient les hommes ? Où étaient les gens de la trempe des anciens, comme Gawâhri ou Ateyya Bey, où étaient-ils ?

Les employés étaient pris dans le tumulte et, le plus triste, c'est qu'ils n'étaient plus en mesure de faire part de leurs doléances : le président n'était plus là pour personne.

Oh ! ils entendaient bien parler de lui à travers les haut-parleurs, mais la seule chose qu'on voyait de lui, c'étaient ses décrets placardés sur les panneaux d'affichage, sans la moindre explication. Du reste, qui donc était encore là pour expliquer ? Même Nomrossi était devenu inaccessible, beaucoup se refusaient à croire qu'il était désormais installé au douzième étage.

Certains, parmi les anciens, répétaient que l'Institution était sur une mauvaise pente, que les nuages étaient en train de s'amonceler au-dessus d'elle, que, tous les jours, à l'aube, on entendait un grondement s'échapper de la fosse circulaire, qu'une secousse faisait quotidiennement trembler la terre sur le coup de quinze heures quinze, chaque jour plus forte que le jour précédent, que rien de tout cela n'était de nature à apaiser les craintes que l'on nourrissait pour le destin de l'Institution...

Le Caire 1990-1996

Table

RÉALISATION : PAO ÉDITIONS DU SEUIL
IMPRESSION : NORMANDIE ROTO IMPRESSION s.a. À LONRAI
DÉPÔT LÉGAL : SEPTEMBRE 2001. N°37196 (01-1742)